Kimberly McCreight a toujours eu un vif intérêt pour les affaires criminelles. Après des études de droit à l'université de Pennsylvanie, elle écrit son premier roman, *Amelia*. Le livre rencontre un succès international et donnera lieu prochainement à une adaptation à l'écran. Kimberly McCreight s'impose désormais comme une référence incontournable du thriller psychologique. Elle vit à New York dans le quartier de Brooklyn, avec son mari et ses deux enfants.

De la même autrice :

Amelia
Tu ne me dis pas tout
(Prix des Lectrices 2022)

Ce livre est également disponible
au format numérique

www.editions-hauteville.fr

Kimberly
McCreight

Tu ne me dis pas tout

Traduit de l'anglais (États-Unis) par Élodie Coello

Hauteville

Hauteville est un label des éditions Bragelonne

Titre original : *A Good Marriage*

ISBN : 978-2-38122-461-9

Bragelonne – Hauteville
60-62, rue d'Hauteville – 75010 Paris

E-mail : info@editions-hauteville.fr
Site Internet : www.editions-hauteville.fr

À Tony,
Au début de ce qu'il y a de meilleur.
Et à la seule fin qui compte.

« L’amour ne meurt jamais de mort naturelle. »
Anaïs Nin, *Les Chambres du cœur*.

Prologue

Je ne voulais pas en arriver là. Ça paraît bête à dire, mais c'est la pure vérité. Et, bien sûr, je n'ai tué personne. Je serais incapable de faire une chose pareille. Incapable. Tu es la personne la mieux placée pour le savoir.

Bien sûr que j'ai fait des erreurs. J'ai menti, c'est vrai. Et j'ai blessé des gens. Toi y compris. C'est d'ailleurs mon plus grand regret. De t'avoir causé du tort. Parce que je t'aime plus que tout au monde.

Tu le sais, pas vrai ? Que je t'aime ?

J'espère que oui. Parce que ça m'obsède dès que j'y pense. Et je n'ai que ça à faire dans ma cellule : penser.

(Rassure-toi, c'est moi qui ai fait en sorte de finir au mitard. C'est comme ça qu'ils appellent l'isolement. Par ici, les gens bavardent, hurlent, se battent ou marmonnent dans leur barbe du soir au matin. C'est trop bruyant pour moi. Si on n'est pas fou en entrant, on l'est en sortant. Moi, j'ai toute ma tête. Ça aussi, tu le sais.)

Je pourrais tenter de me justifier. Mais qu'est-ce que ça changerait ? Je pourrais te dire pourquoi. Expliquer que je ne m'attendais pas à ce que ce soit si difficile. Le mariage, la vie, tout ça.

Au début, c'est un jeu d'enfant. On rencontre une personne sublime, drôle et intelligente. Qui vaut bien mieux que soi – et, quelque part, on le sait tous les deux. Alors on tombe amoureux de cette personne. Mais ce qui nous plaît surtout, c'est l'idée qu'elle se fait de nous. On s'estime chanceux. Parce que c'est vrai, on l'est.

Et puis le temps passe. On change un peu trop tous les deux. Ou pas assez. La vérité se révèle et l'horizon s'assombrit. On vit avec une personne qui nous connaît sans fard. Et, tôt ou tard, cette personne finit par nous tendre un miroir et nous forcer à nous regarder sous notre vrai jour.

Qui peut supporter une chose pareille ?

Alors on fait ce qu'il y a de mieux pour survivre. Trouver une nouvelle paire d'yeux.

Lizzie

Lundi 6 juillet

La fenêtre de mon bureau donnait sur une forêt de gratte-ciel derrière laquelle le soleil commençait à décliner. Je restai là, assise dans l'obscurité qui s'épaississait en attendant qu'elle m'engloutisse tout à fait. J'avais ce bureau en horreur.

Une lumière s'alluma dans le grand immeuble d'en face. Bientôt, d'autres l'imiteraient, les gens continueraient de travailler, de mener leur train-train quotidien. Finalement, la perspective d'une soirée de plus au travail me séduisit. J'allumai ma lampe.

Un disque de lumière éclaira le sol où gisait le casse-croûte que m'avait préparé Sam le matin même, toujours dans son emballage. Dinde poivrée au gruyère sur pain de seigle et carottes, car il s'inquiétait toujours – et à juste titre – de ma carence en vitamines. Sam préparait mon déjeuner chaque matin depuis onze ans que nous vivions ensemble à New York – dont huit ans de mariage –, et tant pis si cela devait le mettre lui-même en retard le matin.

Du bout du pied, je repoussai ce repas auquel je n'avais pas touché. Quelle heure affichait mon ordinateur ? 19 h 17. Il n'était pas tard, mais chaque minute chez Young & Crane me paraissait une éternité. Résignée, je retournai à ma relecture. Un courrier assommant adressé au département de la justice par un autre avocat de mon cabinet, chevronné mais sans la moindre expérience en pénal. L'affaire concernait une usine de batteries de téléphone dont plusieurs membres du conseil d'administration étaient poursuivis pour délit d'initié. Typiquement le genre d'affaires que nous traitions : une bavure au sein d'une société déjà cliente de nos services.

Young & Crane n'avait pas d'avocat spécialisé dans les crimes en col blanc. Pour gérer ces dossiers, il y avait Paul Hasting, ancien directeur de la section des Crimes organisés du Southern District de New York. Et, maintenant, il y avait moi. Paul était mon prédécesseur au bureau du procureur fédéral, mais il était surtout un ami proche de mon mentor et ma directrice de l'époque, Mary Jo Brown, laquelle lui avait vivement recommandé de me confier un poste au cabinet, il y avait de cela quatre mois. Paul avait une impressionnante carrière derrière lui, mais, depuis qu'il était chez Young & Crane, il m'avait surtout l'air d'un cheval de course à la retraite qui n'attendait qu'une chose : voir s'ouvrir de nouveau les barrières de la stalle de départ.

Des M&M's. Il ne m'en faudrait pas moins pour supporter cette relecture. J'avais beau faire, ces trois paragraphes tournaient autour du pot sans grand pouvoir de persuasion. Le placard de Young & Crane était toujours rempli de M&M's – pour adoucir le labeur des employés qui ne comptaient pas leurs heures. Je m'apprêtais à partir en chercher un paquet quand mon téléphone tinta, m'indiquant que j'avais reçu un mail. Je l'avais posé au bout de mon bureau pour rester concentrée. Le message en question provenait de Millie, qui m'écrivait en objet : « Rappelle-moi, s'il te plaît ». J'en avais reçu d'autres du même acabit ces deux dernières semaines. Millie était rarement aussi insistante, mais ça lui arrivait parfois. Il ne s'agissait pas nécessairement d'une urgence. Je marquai le message comme lu sans même l'ouvrir. Je finirais par le lire, celui-ci et tous les autres qu'elle m'avait envoyés. Mais pas ce soir.

J'avais toujours les yeux rivés sur mon portable quand mon téléphone du bureau émit la tonalité assignée aux appels extérieurs. Sam, sans doute. Peu de gens connaissaient le numéro de ma ligne directe.

— Oui, allô ? répondis-je.

— Vous avez un appel en PCV depuis un établissement pénitentiaire de l'État de New York de la part de…, récita une voix masculine générée par ordinateur.

Puis un silence. Je retins mon souffle.

— Zach Grayson, compléta une voix humaine avant que la voix de synthèse conclue : Appuyez sur « 1 » si vous acceptez de régler le coût de l'appel.

Je soupirai, soulagée.

Zach… Ça ne me disait rien. Quoique… Zach Grayson, de la fac de droit de Pennsylvanie ? Je n'avais plus repensé à lui depuis au moins deux ans. La dernière fois, c'était en tombant sur un article du *New York Times* qui dressait le portrait de l'entreprise ZAG, la start-up à succès qu'il dirigeait à Palo Alto. La ZAG était une plate-forme logistique équivalente à l'abonnement Prime pour les innombrables entreprises qui tentaient de concurrencer Amazon. Il y avait plus glamour, mais la boîte se révélait particulièrement lucrative. J'avais perdu de vue Zach depuis la fin de nos études. La voix de synthèse répéta ses instructions et m'avertit que le délai allait s'écouler. J'appuyai sur la touche 1.

— Allô ?

— Dieu merci ! souffla Zach d'une voix chevrotante.

— Zach, quoi de n… (Mais cette question frisait la faute professionnelle.) Hum, oublie cette question. Les appels sont enregistrés, j'espère que tu le sais. Tu contactes une avocate, sache que cette conversation ne sera pas confidentielle.

Les avocats, même les plus expérimentés, étaient parfois risibles lorsqu'ils servaient leur discours juridique caricatural bien huilé. Mais, dans le pénal, ces précautions n'étaient d'aucune utilité.

— Je n'ai rien à cacher, dit-il sur le ton que prendrait un avocat contraint de défendre l'indéfendable.

— Excuse-moi, Zach. C'est l'habitude. Comment vas-tu ?

— Eh bien, je suis à Rikers, alors disons que j'ai connu des jours meilleurs, répondit-il d'une petite voix.

Je l'imaginais mal dans cette prison si vaste qu'elle occupait une île entière. Un lieu impitoyable où les gangs de rue, les assassins sadiques et les violeurs multirécidivistes côtoyaient les délinquants et les dealeurs à la petite semaine en attente de leur procès. Zach n'avait pas la carrure, c'était un tendre. À Rikers, ils n'en feraient qu'une bouchée.

— Ils t'ont écroué pour quel motif? Donne-moi uniquement le chef d'accusation, je ne veux pas savoir ce qui s'est passé.

Ne jamais divulguer la moindre information compromettante, une règle aussi capitale qu'elle était facile à oublier. Un jour, mes collègues du parquet avaient articulé l'intégralité de leur réquisitoire en se basant sur une seule conversation enregistrée dans le parloir d'une prison.

— Violence commise sur un agent de police dans l'exercice de ses fonctions, marmonna Zach, gêné. C'était un accident. J'étais hors de moi, on m'a attrapé le bras et j'ai voulu me dégager. Le flic a reçu mon coude en pleine figure, il a saigné du nez. Je m'en veux. Je ne l'ai pas fait exprès. Il était derrière moi, je ne l'avais pas vu.

— Où étais-tu ? Dans un bar ?

— Un bar ?

Sa surprise me fit rougir. C'était un raccourci maladroit, tout le monde ne s'attire pas forcément des problèmes dans un bar.

— Non, reprit-il. Ce n'était pas dans un bar, mais à notre domicile, à Park Slope.

— Park Slope ?

C'était également mon quartier. Quoique, techniquement, nous vivions à Sunset Park.

— On a quitté Palo Alto pour s'installer à Brooklyn il y a quatre mois, reprit-il. J'ai revendu mon affaire. Je lance une nouvelle boîte ici, histoire de changer de décor.

Il paraissait soudain froid.

Zach avait toujours été un peu bizarre. À la fac, ma colocataire Victoria l'appelait le Sacré Numéro quand elle était de bonne humeur et se montrait moins clémente les mauvais jours. Mais je l'aimais bien. Certes, il avait un côté geek, mais il était fiable, intelligent, toujours à l'écoute et d'une franchise rafraîchissante. Et puis, il était aussi buté que moi, ce qui me rassurait, d'une certaine façon. Entre autres points communs. À mon arrivée à la fac de droit de Pennsylvanie, j'étais encore repliée sur mon chagrin : j'avais perdu mes parents quand j'étais au lycée. Zach avait perdu son père, lui aussi. Il était bien placé pour comprendre ceux dont la réussite apparaissait comme la seule échappatoire. En fac de droit, rares étaient ceux qui comprenaient ce sentiment.

— J'habite à Park Slope, moi aussi. Au croisement de la Quatrième Avenue et de la Dixième Rue. Et toi ?

— Place Montgomery, entre la Huitième Avenue et Prospect Park Ouest, précisa-t-il.

Comme par hasard. Je ne m'étais rendue qu'une seule fois au plein centre du quartier huppé de Park Slope, pour saliver sur les étals du marché des producteurs de Grand Army Plaza sans avoir les moyens d'y acheter quoi que ce soit.

— Que faisait la police à ton domicile ?

— Ma femme… (Il déglutit, hésita.) Quand je suis rentré chez moi, j'ai retrouvé Amanda au pied de l'escalier. Il était très tard. On avait passé la soirée chez des voisins, elle était rentrée plus tôt que moi. Quand je suis arrivé… Mon Dieu, Lizzie, il y avait du sang partout. Tout ce sang, j'en avais la nausée. Je n'arrivais même pas à prendre son pouls. Je n'en suis pas fier. Quel genre d'homme se laisse impressionner par le sang au point de ne pas réussir à sauver sa femme ?

Sa femme est morte ? Merde.

— Je suis vraiment désolée, Zach.

— J'ai fini par me ressaisir et appeler les secours. Ensuite, je lui ai fait un massage cardiaque, mais elle était déjà… Elle est partie, Lizzie, et je n'ai aucune idée de ce qui lui est arrivé. C'est ce que j'ai expliqué à la police, mais ils ne voulaient rien entendre. J'avais beau avoir appelé les secours, pour eux ça ne changeait rien, j'étais suspect. Tout est la faute de ce type en costume, j'en suis sûr. Il était dans son coin, à m'épier. Un inspecteur voulait m'éloigner d'Amanda. Elle gisait là, par terre, je ne pouvais pas la laisser ! C'est la mère de mon fils, bordel ! Comment vais-je… (Sa voix resta coincée dans sa gorge.) Excuse-moi, tu es la première personne à m'écouter. J'ai du mal à tenir le coup, c'est dur.

— Oui, c'est normal, lui répondis-je avec sincérité.

— Tous ceux qui étaient présents ont vu dans quel état j'étais. Ils auraient pu me laisser parler, ne serait-ce qu'une minute.

— Oui, ils auraient dû.

Si les forces de l'ordre n'avaient eu aucun état d'âme pour lui ce soir-là, c'était mauvais signe pour la suite. Ils le soupçonnaient probablement d'être l'assassin de sa femme. Quoi de mieux pour surveiller le suspect numéro un que de trouver une excuse pour le mettre sous les verrous ?

— J'ai vraiment besoin de ton aide, Lizzie. J'ai besoin d'une bonne… non, d'une *excellente* avocate.

Ce n'était pas la première fois qu'un ancien camarade de promo m'appelait pour le défendre. Les avocats pénalistes réputés ne couraient pas les rues, qui plus est spécialisés en affaires criminelles, et rares étaient les étudiants de la fac de Pennsylvanie à faire du droit pénal aujourd'hui. Mais on m'appelait généralement pour des délits mineurs – conduite en état d'ivresse, possession de stupéfiants, quelques crimes financiers – et toujours pour un proche. Ils n'appelaient jamais pour eux-mêmes, et certainement pas depuis la prison de Rikers.

— Je peux t'aider, bien sûr. J'ai des contacts parmi les meilleurs avocats pénalistes du…

— Des contacts ? Non, non. C'est toi qui dois me défendre.

Putain. Raccroche. Tout de suite.

— Je ne suis pas l'avocate qu'il te faut. (Et, heureusement, c'était la pure vérité.) Je suis avocate de défense depuis à peine quelques mois, et ma seule expérience en criminelle se limite à des affaires financières…

— Lizzie, je t'en supplie.

Son désespoir s'entendait. Un multimillionnaire de sa trempe n'avait-il pas les meilleurs avocats du pays à ses pieds ? Pourquoi moi ? Maintenant que j'y repensais, on s'était perdus de vue bien avant la fin de nos études.

— Tu sais ce qui m'attend, reprit-il. C'est ma vie qui est en jeu, je risque la perpétuité. On finit toujours par faire porter le chapeau au mari, pas vrai ? Je ne peux pas me permettre d'être défendu par un blanc-bec incompétent. J'ai besoin de quelqu'un qui me comprenne, qui sache d'où je viens. Un avocat prêt à se battre quoi qu'il lui en coûte. Lizzie, j'ai besoin de toi.

Je dois reconnaître que j'étais flattée. Ma détermination bornée était depuis toujours ma marque de fabrique. Certes, je n'avais jamais été la meilleure élève de ma promo, que ce soit au lycée Stuyvesant, pour ma licence à Cornell ou mon master de droit. Mais, dans la catégorie des opiniâtres, je décrochais la palme. Un trait de caractère que je tenais de mes parents. De mon père, surtout. J'avais grandi dans une famille d'acharnés, une particularité qui nous avait souvent permis de nous tirer de mauvais pas, mais qui nous avait aussi valu bien des déboires.

Et pourtant, je refusais de le représenter.

— Je te remercie du compliment, Zach, je suis touchée. Mais il te faut un avocat pénaliste confirmé, quelqu'un qui ait des contacts au bureau du procureur de district de Brooklyn. Moi, je ne connais personne là-bas. (Encore une vérité.) Mais je peux te mettre en relation avec les meilleurs. Ils peuvent venir te voir dès demain matin, avant ta première comparution.

— Trop tard, dit-il. Je suis mis en examen et placé sous mandat de dépôt. Ils m'ont refusé la liberté conditionnelle.

— Ah bon. C'est surprenant pour un simple acte de violence.

— Sauf s'ils m'inculpent aussi pour le meurtre d'Amanda. C'est ce que je risque, n'est-ce pas ?

— Ça me paraît plausible, dus-je admettre.

— Je sais que j'aurais dû t'appeler avant de passer devant le procureur. Mais j'étais tellement… sous le choc. On m'a assigné un avocat commis d'office. Un type sympa, a priori compétent et sérieux. Mais, pour être honnête, j'avais la tête ailleurs pendant l'audience. Je croyais qu'en fermant les yeux très fort je retrouverais ma vie d'avant. Je sais… c'est idiot.

Le moment aurait été parfait pour demander des précisions – quelle était la date précise de son arrestation ? Que s'était-il passé exactement, du début à la fin, ce soir-là ? Bref, toutes les questions susceptibles d'intéresser le futur avocat de Zach. Mais, cet avocat, ce n'était pas moi, je n'avais aucune intention de m'en mêler, d'où ma réponse :

— C'est normal d'avoir eu la tête ailleurs. C'est humain.

Pour l'avoir vu, je savais que les gens les plus rationnels pouvaient plonger dans un état second dès qu'on les accusait d'un crime. Être accusé à tort, c'était encore pire.

— Il faut que je sorte d'ici, Lizzie, murmura-t-il, effrayé. Et vite.

— Ne t'inquiète pas. Quel que soit l'angle d'attaque du parquet, ils ne peuvent pas te garder à Rikers pour un simple acte de violence, leur dossier est trop léger. On te trouvera le bon avocat, et il fera appel de la décision de détention provisoire.

— Lizzie, c'est toi, le bon avocat, supplia-t-il.

Mais il avait tort. Je n'étais pas celle qu'il lui fallait, je n'avais pas le bon carnet d'adresses. Et si je n'avais aucune expérience en homicide, je ne m'en portais pas plus mal. Sans parler de ma vie actuelle, suffisamment houleuse sans avoir à m'encombrer des déboires d'un ancien camarade de promo. Les déboires de Zach étaient loin de me faire envie.

— Écoute, Zach, je suis désolée mais…

— Lizzie, par pitié ! supplia-t-il, un cran plus loin dans le désespoir. Je vais être franc : je suis mort de trouille. Tu ne pourrais pas venir me voir ? Pour qu'on discute de tout ça.

Quelle poisse !

Bon, je ne le représenterais pas, quoi qu'il arrive. Mais c'était un vieux copain et il venait de perdre sa femme. Je pouvais au moins lui rendre visite. Il comprendrait mieux mon refus si je le lui annonçais de vive voix.

— Bon, d'accord.

Il poussa un soupir presque exagéré.

— Super. Ce soir ? Les visites sont autorisées jusqu'à 21 heures.

Combien de temps me restait-il ? Dix-neuf heures vingt-quatre. Il fallait faire vite. Je jetai un regard à mon brouillon de lettre à l'écran et pensai à Sam qui m'attendait à la maison.

Il me croirait au bureau à faire des heures supplémentaires, alors que je rendrais visite à un vieux copain enfermé à Rikers. C'est précisément cette pensée qui acheva de me convaincre.

— J'arrive.

— Merci, Lizzie. Merci.

Témoignage devant le grand jury

Lucy Delgado,

témoin entendu le 6 juillet dont l'entretien s'est déroulé comme suit :

Audition

par maître Wallace :

Q : Madame Delgado, merci d'offrir votre témoignage.

R : On m'a citée à comparaître.

Q : Et merci d'y avoir répondu. Vous êtes-vous rendue à une fête organisée au numéro 724 de la Première Rue, le 2 juillet de cette année ?

R : Oui.

Q : Comment avez-vous eu vent de cette soirée ?

R : J'ai été invitée.

Q : Par qui avez-vous été invitée ?

R : Par Maude Lagueux.

Q : Comment avez-vous connu Maude Lagueux ?

R : Nos filles étaient ensemble en maternelle il y a quelques années à l'école Country Day de Brooklyn.

Q : Cette fête entre voisins est un événement annuel, n'est-ce pas ?

R : Je ne sais pas.

Q : Vous ne savez pas ?

R : Non.

Q : Je vais le formuler autrement. Avez-vous déjà participé à cette fête les années précédentes ?

R : Oui.

Q : Que fait-on lors de ces soirées ?

R : Hum… On discute, on mange, on boit. C'est une fête, quoi.

Q : Une fête entre adultes ?

R : Oui. Les enfants n'y sont pas conviés. De toute façon, ils sont tous en colonie de vacances ou en camp scout à cette période de l'année. C'est tout l'intérêt de cette fête. C'est une soirée pyjama. Vous comprenez ?

Q : Parfaitement. Les convives ont-ils des rapports sexuels au cours de cet événement ?

R : Pardon ?

Q : Les convives ont-ils des rapports sexuels au cours de cet événement ?

R : Je n'en ai aucune idée.

Q : Vous êtes sous serment, en avez-vous conscience ?

R : Oui.

Q : Je répète ma question. Les convives ont-ils des rapports sexuels au numéro 724 de la Première Rue au cours de ces soirées pyjama ?

R : Parfois. Mais seulement à l'étage, dans les chambres. On n'est pas des sauvages.

Q : Avez-vous eu des rapports sexuels avec pénétration lors de ces fêtes ?

R : Non.

Q : Vous êtes-vous livrée à des attouchements sexuels au cours de ces fêtes ?

R : Oui.

Q : Avec votre mari ?

R : Non.

Q : Avec le mari d'une autre femme ?

R : Oui.

Q : Les autres convives ont-ils un comportement similaire ?

R : Ça dépend. Pas tout le monde et pas chaque fois. On n'en fait pas toute une histoire.

Q : Les personnes présentes ce soir-là ne faisaient pas toute une histoire de l'échangisme ?

R : Le terme « échangisme » fait très… je ne sais pas, officiel. Calculé. On ne fait que s'amuser. C'est pour rigoler. Pour faire retomber la pression.

Q : Avez-vous croisé Amanda Grayson à la fête du 2 juillet ?

R : Oui. Mais je ne la connaissais pas encore à ce moment-là.

Q : Comment avez-vous su que vous l'aviez croisée ?

R : La police m'a montré une photo d'elle.

Q : La police vous a montré une photo d'Amanda Grayson et vous a demandé si vous l'aviez vue à la fête ?

R : Oui.

Q : Et où l'avez-vous vue ?

R : Dans le salon. Elle m'a bousculée par mégarde et a renversé mon verre de vin sur mon tee-shirt.

Q : Quand ces faits se sont-ils produits ?

R : Il devait être 21 h 30 ou 22 heures, je ne sais plus exactement. Mais je suis partie à 23 heures. Donc ça devait être un peu avant.

Q : L'avez-vous revue après cet incident ?

R : Non.

Q : Dans quel état était-elle quand vous l'avez vue ?

R : Bouleversée. Elle n'avait pas l'air bien.

Q : C'est-à-dire ? Pleurait-elle, était-elle en colère ?

R : Non, elle avait peur. Elle semblait effrayée.

Q : Avez-vous parlé à Maude Lagueux au cours de cette fête ?

R : J'en avais l'intention, mais, quand je me suis approchée, elle semblait se disputer avec son mari Sebe au sujet d'une autre femme.

Q : Pouvez-vous nous en dire plus ?

R : Eh bien, j'ai entendu Maude dire quelque chose comme « des photos d'elle nue » et elle était furieuse. Je ne l'avais jamais vue dans cet état.

Q : Merci, madame Delgado. Vous pouvez vous rasseoir.

Amanda

Six jours avant la fête

– Qu'en pensez-vous ? demanda la décoratrice en levant sa main manucurée pour brasser l'air du bureau d'Amanda à la fondation Graine de Savoir.

La pièce était désormais meublée d'un canapé orange flambant neuf sur mesure, d'un tapis de laine grise à larges bandes blanches, et de tables d'appoint ridiculement chères, sculptées à la main par un artisan de Williamsburg.

En relevant la tête, Amanda s'aperçut que la décoratrice – une grande femme en robe drapée de nuances de gris, au visage anguleux et à l'air déterminé – attendait une réaction. Une seule réponse pourrait satisfaire la professionnelle, mais laquelle ? Amanda n'en avait pas la moindre idée. L'expérience lui avait appris que, lorsqu'elle ne savait pas quoi dire – et ça lui arrivait souvent –, une poignée de mots bien choisis pouvait suffire à la tirer d'un mauvais pas.

Et, par chance, Amanda faisait collection de ces mots depuis l'enfance, quand elle se blottissait contre sa mère dans le pouf en velours côtelé du rayon jeunesse de la bibliothèque de Saint Colomb Falls. Mais quand Amanda avait onze ans, sa mère était tombée gravement malade. Un cancer du poumon l'avait emportée en quelques semaines à peine, un comble pour une femme qui n'avait jamais fumé de sa vie. Suite à cela, Amanda ne pensait pas retourner seule à la bibliothèque. Pourtant, quelques jours plus tard, elle y avait trouvé refuge.

Au bout de sa deuxième ou troisième visite, la bibliothécaire aigrie était apparue avec une énorme pile de livres pour Amanda. Elle ne lui avait posé aucune question sur sa mère, se contentant de lui dire en fronçant les sourcils : « J'ai tout ça. » Sur ce, elle avait brutalement lâché la pile sur une table : *Sa Majesté des Mouches*, *L'Attrape-cœurs* et *Les Quatre Filles du docteur March*. Par la suite, les livraisons spéciales de la bibliothécaire étaient devenues une habitude. Et, grâce à ces livres, Amanda avait pu étoffer sa collection de mots choisis. C'étaient ses mots rien qu'à elle ; elle se le rappelait souvent. Tous ces livres dévorés faisaient désormais partie d'elle.

Et la décoratrice attendait toujours.

— C'est pimpant, tenta finalement Amanda.

La décoratrice rayonna, admirant son œuvre.

— Oh, Amanda, vous avez tellement raison. Vous êtes une cliente délicieuse.

— *Pimpant* ? (Sarah apparut sur le seuil, les bras croisés, toujours aussi belle avec son teint bronzé, son carré brun coupé net et ses grands yeux bleus.) On se calme, Jane Austen, c'est juste un canapé.

Elle entra dans le bureau pour se laisser choir théâtralement sur le canapé en question, puis tapota la place libre à côté d'elle.

— Viens, Amanda, assieds-toi. C'est ton canapé, pas le sien. Tu as le droit de l'essayer.

Le sourire aux lèvres, Amanda s'assit auprès de son amie qui en imposait malgré sa silhouette chétive. On se sentait toujours plus fort à ses côtés.

— Merci pour votre aide, dit-elle à la décoratrice.

— Oui, et au revoir, appuya Sarah en la chassant d'un geste sec.

La décoratrice en fut froissée, mais elle se tourna vers Amanda qu'elle gratifia d'un grand sourire avant de l'embrasser sur les deux joues.

— N'hésitez pas à m'appeler si vous avez d'autres missions.

— Allez, ciao ! insista Sarah.

L'autre émit un grognement avant de pivoter sur ses talons aiguilles pour quitter la pièce.

— Il n'y a rien de pire qu'une crétine qui te pousse à claquer quatorze mille dollars dans un canapé qu'elle ne pourra jamais s'acheter, siffla Sarah quand la porte fut refermée.

Tout en parlant, elle regardait son téléphone pour achever d'écrire un message, sans doute à son mari Kerry. Tous les deux s'écrivaient sans arrêt, comme des adolescents.

— Tu as vu son regard, à cette vipère ? Mes ennemis les plus snobs sont moins violents que ça.

Sarah avait été élevée par une mère célibataire dans la banlieue de Tulsa, tandis que Kerry venait d'une famille qui avait fait fortune dans l'univers du bouton. Hélas, les dernières générations avaient dilapidé ce trésor, au point que Kerry ne toucherait que des miettes. Mais Sarah aimait fréquenter les aïeux encore très aisés de sa belle-famille.

— C'est Zach qui a choisi cette décoratrice. Apparemment, elle est réputée dans le milieu, expliqua Amanda en regardant autour d'elle. J'aime bien ce qu'elle a choisi.

— Ma chérie, tu es toujours aussi diplomate, soupira son amie en lui tapotant le genou. Tu es incapable de médire de qui que ce soit, pas vrai ?

— Si, j'en suis capable.

— En chuchotant, alors, pour que personne ne t'entende. Tu me diras, je devrais apprendre à tenir ma langue, moi aussi. Si tu m'avais entendue me prendre le bec avec Kerry ce matin… (Elle sembla pensive quelques instants.) Pour ma défense, je lui soutenais qu'il était trop vieux et trop bedonnant pour porter des Jordan Air rouge vif. Ça lui donne un air ridicule. Et j'ai vu les autres mecs avec lesquels il s'entraîne. Tous jeunes, sportifs, séduisants, certainement pas ridicules. Tu devrais venir avec moi pour les voir jouer. Il y en a un aux yeux bleus avec une barbe de trois jours et...

Amanda se mit à rire.

— Non merci.

Sarah adorait plaisanter ouvertement au sujet d'hommes qui n'étaient pas son mari. Elle pouvait se le permettre, son couple était en acier trempé. Elle était mariée à Kerry depuis des lustres, et ils étaient parents de trois adorables garçons. Ils s'étaient rencontrés au lycée, lui était la star de l'équipe de foot et elle la pom-pom girl. Ils avaient même été élus roi et reine du bal de promo, ce qui avait valu à Sarah autant de gêne que de fierté.

Elle reprit en soupirant :

— Bref, je crois qu'il a mal pris que je fasse tout un fromage de ses chaussures. On peut se taquiner, mais jusqu'à une certaine limite. Or j'ai parfois tendance à les dépasser.

Il fallait admettre qu'elle avait un caractère bien trempé. Elle exigeait de Kerry toutes sortes de tâches – aller chercher les garçons, retirer les feuilles qui obstruaient le collecteur d'eaux de pluie, aider sa copine Amanda à changer l'ampoule au-dessus de sa porte d'entrée. Il ronchonnait parfois, c'est vrai – en particulier pour les feuilles, c'était à la municipalité de s'en occuper –, mais toujours avec affection. Ces chicaneries semblaient les amuser. Bien que parfois perplexe, Amanda les enviait beaucoup.

— Si tu veux mon avis, Kerry t'adore telle que tu es, dit-elle à son amie. D'ailleurs, Zach aimerait beaucoup que j'aie ton assurance. Et puis, ça m'aiderait à bien mieux gérer la fondation.

— Peut-être, mais, en rentrant chez lui, ton homme se retrouverait avec une Sarah *bis* dans son plumard, et regardons la vérité en face, ton mari et moi, on n'est pas faits pour coucher ensemble.

Cette idée les fit partir d'un grand éclat de rire qui laissa Amanda essoufflée, les joues rouges.

Son amie lui faisait beaucoup de bien. Depuis son emménagement à Park Slope, en à peine quatre mois, Amanda se sentait plus proche d'elle que de toutes ses anciennes voisines de Palo Alto. Là-bas, les femmes protégeaient l'image parfaite de leur petite vie comme des chiens de garde. Bien sûr, Sarah n'arrivait pas à la cheville de Carolyn, personne ne pouvait rivaliser avec une amitié pareille, mais elle n'avait pas à le faire. Amanda avait bien assez de place dans sa vie pour ses deux amies.

En outre, Sarah était d'une aide précieuse à la fondation. En tant qu'ancienne éducatrice, mère de garçons scolarisés à l'école Country Day de Brooklyn et présidente de l'association de parents d'élèves, elle connaissait tous les rouages du système éducatif de New York. Elle avait arrêté de travailler après la naissance de son premier enfant, mais avait accepté le poste d'assistante de direction à la fondation pour se rendre utile. Amanda avait dû batailler pour lui faire accepter un salaire à sa juste valeur.

Elle lui apportait une aide précieuse pour diriger ce navire, ça n'avait pas de prix. Ayant grandi elle aussi dans la précarité, Amanda croyait profondément en la mission de cette fondation : financer des bourses d'études permettant aux élèves de lycées populaires d'accéder aux meilleures écoles privées de New York. Mais diriger Graine de Savoir n'était pas de tout repos. Sans compter que cette fondation avait été créée par Zach. Elle voulait se montrer à la hauteur.

À l'âge de neuf ans, il avait été abandonné par ses parents – deux drogués originaires de Poughkeepsie. Puis il avait été baladé de famille d'accueil en famille d'accueil. Peu après sa rencontre avec Amanda, il s'était confié à elle sur cette enfance passée à l'ombre de l'université privée Vassar. Ce grand bâtiment avait été pour lui la promesse que la vie avait des choses bien plus belles à offrir. Et il voulait toutes ces choses pour lui. Absolument toutes.

C'est ainsi que Zach s'était donné les moyens de les atteindre. À l'âge de quatorze ans, il s'était fait embaucher de nuit dans un supermarché pour de la mise en rayon. Ce travail – parfaitement illégal au demeurant – lui avait permis de gagner juste assez d'argent pour proposer sa candidature en internat. Il avait été admis dans trois universités, dont l'académie Deerfield où il avait pu suivre des études intégralement financées par des bourses. Ensuite, il était entré à Dartmouth et avait décroché une double maîtrise de droit à l'université de Pennsylvanie. Son parcours avait impressionné Amanda et l'impressionnait toujours.

Après leur rencontre, il avait poursuivi son ascension professionnelle, enchaînant les entreprises à succès aux quatre coins de la Californie – Davis, Sunnydale, Sacramento, Pasadena, Palo Alto. Amanda avait accouché de Case lorsqu'ils habitaient à Davis, et il avait quatre ans quand Zach avait pris conscience que, pour gravir les échelons, il allait devoir créer sa propre entreprise. La ZAG vit le jour. (ZAG pour évoquer un zig-zag et en référence aux initiales de Zach, en reprenant le A car il n'avait pas de deuxième prénom.) En cinq ans, l'entreprise cumula un chiffre d'affaires de plusieurs centaines de millions de dollars. Mais elle ne fut pas surprise quand il lui annonça qu'il souhaitait démissionner, qu'il était prêt pour une nouvelle aventure. Il avait toujours aimé les nouveaux défis. Amanda ne connaissait pas son nouveau projet new-yorkais dans le détail – ils ne parlaient jamais de son travail que dans les grandes lignes –, mais elle ne doutait pas qu'il serait couronné de succès.

— Pourquoi mon mari m'écrit-il en pleine journée pour savoir ce qu'on mange ce soir ? soupira Sarah en tapant un autre texto. Il n'est même pas midi, il n'a que ça à faire ?

Le téléphone professionnel d'Amanda se mit à sonner. Elle sursauta, mais n'alla pas décrocher. Malgré une deuxième tentative du correspondant.

— Hum, tu as conscience que nous n'avons pas encore de secrétaire ? demanda Sarah. Ce téléphone ne se décrochera pas tout seul.

— Ah, oui.

À contrecœur, elle se leva pour rejoindre son bureau et ne décrocha qu'à la troisième tentative.

— Amanda Grayson.

Aucune réponse.

— Allô ?

Toujours rien. Elle fut prise de sueur froide.

— Allô ? dit-elle encore.

Pas de réponse, seulement cet affreux souffle familier en fond sonore. Une respiration lourde, glaçante. Elle eut l'estomac noué.

— C'est qui ? demanda Sarah depuis le canapé.

Sur l'écran du téléphone, il n'y avait qu'une série de zéros. Amanda raccrocha brutalement.

— Eh, du calme ! Qu'est-ce qu'il t'a dit ?

— Rien. Désolée, je ne sais pas pourquoi j'ai raccroché comme ça. Il n'y avait personne au bout du fil. (Elle tenta un sourire. Échec. *Changer de sujet, et vite.*) C'est juste que… je suis inquiète depuis que Case est à l'autre bout du pays. J'en ai fait un cauchemar ridicule cette nuit. Je courais dans la forêt, pieds nus, les brindilles m'écorchaient les pieds. Je crois que j'essayais de sauver Case de quelque chose. Va savoir quoi.

Quand elle se tourna vers Sarah, elle s'aperçut que son récit horrifiait son amie. Et encore, elle ne lui avait pas raconté le pire : le sang partout, la belle robe qu'elle portait, digne d'un mariage. Puis le *Norma's Diner*, un restaurant de la ville où elle avait grandi, qui surgissait de nulle part comme une maison hantée au milieu des bois. Qui rêve de choses aussi glauques ? Certainement pas Sarah.

— Ce n'était qu'un cauchemar, j'en ai conscience. Mais, chaque fois que le téléphone sonne, j'ai peur qu'il ne soit arrivé quelque chose à Case.

Amanda savait bien que son fils n'avait rien à craindre là-bas. Mais, sans lui, elle était se sentait perdue. La seule fois qu'il avait quitté la maison aussi longtemps datait de son intoxication alimentaire, quand il était bébé. Et encore, Amanda était restée dormir à son chevet à l'hôpital.

Les traits de Sarah s'adoucirent. Elle vint s'appuyer contre le bureau derrière Amanda.

— Je te comprends. Mes garçons partent tous les ans au même endroit, et ça ne m'empêche pas de me ronger les ongles jusqu'au sang en attendant de recevoir leur première lettre. Pour toi, c'est pire : c'est ta première fois.

— Toi aussi, tu t'inquiètes ? demanda Amanda.

Le petit dernier de Sarah, Henry, était dans la même classe que Case, c'était d'ailleurs ce qui avait rapproché les deux mamans. Sarah était de ces mères nonchalantes qui gardaient toujours leur sang-froid, quels que soient les problèmes que s'attiraient ses garçons. Et, des problèmes, ils s'en attiraient beaucoup.

— Je fais comme si ça ne m'atteignait pas, même si intérieurement je suis en ébullition. Je trouve ça plus facile de ne pas y penser. Hop, sous le tapis ! C'est un peu comme la convocation de Country Day que j'ai reçue juste avant la fin de l'année scolaire de Henry. Tu sais ce que j'ai fait ?

— Non, quoi ? demanda Amanda, assise sur le bord de son fauteuil.

Elle paierait cher pour avoir un centième de l'aplomb de Sarah.

— J'ai fait la morte ! Je ne leur ai jamais répondu. Tu imagines ? (Secouant la tête comme si elle se dégoûtait, elle semblait toutefois assez fière d'elle.) Franchement, c'était trop. J'avais besoin de laisser ma casquette de maman de côté. Et pourtant, je préside la réunion d'urgence de l'APE de ce soir, quelle ironie.

— Une réunion d'urgence avec les parents d'élèves ?

— Je t'en ai parlé, tu as déjà oublié ? Nos données personnelles ont été piratées ! s'exclama Sarah en surjouant une mine épouvantée, puis elle eut un sourire en coin. Country Day ne fait pas partie de ces écoles laxistes ultra-progressistes, au contraire ! On adore la rigueur et la discipline. C'est précisément pour ça qu'on l'a choisie pour nos gamins. Mais, honnêtement, on croirait que tous les parents de Country Day sont des agents infiltrés de la CIA. Ils deviennent dingues.

Exact, Amanda avait entendu parler de cette histoire, mais avait préféré la sortir de son esprit. Zach deviendrait fou s'il apprenait que les ordinateurs de l'école avaient été piratés. Il était obsédé par la protection de la vie privée. Si leurs informations personnelles tombaient entre de mauvaises mains, il serait capable de porter plainte contre l'établissement. Un comble, car il l'avait choisi précisément parce qu'il partageait ses valeurs. Zach n'hésiterait pas à envoyer Case dans un autre établissement, et ça, il n'en était pas question. Country Day était une école exigeante, certes, mais Case s'y était bien intégré, et c'était pour lui le seul aspect positif de ce déménagement.

Amanda aurait préféré attendre la fin de l'année scolaire avant de changer d'école un enfant de dix ans, mais ils n'avaient pas eu le choix. Heureusement que Case se faisait facilement de nouveaux copains, c'était déjà ça. Il avait un côté sportif et extraverti, grand fan de base-ball, mais il avait aussi l'âme d'un artiste. Il était capable de rester seul pendant des heures à dessiner son animal préféré, le jaguar. Mais faire déménager un enfant à quelques mois de la fin de son CM2, c'était beaucoup lui demander, aussi sociable soit-il.

Le départ avait été un déchirement, marqué par les larmes et les insomnies. Une nuit, Case avait même fait pipi au lit, ce qui ne lui était plus arrivé depuis des années. Elle-même sujette aux cauchemars, Amanda en venait à remettre ses compétences de mère en question. Il fallait que son fils dorme bien pour qu'elle soit rassurée. Mais il était loin, en vacances, et elle ne savait plus à quoi se raccrocher. Enfin si, à son grand sourire de petit garçon, le jour où elle avait accepté de l'envoyer en Californie pendant huit semaines, dans le même camp de vacances qu'Ashe, son meilleur copain de Palo Alto. Mais que se passerait-il s'il retombait dans la morosité dès son retour à Park Slope ? Amanda préférait ne pas y penser. Elle avait toujours été prête à tout sacrifier pour la carrière de Zach, mais jamais au détriment de Case. Sa mission la plus importante était de protéger son fils, elle serait toutefois incapable de faire un choix entre le bien-être de son mari et celui de leur garçon.

— Oh non, tu te mets à paniquer, toi aussi ! Je le vois à ta tête.

— Non, je ne panique pas.

— Rassure-toi, l'école met tout en œuvre pour démasquer le coupable, dit Sarah, mais il était évident qu'elle cherchait à s'en convaincre elle-même. On a fait appel à la meilleure entreprise de cybersécurité. Tu les connais, Country Day ne plaisante pas avec ça. Ils n'ont pas dit leur dernier mot.

— Je... Je n'étais pas au courant.

— C'est normal, l'administration fait de la rétention d'informations. Je n'arrête pas de le leur reprocher. Ça donne l'impression qu'ils ont des choses à cacher. Alors, tu viens à la réunion de ce soir, oui ou non ?

Pour l'instant, Amanda n'avait assisté qu'à une seule réunion de parents d'élèves et avait trouvé cela extrêmement intimidant.

— Hum, je ne sais pas si…

— Bien sûr que si, tu sais. De toute façon, j'ai besoin de ton soutien moral. Ces parents ont besoin de quelqu'un pour les représenter, déplora Sarah, d'un air de nier avoir toutes les qualités requises pour cette responsabilité. Rendez-vous à 20 heures chez moi. Tu viens, je ne te demande pas ton avis.

Sarah n'avait besoin de personne, mais elle voulait son amie à ses côtés. Il n'en fallut pas plus pour convaincre Amanda :

— Je serai là. Tu sais que tu peux compter sur moi.

Lizzie

Lundi 6 juillet

Rikers était encore plus lugubre que dans mes souvenirs. Et il faisait nuit.

D'un point de vue architectural, les plus grands bâtiments de la prison semblaient avoir été construits volontairement pour jurer avec le reste. Les annexes et autres préfabriqués – des bureaux administratifs, sans doute, des postes de garde ou les stocks d'armement – ne portaient aucune signalétique et se trouvaient dans un état de décrépitude avancé. Une énorme barge en béton flottait par miracle sur le détroit, vaste centre correctionnel abritant quelques centaines de détenus qui, d'après mes sources, seraient récemment parvenus à faire dériver la barge pour prendre la fuite avant d'être rattrapés in extremis.

De hautes murailles surmontées de fils barbelés en tourbillons de rouille létale cernaient les lieux. Elles délimitaient des couloirs, des places carrées ou circulaires, et donnaient la désagréable impression d'être enfermé à la fois dedans et dehors. Quelques années plus tôt, j'étais venue entendre un témoin dans cette prison, et le souvenir le plus vivace que j'en gardais, c'était l'odeur âcre des déjections des rats qui peuplaient les lieux et des égouts. Contrairement à la vermine nocturne habituelle, les rats de Rikers n'hésitaient pas à se faufiler partout en plein jour et à défendre leur territoire avec agressivité. Je n'étais pas mécontente qu'il fasse nuit.

Une fois entrée dans Bantum, le bâtiment où était détenu Zach, il me fallut un quart d'heure supplémentaire pour passer les contrôles de sécurité et accéder enfin à un parloir qui empestait l'urine, les oignons et la mauvaise haleine. Assise face à une paroi de plexiglas, j'attendis qu'on le fasse entrer.

Pendant le trajet, le souvenir de notre amitié m'était revenu par vagues. Je ne l'avais pas revu depuis des années, mais nous avions passé une grande partie de notre première année ensemble à réviser et à regarder des films en grignotant. Si j'avais eu tendance à l'oublier, ce n'était pas contre lui, j'avais simplement une mémoire très sélective. Mais tout me revenait à présent : Zach me plaisait, car je me sentais à l'aise en sa présence – c'était à la fois une bonne et une mauvaise chose. Notre complicité avait été particulièrement flagrante le jour où notre cher professeur de droit civil nous avait servi un grand discours moralisateur sur notre future carrière.

Ce soir-là, j'avais rejoint Zach au *Mahoney's*, un pub sur Rittenhouse Square, et mon camarade était déjà très remonté.

— Je n'arrive pas à digérer ce que nous a raconté Schmitt, fulminait-il en arrosant de ketchup son hamburger.

Un groupe d'amateurs de foot de notre université avait fait une entrée fracassante dans le pub.

— Tu veux parler de son discours sur les avocats spécialisés en droit des affaires ? Ceux qui « vendent leur âme au diable » ?

Zach avait acquiescé en gardant les yeux rivés sur son hamburger pour éviter de croiser le regard des footballeurs qui nous cernaient, tous aussi musclés qu'ils étaient saouls.

— Dommage, avait-il repris. J'aimais bien ce prof. Maintenant, il peut aller se faire voir.

— Dois-je en déduire que tu n'es pas d'accord avec son discours critique envers le droit des affaires ? l'avais-je taquiné en surveillant l'armoire à glace qui tanguait dangereusement juste à côté de moi.

— Ne fais pas l'innocente, tu as les dents encore plus longues que moi, avait-il marmonné.

Sa jambe tressautait nerveusement, comme chaque fois qu'un sujet le stressait, ce qui était assez fréquent.

— On veut nous faire croire que l'ambition est réservée aux monstres, mais moi, je refuse la défaite et je l'assume, avait-il ajouté.

Parfois, Zach me rappelait les défauts de mon père, ceux que ses clients, ses employés et ses voisins ne connaissaient pas. À leurs yeux, mon père était un homme drôle, chaleureux et charmeur. Et ils avaient raison. Mais c'était aussi un acharné de la réussite, que sa fierté poussait à conquérir à tout prix, quitte à sacrifier d'autres choses importantes : ma mère et moi, par exemple, et tout ce qui faisait notre bien-être. Il allait jusqu'à refuser à ma mère de m'enseigner le grec, et à fuir les quelques amis grecs qu'elle avait réussi à se faire. Au fond de lui, ma mère et moi le décevions. Mes parents avaient construit tant de choses, leur restaurant, cet appartement T3 cosy donnant sur la Vingt-Sixième Rue Ouest arborée. Il planait chez nous le parfum des *diples* de ma mère, qui me racontait ses aventures extraordinaires sur l'île de Céphalonie où elle avait grandi. J'étais comblée par cette vie. Je dirais même que c'était idyllique. Mais, pour mon père, ce n'était jamais assez.

— Les étudiants de notre fac de droit ne sont pas assez compétitifs à ton goût ? dis-je en riant. Autant reprocher à des lions d'être trop tendres avec les gazelles.

— Ils font semblant d'être compétitifs. C'est hypocrite !

La sévérité de son regard m'avait transpercée. Zach était ainsi fait : soit il vous regardait avec une insistance excessive, soit il évitait votre regard. Il ne mâchait pas ses mots, et la modération n'était pas son fort. Cela dit, nous avions cela en commun. Au moins, il avait la franchise de ne pas se cacher derrière un caractère faussement jovial, contrairement à mon père. Zach était honnête et entier, une qualité que je respectais.

— Ma mère était serveuse et femme de ménage, et mon père travaillait dans une aciérie, reprit-il. La classe ouvrière par excellence. Mais ils ont travaillé dur pour s'en sortir. Regarde tes parents, ils étaient aussi bosseurs que les miens, et on leur a tondu la laine sur le dos jusqu'à la fin. La réussite n'est abstraite qu'aux yeux des riches.

Je haussai les épaules.

— Moi, je me destine au droit public.

Zach haussa un sourcil.

— Sans rire, le droit public ? C'est noble, mais cette voie n'est pas faite pour les gens comme nous.

— Parle pour toi. Je ferai tout pour rejoindre le bureau du procureur fédéral. Et je me fiche que ce soit sous-payé.

Par ailleurs, je n'aimais pas qu'on me sous-estime. J'avais l'intention de consacrer ma carrière aux personnes comme mes parents, des immigrants travailleurs harponnés par un représentant trop souriant qui les avait convaincus d'hypothéquer leur restaurant de Chelsea, une affaire qui tournait bien, et d'investir cent mille dollars dans un projet immobilier « confidentiel » mené par Hudson Yards. Mon père s'était laissé convaincre. Il avait investi sans même consulter ma mère. Et pouf, tout l'argent avait disparu, ainsi que le gentil représentant. Tout était allé très vite, et la banque avait fait fermer le restaurant. Millie, sergent de la Dixième Division, cliente habituée du restaurant et amie de la famille, était aussitôt entrée en action, exploitant ses contacts au FBI pour retrouver l'escroc. Finalement, le coupable avait été arrêté et sévèrement puni. Mais ça ne changeait rien : tout ce que mes parents s'étaient acharnés à construire avait été réduit à néant. C'est ainsi que ma famille avait sombré avec son restaurant. J'avais seize ans à l'époque. Un an plus tard, j'étais orpheline.

J'avais passé mon baccalauréat dans un état de léthargie, brisée. Je m'étais installée chez ma tante qui comptait les jours entre deux voyages en Grèce. Mon monde avait basculé dans l'ombre, c'était désormais un terrain hostile. J'avais alors connu plusieurs mois de dépression morbide, me jetant à corps perdu dans les études, et c'est en partie ce qui m'avait ramenée sur le chemin de la vie.

Mon assiduité compulsive m'avait ouvert les portes de Cornell, et, arrivée en dernière année, j'étais prête à envisager des études de droit et une carrière d'adjointe au procureur au département des fraudes. L'idée de me consacrer à protéger ceux qui avaient été victimes d'escroqueries, comme l'avaient été mes parents, était devenue ma bouée de sauvetage. Je n'avais plus jamais parlé de ce qui s'était passé. C'est dans ce silence que j'avais puisé la force de nager jusqu'à la rive.

— Je ne voulais pas te blesser, avait murmuré Zach, baissant de nouveau les yeux sur son hamburger. Tu feras une excellente adjointe. Tout ce que je dis, c'est que personne dans cette fac, moi y compris, ne peut rivaliser avec ta combativité. Tu mérites d'y arriver.

— Ne t'inquiète pas pour moi. J'obtiendrai ce que je veux.

— Je n'en doute pas une seule seconde.

Et il m'avait souri.

Mais, aujourd'hui, peu importait notre amitié d'antan. Rien de ce qu'il dirait ne me ferait changer d'avis, je refuserais de le défendre. Il aurait toute mon écoute, une oreille à laquelle se confier, puis, comme promis, je lui recommanderais un excellent avocat. Et le débat serait clos.

Un bourdonnement sonore se fit entendre derrière la vitre de plexiglas perforée. Quand la porte s'ouvrit, je le vis, là, sous mes yeux, des années plus tard. *Zach*. Je remarquai son œil droit avant tout le reste. Tellement gonflé qu'il le maintenait fermé, et une profonde coupure courait au-dessus de sa paupière. Cette moitié de son visage était d'un pourpre violacé spectaculaire. J'eus mal pour lui.

— Mon Dieu, Zach, soufflai-je. Que s'est-il passé ?

Il eut un faible sourire et hocha la tête en s'asseyant.

— On faisait la queue, un type a considéré que je lui volais sa place, ça ne lui a pas plu. Cet endroit est régi par des règles bien particulières. Et il faut un peu de temps avant de les assimiler. Rassure-toi, c'est moins douloureux que ça en a l'air.

Même blessé, Zach était plus charmant que dans mon souvenir. Avec les années, les traits de son visage s'étaient affinés.

— Je suis désolée. Ça a l'air douloureux.

— Tu n'y peux rien, dit-il en baissant les yeux comme je l'avais si souvent vu le faire. Merci d'être venue. Ça fait un bail. (Il y eut un silence.) Heureusement que je ne suis pas mannequin... Avec la tête que j'ai, je pourrais dire adieu à mon gagne-pain. Mais bon, j'aimerais quand même foutre le camp d'ici avant de perdre le reste de mon visage.

— Méfie-toi. Je ne pense pas que cette conversation soit enregistrée, mais...

— « On ne sait jamais », c'est ça ? Tu sais, je n'ai rien à cacher. Mais bon, tu as sans doute raison.

Il leva soudain les yeux pour les planter dans les miens. Il semblait frissonner. Sa jambe devait tressauter sous la table. Le pauvre. Il avait de graves ennuis, ici. Il retenta malgré tout un sourire, triste mais déterminé. J'eus mal pour lui.

— Je suis venue t'aider, Zach. Je ferai ce que je peux, mais, comme je te l'ai dit au téléphone, je ne pourrai pas te représenter moi-même.

Il me transperça de son œil valide et agita la main d'un air vaincu.

— D'accord. Bien sûr, j'espérais une autre réponse, mais tu ne peux faire que ce qui est dans tes cordes, j'imagine.

Je me détendis légèrement. Je crois que j'avais surtout eu peur de le mettre en colère. Bien que je ne l'aie jamais vu se fâcher sérieusement, ça ne voulait pas dire qu'il était innocent dans cette histoire de meurtre. Et puis, onze ans avaient passé. Je ne savais plus rien de sa vie, si ce n'est ce que j'en avais lu sur le site du *New York Times* lors de l'une de mes sessions de revanche sur le passé, où j'avais fouillé le Net à la recherche de ce qu'étaient devenus les hommes que j'avais connus avant Sam.

— Écoute, je débute dans le métier, lui servis-je en guise d'argument très légitime – une excuse parfaite que j'avais eu le temps de peaufiner sur le trajet jusqu'à Rikers. Chez Young & Crane, je ne suis qu'une avocate collaboratrice. Seuls les associés se chargent des affaires. Je ne peux engager aucune procédure par moi-même.

— Depuis quand travailles-tu dans le droit privé ? Je croyais que ton rêve était de devenir procureur adjointe ? Je ne juge pas, hein, mais j'ai été surpris de lire que tu avais choisi de partir.

— Où est-ce que tu as *lu* ça ?

Ça me revint : les rapports des rencontres annuelles d'anciens élèves. Victoria était une nostalgique de nos années à l'université de Pennsylvanie, elle ne manquait aucune réunion et tenait un rapport à jour qu'elle transmettait à tous les anciens étudiants. Elle ne pensait pas à mal en divulguant mon changement de poste. Après tout, j'étais avocate collaboratrice au cabinet Young & Crane, un statut à la fois prestigieux et lucratif: des affaires complexes, une réputation en or et le salaire qui allait avec. J'étais même en lice dans la course au poste d'associée, mais sans grande conviction. Ce que Victoria ignorait, c'était que cet éloignement de mon projet professionnel initial – dédier ma carrière à un travail mal payé mais gratifiant en tant qu'adjointe au procureur fédéral – n'était pas de mon fait.

— J'aurais été moins surpris de te voir abandonner complètement le droit que d'apprendre que tu te tournais vers le droit des affaires.

J'étais vexée, mais tentai de dissimuler ma susceptibilité derrière un sourire.

— La vie nous réserve parfois des surprises.

— Qu'est-ce que tu sous-entends ? Ne me dis pas que tu as été virée, je ne te croirais pas. Tu es bien trop douée.

— On ne voyait plus d'intérêt à ce que je garde ce poste.

Ce n'était qu'une infime partie de la vérité. En fait, mon mari nous avait fichus dans une situation délicate, et mon poste chez Young & Crane était censé nous tirer de ce pétrin.

Environ un an plus tôt, Sam avait trop bu lors d'un repas d'affaires, au point de dire à son éditeur de *Men's Health* d'aller se faire voir, puis il s'était endormi par terre dans les toilettes, le visage sur le carrelage, sous les urinoirs. *Men's Health* n'était qu'une étape parmi toutes celles qui avaient jalonné la chute vertigineuse de sa carrière prometteuse qui avait commencé au *New York Times*. Sam avait été renvoyé par tous ses employeurs, chaque fois pour des raisons liées à son alcoolisme. Des délais non respectés, des faits déformés, un comportement agressif.

Par miracle, au moment de son licenciement de *Men's Health*, Sam était sous contrat pour l'écriture d'une anthologie regroupant toutes ses célèbres rubriques de conseils. Mais l'avance sur ses droits avait vite été dépensée, or il n'était pas près de terminer ce bouquin. Ces derniers temps, Sam n'écrivait presque plus. Mon misérable salaire au parquet fédéral nous aurait peut-être permis de joindre les deux bouts s'il n'avait pas encore aggravé son cas dans une situation déjà précaire.

Le week-end suivant son licenciement de chez *Men's Health*, on avait pris le minibus direction Montauk, espérant qu'un séjour chez un ami, autour d'un bon repas, nous changerait les idées. Je venais d'aller me coucher quand Sam avait décrété qu'il « était parfaitement en état de conduire » et avait décidé d'« emprunter » la décapotable de collection de notre ami pour aller acheter d'autres bières. La voiture avait terminé encastrée dans l'*Anglers*, un vieux pub du centre-ville. Si l'accident avait aussi bien détruit le véhicule que le pub, il avait par miracle laissé Sam indemne. Mais, pour compenser la destruction d'un précieux héritage familial, le propriétaire de l'*Anglers* nous avait poursuivis en justice pour faute dolosive au code des assurances – autrement dit, conduite en état d'ivresse. Nous avions écopé d'une amende de deux cent mille dollars à payer dans un délai de deux ans.

Un détail que j'avais volontairement omis de préciser sur ma déclaration de situation financière pour Young & Crane. L'action en justice étant dirigée contre Sam à titre personnel, l'affaire n'avait pas entraîné de conséquences sur mon profil bancaire. J'avais donc pu sauver les apparences. Les cabinets d'avocats évitaient de recruter des collaborateurs endettés. Or cette lourde dette était bel et bien commune. Et, même avec mon salaire confortable chez Young & Crane, il me faudrait du temps avant de pouvoir l'éponger totalement. On finirait par y arriver sans friser la faillite à une condition : abandonner certains coûts jugés « non nécessaires », notamment la FIV recommandée par notre gynécologue spécialiste de l'infertilité. C'était la prochaine étape si on espérait fonder une famille. En même temps, n'était-ce pas mieux comme ça ? Un bébé, c'était vraiment la dernière chose qu'on pouvait se permettre en ce moment.

Est-ce que ça me mettait en colère ? Oui, évidemment. J'étais même furieuse. Mais jamais au point de perdre espoir. Après tout, si j'arrêtais de croire que tout finirait par s'arranger, si j'arrêtais de me fier à l'optimisme inébranlable de Sam, il ne me resterait que la triste réalité. Et ça, je ne pourrais pas le supporter.

— Vous ne voyiez plus l'« intérêt » de garder ce poste au bureau du procureur ? répéta Zach, dubitatif. Qu'est-ce que ça veut dire ?

Toujours cette franchise qui me plaisait chez lui.

— Financièrement, on a eu quelques coups durs. C'est une longue histoire. Pour faire court, ce n'était pas au bureau du procureur que j'allais arrondir mes fins de mois.

— Ah, le mariage…, soupira Zach en secouant la tête.

— Bon, ce n'est pas la fin du monde, tempérai-je. Je travaille dans l'un des meilleurs cabinets du pays, pas dans une mine de charbon.

L'œil valide de Zach refléta sa tristesse.

— Peut-être, mais je sais combien tu tenais à ce poste. Je suis désolé pour toi.

Ma gorge me brûlait. Je détournai le regard.

— C'est le plus dur à accepter dans un mariage, reprit-il. Les problèmes de ton conjoint deviennent les tiens. Et, parfois, ça paraît injuste.

— Un peu, c'est vrai.

Zach avait les mots justes, et, malgré moi, je devais reconnaître que ça faisait du bien.

— Tu es mariée, donc. À Richard, c'est bien ça ?

— Richard ? (Je culpabilisai en me rappelant d'où Zach tirait ce prénom.) Non, ce n'est pas Richard. Il s'appelle Sam.

— Je suppose qu'il n'est pas avocat…

—Écrivain.

Il chercha mon regard.

—Écrivain ? Ce doit être… une source d'inspiration, dit-il avec un sourire. Je suis content de te savoir heureuse. J'ai souvent pensé à toi ces dernières années, je me demandais ce que tu devenais. Ravi de voir que tout se passe bien.

Tu te trompes. Ça ne se passe pas bien du tout.

Je baissai les yeux. Il valait mieux en revenir à notre affaire.

—Où est ton fils ?

—En colonie de vacances en Californie avec son meilleur ami. (Son sourire faiblit.) Amanda ne voulait pas l'envoyer là-bas, mais nous avons emménagé ici en plein milieu de l'année scolaire, ses copains lui manquaient. Elle savait sentir ce genre de choses, elle a toujours fait les meilleurs choix pour Case, même si ce n'étaient pas les plus faciles pour elle. Je ne peux pas annoncer la nouvelle à notre fils par téléphone et lui expliquer ce qu'il s'est passé. Ce serait… Mais il faut qu'il sache pour Amanda.

—Et ta mère, elle pourrait lui expliquer ?

Il eut l'air surpris.

—Ma mère est décédée.

—Je suis désolée. Dans ce cas, les parents du copain de Case ? Ils pourraient peut-être aller le récupérer là-bas.

—Peut-être, murmura Zach. Pour être franc, je les connais très mal. Son meilleur ami s'appelle Billy, je crois.

—Je peux appeler la colonie, si tu veux, proposai-je. Ils sauront comment joindre les parents de Billy.

—Ce serait génial, merci. Mais je ne connais même pas le nom de cette colo. C'est Amanda qui gérait ces choses-là. (Une pause.) Tu dois me prendre pour un salaud. Je t'imagine mal en fée du logis qui prépare des petits plats tous les soirs pour son mari.

Je ris. Plus qu'il ne l'aurait fallu.

— Non, c'est vrai. Mais tous les couples sont différents, répondis-je.

Au fond, je ne pus m'empêcher de juger son couple, mais, après tout, libre à lui de nourrir le cliché, ça ne faisait pas de lui quelqu'un de mauvais.

— Peut-on trouver les coordonnées de la colonie à ton domicile ?

— Oui, sûrement. Amanda rangeait tous ses papiers dans la console du salon. Il devrait y avoir les formulaires d'inscription au camp de vacances.

— Un voisin a-t-il le double de vos clés ? Ça me simplifierait la tâche, car si je dois demander à avoir accès à tes affaires personnelles dans cette forteresse, rien n'est gagné.

— Il devrait y avoir une clé sous le pot de fleurs devant l'entrée. Amanda la laissait toujours pour Case, en cas d'urgence.

— Vous mettez la clé de votre maison sous un pot de fleurs devant l'entrée ? En plein New York ?

— Dit comme ça, c'est vrai que ça paraît idiot. Je n'y ai jamais vraiment réfléchi. On se sent tellement en sécurité à Park Slope…

— Il faut prévenir la police au sujet de cette clé. Ça peut ouvrir l'enquête à de nouveaux suspects. Tu veux que je passe d'autres coups de fil pour toi ? Pour prévenir de la famille ? Des amis ? Un collègue ?

Quelqu'un que Zach aurait fréquenté au cours de ces onze dernières années. Il devait avoir des équipes entières de salariés sous ses ordres prêts à lui venir en aide.

Zach baissa de nouveau les yeux en secouant doucement la tête.

— Les gens que je fréquente aujourd'hui ne me connaissent pas vraiment. (Il montra vaguement son visage tuméfié.) Je ne tiens pas à ce qu'ils me voient dans cet état-là.

— Oui, je comprends.

Vraiment ? N'avait-il aucun proche à prévenir ? Et pourquoi me sentais-je aussi flattée ? Parce que j'étais visiblement la seule personne qu'il ait voulu appeler ?

— Toi et moi, reprit-il pour répondre à la question que je n'avais pas posée, on a toujours été proches. Un peu comme des âmes sœurs. Je ne me suis jamais senti jugé, avec toi.

— Je ne t'ai jamais jugé. Ce n'est pas aujourd'hui que je vais commencer.

Lorsqu'il releva la tête, une larme perlait au coin de son œil valide. En plus d'avoir gagné en charme, il avait gagné en sensibilité.

— Je sais que la porte d'entrée était verrouillée quand on est partis à la soirée, c'est moi qui l'ai fermée à clé. Mais l'alarme était défectueuse. Amanda devait faire venir un technicien pour la réparer. C'est l'une de nos dernières conversations : je lui ai reproché de ne pas s'en être occupée plus tôt. Sympa, hein ? (Il ferma les yeux avec une douleur sourde.) Bref, je pense qu'Amanda avait refermé à clé derrière elle quand elle est rentrée. Elle était du genre méfiant.

— Méfiant, c'est-à-dire ?

Si elle avait une bonne raison de l'être, la police pourrait trouver la piste d'un autre suspect que son mari.

Il haussa les épaules.

— Elle a grandi dans une petite ville au sein d'une famille très pauvre. Elle n'aimait pas aborder ce sujet, mais je crois qu'elle n'était pas à l'aise dans les quartiers où nous avons vécu. Entourée de ces gens-là. Même les mères au foyer étaient intimidantes : éducation bourgeoise, implication dans la vie de quartier, etc. Amanda était intelligente, mais elle n'a jamais poursuivi ses études au-delà du lycée. Je crois qu'elle avait peur que ça ne se sache. Ça la mettait à cran. Je l'ai peut-être trop poussée à devenir ce qu'elle n'était pas. (Il eut un air de regret.) Mais elle se sous-estimait.

Je voulais juste l'aider à montrer de quoi elle était capable, tu comprends ?

Sa dernière phrase me fit grincer des dents. En même temps, Zach avait toujours été un adepte du dépassement de soi, une exigence qu'il s'appliquait à lui-même. Et il fallait reconnaître que ça avait porté ses fruits.

— Oui, bien sûr, c'est logique, finis-je par répondre en voyant qu'il attendait une réaction.

Son visage s'assombrit.

— J'allais tenter un massage cardiaque, mais elle était déjà froide comme la glace. Et quand j'ai marché dans son sang, il était épais, on aurait dit de la colle. Et puis…

Zach porta la main à sa bouche.

Ce massage cardiaque, n'avait-il pas dit au téléphone qu'il l'avait fait ? J'aurais juré que oui, peut-être avait-il parlé trop vite. Ou peut-être qu'il n'assumait pas la vérité.

— Quand les flics sont arrivés, ils ont tiré leurs conclusions. J'aurais dû avoir plus de sang sur mes vêtements. Ils en ont déduit que je m'étais changé après l'avoir tuée. Je n'aimais plus ma femme et n'avais pas pris la peine de lui administrer les gestes de premiers secours. Pour eux, c'était la preuve de ma culpabilité. Mais la vérité, c'est que son cadavre était déjà froid. Voilà pourquoi je n'ai pas essayé de la ranimer. On croit souvent savoir comment on réagirait dans des moments de crise, mais on n'en a aucune idée. Et la réalité est pire que ce qu'on pourrait imaginer.

C'était vrai. Et j'en savais quelque chose. Pas plus tard que la semaine précédente, à mon réveil, j'avais trouvé Sam évanoui par terre dans notre salon, une blessure au crâne. Il y avait du sang partout, sur ses mains, son tee-shirt et sur le parquet tout autour de sa tête. J'ai accouru, convaincue qu'il était mort. Mais, quand je l'ai touché, il s'est mis à grogner et empestait l'alcool. Je n'osais même pas imaginer mon état s'il avait été glacé.

— Tu as raison, dis-je. On ne peut pas savoir comment on réagirait.

La tenue immaculée de Zach risquait effectivement de jouer en sa défaveur, la police l'avait déjà prouvé. Quoique, ils n'avaient pas dû retrouver de tenue ensanglantée pour étayer leur théorie. Sinon, ils l'auraient arrêté pour meurtre.

— Lizzie, je n'ai aucune idée de ce qui est arrivé à ma femme. Je n'étais pas à la maison quand elle est morte, insista-t-il. Mais si j'avais été un meilleur mari, elle serait peut-être encore en vie.

Quoi qu'il sous-entende, il ne devait jamais répéter une allégation pareille. Autant plaider coupable.

— Hum, tu ne devrais...

— Je l'ai laissée partir seule de la fête et je ne lui ai envoyé de texto qu'après avoir quitté la soirée à mon tour. Comme d'habitude, je l'ai laissée gérer. C'est elle qui doit tout m'expliquer. Qui doit construire notre vie. Et elle le fait. (Il se tut. Reprit son souffle.) *Faisait.* Je ne l'ai probablement jamais remerciée.

— Personne n'est parfait. Encore moins au sein d'un couple marié.

Il eut un sourire amer.

— On ne se disputait jamais. C'était déjà ça. Nous étions pacifistes. Chez nous, il faisait bon vivre. Case est un garçon adorable. Mais étais-je proche d'Amanda ? (Il secoua la tête.) Pour être franc, j'ai toujours considéré le mariage comme un arrangement pragmatique. Maintenant que ma femme est morte, cet argument va se retourner contre moi, pas vrai ? On va dresser le portrait d'un homme détaché, insensible, monstrueux. Là où le bât blesse, c'est que je n'ai pas quitté la fête par obligation. Je suis parti parce que je m'ennuyais. Alors je suis allé me balader sur...

Je levai soudain les bras pour mettre fin à son récit.

— Non, non, je ne veux aucun détail !

— Les détails de ma version des faits ne bougeront pas, Lizzie. Parce que ce n'est pas une version. C'est la vérité.

— Ça ne change…

— Je me promenais sur l'esplanade de Brooklyn. Tout seul. Au bord de l'eau, devant les lumières de Manhattan. Tu te souviens, à Philadelphie ? Je me promenais tout le temps.

Est-ce que je me souvenais de ça ? Pas sûr. Une chose était certaine : Zach ferait un client très agaçant. Il ne voulait rien entendre.

— De toute façon, j'ai déjà parlé de ma promenade à la police. Et je leur ai dit tout ce qu'ils voulaient savoir sur le club de golf. « Il est à vous ? » J'ai répondu : « Ouais, c'est à… »

— Zach ! criai-je si fort cette fois qu'il fit la grimace. Sérieusement, arrête ! Tu n'arranges pas ton cas.

— Mais ça s'est passé chez moi, ce club est forcément à moi ! Je ne l'ai pas tuée, alors pourquoi devrais-je mentir ?

Admettre auprès de la police qu'il était le propriétaire de l'arme supposée du crime allait à l'encontre du bon sens pénal. On n'était pas loin d'un témoignage rapporté. Il faudrait que j'en fasse part à l'avocat que j'allais lui recommander. Un avocat qui allait devoir commencer par régler le problème de ce premier témoignage compromettant. Il fallait que je quitte ce parloir avant de faire plus de dégâts. Mais j'avais besoin des informations nécessaires pour trouver le bon avocat et le faire intervenir en appel de la décision du juge des libertés et de la détention.

— Peut-on revenir à l'altercation ? À cette histoire de violence sur agent ?

N'importe quel avocat aurait besoin d'en savoir plus sur le chef d'accusation avant de choisir de prendre ou non le dossier.

— Ce n'est pas moi qui ai commencé, tu t'en doutes, répondit Zach en désignant sa silhouette mince.

Bien qu'il soit plus musclé qu'autrefois, il n'avait pas l'allure d'un homme qui chercherait la bagarre avec un agent de police.

— C'est le flic ?

— Question de point de vue. En tout cas, l'un des policiers m'a pris en grippe dès l'arrivée de la police scientifique. En pointant du doigt le club de golf, il a dit : « Vous avez frappé votre femme avec ça, pas vrai ? Pourquoi ? Parce qu'elle vous tapait sur le système ? Elle vous trompait ? Vous vouliez peut-être juste lui faire peur en l'agitant sous son nez. Mais elle s'est effondrée et vous avez paniqué. » Il ne s'arrêtait plus. Un autre a surenchéri, m'a traité de menteur, disant que ma promenade n'était qu'un prétexte à la con. Il me répétait sans arrêt : « T'es débile ? »

Son histoire était un peu caricaturale, mais pas improbable. Secouer le suspect en lui aboyant dessus, c'était une façon de procéder comme une autre.

— C'est là que le flic en civil est arrivé sur ma gauche, il m'a dit : « Venez, on va discuter dehors. » Mais j'ai refusé de laisser ma femme. Alors un autre s'est approché à ma droite pour me prendre par le bras. Je me suis dégagé. Brutalement, c'est vrai, mais par pur réflexe. (Il leva le coude pour illustrer son propos.) Apparemment, il y avait un autre policier derrière moi, et je l'ai frappé sans le vouloir.

— C'est à ce moment-là qu'ils t'ont arrêté ?

— D'abord, ça s'est agité. Un secouriste a examiné le nez du flic, puis tout le monde s'est calmé, j'ai cru qu'ils allaient lâcher l'affaire. Le type en costard a glissé un mot à l'oreille du policier en civil, je n'ai pas compris ce qu'il disait. Mais, dans la foulée, ils m'ont arrêté pour violence sur un agent de police dans l'exercice de ses fonctions.

— Et pas pour meurtre ?

Zach secoua la tête.

— Non, seulement pour violence. Je crois que même le type que j'ai frappé voulait oublier cette affaire. Il n'arrêtait pas de répéter : « Il vient de perdre sa femme. » Mais le type en costume cherchait une excuse pour m'arrêter.

Ce qui semblait effectivement logique. Quand on a l'occasion d'écrouer le suspect numéro un d'un meurtre, on ne la laisse pas passer. Point.

— L'avocat commis d'office qui t'a représenté pour la première comparution, lui as-tu donné la même version des faits ?

Zach réfléchit.

— J'ai un doute. Encore une fois, je n'avais pas les idées claires, ce jour-là.

— Ce n'est pas grave, le rassurai-je. Je peux retrouver ses coordonnées et lui poser directement la question. Comment s'appelait-il ?

— Hum, Adam. Adam Roth, je crois. Il vient d'avoir un enfant et habite sur Staten Island. On a discuté du ferry.

J'imaginais un jeune avocat encore fraîchement diplômé à qui l'on ne confiait que des audiences préliminaires et qui racontait tout son parcours à un Zach encore sonné par les récents événements.

— Je le retrouverai. S'il a déjà parlé au procureur de district, il doit avoir une bonne vision globale de la situation.

— Tu veux dire que tu as changé d'avis ? Tu vas prendre mon dossier ?

Plein d'espoir, il attrapa le bord de la vitre en plexiglas qui nous séparait.

— Je suis désolée, Zach, insistai-je avec fermeté. Il te faut vraiment un avocat aguerri en matière de droit pénal. En criminalistique, plus spécifiquement. Quelqu'un qui s'y connaisse en ADN, en médico-légal, en typage sanguin et en recueil d'empreintes. J'ai des connaissances en juricomptabilité, mais ça s'arrête là. Et puis, je n'ai aucun contact au bureau du procureur de district de Brooklyn. Il faut avoir le bras long pour ce genre d'affaire.

— Non, c'est d'une battante que j'ai besoin, objecta-t-il. Ma vie en dépend.

— Je ne suis pas associée. Je ne peux pas défendre mes propres clients chez Young & Crane. Fin de l'histoire.

— Je peux payer les frais. Quel que soit le montant.

— Tu pourrais même acheter notre cabinet tout entier. Il ne s'agit pas d'argent.

— Ah. (Il recula dans son siège.) Ils ne veulent pas que leur nom soit associé à celui d'un assassin présumé. Je comprends.

— Tu sais comment ils sont, dans ces cabinets. Leur moralité reste arbitraire.

— Moi non plus, je n'aimerais pas que ma boîte baigne dans des histoires de crime, qui plus est d'une telle violence. Rester blanc comme neige, c'est la règle.

— Plus que cinq minutes, annonça-t-on dans un haut-parleur. Les heures de visite sont bientôt terminées. Veuillez vous diriger vers la sortie la plus proche.

Je me levai avec mon bloc-notes.

— Je passerai quelques coups de fil. Je vais te trouver le meilleur avocat pour te défendre et je lui demanderai de faire vite. Avant tout, il faut réussir à t'obtenir une remise en liberté conditionnelle. (Je scrutai son visage tuméfié et son œil au beurre noir.) De toute façon, je ne vois pas qui accepterait de défendre ce dossier chez Young & Crane.

Zach eut un mouvement de recul.

— Attends. Tu veux dire que tu *pourrais* le suggérer à ton cabinet ? Personne n'a encore dit « non » ?

Et merde.

Je baissai les yeux et poussai un long soupir. Pourquoi avais-je dit ça ? Mais bon, ça ne changerait rien à l'affaire : Young & Crane allait forcément refuser. Un jour, Paul avait été très clair à ce sujet : les collaborateurs ne défendaient jamais un dossier en leur nom propre. Une fois que Paul aurait officiellement refusé, Zach finirait par capituler.

— Je peux leur soumettre l'idée, finis-je par répondre. Mais ils refuseront, c'est sûr.

— OK, d'accord.

— Zach, je ne plaisante pas. Ça ne changera rien.

— Oui, oui, je comprends. Mais c'est gentil d'essayer.

Son regard s'attarda. Il eut un timide sourire.

— Les visites sont terminées ! insista la voix, plus forte. Veuillez vous diriger immédiatement vers la sortie !

— Je dois y aller. Rappelle-moi demain en fin de journée, j'aurai du nouveau. Disons 19 heures ? Tiens, voilà mon numéro de portable. (J'écrivis mon numéro sur un papier que je lui montrai à travers la vitre et m'assurai qu'il le notait sans faute.) Je serai plus facilement joignable.

— Merci, Lizzie, murmura-t-il en posant sa main contre la paroi de plexiglas, le regard implorant. Merci.

J'hésitai une seconde avant de plaquer ma paume devant la sienne. Le geste était étrangement intime, même sans le contact physique.

— Essaie de ne pas trop t'inquiéter, dis-je en retirant ma main.

— Pourquoi ? Parce qu'il n'y a pas de raison ? Ou parce que ça n'y changera rien ?

— Les deux.

Sur ce, je pris le chemin de la sortie.

J'étais essoufflée en montant l'escalier qui menait au quatrième étage de mon immeuble. En chemin, j'avais fait quelques recherches sur Amanda. Je n'avais pas trouvé de détails sur Internet au sujet de sa mort, mais le *Post* et le *Daily News* évoquaient un meurtre à Park Slope survenu pendant le week-end. Ils titraient respectivement : « Park Slope en péril » et « Bain de sang à Park Slope ». Les deux articles étaient illustrés de photos similaires : une ambulance garée devant une *brownstone*[1] au milieu de voitures de police et de rubans jaunes. Les deux textes restaient vagues, et ne citaient ni Zach ni Amanda : « La famille en attente d'instruction », disaient les journaux. Ils n'évoquaient pas non plus la cause du décès, mais précisaient qu'une arrestation avait eu lieu, la sécurité publique n'était donc plus en jeu. Sam et moi avions passé le week-end du 4 Juillet chez des amis qui vivaient sur la côte, près de Jersey Shore, j'étais totalement passée à côté de l'affaire.

Un peu partout sur la Toile, j'avais déniché de nombreuses photos du couple – à des galas organisés au profit d'associations caritatives ou sur différents profils de Zach. Sa femme était très belle. C'en était presque dérangeant. Une beauté de gazelle, la silhouette élancée et de longs cheveux blonds épais. Tout le contraire de moi qui avais le teint méditerranéen et la carrure robuste. Je ne trouvais aucune mention de son âge, mais elle avait l'air jeune. Très jeune.

Encore en pleine réflexion sur son âge, je poussai la porte de mon appartement et fus accueillie par sa touffeur familière. Il était tard, presque 23 heures. Mais Sam ne devait pas dormir. Pourvu qu'il ne soit pas en coma éthylique. Je croisai les doigts.

Je laissai tomber mon sac dans l'entrée et retirai mes talons tout en marchant vers la cuisine pour boire un verre d'eau et trouver de quoi grignoter. Je pris une grosse poignée de bonbons d'un sachet que je tentais vainement de dissimuler dans un placard. En sortant la carafe filtrante

1. Maison de grès rouge mitoyenne, typique du quartier de Brooklyn à New York. *(NdlT.)*

du réfrigérateur, j'aperçus mon repas du lendemain déjà emballé.

Oh, Sam, si tu crois que les sandwichs à la dinde peuvent régler tous les problèmes du monde, tu te mets le doigt dans l'œil.

Depuis le seuil du salon, je le vis effondré sur le canapé. A priori, il n'était pas ivre mort, seulement profondément endormi, recroquevillé sur le flanc devant un match opposant les Yankees aux Red Sox et dont il avait coupé le son.

Je m'approchai à pas de loup et me penchai sur lui. Il ne sentait pas l'alcool – je le reniflais, voilà à quoi nous étions réduits. Une bouteille d'eau gazeuse était posée sur la table basse. Je m'assis sur l'accoudoir pour le regarder dormir. Le tableau était superbe, ses cheveux blond paille en bataille retombaient sur ses pommettes saillantes. Ses yeux enfoncés étaient d'un bleu clair magnifique, même si les soucis de ces derniers temps avaient assombri son regard. Mais, endormi, Sam était d'une beauté stupéfiante.

Il faisait des efforts. Des efforts considérables. Et je l'aimais pour ça. Suite à l'accident de voiture, il avait arrêté l'alcool du jour au lendemain pendant deux bons mois. Depuis que j'avais rejoint Young & Crane, il y avait de cela quatre mois, il ne buvait qu'une bière occasionnelle à un match de base-ball ou un verre de vin en soirée chez des amis. Mais il n'avait plus été saoul – en tout cas, pas ivre mort au point de s'ouvrir le crâne.

Jusqu'à ce fameux soir, la semaine dernière.

À une époque, je n'aurais pas su dire la différence entre saoul et ivre mort : dans les deux cas, la personne finit la tête dans la cuvette. Mais, après huit ans de mariage avec Sam, j'étais devenue experte des différentes étapes de l'ivresse avancée. Un homme saoul – un mari, par exemple – reste parfaitement mobile, il peut effectuer tous les gestes du quotidien, mais avec maladresse. Il n'est pas encore ivre mort, mais manque toutefois de vivacité, puisque la partie essentielle de sa personne –celle qui nous plaît et pour laquelle on l'a épousé– est totalement éteinte. Cet homme ressemble à notre mari, il a la même voix, mais n'est plus lui sur d'innombrables aspects.

Dix points de suture et une légère commotion, c'était finalement tout ce dont il avait écopé la semaine dernière, outre cette mare de sang. Dès le lendemain, la plaie était si proprement dissimulée dans ses cheveux que même nos amis de Jersey Shore n'y avaient vu que du feu. Une partie de moi était presque déçue qu'il n'ait pas gardé une affreuse cicatrice en travers de son front si parfait. Ces brefs instants où je l'avais cru mort resteraient à jamais gravés dans ma mémoire. Puisque ce souvenir me hantait, Sam n'avait pas le droit d'oublier non plus. Zach avait raison : le pire inconvénient du mariage, c'est qu'on ne peut plus faire abstraction des problèmes de l'autre.

Une cure de désintoxication. Voilà la seule vraie solution. Seulement, comme Sam me le rappelait si souvent, nous n'avions pas les moyens de financer une clinique privée digne de ce nom. Ce n'était pas couvert par l'assurance. Atteindre la sobriété et s'y maintenir avait un coût. Il nous restait une option, mais il la refusait en bloc : ses parents.

Il était issu d'une famille riche, plusieurs générations aisées descendant de grandes fortunes bâties sur les chemins de fer. Son père, Baron Chadwick, était actuellement conseiller fiscal dans un prestigieux cabinet à Boston, et sa mère, Kitty Chadwick, une femme du monde. Mais l'enfance de mon mari n'avait pas été heureuse. Aucune maltraitance, seulement un froid glacial transformé en cruauté à mesure que Sam devenait un homme trop créatif, trop sensible, trop passionné. Pour son père, c'était une déception. Lui qui voulait un fils sportif, un délégué de classe, un avocat. Il voulait un rapace en affaires qui traumatisait les plus faibles dans les vestiaires, capable de remettre à leur place ses ennemis comme ses amis si nécessaire. La gagne. La gagne à tout prix. Mais non, Sam était plutôt du genre à prêter ses fiches de révision à ses camarades. Un jour, il avait même renoncé à candidater pour un stage d'excellence, car son meilleur ami avait jeté son dévolu sur la même entreprise. Baron Chadwick ne voyait pas l'intérêt d'un fils doté de cette mentalité. Il aurait préféré un autre que Sam. Depuis l'annonce de notre mariage, ses parents ne lui adressaient plus la parole. À mes yeux, ce serait un juste retour des choses de leur demander de payer pour les dégâts qu'ils avaient causés. Mais Sam refusait catégoriquement de leur réclamer quoi que ce soit, ce que je pouvais parfaitement comprendre. Et ça l'arrangeait bien.

— Oh, tu es rentrée, marmonna-t-il en remuant sur le canapé.

Il se tourna vers la fenêtre par laquelle il guettait mon arrivée d'habitude.

— Désolé, je ne t'ai pas entendue rentrer.

— Ce n'est pas grave.

Si, c'était grave. Je sentais monter en moi cette colère sourde et épaisse. Un rien suffisait à me mettre hors de moi. Est-ce que je trouvais adorable qu'il fasse la sentinelle en guettant mon retour ? Oui, bien sûr. Est-ce que j'aurais préféré qu'il m'exprime son amour en ne touchant plus jamais à une goutte d'alcool ? Absolument.

Mais, bon sang, comment pouvais-je être à ce point en colère contre lui tout en ayant envie d'aller me blottir dans ses bras sur le canapé ?

— Quelle heure est-il ?

— Presque 23 heures.

— Et tu viens seulement de rentrer ? s'étonna Sam en clignant les paupières, ses yeux bleus brillant malgré l'obscurité. Même au goulag, ils travaillaient moins tard.

— Ouais.

C'était le moment de tout lui expliquer. De lui raconter l'histoire de Zach et Amanda, de cet appel téléphonique inattendu, de ma visite à Rikers et de l'énorme erreur d'avoir évoqué devant Zach la possibilité de proposer l'affaire à Young & Crane. Une pulsion qui m'avait tracassée sur tout le trajet du retour, mais mieux valait refermer cette boîte de Pandore. Sur ce même trajet, j'avais décidé de ne rien dire à Sam. Encore un secret. Un de plus ou un de moins, on n'était plus à ça près…

— Tu as travaillé, combien…, marmonna Sam en passant la main dans mes cheveux, sa voix chutant d'une octave tandis que le sommeil complexifiait son calcul : douze… non, quinze, seize heures aujourd'hui ? Je suis désolé, Lizzie.

Je haussai les épaules.

— Pourquoi t'excuser ? Ce n'est pas toi qui me fais crouler sous les dossiers urgents.

— Non, mais c'est à cause de moi que tu travailles pour ce cabinet.

La tristesse venait encore teinter son discours, comme chaque fois qu'il s'excusait, ces derniers temps. Et j'étais convaincue qu'il le pensait vraiment.

— Ce n'est rien, mentis-je.

Sa culpabilité n'apporterait rien de plus.

Je fermai les yeux, savourant la chaleur de ses doigts dans mes cheveux. Il m'avait caressé la tête dès notre deuxième rencard et n'avait jamais perdu cette douce habitude. N'était-ce pas justement le secret d'un mariage qui dure ? Apprendre à faire comme si quelques jolis détails restés intacts pouvaient compenser l'immense gâchis de tout le reste ?

Je me souvins de notre premier week-end en amoureux à New York. J'avais fait le trajet de trois bonnes heures depuis Philadelphie, d'abord un premier train, puis un second dans le New Jersey et enfin le métro, tout cela pour retrouver Sam et cette sensation électrique ressentie le soir de notre rencontre. Nous avions fait l'amour trois fois d'affilée avant de nous effondrer de sommeil dans son canapé convertible, le seul meuble qui rentrait dans son minuscule studio de l'Upper West Side, nos têtes collées à un réfrigérateur beaucoup trop grand pour ce mouchoir de poche. Avant d'aller prendre un brunch le lendemain matin, il avait déposé un lot de carnets et de stylos pour les gamins d'un refuge pour les sans-abri en me tenant un discours sur la nécessité de fournir du matériel scolaire pour les plus démunis. Peut-être cherchait-il simplement à me séduire, il n'empêche que l'étincelle dans son regard avait paru sincère.

— Ce n'est pas grand-chose mais je donne tout ce que je peux, avait-il dit.

Et si, aujourd'hui, Sam me donnait tout ce qu'il pouvait ?

— Viens, Sam. On va au lit, rechignai-je lorsqu'il m'attira sur le canapé. On risque de nous voir. Il faut vraiment qu'on achète des rideaux.

— Non, je n'ai pas envie de bouger, murmura-t-il en déboutonnant ma chemise, avant de glisser une main sous mon soutien-gorge et l'autre sous ma jupe. Je veux rester là.

— Bon. D'accord.

Et je fermai les yeux. Parce qu'il avait envie de moi. Et, malgré moi, j'avais envie de lui.

Krell Industries
Mémorandum confidentiel

Pièces relatives au dossier du client
dont l'avocat est tenu au secret professionnel

24 juin

À : Conseil d'administration de l'école Country Day de Brooklyn
De : Krell Industries
Objet : Compromission des données et incident informatique – rapport introductif

Ce mémorandum a vocation à introduire l'intervention de Krell Industries pour le conseil d'administration de l'école Country Day de Brooklyn. Il sera question d'évaluer une brèche potentielle dans la sécurité informatique de l'établissement, susceptible de compromettre le caractère privé des données concernant les élèves et leurs familles. Toute information fournie par ce mémorandum et par toute communication ultérieure sera tenue confidentielle et n'a pas à être divulguée par l'avocat ou son client.

L'enquête menée par Krell Industries comprendra, sans toutefois s'y limiter :
Un examen du système : l'examen des données du système d'exploitation permettra de mettre en lumière

d'éventuelles failles internes ou intrusions externes ayant pu conduire à la fuite des données.

L'audition de témoins : toute partie en lien avec l'affaire sera entendue. Les témoins interrogés seront tenus au secret afin de garantir la réussite de l'enquête. Des formulaires de confidentialité seront à signer.

Des rapports hebdomadaires : seront remis pour faire acte de l'état de progression de l'enquête.

Des rapports d'événements critiques : seront remis le cas échéant, afin d'éclairer toute information requérant une réponse urgente.

L'identification de suspects : de potentiels suspects encourant des poursuites judiciaires seront identifiés.

Amanda

Six jours avant la fête

Quand Amanda se présenta devant la maison, il y avait déjà du monde. Kerry se tenait sur le seuil, appuyé contre le chambranle, comme s'il voulait se fondre dans le mur.

Enfin un visage amical. Sur le trajet silencieux assombri par la tombée de la nuit, Amanda avait reçu deux appels d'un numéro masqué. La sonnerie stridente l'avait fait sursauter, mais n'avait retenti qu'une seule fois à chaque appel, pas assez longtemps pour décider ou non de décrocher. Rien ne prouvait qu'ils étaient liés aux nombreux autres appels qu'elle avait reçus récemment. Encore quelques semaines plus tôt, elle aurait cru à une coïncidence, mais, depuis qu'elle entendait ce souffle rauque au bout du fil, le doute n'était plus permis. Il l'avait retrouvée. Et, quoi qu'il attende d'elle, ça ne présageait rien de bon.

Difficile de ne pas envier tous ces parents agglutinés dans la maison pour la réunion de parents d'élèves concernant leurs soucis de « cybersécurité ». Amanda avait de vrais problèmes de sécurité, et qui lui paraissaient autrement plus terrifiants.

Heureusement, elle ne risquait rien chez Sarah, la présence de Kerry la rassurait. Il mesurait près d'un mètre quatre-vingt-cinq et avait gardé sa corpulence de footballeur américain en défense arrière. Avec la douceur de ses yeux tombants et son sourire facile, on l'imaginait mal bousculant volontairement quelqu'un. En revanche, Amanda n'était pas surprise qu'il ait été élu roi du bal de promo, même s'il s'était légèrement empâté au fil du temps. Elle avait remarqué la différence sur les photos exposées un peu partout dans leur maison.

Une chose était sûre, Sarah ne l'avait pas épousé pour son physique. Il avait débarqué dans sa vie avec sa fortune familiale et son blouson de fac américaine, comment résister ? Avec lui, Sarah était choyée et protégée. Ils n'avaient pas fini aussi riches qu'elle l'aurait souhaité, mais ils n'étaient pas non plus dans le besoin. Kerry était un avocat renommé.

Et puis, du point de vue d'Amanda, ses douces attentions devaient valoir tout l'or du monde. Zach, à l'inverse, passait sa vie au travail et comblait son absence par l'embauche de personnel – plombiers, charpentiers, baby-sitter, tuteur, jardiniers, peintres. Mais qui pouvait-on payer pour attraper la collection de cartes de base-ball de Case, rangée sur la dernière étagère du placard ? Le week-end dernier, elle avait été gênée de devoir appeler Sarah, mais dans l'heure qui avait suivi, Kerry était sur le pas de sa porte.

— On m'envoie en renfort, ma p'tite dame, avait-il plaisanté. Une histoire de base-ball ?

— Je suis vraiment désolée. Il est tard, c'est dimanche soir. Je ne pensais pas que Sarah t'enverrait à ma rescousse.

Elle n'en demandait pas tant, c'était gênant, mais elle n'était pas mécontente qu'il soit venu. Son fils voulait récupérer sa collection pour son camp de vacances, il fallait que le colis parte à la première heure le lendemain matin. Elle était montée sur le grand escabeau, mais le carton était encore trop haut.

— Je sais bien, ne t'inquiète pas, je la connais. (Kerry avait balayé du regard la maison plongée dans la pénombre.)

Zach n'est pas là ? Il travaille un dimanche à 20 h 30 ? C'est dur…

— Il a une réunion de financement demain matin, avait-elle expliqué.

C'était souvent la cause de ses absences tardives, mais elle ignorait celle qui le retenait spécifiquement ce jour-là.

Kerry avait réussi à attraper le carton sans avoir à grimper jusqu'en haut de l'escabeau.

— Tu rappelleras à Case qu'il a beaucoup de chance, avait-il dit en redescendant. Si l'un de nos garçons nous écrivait depuis son camp de vacances pour nous demander une chose pareille, Sarah ferait comme si elle n'avait jamais reçu la lettre. Tu veux que j'en profite pour jeter un coup d'œil à la porte de ton placard ? Les gonds coincent un peu, non ?

— Ne t'en fais pas, j'ai déjà appelé quelqu'un, avait répondu Amanda, mortifiée à l'idée qu'il connaisse toute la liste de ses tracas matériels – en parlait-elle vraiment si souvent ?

Ce soir, elle ne fut pas surprise de le voir à la réunion de parents d'élèves de Sarah alors qu'il reprendrait sans doute tôt le travail à la première heure le lendemain matin. Il était toujours là où sa femme avait besoin de lui.

Quand il l'aperçut enfin, alors qu'elle hésitait à avancer, il lui fit signe d'approcher.

— À l'aide ! chuchota-t-il entre ses dents serrées lorsqu'elle fut parvenue à se frayer un chemin dans la foule, et il se gratta la tête au travers de sa tignasse brune. Qu'est-ce que tous ces parents viennent faire chez moi ?

— Ta femme est à la tête de l'APE, je te rappelle.

— Mais c'est l'été, chouina Kerry. Nous aussi, on a droit à des vacances, non ?

— Tu me demandes ça à moi ? C'est Sarah qui m'a fait venir.

— À mon signal, on part en courant. D'accord ?

Amanda appréciait qu'il plaisante avec elle en toute amitié.

— Hors de question, ta femme me fait trop peur, rétorqua-t-elle avec un grand sourire en passant devant lui pour rejoindre leur salon. Et tu devrais avoir peur, toi aussi.

— Je te le confirme, elle me terrifie.

Bien qu'elle eût préféré rester à l'écart avec lui, Amanda chercha une place là où Sarah pourrait remarquer sa présence. Ça lui permettrait peut-être de s'éclipser un peu plus tôt. Tous ces appels anonymes la mettaient à cran – ceux d'aujourd'hui particulièrement –, or se retrouver seule au milieu d'un groupe de parents d'élèves était assez stressant comme ça. Elle chercha Maude du regard, mais ne la trouva nulle part. Sa galerie d'art restait souvent ouverte tard les soirs de semaine. Elle devait encore travailler.

Le salon de Sarah était chaleureux et décoré avec goût. *Habité avec amour*, pensa Amanda. Les murs exposaient des portraits de famille pris au fil des ans – des nourrissons rouges de pleurs, les premiers repas, les déguisements improvisés pour Halloween, et enfin, des adolescents dépités. On était bien loin des surfaces immaculées de la maison d'Amanda, rénovée du sol au plafond. Bien sûr, elle se sentait bien chez elle, mais elle enviait à Sarah ses planchers qui grinçaient ou se courbaient par endroits. Non pas qu'elle eût un attrait particulier pour les sols qui craquaient – le mobile-home dans lequel elle avait grandi avait toutes sortes de bruits, chaque pas lourd sur le lino jauni rappelait le crissement d'une souris prise dans un piège à colle. Mais ceux qui animaient cette maison-ci étaient d'un tout autre acabit, typiques d'une famille aimante vivant entre les murs d'une petite maison de grès.

Amanda contempla le groupe éclectique, à l'image du quartier de Park Slope ; des femmes en tailleur, des hommes

portant des tee-shirts à message ; les uns assez âgés pour être grands-parents, les autres aux visages d'étudiants ; des parents de toutes origines ethniques ; des parents célibataires et des couples homosexuels. Un groupe diversifié à bien des égards, mais avec un point commun : ils étaient tous fortunés. Et, pour Amanda, ils étaient tous intimidants.

Dans leur ancien quartier de Palo Alto, les réunions de parents d'élèves étaient généralement réservées aux mères au foyer, mais, à Park Slope, hommes et femmes partageaient plus équitablement leur rôle de parents, or la plupart n'avaient pas seulement un travail, mais une *carrière*. À Palo Alto, les gens n'étaient pas moins intelligents ou accomplis, c'est simplement qu'ici on pouvait qualifier les gens d'intellectuels. Dans le quartier vivaient pléthore de journalistes, de professeurs et d'artistes. De gens qui attendaient de vous que vous disiez des choses profondes dès que vous ouvriez la bouche. Politique, art, littérature, voyage, il fallait avoir un avis sur tout et des sources fiables pour chaque argument. Aussi cultivée que fût Amanda, sa connaissance n'allait pas aussi loin, or, à Park Slope, chaque bribe de conversation était méticuleusement prélevée et examinée à la loupe. C'était également valable pour les gens eux-mêmes, pour leur caractère, or s'ils inspectaient Amanda de près, ils risqueraient de découvrir une coquille vide.

— Bonsoir tout le monde, commença Sarah quand l'assemblée fut installée.

Elle décocha un clin d'œil à Amanda et jaugea le reste du groupe pour faire monter la tension. Elle avait le chic pour animer ces réunions.

— Alors, la fameuse liste de contacts qui affole tout le monde… Avant toute chose, ne paniquons pas. Nous allons y survivre, je vous le promets. (Sa voix était fragilisée par un doute qu'elle ne prenait pas la peine de masquer.)

L'APE travaille main dans la main avec l'école pour résoudre le problème.

Des mains se levèrent.

— Et comment comptez-vous le résoudre ? demanda un grand homme à la peau d'ébène et au costume à chevrons taillé sur mesure, à l'instar de ceux qu'on voyait en vitrine des luxueuses boutiques de chez *Barneys*, un exemplaire du *Wall Street Journal* enroulé dans sa main. On ne nous dit rien !

— L'école a fait appel à une entreprise spécialisée dans la cybersécurité, expliqua Sarah. Ces professionnels sont assez qualifiés pour identifier la source du problème et les solutions pour y remédier. Mais ça risque de prendre du temps.

— Ben voyons, marmonna une femme assise à côté d'Amanda.

Elle faisait négligée, les veines visibles sous sa peau singulièrement pâle. Amanda se demanda depuis combien de temps elle n'avait pas utilisé une brosse.

Une petite dame, métisse, avec un carré soigné et une jupe crayon impeccable, leva la main. Comme elle était assise, ses talons hauts touchaient à peine le sol. Sa nervosité était visible.

— Pardonnez-moi, mais si le Country Day n'arrive pas à préserver la confidentialité de nos données, comment peut-on lui faire assez confiance pour assurer la sécurité de nos enfants ? (Comme elle cherchait du regard un peu de soutien, plusieurs parents acquiescèrent.) D'autres écoles du quartier ont été victimes de piratage ou de cyberharcèlement. Des problèmes graves. Or, moi, j'ai justement choisi cet établissement pour son excellence. N'est-on pas en droit d'exiger le meilleur pour nos enfants ?

Un murmure d'approbation emplit le salon.

Sarah rougit.

— Du cyberharcèlement ? Nous n'en sommes pas là. Il s'agit seulement de supporter encore quelque temps les courriers… disons, indésirables. Ça n'ira pas plus loin.

Amanda mesura les expressions des personnes présentes, certaines plus graves que d'autres.

— Et si ce piratage était plus sérieux qu'il n'en a l'air ? insista la dame. Ma voisine travaille dans l'informatique. D'après elle, ces pirates peuvent accéder à l'intégralité de nos *clouds*.

Elle avait prononcé « clouds » comme elle aurait dit « vagin », comme si le mot en soi avait quelque chose d'obscène.

— J'irai même plus loin, intervint un père plutôt décontracté en jean et tee-shirt des Ramones, les cheveux d'un gris presque blanc et le teint blême. Les choses empireront ou n'empireront pas, toujours est-il que l'école devrait faire preuve de plus de transparence. Je n'apprécie pas la manière dont l'affaire est gérée. Nous devrions être impliqués dans l'enquête. Nous sommes censés former une communauté.

— Et si l'auteur du piratage faisait justement partie de cette communauté ? suggéra Sarah. Un élève, par exemple. Ou un ancien employé en colère ? Et si cette personne était présente parmi nous ce soir ? L'école mène son enquête discrètement pour des raisons parfaitement pertinentes. Si les personnes touchées voulaient, par exemple, poursuivre les coupables en justice, il est nécessaire de préserver les preuves.

— Vous voulez dire que l'école a de bonnes raisons de croire que le hacker fait partie de la communauté de Country Day ? Mais c'est affreux ! s'insurgea une grande femme large d'épaules.

Elle avait les cheveux blonds coupés très court et les traits épais, un choix pas très heureux. Ses yeux lançaient des éclairs dans toute la pièce. Sarah peina à dissimuler son irritation.

— J'ai pourtant été claire : il est nécessaire que l'enquête se poursuive de façon confidentielle. Ce que je peux vous assurer, c'est que le Country Day a fait appel à l'une des meilleures entreprises de cybersécurité du pays. Et qu'ils ont entamé les recherches. Ils tireront cette affaire au clair, c'est leur métier. Une fois qu'ils auront terminé, ils nous transmettront leurs conclusions. Je n'ai pas plus d'informations pour le moment.

— Ils pourraient au moins nous tenir au courant de l'avancée des recherches, reprit la dame métisse, quoique moins véhémente. Et si jamais, pendant ce temps, de nouvelles activités suspectes avaient lieu à nos dépens ?

En regardant autour d'elle, Amanda observa que plusieurs parents hochaient la tête. Comme s'ils étaient tous victimes de ces nouvelles activités suspectes. Mais quelles étaient ces activités ? Elle eut l'estomac noué. Si Zach apprenait ce qu'il se passait, il ferait une attaque.

— La bonne nouvelle, c'est que l'école m'a fourni un numéro d'urgence, une sorte de permanence téléphonique. Vous pouvez les contacter en toute confidentialité s'il vous arrivait quelque chose personnellement. (Sarah marqua une pause, le sourcil levé, au cas où quelqu'un en profiterait pour se confier.) Vous pouvez également les informer de tout soupçon, à condition qu'il soit fondé.

— J'aimerais récupérer ce numéro, dit une femme aux cheveux bouclés assise près de Sarah.

La pauvre avait le souffle court, des rougeurs au coin des yeux et des cernes trahissant sa fatigue. Elle fouillait déjà dans son sac en quête de quoi noter.

Amanda croisa le regard de Kerry, dont l'épouse dictait docilement le numéro.

— Maintenant ? mima-t-il en silence en montrant la porte.

Elle secoua la tête en riant. Elle ne demanderait pas mieux que de fuir cette réunion en courant, mais pour aller où ? N'était-ce pas son problème depuis toujours ? Aucune destination possible. Encore aujourd'hui, elle ne trouverait dehors que l'obscurité. Toujours l'obscurité. Elle croisa les bras pour réprimer ses tremblements.

Ce n'était pas la première fois. Quand Case était encore bébé, elle avait reçu le même genre d'appels, la personne raccrochait aussitôt. Ils habitaient alors à Sacramento. Déjà, à l'époque, Amanda savait qui c'était. Son souffle rauque lui donnait des frissons d'horreur dans le cou. Et puis les appels avaient cessé du jour au lendemain. Jusqu'à récemment.

Les discussions commencèrent à encombrer le salon. Sarah leva les bras, puis finit par taper dans ses mains pour ramener le silence.

— Votre attention ! Je rappelle que ce numéro n'est valable que si vous avez des informations tangibles. Les communications sont taxées par tranches de six minutes. Alors n'appelez que dans le cas où vous auriez des informations à leur apporter, et non l'inverse. L'état d'avancement de l'enquête est strictement confidentiel. Ils ne diront rien, et cela alourdira seulement la facture que nous devrons partager à la fin de la mission. (Elle parut sur le point d'ajouter quelque chose, mais se ravisa.) Bien, ressaisissons-nous, les amis. C'est l'été, nos enfants sont partis en vacances. Ne perdons pas notre temps à nous inquiéter pour rien !

Lizzie

Mardi 7 juillet

Il n'était que 8 h 30 quand je me dirigeai vers le bureau de Paul Hasting. Pour la plupart des avocats de Manhattan, c'était beaucoup trop tôt : ils restaient généralement le soir, mais ne revenaient pas avant 10 heures le matin. Paul, lui, arrivait tôt et partait tard. Il faut dire que, en plus d'avoir été ancien procureur, il avait également servi les forces spéciales au poste d'adjudant et passait ses week-ends à courir des marathons. Ce n'était pas le genre d'homme à perdre son temps.

Arrivée au bout du couloir, j'hésitai en apercevant le bureau de sa secrétaire. À la place de son assistante habituelle – une femme douce et avenante –, je vis Gloria, froide et mordante, qui tapait à l'ordinateur. J'avais oublié que l'autre secrétaire se faisait opérer de la vésicule. À cette heure matinale, je n'avais pas l'énergie nécessaire pour affronter Gloria. Cette femme m'avait prise en grippe depuis que j'avais poliment décliné sa proposition de travailler pour moi en poste fixe. On l'avait rétrogradée. Elle était passée de secrétaire d'associé à réceptionniste à mi-temps lorsque le dernier avocat auquel elle était rattachée avait quitté le cabinet, car personne n'avait voulu la reprendre. Elle avait travaillé pour moi à mon arrivée chez Young & Crane, mais je ne supportais plus de l'entendre maugréer à tout bout de champ – quand ce n'était pas le mauvais temps, c'étaient ses sinus ou un vieil homme qui ne lui avait pas cédé sa place dans le métro. Cette mauvaise humeur permanente n'était peut-être pas de son fait, mais, en plus d'être désagréable, elle n'avait rien d'une secrétaire hors pair. Des rumeurs circulaient selon lesquelles le cabinet l'aurait déjà licenciée si elle n'avait pas menacé de les poursuivre en justice pour discrimination sexuelle. Connaissant Paul, il avait dû demander que Gloria lui soit attitrée afin de gérer la situation lui-même.

— Paul est arrivé ? demandai-je en désignant la porte du bureau.

— Évidemment, répondit-elle en levant au ciel ses yeux empesés de mascara. Il est arrivé tôt pour passer en revue les facturations de tous les collaborateurs stagiaires venus travailler à l'œil. Tout ça parce que *deux* d'entre eux ont gonflé leurs heures pour une partie de golf aux Chelsea Piers. Rien de bien méchant, pas vrai ? Sauf que Paul est furieux. Je l'entends hurler depuis ce matin.

Effectivement, c'était typiquement le genre de choses qui le mettaient hors de lui. Il était encore plus pointu sur l'éthique qu'il ne l'était sur le sens du travail. Il avait licencié des collaborateurs pour moins que ça. Juste avant mon arrivée, il avait même poussé un collègue vers la sortie pour « comportement inconvenant ». Personne n'avait voulu m'en dire plus. Et, malgré cela, Paul aimait se dire marginal dans le droit des sociétés et renégat chez Young & Crane. Un marginal moralisateur, la combinaison était explosive.

En m'approchant de la porte ouverte de son bureau, je n'avais plus très envie de lui parler de Zach. Le vieil avocat verrait d'un mauvais d'œil mon amitié pour cet homme accusé d'avoir tué sa femme. Par ailleurs, l'idée qu'un simple collaborateur puisse défendre un dossier en son nom propre l'horrifiait. Je ne tenais pas à m'attirer ses foudres.

Paul était assis et tournait le dos à la porte, penché sur un objet. La soixantaine bien entamée, il arborait une coupe buzz grisonnante, rasée avec minutie, et son visage était de ceux dont le charme se révèle avec les années.

Je pris une profonde inspiration et gardai à l'esprit que cette conversation n'était qu'une simple formalité avant de pouvoir passer aux choses sérieuses : trouver le bon avocat pour représenter Zach. Je frappai à la porte.

— Ouaip, fit Paul sans lever les yeux.

Il tournait dans tous les sens un petit casse-tête en bois, ses lunettes de lecture noires perchées sur le bout du nez. Je vins me planter devant son immense bureau parfaitement organisé. Sur le buffet derrière lui trônaient des photos de ses quatre enfants, tous en âge de faire des études, et d'une femme magnifique aux cheveux d'argent. J'en déduisis qu'il s'agissait de sa première épouse. Mary Jo m'avait raconté que toutes celles qu'il avait épousées par la suite étaient bien plus jeunes, mais que sa passion pour la première n'avait jamais faibli.

— Un cadeau de mon fils aîné, dit Paul sans quitter des yeux son casse-tête. Ça vient du Sénégal. Il habite là-bas. Ce truc est impossible. Je parie qu'il me l'a envoyé pour me torturer. Ce gosse a toujours été un petit con. (Il me lança un regard par-dessus la monture de ses lunettes, plein d'espoir.) Vous voulez essayer ?

— Non, désolée. Je n'ai jamais été très douée pour les puzzles.

— Ah.

Déçu, de toute évidence.

J'avais souvent la sensation d'être jaugée puis discréditée par son seul regard. Mais bon, il avait cette attitude dédaigneuse envers quasiment tout le monde. Personne n'était à la hauteur de ses attentes, ce qui expliquait sans doute qu'il ait divorcé trois fois. Son casse-tête dans une main, il parvint à extraire d'une pile de documents un dossier agrafé qu'il jeta sur le coin du bureau, dans ma direction. Puis il retourna à son puzzle.

— Vos modifications apportées au courrier adressé au département de la justice sont pertinentes, mais on reste en très mauvaise posture.

Quand Sam s'était rendormi, j'avais apporté mes dernières corrections à cette lettre avant de l'envoyer à Paul. À 2 heures du matin. À présent, il était 8 h 30 et Paul l'avait déjà lue. C'était ça, le problème de Young & Crane : vous aviez beau bosser d'arrachepied, quelqu'un travaillait toujours plus que vous. Et Paul était particulièrement difficile à dépasser.

À mes débuts dans ce cabinet, j'avais travaillé pour différents associés. Mais, ces derniers temps, j'étais exclusivement au service de Paul. La répartition des tâches était claire chez Young & Crane : je faisais presque tout le boulot, et Paul se réservait le droit d'émettre des critiques sur mon travail et ma personne. Une situation stressante, mais qui m'évitait d'avoir à jongler avec les ordres de plusieurs associés. En revanche, ça compliquait un peu les choses pour me permettre de devenir associée, quand le moment viendrait – s'il venait un jour. Le statut d'associé s'obtenait par de nombreuses alliances et par une stratégie politique bien ficelée, deux choses auxquelles je ne m'intéressais pas. Cependant, le fait que mes exploits attirent la critique de Paul de manière constante depuis quatre mois tenait apparemment du miracle. Thomas, mon assistant juridique, m'avait raconté comment Paul avait rayé de la carte une bonne dizaine de collaborateurs avant mon arrivée.

— C'est vrai, lui répondis-je. Notre position n'est pas solide, mais c'est notre seule option.

En d'autres termes, le client – celui de Young & Crane, donc le nôtre – était coupable, de toute évidence. Tout ce que nous écrivions n'avait pour objectif que d'enrober ce fait. Et, comme le disait si bien mon ancienne patronne Mary Jo :

« De jolis rubans sur un tas de merde, ça ne fait que boucher les chiottes. »

— Oui, je suppose que… Ah ! s'écria Paul, triomphant.

Le casse-tête venait de s'emboîter. Il le reposa sur le bord de son bureau comme pour ponctuer son discours, puis contempla un instant l'objet avant de se redresser sur son siège.

— Dois-je déduire de la façon dont vous vous attardez nerveusement dans mon bureau que ce courrier n'est pas la cause de votre visite ?

— Oui.

Je croisai les bras. Puis les décroisai, car, pour Paul, défensive rimait avec faiblesse. Je repris :

— J'ai une question concernant notre règlement intérieur.

— Notre règlement intérieur ? ricana-t-il. Nous n'avons aucune marge de manœuvre pour virer les gens qui s'adonnent à des actes potentiellement illégaux. Ce règlement est un torchon, si vous voulez mon avis. (Une pause. Il reprit son souffle, agacé.) Mais je vais faire au mieux. Dites-moi.

— Si j'ai bien compris, les collaborateurs ne peuvent pas représenter eux-mêmes un dossier. Un ami m'a demandé de l'aide, et c'est ce que je lui ai répondu, mais je voulais votre confirmation.

— En effet. Il faut un minimum de contrôle de qualité, sans quoi ça partirait en sucette. Tenez, par exemple, un petit rigolo a voulu porter plainte contre une bodega de l'Upper West Side, sous prétexte que son « oncle » aurait « glissé » et serait tombé. Je ne suis pas fan de la politique interne de Young & Crane, mais ils ont la décence de ne pas démarcher leurs clients dans l'ambulance. De quel genre d'affaire s'agit-il ?

— Une affaire pénale.

Il plissa les yeux et s'adossa dans son fauteuil.

— Pénale comment ?

— Un de mes anciens camarades de la fac de droit a été arrêté, me lançai-je avec pour seule transition possible le crime en lui-même, or il me semblait judicieux d'exposer tous les faits. Pour violence sur un agent dans l'exercice de ses fonctions. Un accident, m'a-t-il expliqué. Sa femme a été tuée, il était bouleversé. Son geste était involontaire.

Le sourcil levé, Paul porta le bout de ses index joints contre ses lèvres et répéta :

— Tuée ?

Mince. L'affaire éveille son intérêt…

— Elle aurait été assassinée. L'arrestation de mon ami n'a pas été reliée au meurtre pour l'instant, mais ça ne saurait tarder. Bref, il a besoin d'un avocat. De toute évidence, je ne suis pas celle qu'il lui faut, mais il…

— Pourquoi pas ?

Son regard devenait pesant.

— Pourquoi je ne serais pas l'avocate qu'il lui faut ?

— Oui. Vous êtes désormais avocate de la défense, je me trompe ? Et vous n'auriez pas atterri ici si vous n'étiez pas douée.

Aïe, terrain glissant.

Paul avait fini par faire le deuil de sa carrière de procureur et accepter la transition vers la défense, il s'offusquerait de ne pas me voir en faire autant.

— Peut-être, mais ma seule expérience se limite aux affaires de crimes en col blanc.

— Vous avez forcément géré des affaires pénales quand vous travailliez au parquet. Ils assurent un roulement.

En effet. J'avais passé trois mois au sein de l'unité pénale du Southern District dès la fin de mes études. Mais les crimes dont il était question n'avaient jamais impliqué de violence. J'étais d'ailleurs assez fière à l'époque de mon habileté à esquiver les affaires sanglantes sans que cela mette un frein à la progression de ma carrière. J'avais même été promue rapidement au service des fraudes où la vue du sang nous était épargnée.

— J'ai surtout représenté des dossiers d'infraction au code de l'immigration et autres accusations mineures pour usage de stupéfiants. Jamais une affaire de meurtre. De toute façon, Young & Crane n'a pas pour habitude de prendre les dossiers de crimes violents, donc…

— Où se sont déroulés les faits ?

— À Park Slope.

— Ah, Brooklyn…, opina Paul, les yeux toujours plissés. J'ai grandi dans le quartier de Prospect Lefferts. Et mes enfants ont grandi à Brooklyn Heights.

J'eus la désagréable sensation qu'une clé me glissait des mains pour tomber dans une fissure dans le sol, perdue à tout jamais. Ce que j'étais venue accomplir dans ce bureau m'avait totalement échappé. J'étais l'arroseur arrosé par un manipulateur autrement plus expérimenté.

— Mon ami serait bien mieux défendu par un avocat fort d'une expérience en homicide.

— Je suppose que c'est ce que vous lui avez dit ?

— Oui, répondis-je.

— Et comment a-t-il réagi ?

— Il ne voulait rien entendre. C'est moi qu'il voulait pour avocate. (Je m'efforçai de contenir les trémolos dans ma voix.) Il n'a pas les idées claires. Il cherche une personne de confiance.

— Au contraire, voilà une idée très claire, rétorqua Paul. Et de toute évidence, c'est vous qu'il veut.

Avec ce ton, il me mettait au défi : qu'est-ce que vous craignez ? La crainte, encore une émotion sur sa liste à bannir.

— Il a peur.

J'eus vaguement la nausée.

— Et il a de bonnes raisons de craindre le pire, répliqua Paul. Vous savez aussi bien que moi que nos prisons sont peuplées d'innocents. Et nous avons probablement ajouté notre pierre à l'édifice.

C'est faux, pensai-je. *Si je croyais une chose pareille, j'aurais arrêté de faire ce métier depuis longtemps.* Comment Paul pouvait-il avancer une énormité pareille avec un tel détachement ?

— Ce qui nous ramène à ma question initiale : pourquoi pas vous ?

Parce que je n'ai jamais défendu et ne défendrai jamais une affaire de meurtre. Pour des raisons que je ne saurais expliquer. Par ailleurs, ma vie est déjà suffisamment compliquée comme ça. Mais je ne peux rien vous expliquer de tout ça sans risquer d'altérer encore l'image que vous avez de moi.

— Je suis collaboratrice, pas associée. Vous l'avez dit vous-même, les collaborateurs n'ont pas à démarcher leurs propres clients.

Paul s'empara d'un stylo sur son bureau et le fit courir entre ses doigts.

— Non, c'est vrai. Vous n'êtes pas associée. Pas encore. (Son regard brillait d'une flamme alarmante.) Mais moi, oui. Je ne passerai pas mes soirées sur votre dossier, mais je veux bien vous parrainer.

Allez comprendre comment cette conversation avait dévié ainsi : j'allais représenter Zach.

— Ah, d'accord, super, répondis-je, puisqu'il attendait manifestement un signe de gratitude.

Mais mon cœur battait la chamade.

— Alors, qui est cet ami, notre client ?

— Zach Grayson. C'est le fondateur de...

— J'ai entendu parler de lui, me coupa Paul. Une entreprise de logistique, n'est-ce pas ? J'ai lu un article là-dessus dans la revue *Harvard Business.*

— Oui, la ZAG.

— Voilà, c'est ça. Une concurrente de plus à Amazon, ajouta-t-il d'un ton vaguement écœuré. Pourquoi les gens ne font-ils plus leurs courses en magasin ?

Parce qu'ils travaillent jusqu'à minuit pour des types comme vous.

— Zach a quitté sa boîte. Il a lancé une start-up à New York.

— A-t-il déjà été mis en examen ?

— La première comparution a eu lieu hier, confirmai-je. Pour violence sur agent. Ils attendent sans doute le retour des analyses des indices prélevés sur la scène du crime. On lui a refusé la remise en liberté.

— Pas de conditionnelle ? s'étonna Paul. Où est-il détenu ?

— À Rikers.

— Bon sang... Bien. Nous commencerons par demander un recours et faire appel de cette décision pour le sortir de ce trou à rats. Ensuite, on fourrera notre nez chez le procureur de district pour savoir où ils en sont. Ils n'ont pas dû beaucoup avancer, sinon ils l'auraient déjà condamné. (Il marqua une pause, visiblement excité par cette affaire. Comme une idiote, j'avais ouvert la stalle, et la bête se ruait tête baissée.) Vous croyez qu'il est coupable ?

— Non. Je ne pense pas.

Cette nuance avait son importance. Je ne *pensais* pas. Mais je n'en *savais* rien.

— Et quand bien même il serait coupable, n'aurait-il pas le droit d'être défendu ? me provoqua-t-il en me regardant droit dans les yeux. C'est une chose en laquelle vous devez croire. C'est comme ça que ça marche.

— Je sais.

J'en étais consciente. Mais, à cet instant précis, je regrettais plus que jamais d'avoir quitté mon poste chez le procureur fédéral. Tout le monde avait le droit d'être défendu par un avocat, mais je n'avais pas forcément envie d'être cet avocat. Une philosophie qui me suivait depuis longtemps.

Paul me scruta encore un instant.

— Eh bien, qu'attendez-vous ? demanda-t-il, satisfait. Allez me préparer ce recours.

J'acquiesçai et me dirigeai vers la sortie d'un pas chancelant.

— Ah, et prévenez-moi si vous n'arrivez pas à savoir quel adjoint s'est chargé de l'affaire. J'ai mes contacts au bureau du procureur de Brooklyn.

Quand j'arrivai aux assises de Brooklyn pour retrouver l'avocat de Zach commis d'office, les comparutions initiales battaient leur plein. J'avais laissé un message au secrétariat du bâtonnier, mais personne ne m'avait rappelée. J'attendis aux derniers rangs, encore sous le choc de ma discussion avec Paul.

À la différence de la cour fédérale de Manhattan où la robe sombre de l'acajou massif faisait ressortir les dorures des plafonds, les assises préféraient le pratique à l'esthétique. Le bâtiment était vaste et moderne, les boiseries en pin aux nuances de miel, aucune peinture à l'huile chargeant les murs, aucune empreinte laissée par l'Histoire. Mais le lieu était peuplé de visages graves.

La salle d'audience était bondée – des prévenus gardés à vue, des avocats et des proches encombraient les couloirs, engagés dans une attente interminable. Nous étions bien loin de mes affaires de fraude dont les accusés débarquaient à la dernière minute, trop occupés pour perdre du temps en formalités. Ici, les gens semblaient épuisés, tristes et terrorisés. À l'extrémité gauche de la barre, l'adjointe au procureur était assise à sa table. C'était une femme blonde aux cheveux courts et bouclés et à l'expression acerbe, peut-être causée par le port de cette robe moulante peu flatteuse ou simplement par son devoir d'instruction. Si le parquet de district fonctionnait de la même manière que le parquet fédéral, les jeunes adjoints n'avaient que peu de comparutions initiales à endurer avant de passer à des affaires plus prestigieuses – viols, agressions, homicides.

Pendant une heure, j'assistai à une rafale d'audiences en espérant voir un certain Adam Roth se présenter à la barre. Mais les affaires s'enchaînaient, on plaidait, on réduisait des peines, on agitait des dossiers. J'envisageais de jeter l'éponge quand on présenta le cas suivant.

— Affaire numéro 20-21345, Raime Harold, meurtre au second degré ! appela le greffier.

La porte à tambour sur la droite de la salle était réservée aux prévenus en détention provisoire. Elle s'ouvrit sur une armoire à glace au crâne luisant et aux bras musculeux couverts de tatouages bigarrés. Il marchait d'un pas lourd. Un homme d'une telle carrure ferait voltiger Zach d'un revers de la main. À ses côtés, un jeune avocat dégingandé dont les lunettes et les longues boucles épaisses évoquaient plus un professeur de littérature qu'un avocat de la défense pénale. Il se pencha vers son client intimidant pour lui sourire et lui glisser un mot auquel l'ogre répondit par un grognement.

— Adam Rothstein, du barreau de Brooklyn, monsieur le président.

Bingo.

Un autre adjoint au procureur prit le relais, car ce n'était plus une simple audience préliminaire, il s'agissait d'une affaire de meurtre. Ces derniers temps, on comptait à peine trois cents meurtres par an à New York. Une telle inculpation n'était pas prise à la légère. Le nouvel adjoint était plus petit qu'Adam Rothstein, mais son costume était impeccablement repassé et il semblait reposé. Frais et dispos pour cette affaire grave, avec l'avantage de n'avoir pas souffert d'une vague de délits mineurs et assommants, dont les présumés coupables finiraient malgré tout dans une cellule de Rikers aux côtés de Zach et M. Propre.

— Que plaide le prévenu ? demanda le juge d'instruction, la voix toujours aussi monocorde après ce défilé d'audiences.

— Non coupable, répondit Adam.

Le juge ne quitta pas son calepin du regard.

— Et ses arguments pour la libération sous caution ?

— Mon client a trois enfants et un travail qui nécessitent sa sortie, répondit-il avec une fougue excessive. (*Calme le jeu*, avais-je envie de lui souffler.) Toute sa famille est ici et son casier est vierge, à l'exception de délits mineurs. Il n'a ni voiture ni passeport. Mon client ne s'en ira pas, monsieur le président.

— Monsieur le président, il s'agit d'une affaire de meurtre, rappela l'adjoint d'un calme vertueux et écrasant.

Je me souvins de ce que l'on ressentait à cette place, en charge d'une modeste cour. C'était exaltant. Quelle garce j'avais pu être, de m'enivrer ainsi du pouvoir que m'octroyait ma position.

— Les preuves indiquent clairement un cas de légitime défense, insista Adam. Le défunt s'est approché de la maison de mon client avec un couteau de chasse.

— Et a été tué par balle par l'accusé sur le trottoir à plus de dix mètres de l'entrée, contra l'adjoint d'une voix traînante, avant de se tourner vers le prévenu qu'il jaugea d'un regard. Entendez-vous par là que votre client n'a pas eu le courage de fermer sa porte à clé ?

Le juge ne semblait écouter ni l'un ni l'autre discours.

— La libération sous caution s'élèvera à deux cent mille dollars, trancha-t-il.

Et, sur un coup de marteau, l'affaire fut conclue.

— C'est de la connerie, gronda le prévenu à son avocat tandis qu'on l'escortait vers la porte à tambour. T'es qu'un minable ! Crétin !

Adam baissa la tête.

Il était à peine 11 h 30 quand l'audience fut levée. J'attendis que le jeune avocat rassemble ses affaires pour le suivre vers la sortie.

— Adam Rothstein, l'appelai-je dans le hall bondé.

Il s'arrêta et s'attendit à un autre savon – sans doute de la part d'un procureur ou d'un proche du prévenu. Il prit une inspiration et se retourna, forçant un faible sourire.

— Oui ?

— Je suis une amie de Zach Grayson, me présentai-je sans avoir la force de préciser que j'étais son avocate.

La tête penchée, il parut chercher à replacer ce nom. Il devait représenter des dizaines de dossiers par jour. À ma grande surprise, il lui fallut à peine une seconde.

— Ah oui, Zach, dit-il en s'approchant de moi, inquiet. Vous connaissiez sa femme ? C'est terrible, ce qui est arrivé.

— Non, on était amis à la fac. J'ai travaillé pour le service des fraudes au Southern District, mais je travaille désormais pour un cabinet privé. Il m'a demandé de prendre le relais de son affaire. Je n'ai pas d'expérience en pénal ni en crime avec violence, mais…

— Parfait, je vous transmettrai le dossier. Si vous avez travaillé au Southern District, vous vous en sortirez parfaitement. Et puis, vous savez aussi bien que moi que tout n'est qu'une question de moyens. Mes clients sont ma deuxième famille. (Il parut hésiter.) Parlez-en à ma femme, elle vous dira que c'est tordu. Il n'empêche qu'un seul expert judiciaire grassement payé vaut tous les efforts et toute l'expérience du monde.

— Vos clients ont de la chance de vous avoir.

— Si seulement les bonnes intentions suffisaient. Prenez Zach, par exemple. Il devrait être remis en liberté, à l'heure qu'il est.

— C'est certain, soupirai-je. Nous allons demander un recours. Si vous vous souvenez de la première comparution, je suis preneuse du moindre détail.

Adam passa la tête par une porte vitrée donnant sur une petite pièce indiquant « salle de conférence ». Après avoir vérifié qu'elle était vide, il ouvrit grand le battant.

— Installons-nous ici. (Il attendit que nous soyons assis, la porte refermée, pour reprendre la parole.) Le juge a fondé son verdict sur la brutalité de la scène. Le parquet lui a mis des photos sous le nez.

— C'est totalement préjudiciable ! m'indignai-je.

Préjudiciable, mais pas surprenant.

— Exactement, approuva Adam. L'affaire concernait des violences sur agent, et voilà qu'il agitait des clichés d'une jolie blonde gisant dans une mare de sang. C'était hors de propos, mais il se justifiait en disant vouloir évoquer la détresse émotionnelle de Zach suite à l'assassinat de sa femme. Comme vous le savez, ces pièces ont convaincu le juge de placer votre client sous mandat de dépôt. (Il secoua la tête, dépité.) Ces photos n'avaient pas leur place à cette audience. Le seul argument recevable pour refuser la libération de Zach aurait été…

— Risque de délit de fuite, conclus-je à sa place.

Je connaissais bien ce jeu auquel avait joué l'adjoint au procureur pour son réquisitoire. J'y avais joué, moi aussi.

— Exactement, confirma Adam. Dès que le juge a posé les yeux sur ces photos, c'était foutu. Ils le garderont en prison en attendant de pouvoir l'accuser officiellement du meurtre.

Je croisai les bras.

— Mais c'est Rikers ! Sa vie est en jeu.

À peine ces mots quittèrent ma bouche que je les regrettai amèrement. Comme prévu, l'expression d'Adam se durcit.

— Si j'étais vous, je m'occuperais vite de ce recours. Quand ils l'auront inculpé pour meurtre, vous n'aurez plus aucune chance d'obtenir sa remise en liberté. Et le grand jury le déclarera coupable. Ses empreintes seront partout sur le club de golf. Après tout, ce club lui appartenait. Ajoutez un soupçon de créativité dans l'analyse des éclaboussures de sang, quelques pincées de problèmes conjugaux et, pour eux, le tour est joué.

— Des problèmes conjugaux ? Zach vous a parlé de son couple ?

— Non, mais ils étaient mariés, pas vrai ? Quel couple marié n'a jamais eu de problèmes ? (Il se leva et claqua des doigts.) Ah, et réglez vite ce problème de mandat non exécuté. Ça n'a pas joué sur le refus de conditionnelle, mais ça n'a pas aidé non plus.

Un frisson me parcourut l'échine.

— Un mandat, quel mandat ?

— D'après Zach, il doit y avoir erreur, dit Adam. Tout ce que le procureur a pu nous dire – ou a bien *voulu* nous dire –, c'est que ce mandat a été déposé dans la circonscription de Philadelphie et qu'il s'agit d'une amende impayée pour une petite infraction vieille de treize ans, ce n'était même pas un délit. Mais, à l'époque, rien n'était numérisé, personne n'a su dire quelle loi a été transgressée. Zach ne s'en souvenait pas, mais il a reconnu avoir vécu à Philly. Ce qui a fini de convaincre le juge.

— Quand Zach a appris l'existence de ce mandat, sa surprise vous a-t-elle paru sincère ?

L'avocat réfléchit longuement, ce qui me rassura.

— Oui, finit-il par me répondre. Il a même réclamé une preuve, or je sais d'expérience que les menteurs vont rarement aussi loin. C'était peut-être une bagatelle, une amende pour tapage nocturne qu'il aurait oublié de payer. À l'époque, il était étudiant. J'ai essayé de régler ce problème moi-même, mais, pour une affaire aussi ancienne, il faut se rendre personnellement à Philadelphie, ce qui n'était pas dans mes cordes. Mais votre cabinet pourrait envoyer quelqu'un, n'est-ce pas ? Vous devriez également chercher l'adjoint au procureur chargé de cette affaire et découvrir ce qui l'a motivé. Les juges détestent être influencés par de fausses accusations. Ça pourrait suffire pour donner à Zach une seconde chance d'obtenir sa liberté conditionnelle.

— Que voulez-vous dire ?

— Zach vous a-t-il parlé de l'adjoint du procureur présent le soir du crime ?

— Il m'a parlé d'un homme en costume.

— Oui, l'adjoint Lewis. Il débute en homicides. Le responsable de l'ECAB[1] chargé d'estimer cette affaire aurait répondu que Lewis n'avait rien à faire là, il n'était pas de garde. J'ai presque réussi à convaincre l'ECAB de classer l'affaire en argumentant que Zach venait de perdre sa femme. Mais un seul coup de fil à l'adjoint Lewis a suffi pour maintenir la mise en examen sous prétexte qu'ils ne prennent pas à la légère les meurtres qui se produisent à Park Slope. Mais j'ai comme l'impression qu'il y a une autre raison à leur acharnement sur Zach.

Il avait raison, c'était typiquement le genre d'affaire que l'ECAB préférerait classer. Et pourtant, le procureur avait décidé d'ouvrir une information. Sans doute avait-il senti l'enjeu qui pesait autour de la scène du crime.

— D'après vous, que se passe-t-il vraiment ? demandai-je.

---

1. Early Case Assessment Bureau : au sein du bureau du procureur, il s'agit du département chargé d'estimer le coût en temps et en argent que risque de représenter une affaire. *(NdlT.)*

— C'est politique. Le procureur de district de Brooklyn prend sa retraite cette année. D'après les bruits de couloir, ça se bouscule en interne pour prendre la relève. Mais ce ne sera pas l'adjoint Lewis. Il est trop vert. En revanche, tous les autres sont sur le pied de guerre, or cette affaire de meurtre ultramédiatisée...

— Sera du pain béni pour l'adjoint qui s'en chargera.

Il regarda sa montre.

— Je vais manger un morceau avant de reprendre. Si je peux vous être d'une quelconque utilité, n'hésitez pas.

— Merci, c'est très gentil à vous.

Adam mit la main sur la poignée de la porte, marqua une pause et se retourna.

— Pour ce que ça vaut, je ne crois pas que Zach ait tué sa femme. Et pourtant, je ne suis pas aussi naïf que j'en ai l'air. Je sais que la plupart de mes clients sont coupables.

Béatrice Cohen,

témoin entendu le 6 juillet dont l'entretien s'est déroulé comme suit :

Audition

par maître Wallace :

Q : Merci de vous être déplacée, madame Cohen.

R : Je vous en prie. Mais je ne sais pas quoi vous dire. Je ne sais pas ce qui est arrivé à cette femme.

Q : Avez-vous participé à la fête organisée au 724 Première Rue, dans le quartier de Park Slope à Brooklyn le soir du 2 juillet dernier ?

R : Eh bien, oui, mais j'ignore ce qui est arrivé à Amanda.

Q : Merci de répondre à mes questions à mesure que je vous les pose.

R : Oui, d'accord, pardon. Je suis un peu nerveuse.

Q : Je comprends, mais il n'y a pas de raison. Nous cherchons simplement à faire la lumière sur cette affaire.

R : Oui, bien sûr.

Q : Avez-vous pris part à la fête du 724 Première Rue à Park Slope le soir du 2 juillet ?

R : Oui.

Q : Étiez-vous accompagnée ?

R : Oui, j'y suis allée avec mon mari, Jonathan. Il connaît Kerry. C'est lui qui nous a invités.

Q : Kerry comment ?

R : Kerry Tanner, le mari de Sarah Novak, qui est la meilleure amie de Maude. Mais nous avons croisé Kerry à peine une minute, au moment de partir. Nous ne lui avons pas parlé. Nous étions trop occupés à essayer de voler un ballon de plage.

Q : Voler un ballon de plage ?

R : Pas vraiment voler… enfin… c'était idiot. Nous l'avons rapporté chez nous. Un ballon à deux dollars. Je crois qu'ils étaient offerts aux invités de toute façon. Et nous avions beaucoup bu. Ces fêtes sont toujours super, mais on y boit trop.

Q : Avez-vous eu des rapports sexuels au cours de cette soirée ?

R : Je vous demande pardon ?

Q : Avez-vous eu des rapports sexuels au cours de la soirée organisée au 724 Première Rue le 2 juillet ?

R : En quoi cela vous regarde-t-il ?

Q : Pourriez-vous, s'il vous plaît, répondre à ma question, madame Cohen ? Voulez-vous que je répète ?

R : Non.

Q : Non, vous n'avez pas eu de rapports sexuels à cette soirée ?

R : Non, je ne veux pas que vous répétiez la question. C'est très indiscret. En quoi ma vie privée… Je refuse de répondre.

Q : Le procès n'est pas public.

R : Les jurés sont des particuliers. Ils sont le public et ils sont assis juste à côté.

Q : Madame Cohen, répondez, s'il vous plaît. Vous avez prêté serment.

R : Oui, j'ai eu des rapports sexuels ce soir-là. Et ça ne vous regarde absolument pas.

Q : Pouvez-vous décrire la nature de ces rapports ?

R : C'est une plaisanterie ?

Q : Madame Cohen, nous enquêtons sur un meurtre. Je vous demande de répondre.

R : J'ai fait une fellation à un type dans une chambre à l'étage. Voilà, vous êtes contente ? C'est terriblement gênant. Et on ne… Mon mari et moi ne faisons jamais ce genre de chose. Mais ce n'est pas une fête comme les autres, vous comprenez ?

Q : Non. Je ne comprends pas.

R : C'est le genre de soirée où on fait des folies.

Q : Des folies ?

R : Dans le bon sens du terme. On s'amuse, quoi. Les enfants ne sont pas là. Comme tous bons parents qui se respectent, on croule sous les responsabilités. Et on est mariés depuis longtemps. La soirée pyjama de Maude et Sebe ne fait de mal à personne. Et ce qui se passe là-bas reste là-bas. On n'en parle plus après. Comme si ça n'était jamais arrivé.

Q : Ça ne fait de mal à personne ?

R : Vous voyez ce que je veux dire.

Q : Avez-vous croisé Amanda lors de cette soirée ?

R : À peine une seconde, en partant. Elle venait d'arriver.

Q : Quelle heure était-il ?

R : Autour de 21 heures, je crois.

Q : Était-elle seule ?

R : Elle était avec un homme, mais je ne le connaissais pas. C'est la première fois que je le voyais.

AMANDA

Cinq jours avant la fête

En chemin pour rejoindre les filles au *Gate*, Amanda eut l'impression d'être suivie. Les appels, c'était une chose, mais qu'il puisse y avoir quelqu'un, là, près d'elle, c'était soudain terriblement concret. Dès la seconde où elle avait quitté la maison, elle aurait juré que quelqu'un se cachait derrière elle dans les ombres jetées par la nuit sur Park Slope. Et pas n'importe qui. *Lui*. Certes, le quartier était généralement plutôt sécurisant, mais, ce soir, il n'en restait pas moins désert. Il pouvait se passer n'importe quoi, et personne ne pourrait l'empêcher.

Le fait d'avoir été à cran toute la journée n'arrangeait rien à l'affaire. Amanda faisait toujours ce cauchemar absurde au sujet de Case – elle courait en robe de bal, pieds nus et couverte de sang, les sirènes hurlant pour la prévenir du danger qu'encourait son fils. Cette fois, Carolyn avait eu un petit rôle au début du rêve, avant la nuit, avant la course qui écorchait ses pieds nus. Les deux amies gloussaient, papotaient et mangeaient des pizzas, assises sur le lit d'Amanda. Elles portaient des robes de tulle pastel – rose pêche pour Amanda, bleu écume pour Carolyn. Pourquoi ces jolies robes ? Était-ce l'expression de la culpabilité d'Amanda qui trouvait sa propre garde-robe trop m'as-tu-vu ? Son inconscient avait le don de tout transformer en danger potentiel.

Si seulement ce n'était qu'un rêve, le quartier plongé dans l'obscurité, l'impression d'être suivie, de le sentir tout près. Comment l'avait-il retrouvée ? Certes, en venant habiter à New York, elle s'était rapprochée de Saint Colomb Falls qu'elle avait quitté des années plus tôt, mais ça restait à six longues heures de route. Il n'avait tout de même pas suivi leur camion de déménagement !

Elle lança un nouveau regard par-dessus son épaule en arrivant au bout de la Troisième Rue. Il faisait nuit noire. Quand elle voulut prendre une inspiration, ses poumons se comprimèrent et sa peau se mit à picoter. Comme à l'époque, avant chaque agression.

Elle savait ce que lui dirait Carolyn : « Parles-en à Zach. » Quant à Sarah, elle lui rappellerait qu'un mari devait protéger sa femme et *vice versa*. Mais est-ce encore valable quand on s'attire soi-même des ennuis ? N'était-il pas injuste d'imposer ce choix à son époux ? Et puis, Amanda était censée aider Zach à se détendre, pas ajouter à son stress. Il était déjà sous pression. Elle pourrait au moins respecter sa part du contrat de mariage.

Onze ans plus tôt, elle avait à peine dix-sept ans ce fameux soir où Zach était entré au *Bishop Motel* – l'endroit où Amanda vivait et travaillait à l'époque. Il ne ressemblait en rien à ses clients habituels. D'abord, Zach faisait deux têtes de moins que les bûcherons et routiers qui faisaient halte au motel, et il était bien plus sensible qu'eux. Il était de ces hommes qui ne se salissent jamais les mains et ne brillent pas par leur virilité. Mais Amanda avait connu pire. Bien pire. Et puis, il avait un si joli sourire.

Ce qui lui avait plu, c'était la façon dont il la regardait. Comme un archéologue qui tomberait sur un objet rare dans son jardin. Une expression d'excitation et de nervosité. Toute sa vie, on lui avait répété qu'elle était belle, mais ce compliment n'avait jamais été qu'un fardeau jusqu'à cette rencontre.

Et puis, Zach était un homme accompli. Il lui avait raconté son histoire quand leurs chemins s'étaient de nouveau croisés le lendemain en fin d'après-midi. Il revenait d'une longue randonnée, svelte et musclé, avec des chaussures de marche couvertes de terre et une barbe naissante qui ajoutait à son charme. Il venait de décrocher un diplôme en droit et un autre en commerce – les deux en même temps ! –, et faisait à présent une pause pour se recentrer, arpentant les chemins dans les Adirondacks pour fêter la fin de ses études avant de partir à l'ouest chercher du travail en Californie. Zach savait ce qu'il voulait. Il savait exactement quelle direction donner à sa vie.

— Waouh, la Californie ? avait-elle répondu, pincée par l'envie. Le soleil… Moi, je n'ai jamais quitté Saint Colomb Falls.

— Dans ce cas, venez avec moi, avait-il proposé banalement, simple et direct, comme si ça n'avait rien d'une folie. Ce qui se passe là-bas est forcément plus intéressant que cet hôtel. Ici, vous oublieriez ma proposition, vous m'oublieriez tout court. Ne méritez-vous pas de savoir ce qui vous attend là-bas ?

Comme s'il était au courant. Évidemment, il ne savait rien des erreurs qu'elle avait commises, pas dans le détail. Et elle se garderait bien de les lui révéler. D'ailleurs, les années avaient passé, et Zach n'avait toujours pas cherché à en savoir plus sur les zones d'ombre du passé de sa femme. Il avait le chic pour n'accorder de l'attention qu'à ce qui l'intéressait. Sans doute était-ce le secret de sa réussite.

Mais à l'époque, au *Bishop Motel*, il lui avait tendu un ticket d'or et de soleil : la Californie. Loin. Très loin. Enfin une vraie destination. Amanda n'avait qu'à tendre la main pour l'attraper. Elle s'était posé la question : que ferait

Carolyn à sa place ? La réponse lui avait paru évidente : elle sauterait sur l'occasion.

Ainsi, Amanda s'était retrouvée devant la voiture de location de Zach. Après avoir réglé sa note à la réception de l'hôtel, il avait paru surpris de la trouver là. Mais l'était-il vraiment ?

Il lui avait adressé un sourire de petit garçon qui lui avait réchauffé le cœur et avait dit :

— Barrons-nous d'ici.

En un tour de main, ils avaient chargé dans le coffre les trois petits cartons d'affaires qu'elle possédait et pris la route vers l'ouest, le toit ouvert, cheveux au vent. En sécurité. Vivants. Et libres sous un ciel d'encre chargé d'étoiles. Elle avait pris sa décision : désormais, elle ferait tout pour ne plus jamais remettre les pieds à Saint Colomb Falls.

À l'époque, elle était loin d'imaginer que Saint Colomb Falls finirait par la rattraper.

Elle pressa le pas jusqu'à apercevoir enfin les lumières du *Gate*, à l'angle de la Cinquième Avenue. C'était dans ce vieux pub que Sarah et Maude, avec parfois quelques autres mères, se retrouvaient une semaine sur deux pour boire un verre. Le bar disposait d'une superbe terrasse, point de chute de tous les adolescents de Park Slope et des couples sans enfants. C'était en tout cas ce que Sarah aimait marmonner dans un mélange de dédain et de jalousie.

En approchant de l'enseigne, Amanda se sentit assez rassurée pour marquer une pause et jeter un dernier regard derrière elle. Mais il n'y avait personne. Ou, en tout cas, personne de visible.

Elle repéra ses deux amies sur une petite banquette en acajou usé, au fond de la salle. Maude riait de bon cœur, les pieds sur la place voisine dans une posture féline. À côté d'elle, Sarah lui parlait avec ce sourire espiègle qui faisait tout son charme. Amanda ne regrettait pas d'être venue. Ces filles, dans leur coin tamisé, c'étaient ses amies. Certes, elles ne lui étaient pas aussi proches que Carolyn – une amitié pareille se construit sur une vie entière –, mais, en peu de temps, les trois femmes avaient développé une complicité inespérée.

Elle avait rencontré Sarah à la sortie de l'école de Henry et Case, le courant était passé tout de suite entre elles. Amanda s'entendait bien avec les femmes assurées et extraverties qui ne la jugeaient pas sur son look un peu guindé, son compte en banque bien rempli ou sa taille de guêpe. Loin de se considérer comme une athlète, elle admettait avoir une bonne foulée et pouvait courir une quinzaine de kilomètres sans suer. Nombreuses étaient les femmes à lui proposer de l'accompagner en footing, discuter autour d'un café ou entamer une amitié, mais leur regard finissait toujours par changer, et elles prenaient peu à peu leurs distances, sans doute par complexe d'infériorité.

Puis leur jalousie se cristallisait immanquablement en piques acerbes : vraiment, elle n'avait jamais fait d'études ? Comme c'était intéressant… Mince, elle n'avait jamais voyagé en Europe ? Comme c'était dommage… Son mari ne prenait jamais son avis en compte ? Comme c'était… étrange. Et, d'ailleurs, quel âge avait-elle ?

Vingt-huit ans. Amanda avait bien quinze ans de moins que les mères des camarades de Case. Ce gouffre paraissait parfois sans fond. Un gouffre infini et impénétrable.

Sur le seuil du *Gate*, elle baissa les yeux sur sa chemise blanche et ses élégantes sandales à plateforme Prada. La vendeuse du magasin *Barneys* avait mal compris sa demande. Amanda avait demandé un « look de New-Yorkaise » pour rectifier sa garde-robe et se fondre dans la masse des mères du quartier de Park Slope. L'indifférence calculée, voilà le style qu'elle recherchait. Les mamans de quartiers bourgeois étaient belles, branchées et minces, mais elles ne perdaient pas de temps dans des futilités dont la mode faisait clairement partie. Elles avaient plus important à faire, se consacraient à des associations caritatives, à leurs enfants ou leur brillante carrière. Elles avaient la juste quantité de fond de teint, le mascara modeste et le teint immaculé.

Amanda avait beau chercher à leur ressembler, c'était un échec permanent. Voilà ce qu'on récolte à vouloir se faire passer pour quelqu'un. Pas quelqu'un *d'autre*, juste quelqu'un. Elle basculait trop facilement dans l'excès.

En approchant de la banquette de ses amies, elle s'efforça de sourire, ajusta ses cheveux et retroussa ses manches pour se donner l'air détendu.

— Désolée du retard, lança-t-elle en montrant sa tenue en guise d'excuse, puis elle opta pour un pieux mensonge. J'étais en rendez-vous avec un donateur.

C'était en dire à la fois trop et pas assez.

— Mon Dieu, ces chaussures ! s'écria Sarah en pointant du doigt les talons d'Amanda. J'adore !

Maude se redressa sur sa banquette.

— Fais voir ? Waouh, superbes ! Amanda, jure-moi de m'emmener faire du shopping.

Elles étaient adorables, mais savaient parfaitement où s'habiller et quand refaire leur garde-robe, mais elles choisissaient de ne pas y aller. Elles avaient plus important à penser.

Maude était galeriste et son mari gynécologue obstétricien. Ils étaient parents d'une jeune adolescente, Sophia, qui avait le même âge que le cadet de Sarah, Will. C'était d'ailleurs parce que les deux enfants étaient ensemble à l'école Country Day qu'elles s'étaient connues. Mais Maude et Sarah n'avaient rien d'autre en commun. Sarah plaisantait souvent en traitant son amie de mère poule. Mais n'était-ce pas une preuve d'amour de nourrir ainsi sa complicité avec sa fille ?

Outre une carrière bien lancée et un statut de mère dévouée, Maude était d'un naturel sexy qu'Amanda trouvait particulièrement intimidant, avec sa peau d'ivoire, ses taches de rousseur, ses yeux d'un marron intense et ses longues boucles aux reflets roux. Sebe, son mari, était français, mais avait fait ses études de médecine aux États-Unis. Amanda l'avait croisé deux ou trois fois quand il déposait Maude au *Gate*. Grand et bien bâti, la peau mate et des yeux noisette, il avait un charme fou, et c'était sans compter son accent. La première fois qu'elle l'avait rencontré, elle était restée un long moment muette à le contempler.

— Si tu avais vu ta tête ! s'était esclaffée Sarah quand Sebe était reparti.

— Ma tête ?

— Tu salivais ! Ne t'inquiète pas, j'ai eu la même réaction la première fois que je l'ai vu. (Elle s'était tournée vers Maude qui n'avait d'yeux que pour son téléphone.) Son mari beau comme un dieu est devenu une blague entre nous. Il est talentueux, charmant et fait des enfants ! Cerise sur le gâteau, il lance une nouvelle start-up en ligne de tests génétiques. Rappelle-moi le nom de sa boîte ? Digital DNA, quelque chose comme ça. Sebe finira sans doute milliardaire. C'est presque trop.

— Premièrement, il ne *fait* pas d'enfant, l'avait tendrement corrigée Maude. Ça, c'est notre travail. Ensuite, il est seulement conseiller médical dans cette entreprise. Le salaire n'est pas mirobolant. Et il est incapable de s'acheter une paire de chaussettes tout seul. Un mari reste un mari, aussi beau soit-il.

— Mon seul conseil, Amanda, fais en sorte d'être assise le jour où Sebe retire son tee-shirt, l'avait avertie Sarah en esquivant de justesse la petite tape de son amie. Quoi, c'est vrai !

La première fois que je l'ai vu torse nu, c'était à la plage. J'ai failli boire la tasse.

Un serveur se présenta avant qu'Amanda ne soit assise. Il était barbu, petit et trop sûr de lui. Elle remarqua les deux bières déjà posées sur la table. À Brooklyn, les gens étaient amateurs de bières artisanales. À Palo Alto, la mode était plutôt aux cocktails.

— Une IPA, s'il vous plaît, commanda-t-elle.

Le serveur hocha la tête de mauvaise grâce, comme si elle l'avait chargé d'une mission pénible, puis il s'éclipsa.

— Nous discutions de nos enfants ingrats partis en colonie et dont nous n'avons toujours reçu aucune lettre, dit Sarah. Tu as des nouvelles de Case, toi ?

— Les animateurs le forcent sans doute à m'écrire, se justifia-t-elle. Ils sont très attachés à ces choses-là sur la côte ouest.

Presque tous les enfants de Park Slope étaient partis en colonie, et ceux qui restaient partiraient un peu plus tard pour de plus courtes périodes. Amanda avait prévu de prendre l'avion avec Case pour l'accompagner, mais il avait insisté pour partir seul. Avant de rencontrer Zach, elle n'avait jamais mis les pieds dans un aéroport et n'avait certainement jamais pris l'avion seule à l'âge de Case. Mais il était parti. La vie de son fils était déjà aux antipodes de sa propre enfance. Il vivait avec la conviction que le monde était sans danger.

Et tant mieux. C'est mieux comme ça.

Dans la première lettre qu'il leur avait envoyée, de toute évidence, Case était aux anges. Deux pages entières décrivaient son aventure en avion et le bon temps qu'il passait en colonie. Sa seule inquiétude était de trop manquer à sa mère, et elle en avait eu un pincement au cœur.

Elle lui avait déjà écrit plusieurs lettres, pieusement mensongères, lui assurant que tout se passait à merveille pour elle.

Sans son fils, elle était perdue, voilà la vérité. Mais, dans ses courriers, elle jurait le contraire et rappelait qu'ils auraient toute la fin de l'été pour se raconter leurs vacances. Sur les conseils de Sarah, elle avait loué un gîte à Wellfleet pour les deux dernières semaines du mois d'août. Elle finirait sans doute par s'y rendre seule avec Case, car Zach n'aimait pas la plage. Ni les vacances, d'ailleurs.

Sarah se tourna vers Maude et leva les yeux au ciel.

— Je te l'avais dit. Amanda a déjà reçu des lettres. Case est adorable, c'est le fils parfait. Franchement, Amanda, ça me dégoûte. (Elle pouffa.) Il te tient encore la main !

Il est vrai que, à bien y réfléchir, Henry, le petit dernier de Sarah, n'était ni adorable ni parfait.

— Tu as peut-être le plus beau mari, Maude, poursuivit-elle, mais Amanda a le meilleur fils. Allez, crache le morceau. Combien de lettres ?

— Oh, je ne sais pas… six, peut-être, marmonna Amanda alors qu'elle connaissait le nombre exact.

Onze. Elle en avait reçu onze alors que Case était parti depuis huit jours. C'était trop pour un enfant, d'écrire aussi souvent à sa maman, mais de chacune de ses lettres se dégageait un bonheur sans tache. Pas le moindre signe de mal du pays. C'en était presque inquiétant.

— Sophie a dû m'écrire deux fois depuis le Costa Rica, dit Maude, la voix soudain chevrotante. Mais ce qui m'inquiète, ce n'est pas tant le nombre de lettres que leur contenu.

— Vous voulez dire que je suis la seule à avoir reçu *que dalle* ? s'exclama Sarah.

— Le problème, c'est le contenu. Je ne… (La voix de Maude s'éraillait rarement de cette façon, c'en était alarmant.) Je ne reconnais pas ma fille. Sophia a l'air… déprimée.

— Je suis sûre que ça va aller. Tu sais, quand mon petit Jackson est parti avec son sac à dos au parc national de

Glacier, ses lettres étaient alarmantes. Il me suppliait de venir le chercher. Évidemment, il a fini aux urgences, malade comme un chien avec un sepsis. Mais c'était une bonne expérience pour lui.

— Un sepsis ? haleta Maude. Pourquoi tu me dis ça ?

Sarah plaqua une main sur sa bouche et posa l'autre sur le bras de son amie.

— Oh, mon Dieu, pardon. Je ne voulais pas... Sophia n'a pas de sepsis, voyons. Ça n'a rien à voir. La colonie de Jackson était une véritable prison. Il a passé le pire été de sa vie. Les gosses devaient pêcher leurs propres poissons, les vider et les cuisiner. Il n'a pas dû se laver les mains de tout l'été. Le campement où tu as envoyé ta fille est l'exact opposé, Maude. Il est géré par le Country Day. Tu les connais, ils sont irréprochables. Et puis, Sophia et Jackson sont très différents. Au pire des cas, ta fille ne sera plus ta meilleure amie et finira par devenir une ado cliché, mais tu n'as aucune raison de t'inquiéter pour sa santé.

Maude reprit une gorgée de bière et sourit, mais semblait terriblement crispée quand elle déclara :

— J'espère que tu as raison.

— Bien sûr que j'ai raison ! insista son amie sans cesser de lui serrer le bras. Bon, et si on trouvait un sujet plus intéressant que nos enfants ? (Son expression se fit espiègle.) Comme ta soirée pyjama, par exemple. Tu as besoin d'un coup de main pour l'organisation ?

— Non, je crois que tout est prêt, répondit Maude d'un air distrait. Les invitations sont parties, on fera appel aux traiteurs de Red Hooks. On leur fait confiance depuis plusieurs années, ils sont parfaits. À force, ils pourront même se débrouiller sans moi. Mais, pour être honnête, cette histoire avec Sophia me coupe l'envie de...

— Faire la fête pour te vider la tête ? l'interrompit Sarah, le dos de la main sur le front d'un air dramatique. Rien que le briefing avec les traiteurs, c'est un pur bonheur. Deux hommes tatoués, barbus, chemises à carreaux… Je vous jure, pourquoi je ne les ai pas épousés, ceux-là ?

Amanda n'avait reçu aucune invitation, elle peinait à masquer son embarras.

— Arrête, Sarah, dit Maude en riant. J'apprécie beaucoup leur travail, mais ils se la racontent comme c'est pas permis. Tu détestes ce genre d'hommes, d'habitude. Tu as toujours préféré les nounours. Comme Kerry, attentionné et adorable.

— Peut-être, mais je n'ai rien contre l'idée de croquer dans un homme viril et canon.

— Comme si tu n'y avais jamais goûté ! la provoqua l'autre en battant des cils.

Sarah fit la grimace.

— Bref, Amanda, tu comprendras quand tu verras ces cuistots.

Amanda eut un sourire gêné qui éveilla le doute de Sarah. Elle se tourna vers l'hôte de la soirée :

— Ne me dis pas que tu ne l'as pas invitée !

— Oh non ! se désola Maude en laissant tomber son front dans sa main. Quelle idiote ! Je suis tellement préoccupée par ma fille… J'ai repris ma liste de l'année dernière. Pardonne-moi, Amanda. Tu es la bienvenue, évidemment ! Je t'envoie l'invitation ce soir sans faute.

— Et tu as intérêt à venir ! insista Sarah. Tu ne peux pas rater ça. Bon, ça n'arrive pas à la cheville de mes repas dantesques pour les anniversaires de Kerry ou de nos superbes fêtes de fin d'année, mais la soirée de Maude est dans le top 5 des fêtes incontournables. (Elle leva un sourcil coquin.) C'est une fête un peu spéciale. Si spéciale que tout le monde remettra à plus tard ses projets pour le week-end du 4 Juillet rien que pour pouvoir y prendre part.

— Tu crois ? s'inquiéta Maude. J'espérais que justement on serait en plus petit comité.

— Personne ne déclinera ton invitation, Maude. Une fête aussi spéciale, ça ne se refuse pas.

— Spéciale dans quel sens ? s'enquit Amanda, puisqu'elles semblaient attendre cette question.

— Le thème de la soirée, c'est « colonie de vacances », et, crois-moi, on va tout faire pour rendre cette soirée inoubliable. Des cadeaux pour les invités, des jeux, de la nourriture à thème, lista Maude. On organise cette soirée tous les ans depuis que Sophia part en camp de vacances. Ça doit faire sept ans. Déjà… C'est fou comme le temps passe. Elle était si petite lors de sa première colo, à peine huit ans, mais il lui tardait d'être indépendante…

Sa voix trahit encore son inquiétude pour sa fille. Sarah prit le relais en regardant Amanda avec malice :

— Crois-moi, les petits cadeaux sont bien la dernière chose que les invités viennent chercher à cette fête.

— Qu'est-ce qu'ils viennent chercher ? demanda Amanda. Enfin, si je peux me permettre.

— Je peux lui dire, Maude ? S'il te plaît, j'en meurs d'envie !

— D'accord, soupira-t-elle avant de se tourner vers Amanda. Je te préviens, elle va essayer de te choquer. Je ne cautionne rien de ce qu'elle te dira.

Sarah se redressa solennellement, les paumes à plat sur la table, comme pour livrer un grand discours, et ferma les yeux.

— La soirée de Maude est… accroche-toi bien… une soirée *libertine*.

Sarah rouvrit gaiement les paupières.

— N'importe quoi ! s'indigna Maude en riant. Ne le présente pas comme ça, c'est ridicule !

Son amie riait autant.

— Si par « ridicule » tu entends « tout à fait ça », alors oui, c'est ridicule.

— Non, ce n'est pas tout à fait ça, protesta Maude sans grande conviction.

— Excuse-moi, mais, lors de ta soirée, les invités couchent-ils avec d'autres personnes que leur conjoint ?

Maude fit la grimace.

— Ce n'est pas le but de la soirée ! À t'entendre, on croirait que les gens ne viennent que pour ça. Dans les soirées libertines, les invités sont masqués et se baladent nus dans la maison.

— Hum, fit Sarah avec un sourire espiègle. Maintenant que tu le dis, ce serait encore mieux.

Ce qui finit par faire rire Amanda. Toutes les trois gloussaient à présent si fort que le serveur rondouillet leva un regard agacé de *La Mort d'un père* de Karl Ove Knausgård, qu'il bouquinait au comptoir.

Sarah reprit son souffle et dit :

— Bon, d'accord, j'exagère un peu en parlant de soirée libertine, mais il y a tout de même une part de vérité.

Maude baissa les yeux.

— Allez, j'avoue. En fait, Sebe et moi laissons à disposition l'étage de notre maison lors de cette soirée pour tous les adultes consentants qui souhaiteraient l'utiliser à leur guise. Est-ce que les invités couchent parfois avec des personnes qui ne sont pas leur conjoint pendant que leurs gamins sont en vacances à l'autre bout du pays ? C'est possible.

— Ne fais pas l'innocente ! Ils le font tous, même s'ils le nient après coup. Tu n'as pas dit d'où t'est venue l'idée de mettre ainsi ta maison à disposition. Donne-lui un peu de contexte. Tu peux lui faire confiance.

— Rien ne m'oblige à en dire plus, grommela Maude, vaguement exaspérée, avant de se radoucir. Sarah adore parler de ma vie sexuelle parce que la sienne est chiante à mourir.

Sa copine leva les mains.

— Je plaide coupable, madame la juge, c'est vrai. Même si, techniquement, ce n'est pas ma faute, mais plutôt celle de Kerry.

— Tu n'es pas obligée de m'expliquer, intervint Amanda avec douceur.

Maude hésita un instant, mais elle poussa un long soupir, les épaules tombantes.

— Si, si, je vais te le dire. Tu es mon amie, après tout. Sebe et moi, on forme un couple libre. Et ce depuis toujours. Je pourrais broder avec de belles métaphores, il n'empêche que c'est la vérité. Mais ça ne va pas plus loin. On a des règles, des limites définies ensemble et qui nous vont bien, même si elles ne correspondent pas à tout le monde. Évidemment, Sophia n'est pas au courant. Non pas qu'on estime faire quelque chose de mal, mais on n'a aucune envie de raconter notre vie sexuelle à notre fille de quinze ans, aussi complices soit-on. (Elle fit la grimace.) Je ne crois pas qu'elle soit au courant, en tout cas. Je ne veux pas qu'elle aille imaginer que le libertinage est la seule relation de couple envisageable. Si elle doit le vivre, ce sera son choix. En outre, sache que c'est moi qui ai initié Sebe et non l'inverse. De toute façon, c'est la dernière année qu'on organise cette soirée.

— Non ! s'étrangla Sarah.

— Si. On a pris cette décision il y a quelque temps, quand Sophia... Bref, c'est comme ça.

— Par pitié, Maude, je ne peux pas me passer de tes soirées ! J'y vis des folies par procuration, c'est tout ce qu'il me reste.

— Menteuse. Il me semble que tu as déjà su t'amuser sans mon aide, rétorqua ironiquement son amie.

— Touchée ! dut-elle admettre avant de se retourner vers Amanda. Ça fait deux fois qu'elle évoque le jour où j'ai « trompé » Kerry. De toute évidence, elle veut que je te raconte.

Le sourcil levé de Maude était sans équivoque quand elle déclara :

— Ce n'est que justice.

— Oh ! s'écria Amanda dans un souffle en regrettant de ne pas mieux masquer sa surprise.

Elle n'en revenait pas. Sarah avait trompé Kerry ?

— Rassure-toi, Kerry est au courant. C'est de l'histoire ancienne. Et je ne l'ai pas vraiment trompé, j'ai simplement fricoté avec l'entraîneur de foot de Henry il y a quelques mois. Ça n'a pas duré.

— Ah, fit encore Amanda, toujours sous le choc.

— L'entraîneur avait un petit accent irlandais. Il n'arrêtait pas de flirter avec moi, je ne sais pas... Bref, Kerry a pris la chose avec beaucoup de maturité.

— Je n'arrive pas à croire que tu lui aies tout raconté, dit Maude.

— Nous n'avons aucun secret l'un pour l'autre. Aucun. Pour le meilleur et pour le pire. Il a été blessé, évidemment, mais il sait combien je l'aime. Il a fini par me dire : « J'accepte tes excuses. Passons à autre chose. » Et c'est ce qu'il a fait. À sa place, je lui en aurais voulu pendant des années. Kerry a toujours été plus cool que moi.

— Il t'aime, lui rappela Amanda sans vraiment le vouloir.

— Oui, je sais. La seule fois où il s'est mis en colère, c'est quand j'ai voulu rompre, à l'époque de la fac. Il était hors de lui. (Sarah sourit facétieusement.) C'était plutôt sexy.

— Sexy ? ricana Maude. Tu es vraiment tordue !

— Je ne sais pas... Un mec gentil, c'est bien. Mais pas trop gentil. Je crois que ça m'a rassurée de voir qu'un lion sommeillait en lui.

— Il t'obéit au doigt et à l'œil.

— Les maris, c'est fait pour ça, s'impatienta Sarah. C'est bien pour cette raison qu'on les épouse.

— N'importe quoi ! pouffa Maude. Pour que Sebe passe le balai, il faut que je le lui demande cent fois.

— Mais pour Sebe, c'est différent, nuança son amie en faisant mine de s'éventer. Il a le droit d'être indocile, à condition de rester torse nu toute la journée.

— Arrête ! gloussa Maude en lui jetant une serviette roulée en boule.

Mais Sarah n'en avait pas fini.

— D'ailleurs, si vous vivez très bien cette relation libre, tu ne crois pas que c'est parce qu'il est gynéco ? Après tout, il passe sa journée à regarder entre les cuisses d'autres femmes.

— Tu es dégoûtante ! s'exclama Maude en riant de plus belle, les joues rouges.

— Sans rire ! Je me pose vraiment la question.

— Une question que j'ai l'intention d'ignorer, merci bien, conclut-elle avant de se tourner vers Amanda. Bon, et toi ? Il est comment, Zach ? Je n'arrive pas à croire que je ne l'ai toujours pas rencontré.

— Moi si. C'est un mari fantôme ! pouffa Sarah avant de se ressaisir. Excuse-moi, Amanda. Je n'aurais pas dû dire ça. Qu'est-ce que j'en sais ? Un bon mariage, c'est un mariage qui survit. Les nôtres survivront-ils ? Il est trop tôt pour le dire…

— La survie ? C'est tout ce qu'on recherche ? demanda doucement Maude.

— Ne pas avoir trop d'attentes, insista l'autre. Voilà la clé d'un couple qui dure.

Pour la première fois, Amanda n'avait pas envie de faire croire qu'elle menait une vie de couple parfaite. Ses amies venaient de se confier à elle. La moindre des choses serait de leur rendre la pareille.

— Sarah a raison, Zach travaille beaucoup. Certains jours, on se croise à peine.

— L'absence resserre les liens, dit Maude en souriant timidement. En tout cas, j'espère que tu pourras venir à la fête. Et Zach est le bienvenu, bien sûr. Quoi qu'en dise Sarah, c'est l'occasion de passer un bon moment, même sans monter à l'étage.

Amanda sourit et dit :

— Je viendrai, évidemment. Merci.

— Sais-tu comment Sebe et Maude se sont rencontrés ?

— Non, répondit-elle en se tournant vers l'intéressée.

— Je vais essayer de me rattraper après avoir critiqué leur couple comme une petite commère, gloussa Sarah. C'est l'histoire la plus romantique que j'aie jamais entendue.

— Comment vous êtes-vous rencontrés ?

— C'est une jolie histoire, dut reconnaître Maude, un brin nostalgique. Pendant mes études d'histoire de l'art à Columbia, j'étais invitée à une soirée où j'ai trébuché et me suis cogné la tête contre une étagère. J'ai renversé mon verre et tout éclaboussé au passage. On aurait cru que j'étais ivre alors que je n'avais pas bu une goutte d'alcool.

— Et Sebe l'a sauvée ! poursuivit Sarah, la bouche en cœur. Déjà beau comme un dieu avec son charmant accent français. Il l'a aidée à se relever et l'a portée dans ses bras musclés telle une jeune mariée jusqu'au centre médical universitaire où il était interne. Il lui a sauvé la vie.

— Sebe ne m'a pas sauvé la vie, corrigea Maude. Mais il m'a amenée à l'hôpital en me portant jusqu'au taxi, effectivement. Et, grâce à ses contacts, j'ai été prise en charge tout de suite.

— Et tu n'avais rien ?

— J'ai appris que j'étais diabétique sans doute depuis l'enfance, alors que je ne m'en étais jamais rendu compte. Eh oui, ce sont des choses qui arrivent.

— Et ce qui devait arriver arriva, termina Sarah d'un air rêveur.

— Waouh, c'est romantique ! dit Amanda sans comprendre pourquoi la tristesse lui nouait la gorge.

— Pas vrai ? Tu devrais raconter cette histoire plus souvent, Maude, sans oublier de préciser que la start-up de Sebe le rendra bientôt milliardaire. À ta place, je le crierais sur tous les toits.

Mais son amie regardait dans le vide.

— Je ne sais pas… Ces derniers temps, on se dispute constamment. J'ai l'impression que cette histoire n'est plus la nôtre.

— Vous vous disputez ? Ça ne vous ressemble pas.

— Je sais. C'est à cause de cette histoire avec Sophia. Sebe adore sa fille, mais c'est un rustre. Ils sont comme ça, en Europe. Pour lui, notre fille est une adulte. Pour moi, elle restera toujours notre bébé, quel que soit son âge. J'aurai toujours besoin de régler ses problèmes à sa place. Je ne vois pas ce qu'il y a de mal à ça.

Sarah voulut réagir, mais elle s'abstint quand Maude la coupa d'un geste bref :

— Pas ce soir. D'accord ?

— Ah, les ados, se contenta de soupirer Sarah. C'est tout ce que j'allais dire. Ils fichent tout en l'air. Et toi, Amanda ? Comment as-tu rencontré Zach ? Je dois admettre que vous êtes très… différents l'un de l'autre.

— J'étais femme de chambre dans un hôtel au nord de l'État de New York, c'était un job d'été, commença-t-elle.

Avec les années, elle avait peaufiné son récit pour le rendre plus crédible. « Femme de chambre » était préférable à « femme de ménage », avait-elle appris. « Hôtel » faisait plus chic que « motel ». Et, surtout, elle précisait que c'était le temps d'un été pour s'épargner la moue dubitative et le sourcil levé qui suivaient généralement son aveu de n'avoir jamais fini le lycée.

— Zach faisait une étape dans cet hôtel. Il randonnait dans les Adirondacks avant de partir vivre en Californie.

— En Californie ? répéta Sarah. Vous avez entamé une relation à distance ?

— Oh, non. Quand il est reparti de l'hôtel, il m'a embarquée avec lui.

— Juste après l'avoir rencontré ? demanda Sarah.

Oups.

Généralement, Amanda sautait cet épisode. Ce n'était pas aujourd'hui qu'elle changerait sa version des faits.

— Pas juste après, mais c'est arrivé très vite, en effet.

— Le coup de foudre, souligna Maude. C'est tellement romantique.

Sarah semblait douter de la véracité de l'histoire, mais elle se garda bien de poser la moindre question.

— Ah, dit-elle simplement. En tout cas, Zach a intérêt à venir à l'anniversaire de Kerry. Je lui ai à peine adressé la parole alors que c'est mon patron.

— Ce n'est pas ton patron, marmonna Amanda.

— Bien sûr que si ! Il a créé cette fondation. Et je travaille pour toi aussi. Ce qui me ravit, car je m'entends bien avec vous deux. Mais Zach pourrait venir nous voir plus souvent. Tu es l'une de mes meilleures amies, ce serait la moindre des choses.

Amanda s'efforça de sourire.

L'une des meilleures amies de Sarah ? Si seulement…

— Il viendra.

Un mensonge, évidemment. Zach ne viendrait pas. L'insistance de Sarah partait d'un bon sentiment, mais Amanda lui avait bien spécifié que l'emploi du temps de son mari était très chargé. Elle avait parfois l'impression que son amie voulait réparer leur couple. Il n'y avait pourtant rien à réparer. Amanda et Zach allaient très bien. Ils ne manquaient de rien. Le mariage ne devait pas être envisagé comme une ascension sociale, certes, mais leur couple tenait, et c'était l'essentiel.

— Depuis combien de temps êtes-vous ensemble, Kerry et toi ? tenta-t-elle pour changer de sujet.

— Trente-trois ans si tu comptes nos premiers rencards. On avait à peine quinze ans. Ça fait vingt-six ans qu'on est mariés. À l'époque, Amanda, tu étais encore un zygote, grommela Sarah en posant son menton dans sa main d'un air maussade. S'il fallait une excuse pour laisser un entraîneur me mettre une main au cul, ce serait ça : vingt-six ans de mariage.

— C'est très rare de connaître quelqu'un depuis aussi longtemps, dit Amanda. Moi, j'ai une amie que je connais depuis qu'on est toutes petites. Carolyn.

— Oui, mais le temps cristallise les amitiés, répliqua Sarah. Pas les histoires d'amour.

— Carolyn vit au nord de l'État, là où tu as grandi ? demanda Maude. Comment s'appelle cette ville, déjà ?

— Saint Colomb Falls. Mais elle habite ici, maintenant. À New York.

— Vraiment ? Tu devrais nous la présenter ! J'adorerais la rencontrer.

— On ne se voit pas souvent, expliqua Amanda. Elle est célibataire et vit à Manhattan.

— Tu nous crois incapables de parler d'autre chose que de nos maris et de nos enfants, c'est ça ? la provoqua Sarah. Je te rappelle qu'il existe des métros pour sortir de Brooklyn. Et des taxis, aussi.

Amanda était incapable d'expliquer pourquoi elle n'avait jamais envisagé d'intégrer Carolyn à leur groupe.

— Je sais bien, dit-elle. Je ne voulais pas… Tu as raison, je devrais l'inviter. Je le ferai.

— Tu pourrais même l'inviter à la soirée libertine de Maude. On sera sous notre meilleur jour ! Qui sait, peut-être que je saisirai l'occasion de monter cet escalier interdit, pour une fois. Si tu comptes vraiment ne plus organiser cette fête à l'avenir, Maude, ce sera ma dernière chance.

— Ne dis pas n'importe quoi… Ça ne vous ressemblerait pas.

— À *Kerry*, peut-être, nuança Sarah en lui décochant un clin d'œil. Mais peut-être que, pour une fois, ça pourrait me ressembler à *moi*.

Lizzie

Mardi 7 juillet

En quittant la cour d'assises de Brooklyn, je passai chez moi avant d'aller voir la maison de Zach. Ce crochet me faisait faire un grand détour, mais le commentaire d'Adam sur les couples mariés voués à avoir des problèmes me trottait dans la tête. Peut-être devrais-je lui pardonner d'avoir été licencié, et pour l'accident aussi. Je ne voulais pas qu'il recommence. Je ne lui avais jamais pardonné, et je crois qu'il le savait aussi bien que moi. Je m'étais contentée d'enterrer ma colère et ma rancœur, chose pour laquelle j'étais assez douée.

Mais, en s'ouvrant le crâne dans notre salon, il avait atteint les limites de ma patience. Il fallait qu'il se fasse soigner, sinon… Oui, voilà, un ultimatum. C'était moi ou l'alcool. Je grimpai les trois volées de marches, décidée à mettre Sam au pied du mur. Et quand j'atteignis mon palier, mon téléphone sonna. Un numéro inconnu. Sauvée par le gong.

— Allô ?

— Bonjour, ici Steve Granz, adjoint du procureur. J'ai reçu un message de Paul Hastings me demandant de vous appeler dans les meilleurs délais, mais pourquoi ? Je n'en ai pas la moindre foutue idée. Du Paul tout craché…

J'en conclus qu'il s'agissait du procureur du district de Brooklyn. Paul avait le bras long. Il ne passerait pas ses soirées sur mon dossier, mais son carnet d'adresses me serait précieux.

— Merci infiniment d'avoir appelé. Nous avons un prévenu accusé de violence sur un policier de Brooklyn et aurions besoin d'en savoir un peu plus.

Il allait falloir lui soutirer un maximum d'informations : chef d'accusation, preuves, procureur désigné, marge de négociation. Non pas que nous ayons prévu de négocier quoi que ce soit, mais je voulais tester la solidité de leur réquisitoire. Plus leurs arguments tiendraient la route, moins ils seraient ouverts à la discussion. Mais la solidité de leur dossier ne voulait pas forcément dire qu'ils connaissaient toute la vérité des faits. Certes, un procureur ne tient pas un argumentaire auquel il ne croit pas, mais le but est tout de même de gagner. Et donc la vérité passe parfois au second plan.

— Je reconnais avoir été épaté d'apprendre que Paul prenait le relais de ce dossier. Et à Brooklyn, en plus.

— Il se contente de superviser l'affaire.

— Ah, ça m'étonne déjà moins. Qui est le prévenu ?

— Zach Grayson, répondis-je. C'était un geste involontaire. Le policier n'avait aucune intention de porter plainte. Il semblerait qu'un témoin de la scène, possiblement un adjoint du procureur, ait orchestré l'arrestation. Il est détenu à Rikers sans conditionnelle.

— Rikers ? C'est dur, commenta banalement Granz en tapant au clavier.

Il demeurait parfaitement stoïque alors que je venais d'accuser son confrère d'abus de pouvoir, une indifférence qui en disait long.

— Ah, trouvé ! reprit-il. Attendez, c'est l'affaire de Park Slope ?

— Mon client habite ce quartier, oui.

— La « Tuerie des libertins » ? ricana-t-il sans que j'arrive à comprendre ce qui pouvait l'amuser. Les « Pervers de Park Slope » ont encore frappé. (Un silence.) Désolé pour la plaisanterie, mes collègues en riaient ce matin quand ils ont appris le titre prévu par le *Post* une fois que l'affaire serait bouclée.

Zach s'était bien gardé de parler de libertinage. Je l'imaginais mal vivre une sexualité décomplexée ; pour moi, il avait toujours eu un côté asexué, d'où notre relation qui n'avait jamais dépassé le cap de l'amitié. Mais de l'eau avait coulé sous les ponts, et avec une épouse aussi belle qu'Amanda, il avait peut-être évolué. Au risque de me rendre vulnérable devant le procureur, je dus reconnaître mon ignorance sur ce détail de l'affaire.

— Des libertins ?

— Allez savoir ce qu'ils faisaient exactement à cette soirée, me dit Steve. Du sexe sale, violent ? Ces bourgeois dans leurs baraques à quatre millions ont forcément un nom de code bien à eux. Tout ce que je sais, c'est que ma femme me couperait les couilles si je participais à leur délire.

— Mais Amanda Grayson a été retrouvée morte à son domicile, pas à une fête.

— Ouais, je sais, mais elle en revenait, précisa l'adjoint. Ils y ont tous les deux passé la soirée, d'après mes informations. Et, d'ailleurs, ce n'est pas la première année que cette fête cause du grabuge. Mais, jusqu'à présent, c'était seulement des plaintes pour tapage nocturne ou des intoxications alimentaires, rien de grave. Sauf l'année dernière, baston entre deux mecs. Des affaires mineures. Je n'en avais jamais entendu parler avant ce matin. J'ai beau travailler pour la section du crime organisé, je n'avais pas entendu parler d'un meurtre à Park Slope, ou, en tout cas, pas de cette envergure, depuis au moins… depuis la nuit des temps, quoi. Je vous jure, on n'a pas idée d'organiser des fêtes pareilles !

— Ma foi, si c'est leur truc... L'un de vos collègues a-t-il prévu d'appeler les médias pour empêcher la propagation de ce genre de détails croustillants ?

— Vous savez aussi bien que moi que les journalistes font ce qu'ils veulent, dit Granz avec sarcasme. Mais avouez que c'est plutôt ironique, tous ces bourgeois qui nourrissent leurs bébés à la purée de chou bio mais chopent des MST en organisant des orgies entre eux... (Il poussa un soupir qui rappela un ballon d'hélium percé.) Bon, désolé. Je suis rarement aussi vache, mais la journée a été longue, et elle est loin d'être terminée.

Pour ma part, je n'avais plus le temps de papoter.

— Dans l'idéal, j'aimerais joindre l'adjoint chargé de l'affaire. Je compte faire appel pour obtenir une remise en liberté de mon client, quelles que soient les conditions, pourvu qu'il sorte de Rikers. J'aimerais éviter qu'il ne se fasse encore agresser.

— Je vais me renseigner, voir si je peux vous obtenir un nom, promit-il, indifférent à la mention de l'agression de Zach.

— Ça m'aiderait beaucoup, merci.

— Je le fais pour Paul. Ça fait des années qu'il essaie de me débaucher. À croire qu'il veut bâtir un empire de la défense criminelle. Ça vous plaît de bosser là-bas ?

— Beaucoup, répondis-je, puisque c'était la seule réponse recevable, mais je gardai un ton relativement plat.

— Bien, réagit Steve, sceptique. J'adore Paul, mais je ne pense pas que ça me plairait de bosser pour lui.

Ce fut plus fort que moi :

— Pourquoi ?

— Parce que c'est un barjo. Il a toujours une longueur d'avance, et moi, j'aime pas bouffer les miettes.

Quand j'ouvris enfin la porte de mon appartement, j'avais perdu tout mon élan. Je n'avais plus le temps de philosopher avec Sam sur notre relation, je devais me rendre chez Zach en vitesse pour retrouver le numéro de la colonie de vacances de Case. Je rongeais mon frein depuis des années dans mon couple, alors quelques heures de plus ou de moins…

Je m'attendis à une bouffée de parfum de café corsé sur des notes de musique irlandaise, la dernière lubie musicale de Sam pour trouver l'inspiration et se remettre à écrire, disait-il. Depuis son licenciement de *Men's Health*, il avait des périodes musicales. Mais toujours instrumentales et généralement sombres. Sa phase irlandaise durait depuis environ un mois, mais ça n'avait pas l'air de l'inspirer tant que ça. Il n'enchaînait pas les pages comme on pourrait l'attendre d'un chômeur disposant d'un boulevard de temps libre, jour après jour.

— Sam ? appelai-je. Tu es là ?

Ne me dites pas qu'il dort encore à 14 heures !

— Sam ! appelai-je plus fort en prenant la direction de la chambre.

Je découvris un lit vide et impeccablement fait. Les draps bien tirés, le rabat de la couverture calculé : l'origami parfait du coupable pris de remords.

— Sam !

Je retournai dans le petit couloir. Où était-il, bon sang ? Et qu'avait-il encore fait pour chercher à se faire pardonner avec ce lit au carré ?

Dans le salon, toujours pas de Sam en vue. Mais son ordinateur portable était là, ouvert sur notre petite table ronde, l'écran noir en veille. Je le rabattis et effleurai la surface lisse du sticker collé au centre, récemment acheté en souvenir d'un marathon vieux de quelques années et dont je peinais à croire que Sam avait pu y participer un jour. Lui, en revanche, était convaincu qu'il rechausserait bientôt ses baskets. Et donc, dans sa tête, il était toujours marathonien ; les convictions de Sam étaient nourries d'alcool et d'excès. Des cahiers étaient empilés à gauche de l'ordinateur et, à droite, une petite pochette d'allumettes estampillées *Enid's*. Il ne manquerait plus qu'il se mette à fumer, lui qui détestait ça. Ou peut-être les gardait-il simplement au cas où. Mais au cas où quoi ? Par chance, je ne vis aucun nom ni numéro griffonné à l'intérieur du rabat.

Je rouvris l'écran, puis tapai son code de déverrouillage. « LizzieLOVE ». Sam s'était acheté ce nouvel ordinateur le lendemain de la fête du Kentucky Derby organisée chez Mary Jo, au cours de laquelle il avait vomi dans leur salon. Ce mot de passe n'était que l'introduction d'une longue série d'excuses. Et ça avait fonctionné. J'acceptais toutes ses excuses dans l'espoir de retrouver la perfection de nos débuts.

La soirée à laquelle j'avais rencontré Sam n'avait rien à voir avec celles des étudiants en droit. J'accompagnais une amie qui elle-même suivait une copine convaincue d'y trouver tout un tas de charmants futurs médecins encore célibataires, une raison à la fois stupide et terriblement attrayante de se rendre à cette fête. En outre, elle était organisée au *Rittenhouse*, un établissement de luxe tout près de Philadelphia Square, ce qui nous changeait des appartements miteux dans lesquels avaient généralement lieu les soirées des étudiants en droit

J'étais à la fête depuis une heure à siroter une bière quand je repérai la tignasse de Sam à l'autre bout de la pièce, sa barbe de trois jours et ses yeux bleu irisé. Il était charmant, mais c'est à la façon dont son sourire illumina son visage que mon cœur fit un bond. C'était électrique. Lorsqu'il regarda enfin dans ma direction et s'attarda sur moi, je me crus plongée dans un brasier.

Les joues rouges, je le regardai se frayer un chemin jusqu'à moi.

— Tu n'as pas le profil d'un médecin, me dit-il.

— Qu'est-ce que tu sous-entends ? rétorquai-je en espérant très fort échapper à un compliment bateau comme : « Tu es trop belle pour ça », ce qui gâcherait toute la magie du moment.

Il désigna les gens dans la pièce.

— Regarde, tous les futurs médecins ont le dos très droit. Parce qu'ils passent leurs journées debout.

Je balayai la foule du regard en cherchant un argument pour le contrer. Mais il n'avait pas tort, la plupart des gens étaient raides comme des piquets.

— Tu vas rester coincé comme ça toute ta vie ?

— Moi ? pouffa-t-il. Non, je ne suis pas en fac de médecine, ce n'est pas fait pour moi. Je suis venu voir un copain qui se destine à ce monde de requins. C'est lui qui m'a expliqué le coup du dos droit. Mais il y a fort à parier qu'il a seulement voulu se foutre de ma gueule. (Le sourire qu'il esquissa me procura un frisson.) Et toi, qu'est-ce que tu étudies ?

— Le droit.

— Tiens, c'est drôle. J'aurais dû être avocat.

— Et ça ne s'est pas fait ?

Son sourire devint narquois.

— Je suis pour l'amour, pas la guerre.

— J'hallucine, soupirai-je en levant les yeux au ciel, mais déjà sous le charme.

— Je n'ai pas envie de passer ma vie à chercher des arguments pour contrer mon opposant, dit Sam avec détachement.

Puis il prit soudain conscience de sa maladresse et s'excusa aussitôt :

— Pardon, les avocats sont très respectables, c'est une noble carrière. En théorie.

— En théorie ? Je vois..., fis-je en souriant.

J'aurais sans doute dû mal le prendre, mais j'étais concentrée sur mes jambes qui menaçaient de se dérober.

— Je viens d'insulter ton choix de carrière, c'est ça ?

— Oui, un peu, dis-je en riant.

— J'ai tout foutu en l'air, pas vrai ?

— Un peu, mentis-je.

— Oublie mon image peu glorieuse des avocats. Tu accompliras de grandes choses, j'en suis sûr.

— Qu'est-ce qui te fait dire ça ? On ne se connaît même pas.

— Ça se voit, c'est tout, jugea-t-il en me scrutant longuement. C'est l'intuition. La mienne est fiable.

— Tu as souvent des révélations sur les gens, comme ça ?

Son sourire ne me laissait décidément pas indifférente. Et il avait les yeux d'un bleu à s'y noyer.

— Non, pas comme ça, répondit-il.

J'appris par la suite que Sam avait beau n'être ni avocat ni médecin en devenir, c'était déjà un homme accompli. Il venait de décrocher son diplôme à l'école de journalisme de Columbia et avait trouvé un poste à la rubrique locale du *New York Times* dans laquelle il cherchait notamment à révéler l'impact de la pauvreté sur les enfants aux États-Unis. Il avait d'ailleurs écrit tout un dossier – « Les orphelins des opiacés » – qui serait bientôt publié. Sam voulait faire bouger les lignes, tout comme moi. Et il y croyait dur comme fer. La conversation prit un tournant animé par son optimisme à me donner le tournis. Quelques minutes plus tard, j'étais convaincue que cette rencontre était un signe du destin. Sam était celui qui m'aiderait à colmater les failles du monde. Et à réparer les miennes par la même occasion. Car j'avais beau me donner l'air d'aller bien, c'était une façade. Depuis la mort de mes parents, j'étais comme une ampoule grillée.

Grâce à ma rencontre avec Sam, un soir d'avril trop doux pour la saison, je me mis à croire que je pourrais un jour briller à nouveau. Et quand on s'embrassa près de Rittenhouse Square, je sentis déjà revenir ma lumière.

L'écran de l'ordinateur de Sam montrait le site Internet d'*Enid's*, un bar dans le quartier de Greenpoint. Je regardai autour de moi notre salon désert. Était-il parti là-bas ? Dans un bar au beau milieu de la journée ? Sa dernière cuite datait de quelques jours à peine, et il s'en était même fendu le crâne.

Bordel, Sam !

Rongée par la colère, je composai son numéro, mais tombai directement sur son répondeur. J'hésitai à lui laisser un message disant que ce n'était plus la peine de rentrer à la maison. Son problème ne serait jamais réglé, pas même avec une cure de désintoxication. Au lieu d'exprimer toutes ces pensées, je fermai les yeux, ravalai mon chagrin et ma colère, et raccrochai.

Un quart d'heure plus tard, je remontais l'allée ombragée de la place Montgomery entre le parc et la Huitième Avenue et levais les yeux devant l'imposante maison de Zach. Dans un rayon du soleil qui décroissait, elle était époustouflante. Une façade impeccable de cinq étages de grès rouge et un perron écrasant presque deux fois plus large que celui des maisons mitoyennes. Au travers de la fenêtre, j'apercevais un grand chandelier Art déco flottant sous un plafond haut.

Étant donné la réussite de Zach, je m'étonnais qu'il ait choisi, avec Amanda, de vivre à Brooklyn au lieu de Manhattan. Il pouvait certainement se permettre une maison de cette trempe à Tribeca ou dans le West Village. Brooklyn avait un charme particulier, c'est vrai, mais ces deux autres quartiers n'étaient pas en reste. Mais si Amanda venait d'une petite ville, effectivement, elle devait préférer offrir à son fils un environnement plus calme et plus modeste.

Je grimpai les marches, soulagée de ne pas voir de ruban jaune de police ni aucun autre signe de réquisition de la maison pour les besoins de l'enquête. Pour autant, il ne me tardait pas d'entrer. D'après la description de Zach, la scène avait été particulièrement sanglante, et rien n'avait été nettoyé. Quand votre épouse était battue à mort, la police et les secours ne passaient pas la serpillière après avoir débarrassé le corps. À vous de vous débrouiller pour remettre de l'ordre dans votre maison, que vous soyez accusé ou non du crime.

En haut du perron, je me penchai près d'un gros pot de fleurs où prospérait une sorte d'élégante fougère. Le pot était relativement léger et une clé était cachée dessous.

Raté. J'avais l'espoir qu'elle ne s'y trouverait plus, preuve qu'une autre personne que Zach avait pu l'utiliser le soir de la mort d'Amanda. Une autre personne qui aurait également pu la frapper à mort avec le club de golf de Zach.

Si l'assassin avait utilisé cette clé pour entrer et tuer Amanda, je l'imaginais mal la remettre sagement sous le pot avant de partir. Il ne fallait pas pousser ma crédulité trop loin. Or c'était précisément ce que Zach avait fait en oubliant de me parler de son mandat non exécuté.

Ça me dérangeait, je devais bien l'admettre. Le Zach que j'avais connu en fac de droit n'aurait jamais omis un détail pareil. Il ne pouvait pas avoir simplement oublié. S'il n'en avait pas parlé, c'est qu'il ne voulait pas que je sache. En tournant la clé dans la serrure, je me demandai ce qui m'agaçait le plus : l'existence du mandat ou le fait que Zach ait cherché à me le cacher ?

Cette demeure était luxueuse jusque dans le grincement de sa porte d'entrée. Les yeux baissés, j'entrai dans le hall plongé dans la pénombre. L'intérieur était sans doute charmant, mais je veillai à ne pas regarder en direction de l'escalier. La configuration classique des maisons mitoyennes de Park Slope voulait que, tout droit en entrant, on tombe sur l'escalier – avec sa mare de sang et de cervelle. L'estomac noué, je m'efforçai de me concentrer sur ma tâche.

D'après Zach, les coordonnées de la colonie de Case se trouvaient dans une petite console dans le salon près de l'entrée. Je ne relevai la tête qu'une fois dans la vaste salle de séjour ouverte, rénovée au goût du jour. Elle était d'un blanc éclatant, meublée selon cette mode vintage qui remet à l'honneur les années 1950. Une vague odeur de renfermé planait dans la maison, mais, cela mis à part, tout était impeccable.

La console – aux lignes pures et gracieuses, digne d'Amanda – était installée près de la fenêtre. Je m'approchai, m'attardant au passage sur les photos exposées sur une étagère le long du mur. Les cadres étaient tous assortis et si méticuleusement conservés que même les poses sur les photos – prises au fil des années – semblaient avoir été calculées pour former un ensemble cohérent. Toutes ces images idylliques laissaient difficilement croire que le couple ait pu connaître la moindre ombre au tableau, et encore moins que leur mariage finirait dans un bain de sang.

Elles confirmaient également ce que j'avais remarqué à Rikers : Zach était devenu un homme charmant, bien loin de l'étudiant en droit que j'avais connu. Ses traits s'étaient affirmés avec les années, ou était-ce la dizaine de kilos de muscles qu'il semblait avoir gagnée ? Sa carrière à succès lui donnait un air assuré. Pourtant, à Rikers il m'avait paru fébrile. Il faut dire que le contexte était particulièrement stressant pour des retrouvailles avec une vieille amie. En tout cas, Zach avait visiblement réussi à se faire un nom. Étrangement, j'eus comme un vague regret.

Je voulais chasser ce sentiment, j'avais honte. Comment pouvais-je désirer un homme dont la femme avait été sauvagement assassinée, là, juste derrière moi ? De toute façon, mes regrets ne concernaient pas Zach, en réalité.

Je m'emparai d'un cadre où le couple était en tenue de mariés, sur une plage tropicale. Amanda était sublime dans sa robe de dentelle toute simple, tenant un bouquet de fleurs exotiques ; et Zach souriait dans son costume de lin. Ils semblaient naturellement heureux, comme deux êtres qui ont le monde à leurs pieds.

Et les photos de notre mariage, que disaient-elles de Sam et moi ? Tout ce dont je me souvenais, c'était d'un sentiment de reconnaissance et, contre toute attente, d'un amour profond. Sam avait tout organisé lui-même. M'atteler aux préparatifs sans l'aide de ma mère aurait été trop douloureux et il l'avait compris sans que j'aie rien à dire. Depuis notre première rencontre, nous étions liés par cette connexion invisible.

Nous nous étions mariés dans le superbe jardin d'une demeure du quartier de West Village, dont le propriétaire était un ancien camarade de Sam qui avait fait fortune. Mon promis avait rempli l'intégralité du jardin de jolies guirlandes blanches ressemblant à celles dont je lui avais parlé lors de notre premier rencard. Quant aux fleurs, il avait choisi des jacinthes bleues pour rappeler le bouquet qu'il m'avait offert lors de notre deuxième rendez-vous. Sam n'avait pas plus de famille que moi dans la région, mais nous étions entourés d'amis. J'avais marché jusqu'à l'autel sur la musique d'un ami guitariste, autrefois colocataire de Sam. Heather, que j'avais rencontrée en fac de droit, s'était chargée du gâteau et Mary Jo avait tenu le rôle de maîtresse de cérémonie. Nous avions écrit nos vœux nous-mêmes. Bien entendu, ceux de Sam étaient bien plus beaux que les miens. « Je promets d'être ton phare au milieu de l'océan », avait clos son discours.

Et de bien des façons, Sam avait été ma fusée de détresse, il m'avait sortie de ma léthargie et avait éclairé mes nuits d'une lumière féerique. Et malgré cela, nous partions à la dérive. Il était toujours mon élu, n'est-ce pas ? Celui que je choisissais jour après jour.

Mon téléphone sonna, arrachant mon regard des photos. Je plongeai la main dans mon sac.

Sam. Apparemment, il était rentré du bar. En un éclair, le souvenir de notre mariage se volatilisa et la colère me submergea, plus vive que jamais.

— Quoi ? répondis-je.

— Bonjour quand même, dit-il, amusé (et éméché ? Possible mais pas trop, car en général l'alcool le faisait bafouiller, or ce n'était pas le cas ce soir). J'ai vu ton appel en absence, alors je te rappelle. Mais tu as l'air… occupée.

— Très occupée, confirmai-je, bien décidée à n'évoquer ni *Enid's* ni Greenpoint, car plus rien d'autre ne m'importait que de le voir partir en cure, et ce n'était ni l'endroit ni l'heure d'aborder le sujet. Je travaille, Sam.

— Ah bon, se vexa-t-il. Dans ce cas, je te laisse…

— Et toi, alors ? Ta journée ? le provoquai-je.

— Oh, j'ai un peu écrit. Cinq pages, pas si mal. Mais bon, en passant la journée les fesses vissées au fauteuil, j'aurais pu faire plus.

— Tu n'as pas du tout quitté ton fauteuil ?

Son mensonge était parfaitement gratuit.

— J'ai seulement fait un saut à la poste. Je n'avais plus de timbres. Pourquoi, t'es de la police ?

Tu n'as même pas tenu une semaine, Sam.

— Je suis fatiguée, c'est tout. La journée a été longue.

Je sentais la culpabilité de Sam étoffer son silence. Et tant mieux. Il ne l'avait pas volé.

— D'accord, répondit-il, un peu tendu, comme s'il se retenait de rétorquer autre chose.

— Je dois te laisser. On se voit plus tard.

Je raccrochai et pressai le téléphone contre mes lèvres.

Il y eut soudain un grand fracas. Je fis volte-face vers une porte au fond du salon.

— Il y a quelqu'un ? appelai-je, le cœur battant la chamade.

Ne répondez pas. Pitié, faites qu'on ne me réponde pas.

Je me retournai vers la porte d'entrée, calculant la distance à parcourir s'il fallait me mettre à courir.

— Qui est là ? appelai-je de ma voix la plus grave. Je suis l'avocate de Zach Grayson !

Seul le silence me répondit.

— Il y a quelqu'un ?

Toujours rien.

Je rangeai mon téléphone dans mon sac et m'emparai du grand cadre des noces de Zach et Amanda que je tenais à deux mains en approchant à pas de loup de la porte, le dos tourné aux escaliers ensanglantés.

Je pris une inspiration et poussai la porte battante d'un coup de hanche, le cadre brandi au-dessus de ma tête. Sur le sol de la cuisine, je vis un saladier de céramique brisé en mille morceaux avec de la petite monnaie éparpillée partout. Mes yeux fusèrent tout autour de moi. Personne en vue, et, par chance, aucun placard ni autre cachette où quelqu'un aurait pu se tapir. Le saladier avait pu glisser tout seul, tentai-je de me rassurer. Ils avaient dû le poser trop près du bord, en équilibre depuis des jours.

Je repérai alors la porte donnant sur la cour, derrière la maison. Je m'approchai lentement, prenant soin de ne rien toucher, et espérai de tout cœur que mon imagination me jouait des tours. Mais non, la porte était bel et bien entrouverte. Quelqu'un venait de s'éclipser. Et cette personne avait renversé le saladier en prenant la fuite, sans doute surprise en entendant sonner mon téléphone. Que se serait-il passé si Sam n'avait pas appelé ? Et si j'étais tombée dessus nez à nez dans la cuisine ?

De mes doigts tremblotants, je composai le 911.

—Allô, ici 911.

—J'aimerais déclarer une violation de domicile.

J'attendis l'arrivée des policiers sur les marches du perron. Un quart d'heure interminable avant de voir enfin une voiture de patrouille se garer près d'une bouche d'incendie dans la rue. Une femme d'une cinquantaine d'années et un homme plus jeune sortirent de la voiture. Il était petit et trapu, tandis que la policière, ses cheveux blonds plaqués en arrière, avait une allure imposante et mesurait une tête de plus que son collègue. Elle le devança de quelques pas, c'était de toute évidence sa supérieure.

—C'est votre domicile ? demanda-t-elle.

—Non, c'est moi qui ai appelé pour signaler l'infraction, répondis-je. Mais il s'agit de la maison de mon client. Je suis avocate.

Elle plissa les yeux.

—Votre client, hein ? Il est là ?

—Non, non, dis-je en calculant qu'il était plus raisonnable de taire la résidence actuelle de Zach. Je suis venue récupérer des affaires pour lui. J'ai entendu un bruit au fond de la maison, dans la cuisine. (Je désignai vaguement la porte d'entrée derrière moi.) Quand je suis allée vérifier, j'ai découvert un saladier brisé par terre et la porte de la cour entrouverte. Comme si quelqu'un venait de prendre la fuite. Je peux vous montrer si vous voulez. Je n'ai touché à rien.

—Y a-t-il des affaires manquantes ? s'enquit la policière en scrutant la porte sans toutefois chercher à s'en approcher. Des signes de cambriolage ?

— Rien à première vue. Les tiroirs n'étaient pas ouverts, par exemple. Il n'y avait que le saladier brisé. Mais, encore une fois, ce n'est pas chez moi.

— Je croyais qu'une porte était entrouverte. J'aurais mal compris ?

Elle maintint son regard sceptique sur moi tout en montant les marches. Et son sarcasme en disait long. J'en déduisis qu'elle savait parfaitement qui était mon client et connaissait l'affaire du meurtre d'Amanda. Me prenait-elle pour une menteuse ?

— Non, c'est bien ça, admis-je d'un ton sec qui flirtait avec l'insolence.

Sur sa plaque, je lus « Agent Gill », et, malheureusement, j'avais vraiment besoin de son aide. Je jouai donc la carte de la politesse :

— Le saladier *et* la porte ouverte.

— Bon, allons voir ça, proposa son collègue – l'« agent Kemper », d'après son badge – en montant les marches, visiblement insensible à la tension qui régnait.

— Ils n'ont pas nettoyé le sang, avertis-je l'agent Gill.

Elle évita de croiser mon regard.

— Du sang ? s'étonna Kemper. Que voulez-vous dire ?

— La Tuerie des libertins. C'est ainsi que vous l'appelez, il me semble, avançai-je en jetant un regard noir à la policière.

L'autre s'arrêta net.

— Ah, c'est ici ?

— Précisément, lui répondit sa collègue en se retournant vers moi. Ouvrez-nous la porte et attendez ici. On vous appellera quand la voie sera libre.

J'attendis dehors, devant la porte presque refermée, et me préparai à du grabuge – un coup de feu, des cris de policiers, un suspect démasqué, une bagarre. Mais il n'y eut que du silence. Dix minutes plus tard, ils poussèrent la porte.

— C’est bon, vint me prévenir l’agent Kemper, essoufflé d’avoir inspecté toute la maison.

— Le malfaiteur avait probablement un lien avec l’assassinat d’Amanda Grayson. C’est une allégation parfaitement pertinente, ajoutai-je en montrant la porte sans forcément espérer changer leur façon de gérer l’infraction, mais je trouvais important de relier les deux affaires.

— Si vous le dites, me répondit-il d’un air qui semblait signifier : « Ce n’est pas mon département. »

Nous rentrâmes dans la maison. C’est alors que je le découvris. L’escalier. Un escalier moderne, d’un bois pâle avec des incrustations d’acier dans la rambarde et les marches. Du sang maculait les murs en bas – des gouttes, certaines petites, d’autres plus grosses, en gerbes fines. Au-dessus, de longues lignes d’éclaboussures dignes d’une peinture de Jackson Pollock. Dans l’entrée, une table était surmontée d’un miroir qui ne tenait plus que sur un crochet. Et, dessous, une petite serviette tachée. Par terre, une flaque de sang circulaire entourait la première marche de bois blond poli. Comme si quelqu’un avait voulu nettoyer mais n’avait fait qu’empirer les choses. Le clou du spectacle, c’était la zone plus sombre que les autres, presque noire, sur le côté de la première marche. J’imaginais la tête d’Amanda ouverte à cet endroit, se vidant comme une coquille d’œuf.

— Ça va aller ? me glissa l’agent Kemper.

— Oui, c’est juste… (Je désignai vaguement l’escalier.) Ça va.

— Je croyais que vous étiez déjà entrée ?

— C’est vrai, mais j’ai pris soin de ne pas regarder.

Dit tout haut, c’est vrai que cela semblait un peu bête.

— Mais vous êtes son avocate, non ?

— Oui, oui.

— Alors j’espère que vous avez l’estomac bien accroché, rétorqua-t-il avant de se diriger vers la cuisine.

Accroupie par terre, l'agent Gill inspectait le plat brisé qu'elle tenait entre ses mains gantées.

— Surpris en plein cambriolage, on dirait.

— Ils n'ont rien pris ? Ça n'a aucun sens.

— Ils ont essayé, nuança Gill en montrant les pièces de monnaie. Je miserais sur un drogué. Les cambriolages désespérés sont souvent l'œuvre de toxicos. Vous avez dû le déranger.

L'agent Kemper donna un coup d'épaule dans la porte donnant sur l'arrière de la maison et sortit examiner la cour. J'eus envie de contester cette théorie du cambriolage interrompu. Un petit voleur sans aucun lien avec l'affaire se serait introduit dans la maison quelques jours après le meurtre d'Amanda, et pour une poignée de petite monnaie ? C'était absurde. L'agent Gill argumenterait certainement en rappelant que la maison était déserte depuis samedi ou dimanche matin : n'importe quel voleur attentif l'aurait remarqué.

— Vous pouvez relever les empreintes, n'est-ce pas ? demandai-je à l'agent Kemper quand il reparut. La porte, ils l'ont forcément touchée en sortant.

— Bien sûr, prenons les empreintes, s'amusa Gill, de nouveau sarcastique.

— Vous n'avez pas l'intention de le faire, c'est ça ?

— Rien n'a été volé et personne n'a été blessé, résuma Kemper, diplomate. Le dossier n'est pas prioritaire.

Je sentis monter la honte et la frustration.

— Ce présumé cambrioleur a pu jouer un rôle dans la mort d'Amanda Grayson, et vous me dites que la police ne fait rien pour l'identifier ?

— Votre client a été arrêté, n'est-ce pas la preuve que la police veut résoudre ce meurtre ? me demanda Gill.

— Il a été arrêté pour violence sur agent, rectifiai-je. C'est une excuse pour le garder sous le coude.

L'agent Gill pouffa en silence, mais parut se résigner, comme si je n'avais pas tout à fait tort. Elle leva les mains.

— Écoutez, nous demanderons à la crim de venir jeter un coup d'œil et appellerons nos collègues chargés des violations de domicile. (Elle abaissa les mains pour les poser sur ses hanches.) Mais vous aurez soit l'un, soit l'autre, et il va falloir prendre votre mal en patience.

Quelques minutes plus tard, la voiture de police était repartie et je me retrouvai seule dans cette maison. Après avoir refait le tour du salon, je me rapprochai de l'escalier, avec sa longue rambarde de métal et cette grande trace de sang mal essuyé.

Une éclaboussure attira mon attention au-dessus de la première marche. Sur le côté, à peine visible contre l'acier noirci par le temps, je m'approchai pour détailler ce qui ressemblait à un motif de paume ou de doigt dans la trace de sang. Oui, ça ressemblait à une empreinte ! Et si la police était passée à côté ? C'était très discret. Et s'ils n'avaient pas cherché sur le mur ? Ce ne serait pas très surprenant, cette scène de crime était un véritable chantier et ils avaient un suspect de premier choix derrière les barreaux.

À peine entrés dans la maison le soir du meurtre, ils étaient tombés nez à nez avec le coupable idéal : son propre club de golf à ses pieds et son épouse morte au bas de l'escalier. Une fois mis au fait que le couple rentrait d'une soirée libertine, pourquoi chercher à pêcher d'autres poissons ? Il fallait les comprendre. La plupart des femmes assassinées sont victimes d'un crime passionnel. Avec Zach en suspect numéro un, le procureur disposait d'une base solide. Je ne le jugeais pas, c'était une simple constatation ; ayant moi-même travaillé au parquet, j'en savais quelque chose. Et je savais également qu'il était aujourd'hui de mon devoir d'enrayer ce train avant qu'il ne parte trop loin dans la mauvaise direction. C'était ma priorité. Le mandat non exécuté m'avait brièvement fait douter, mais, grâce à ce présumé « cambrioleur », j'étais désormais convaincue : Zach était innocent.

Krell Industries
Mémorandum confidentiel

Pièces relatives au dossier du client
dont l'avocat est tenu au secret professionnel

26 juin

À : Conseil d'administration de l'école Country Day de Brooklyn
De : Krell Industries
Objet : Compromission des données et incident informatique – rapport de suivi

Ci-dessous un résumé de données collectées et d'entretiens menés auprès des familles. Des conclusions préliminaires en seront tirées la semaine prochaine.

Données collectées

L'analyse du système de données de l'école Country Day de Brooklyn a révélé une série de piratages à compter du 15 avril de cette année, dont une intrusion majeure le 30 avril. À cette occasion, une vaste quantité d'informations personnelles concernant les familles – adresses e-mail et postales, dates de naissance, numéros de téléphone privés – aurait été piratée.

Résumé des entretiens

Sujet famille 0005 : Mère d'Élève de Primaire (MEP) a reçu un e-mail de source anonyme lui réclamant la somme de 20 000 $. Son refus de coopérer entraînerait la publication d'informations à caractère privé sur le forum intitulé « Parents de Park Slope » (PPS). Ces informations concerneraient l'activité de son mari – Père d'Élève de Primaire (PEP) – sur le site Terry Flirt (site Internet dédié aux rencontres extraconjugales).

Sujet famille 0006 : Mère d'Élève de Primaire (MEP) atteste qu'une quantité importante de contenus pornographiques dérangeants, notamment adressée aux amateurs de « peep porn », lui aurait été envoyée par e-mail accompagnée d'une demande de virement bancaire de 20 000 $. Le message l'informe que ledit contenu aurait été découvert dans le disque dur de l'ordinateur familial. L'absence de virement bancaire conduirait à la divulgation du contenu gênant sur le forum PPS avec la preuve qu'il appartient au Sujet famille 0006.

Lizzie

Mardi 7 juillet

J'assistai au coucher du soleil depuis le perron en attendant Millie. Je l'avais appelée par réflexe, mais, maintenant que c'était fait, j'étais mal à l'aise. Sur le coup, il m'avait paru tout naturel d'appeler une vieille amie de la famille qui avait travaillé dans la police avant de devenir enquêtrice de droit privé. Mais, en lui demandant de venir, je me mettais dans une position délicate, n'ayant pas répondu à ses derniers mails.

J'ignorais rarement ses messages, mais là, leur seul en-tête m'avait rebutée : « Rappelle-moi, s'il te plaît », disaient-ils. Et puis, j'avais eu de ses nouvelles à peine quelques semaines plus tôt. Il y avait anguille sous roche, et je n'étais pas pressée d'en savoir plus. Pauvre Millie. Pendant toutes ces années, elle n'avait cherché qu'à m'aider. Et elle y était arrivée. La preuve que les efforts finissent toujours par payer.

Mais quand je l'avais eue au téléphone pour lui demander de me rejoindre, elle n'avait fait aucune mention de mon silence à ses messages et s'était contentée de me demander l'adresse de Zach pour venir sur-le-champ. Une femme adorable, vraiment.

En attendant, j'avais passé quelques coups de fil éprouvants, pour gérer la situation de Case. La jeune animatrice de son camp de vacances avait fondu en larmes en apprenant la mort d'Amanda, puis elle m'avait mise si vite en attente pour aller chercher Case que je n'avais pas eu le temps de l'en empêcher.

Heureusement, le directeur, bien plus stoïque, était intervenu et avait accepté de ne pas informer Case pour l'instant, puis il m'avait communiqué le numéro des parents de son meilleur copain – il s'appelait Ashe, et non Billy. Ce deuxième appel avait été encore pire. Les parents d'Ashe étaient des amis d'Amanda. La nouvelle avait tant bouleversé la mère que celle-ci avait laissé tomber le combiné et s'était mise à hurler.

— C'est affreux, répétait le père en boucle quand il eut récupéré le téléphone. Mon Dieu, Case… Ce gamin est comme notre fils.

Je peinais à comprendre ce qu'il disait à cause des pleurs gutturaux de son épouse, mais il s'était suffisamment ressaisi pour s'organiser. Après avoir raccroché, il irait récupérer Case et Ashe dans le week-end pour leur annoncer la nouvelle avec tout le calme et la bienveillance possibles.

Quand je reconnus la silhouette trapue et sportive de Millie, ce fut le soulagement. Elle accusait le poids des années, sa démarche autrefois énergique avait perdu de son allant, mais, même de loin, elle dégageait une assurance réconfortante qui avait toujours été sa plus grande qualité.

La première fois que j'avais adressé la parole à Millie, j'étais au collège, en quatrième. Le restaurant de mes parents avait une large clientèle de policiers, car il se situait dans le quartier de la Dixième Division à Chelsea. Millie n'était pas une flic comme les autres. C'était une amie proche de ma mère depuis des années.

En revanche, elle s'entendait moins bien avec mon père, le regardait toujours d'un air méfiant et aimait le pousser dans ses retranchements. Pour ma part, à cette époque, je cherchais surtout à le fuir, car mon père était obsédé par ma réussite scolaire et voulait me faire accéder au lycée public ultrasélectif de New York. Il n'avait que cet examen d'entrée à la bouche. Si je le réussissais, je m'ouvrais les portes de l'ascension sociale, et lui aussi par procuration.

Heureusement que ma mère se fichait de ce concours d'entrée comme de sa première chemise. Pour elle, j'étais parfaite depuis le jour où elle m'avait tenue dans ses bras pour la première fois. Son amour était si fort qu'il me donnait des ailes.

Mais parfois à l'excès, au point que ma mère avait tendance à me couver. En quatrième, je commençais à peine à avoir le droit de rentrer seule jusqu'à l'*Apollon*, alors que le restaurant n'était qu'à quelques rues de mon collège. Toutes mes copines prenaient le métro seules depuis bien longtemps, et pour aller bien plus loin. Pour ma mère, ma minuscule marge de liberté était déjà presque trop lui demander. Toute mon enfance, elle avait travaillé douze heures par jour dans ce restaurant, mais seulement aux horaires où je dormais ou partais à l'école, si bien que j'avais eu la meilleure des mères au foyer. Elle cousait elle-même mes costumes pour la parade de la fête d'indépendance de la Grèce, cuisinait de délicieux *koulourakia* et prêtait une oreille attentive à mes laborieux exercices de piano, à mes lectures de romance de gare qu'elle détestait pourtant, à mes récits trop longs et trop détaillés des triomphes et des tragédies de mon enfance.

Ce jour-là, j'arrivai en retard à l'*Apollon*. Il pleuvait à torrent et j'avais oublié un manuel au collège. Mais ma mère ne semblait pas avoir vu l'heure. Elle était assise sur une banquette avec Millie qui était habillée en civil, ce qui la rendait plus humaine. Mais une flamme féroce ne quittait jamais son regard, propre à une femme habituée à évoluer dans un milieu d'hommes. Elle avait toujours un grand sourire chaleureux et un rire sonore que ma mère semblait trouver contagieux. Il n'y avait qu'en présence de Millie qu'elle riait aux éclats. Mais pas ce jour-là. Ce jour-là, aucune des deux ne riait. Elles se tenaient la main.

— Viens, assieds-toi ! m'invita maman dès que j'eus franchi le seuil.

Quand la policière leva les yeux, je vis qu'ils étaient noyés de larmes. Plus tard, j'apprendrais que son épouse, Nancy, venait d'être admise en unité de soins palliatifs. Un cancer du sein. Mais je n'avais que treize ans à l'époque, et tout ce qui m'intéressait, c'était de fuir la présence des adultes en larmes. J'avais une envie folle de m'échapper, mais l'autorité de ma mère était redoutable.

— Montre tes mots croisés à Millie, m'ordonna maman en pointant du doigt la banquette pour que je m'y installe. Tu sais, ceux qu'on t'a donnés au collège hier. Un peu de distraction lui ferait du bien.

Sois gentille, l'entendais-je m'ordonner par la pensée. *Sois douce envers cette femme dévastée qui est mon amie.*

Ainsi, malgré une terrible envie de me cacher sous la table, je fis ce qu'on me demandait.

— Il paraît que ton père a encore fichu en l'air votre voyage en Grèce pour cette année, m'avait glissé Millie quand ma mère s'était absentée.

J'avais haussé les épaules, surprise que maman lui ait confié une chose pareille.

— Ouais.

— Ne t'inquiète pas, je ne vais pas te poser des tonnes de questions. Je n'ai pas très envie de rester assise là avec toi, moi non plus.

Je levai alors la tête vers elle, surprise, mais ne trouvai aucune animosité dans son regard. Elle était franche, tout simplement. Et elle se pencha pour me chuchoter :

— Faisons semblant, pour faire plaisir à ta maman. Toi et moi, on ferait n'importe quoi pour elle, pas vrai ?

Quand Millie fut assez proche sur le trottoir, je remarquai comme ses joues étaient creusées et sa peau diaphane. Depuis combien d'années ne l'avais-je pas revue ? Dix, douze ans ? Plus que je ne l'aurais cru. Millie et ses mails étaient rangés dans un tiroir de mon cerveau. Je ne l'ouvrais que quand je n'avais pas d'autre choix, et le verrouillais le reste du temps.

— Ça fait longtemps, me lança-t-elle doucement depuis le bas des marches.

Je me relevai.

— Je suis désolée, Millie. Tes messages… J'ai la tête sous l'eau au travail en ce moment et…

La main levée, elle secoua doucement la tête, puis monta me rejoindre sur le perron.

— Non, non. Je suis contente que tu aies appelé.

— Ça me fait plaisir de te revoir.

La gorge serrée, j'échangeai avec elle une étreinte, brève mais ferme. Elle semblait si frêle dans mes bras.

— Tu sais que je serai toujours là quand tu auras besoin de moi. Tu peux tout me demander.

C'était vrai, grâce à son amitié pour ma mère. Et sa culpabilité. Millie s'était toujours sentie responsable de ce qui était arrivé. Comme si ma famille aurait pu survivre si elle avait retrouvé le coupable qui avait arnaqué mon père.

— Merci, lui dis-je. Merci pour tout.

Millie eut l'air de vouloir ajouter quelque chose, mais elle se contenta d'un hochement de tête et se tourna vers la maison de Zach.

— Bon, qu'est-ce qui s'est passé, ici ?

Dans le hall d'entrée, nous étions côte à côte face au spectacle de cette mare de sang. J'avais donné le contexte à Millie, l'histoire de Zach et Amanda. Je lui avais expliqué que Zach et moi étions amis pendant nos études avant de nous perdre de vue pendant des années.

— Eh bien, fit-elle en jaugeant l'escalier. Au moins, ce n'est pas à toi de nettoyer.

— Regarde, dis-je, attirant son attention sur le discret motif dans le sang qui couvrait le métal sur la deuxième marche. On dirait une empreinte digitale, non ?

Millie s'approcha en inclinant la tête.

— Possible. Oui, ça en a l'air.

Mais ça ne semblait pas l'impressionner.

— Les agents qui sont passés tout à l'heure n'avaient pas envie de relever les empreintes dans la cuisine. Pourtant, j'ai suggéré un lien potentiel entre l'infraction et le meurtre d'Amanda. Ils ont parlé de faire venir des experts, mais je n'y crois pas vraiment. Et si les enquêteurs venus la première fois n'avaient pas repéré ces traces ? Elles sont très discrètes. Et, si ça se trouve, ils n'ont fait aucun relevé d'empreintes.

— Oh, permets-moi d'en douter, répondit Millie. Ils ont forcément fait un relevé. Et il existe de nombreuses façons de s'y prendre : tampons, moulage… Les poudres sont réservées aux empreintes latentes, pas aux visibles. Vu le bazar, celle-ci a pu leur échapper, mais ça m'étonnerait. Le vrai problème serait que cette empreinte n'appartienne ni à ton ami ni à quiconque dans la base de données. À ce moment-là, la police serait forcée de prendre les empreintes de tout l'entourage, y compris les employés de maison, pour réduire le champ des possibles. Mais ça prend du temps, et ensuite, il faut interroger tous les proches. Or pourquoi s'embêter quand on a déjà le coupable idéal en prison ? (Elle fronça les sourcils.) Je ne vois pas quel inspecteur déploierait autant de ressources pour chercher de nouveaux suspects alors que le dossier est du tout cuit. Mais ça, tu le sais déjà, pas vrai ? Tu as été procureure. Bref, on s'en fiche. Je suis là pour toi, pas pour ton client. D'après toi, il est coupable ?

— Non, répondis-je sans hésiter.

Je n'en dis pas plus, car c'était pour l'instant le seul avis que je pouvais me faire sur l'innocence de Zach. Pour moi, il n'avait pas tué Amanda.

— Selon le contexte, tout le monde est capable du pire, nuança Millie en se tournant vers moi. On en sait quelque chose, pas vrai ?

— Oui, marmonnai-je, détournant le regard.

Un silence gêné s'installa. Je n'arrivais pas à me détourner de l'escalier. Je préférais encore regarder le sang plutôt que Millie. Allait-elle vraiment aborder le sujet qui fâche ici, maintenant ?

— Est-ce que ça peut attendre un jour ou deux ? demandai-je en esquivant sa question de justesse et en lui montrant les marches. Je dois d'abord régler cette affaire, d'accord ?

— D'accord. Deux jours. (Elle prit une profonde inspiration.) J'appellerai un collègue de mon département pour relever les empreintes, dont celle-ci sur la marche. À mon avis, le NYPD a envoyé quelqu'un pour la cuisine. Je reste sur place pour les attendre. Il faudrait également faire venir la police scientifique pour analyser le sang. En attendant tout ce beau monde, tu peux fouiller la maison pour retrouver le sac de golf – ce club était forcément rangé quelque part – et voir si tu trouves autre chose. Les enquêteurs ont pu « survoler » des éléments qui ne les intéressaient pas. Mais prends garde à ne rien toucher directement, et retire tes chaussures. Ne dégrade pas la scène de crime plus que tu ne l'as déjà fait.

Pendant que Millie passait ses coups de fil, je retirai mes chaussures et montai l'escalier en évitant de regarder le sang dans lequel je ne voulais pas marcher pour ne pas salir mes collants. En haut, loin des traces de sang, j'apercevais encore des traces de poudre. La NYPD avait donc bel et bien relevé les empreintes. À l'étage, la chambre de Case était impeccablement rangée, mais on y devinait la gaieté de l'enfance. Je poursuivis vers la suite parentale qui donnait sur la rue. J'utilisai le bord de ma chemise pour pousser la poignée.

Cette pièce était immense, immaculée et sereine. Toutes les surfaces étaient d'un blanc éclatant : les draps, les rideaux, les murs. Pourtant, c'était une nuance de blanc choisie pour ne pas rappeler l'ambiance aseptisée d'un hôpital. J'essayai d'imaginer le couple blotti sous la couette de ce grand lit douillet un samedi soir, le petit Case entre eux deux, mais l'image refusait de se former.

Je me tournai vers le dressing en quête d'un sac de golf ou, comme l'avait suggéré Millie, de tout autre indice susceptible de faire avancer l'enquête. Le dressing était vaste, éclairé par une lumière chaude, avec un petit banc au centre. Les affaires étaient rangées sur des étagères et dans des penderies qui montaient jusqu'au plafond. Les cintres supportaient des tenues d'une opulence étourdissante. Je savais que certains manoirs pouvaient renfermer des placards de cette envergure, mais à Brooklyn ? Aussi luxueuse que soit la demeure de Zach, je n'en croyais pas mes yeux. Mais l'endroit ne se prêtait pas à un sac rempli de clubs de golf. Au rez-de-chaussée, peut-être. Ou dans un placard dédié aux affaires de sport. Ils étaient parents, ils avaient forcément des espaces de rangement.

D'abord, je finis d'examiner ce dressing en quête d'un indice. C'était tout de même gênant de se trouver là, au milieu de leur intimité, pieds nus dans mes collants. Lingerie, sex toys, allez savoir sur quoi je pouvais tomber. Zach et Amanda ne rentraient-ils pas d'une fête libertine ce soir-là ? Et, aujourd'hui, voilà que je me retrouvais mêlée à leurs histoires. Comme si je n'avais pas assez de problèmes dans ma vie. Je regrettai d'avoir parlé à Paul de cette affaire. Franchement, quelle idée ! Je pris une inspiration et m'enfonçai dans l'immense dressing.

J'ouvris les tiroirs les uns après les autres. Des vêtements, rien que des vêtements. Finalement, il n'y avait rien de très personnel et encore moins de compromettant. Dans une boîte à bijoux, je découvris une collection de trésors insoupçonnés – colliers, bracelets, boucles d'oreilles aux pierres colorées et, oui, de véritables diamants. Nous pouvions donc rayer le cambriolage des possibilités, à moins qu'Amanda n'ait surpris le voleur avant qu'il n'ait trouvé son butin. Et peut-être l'avais-je moi-même interrompu lorsqu'il était revenu terminer ce qu'il avait commencé.

Je ressortis dans la chambre et détaillai la bibliothèque encastrée. On y trouvait une quantité de grands classiques, des pièces de Shakespeare, des ouvrages de Nietzsche, et entre chaque dizaine de livres, une petite pile de beaux ouvrages et autres encyclopédies artistiques était posée à l'horizontale. Des livres d'Amanda, à n'en pas douter. Quand j'avais connu Zach, il n'aimait pas lire, et il le revendiquait haut et fort. Amanda, issue d'une famille modeste, n'avait pas fait d'études, mais était une grande lectrice et une mère attentive. Sans même parler de sa beauté. Le jury allait chercher un coupable à punir pour venger la tragédie dont elle avait été victime.

Après les étagères, je fus attirée par une table de chevet. Le tiroir du haut était entrouvert. Je notai dans mon téléphone : « empreintes tiroir table de chevet ». Puis j'ouvris le tiroir au travers de ma chemise.

Le contenu impersonnel et bien rangé n'avait rien de commun avec celui de ma table de nuit, un fouillis de câbles d'écouteurs emmêlés et de vieux tickets de caisse expirés. Ce tiroir-ci renfermait un petit tube de crème pour les mains, haut de gamme et féminin, et un paquet de mouchoirs. Amanda dormait probablement de ce côté du lit. Le seul objet personnel dans ce meuble était une carte écrite par Case, à en juger par la plume enfantine, et devait dater de quelques années :

Je t'aim maman. Tu est la meyeur maman du monde.

Ma gorge se serra. Pauvre petit, il s'amusait en colonie avec ses copains sans avoir la moindre idée de la tragédie qui venait de le frapper. Un deuil similaire pesait chaque jour dans mon cœur, aujourd'hui encore, après toutes ces années.

Le dernier tiroir d'Amanda était vide, à l'exception d'un petit carnet de moleskine. À l'aide d'un mouchoir, je le sortis du tiroir. Comme je le feuilletais – il était encore vierge –, une petite carte illustrée d'un dessin moderne représentant deux roses tomba sur le tapis :

Je pense à toi. Bisou.

Aucune signature. Zach n'était peut-être pas un si mauvais mari, finalement. Je ramassai la carte sur le tapis en prenant soin de ne la tenir que par les tranches. À l'arrière, il y avait la marque d'un fleuriste dans une police de caractères stylisée. « *Le Bourgeon de Park Slope*, entre la Septième Avenue et la place St John. »

Je reposai la carte sur la table de chevet pour ne pas la perdre, mais elle glissa par terre. Je me penchai pour la ramasser et aperçus quelque chose sous le lit. Une grande masse sombre occupait le mur sous la tête de lit. Je me penchai, le visage contre le tapis, et m'éclairai avec la lumière de mon smartphone. D'autres carnets, par dizaines. Soigneusement empilés contre le mur, là où des enquêteurs auraient facilement pu les manquer.

Toujours avec mon mouchoir, j'attrapai des carnets de différentes piles. Contrairement au luxueux moleskine du tiroir, ces cahiers étaient bon marché et de toutes tailles. Je feuilletai rapidement les premières pages. L'un semblait dater de l'année de naissance de Case, deux autres remontaient à l'enfance d'Amanda et à sa préadolescence. Je m'en voulus de violer ainsi son intimité, mais ces journaux intimes pouvaient renfermer un trésor : d'autres suspects potentiels. Avec un peu de chance, je n'aurais pas à tout lire pour trouver une piste assez solide pour être présentée au juge. En tout cas, cette lecture de l'intimité d'Amanda n'était pas pour ce soir. Le procès était dans quelques mois, la découverte de preuves disculpatoires pouvait attendre. Pour l'instant, je devais finir de fouiller la maison de Zach et repartir au bureau finaliser le recours pour passer en appel. C'était son unique porte de sortie de Rikers.

Tenant méticuleusement les trois carnets du bout du mouchoir, je repris la direction de l'escalier et gagnai l'étage supérieur. La pièce située juste en face était une petite chambre d'amis dont le lit couvert de coussins décoratifs était digne d'un catalogue. Je me crus dans une pièce de musée où personne ne mettait jamais les pieds. Je cherchai un éventuel sac de golf dans le placard, mais il ne contenait que des oreillers et des couvertures de rechange.

Au bout du couloir, il semblait s'agir du bureau de Zach. Le bois sombre côtoyait le cuir, et d'autres livres occupaient les étagères – *Seul autour du monde sur un voilier de onze mètres*, *La Bible du vin*, *Histoire du Moyen-Orient à l'ère moderne*. On y trouvait également des biographies chargées de testostérone : Steve Jobs, John F. Kennedy, J. P. Morgan.

Ces livres étaient peut-être une façade, celle de l'homme que Zach aimait exposer. À moins qu'il ne soit devenu un marin amateur de vin ? Il pouvait se passer beaucoup de choses en onze ans.

Je repensai à cette soirée au *Mahoney's* à l'époque de nos études de droit, et à la fin de notre conversation sur nos ambitions.

— Bon, d'accord, je le reconnais : je suis motivé par l'argent, avait dit Zach après mon discours passionné sur mon avenir dans la défense publique. Pas pour acheter plein de trucs, mais pour l'image que ça renverra de moi.

— Beurk, quelle horreur ! avais-je réagi en toute franchise. Et quelle image te donnera l'argent, d'après toi ?

— Celle d'un homme qui vaut mieux qu'eux.

— Mieux que qui ?

Il avait observé un silence de réflexion.

— Eux. Tout le monde. (Il avait levé les yeux vers moi.) Tous sauf toi.

Puis il s'était mis à rire. De l'autodérision, avais-je songé à l'époque. Mais, aujourd'hui, en fouillant ainsi dans son antre sophistiqué, je me demandais s'il n'avait pas été franc, tout simplement.

Je m'avançai vers son bureau, mais marquai une pause avant d'ouvrir le premier tiroir. Et si j'y trouvais des choses que je regretterais d'avoir découvertes ? Des choses qu'il aurait cachées s'il avait su que je ne me contenterais pas de fouiller la console d'Amanda ? Cela faisait partie de mes prérogatives en tant qu'avocate. Certes, j'évitais de poser certaines questions à mon client potentiellement coupable, mais je devais tout de même me préparer à contrer tout élément préjudiciable sur lequel le procureur avait peut-être déjà mis la main.

Je fus rassurée : le contenu du bureau de Zach était propre, bien rangé et n'avait rien d'exceptionnel. Quelques fournitures de bureau et des dossiers remplis de paperasse concernant Case, ce qui faisait mentir son discours de mauvais père qui connaissait mal son propre fils. Les autres tiroirs étaient du même acabit. Aucune information non plus sur la start-up qu'il venait de lancer. C'était le bureau d'un homme qui ne travaillait jamais chez lui.

Son ordinateur était allumé mais protégé par un mot de passe, et l'écran de veille montrait une jolie photo de Zach, Amanda et Case quand il était bébé. La réalité était loin d'être aussi parfaite, m'avait-il confié, mais ces photos idylliques ne feraient pas de mal devant un jury.

En m'éloignant du bureau, mon collant s'accrocha dans un objet saillant.

—Aïe!

Quelque chose était coincé dans l'épais tapis. C'était une petite languette de papier blanc aux lignes bleues en diagonale, et, au bout, des flèches pointaient vers une épaisse ligne noire. Elle me rappelait vaguement les tests d'ovulation que j'avais utilisés au cours de ces brèves semaines d'inconscience, quand je pensais que Sam allait assez bien pour qu'on puisse envisager de faire un enfant.

Un test d'ovulation était une preuve potentiellement compromettante. Une grossesse, des essais bébé, un avortement, autant de choses qui mettaient un couple à rude épreuve. Je voyais d'ici le scénario servi par le procureur: Amanda rentre chez elle de la soirée un peu plus tard que Zach, furieuse qu'il soit parti sans elle, et lui annonce qu'elle veut un enfant. Lui n'en veut pas d'autre. Ils se disputent. La situation dégénère.

Je regardai cette languette de papier. L'avantage, en tant qu'avocate de la défense, c'était que je n'étais pas obligée de révéler les indices utiles au camp adverse. J'enveloppai le test dans un mouchoir et le rangeai dans ma poche. Je ne l'utiliserais que s'il nous était utile.

Avant de sortir du bureau, je m'arrêtai devant le placard. La porte était fermée à clé. Je tirai plus fort, mais rien à faire. L'espace d'un instant, je crus qu'elle était verrouillée. Je parvins à la dégager en insistant une dernière fois. Il était là, au fond du placard : le sac de golf scintillait dans la pénombre.

Pendant que Millie restait pour attendre l'arrivée de ses enquêteurs – et, si on avait de la chance, celle d'un membre de la police scientifique de New York –, je rentrai au cabinet de Young & Crane parfaire mon plaidoyer pour obtenir une libération conditionnelle. J'allais également devoir appeler le greffier de Philadelphie à la première heure le lendemain pour régler cette histoire de mandat non exécuté. Hors de question d'aller en appel avec cette épine dans le pied. Si, pour rester dans les bonnes grâces de Paul, je devais défendre Zach jusqu'au bout, autant le faire proprement.

Dans le métro qui m'emmena de Brooklyn à Manhattan, je feuilletai les journaux intimes d'Amanda, vaguement protégés par des mouchoirs mais, d'après Millie, aucun relevé d'empreintes ne serait réalisé sur ces cahiers. Je commençai par le plus récent, datant de l'époque où Case était bébé.

Octobre 2010

Aujourd'hui, il s'est assis ! Et il était tellement fier de lui. Ce sourire ! J'ai réussi à le filmer, j'ai eu de la chance. Je demanderai à Zach ce soir s'il veut regarder la vidéo. Ou peut-être que j'attendrai ce week-end. Qui sait ce que Case aura encore accompli d'ici là !
Quand je pense que je ne m'en croyais pas capable. Après tout ce qui s'est passé, je pensais que je serais trop maladroite, voire trop cruelle. Finalement, mon amour pour Case a tout changé.

Le plus surprenant, c'était tout ce qui n'était *pas* écrit dans ces chapitres consacrés à sa vie de jeune maman.

Pas une seule plainte sur ses nuits trop courtes, sur les pleurs incessants ou les crises de doute. Tous les jeunes parents que j'avais connus – à savoir presque tout mon entourage à présent – se plaignaient de ce genre de choses. C'était humain. Mais Amanda semblait seulement reconnaissante. Et pas une seule critique à l'encontre de Zach. Il travaillait beaucoup, cela transparaissait à chaque page, mais elle était d'une compréhension à toute épreuve. D'après ce que Zach m'en avait décrit, leur couple était distant, mais pas malheureux pour autant.

Je passai directement au milieu du deuxième journal dont l'écriture était plus enfantine.

Mai 2005

J'ai décroché un boulot au Bishop Motel ! C'est là que travaillait maman. Je nettoie les chambres, comme elle. Au début, le responsable – Al – ne voulait pas. Ça doit être illégal de faire bosser une ado de treize ans (et c'est débile). Mais il a cédé quand j'ai pleuré (même pas fait exprès). C'est un mi-temps, je ne pourrai pas payer tout de suite mes loyers en retard, mais c'est un début. Cette fois, je cacherai mieux les sous. Papa est de plus en plus doué pour trouver les affaires que je cache. Pour les pilules, il a cherché longtemps.

Jusqu'à présent, j'avais réussi à garder une image abstraite d'Amanda, à la déshumaniser. Mais voilà que m'envahissait la tristesse, voire la culpabilité d'avoir accumulé les préjugés. Amanda n'avait que treize ans quand elle avait commencé à travailler dans un motel pour subvenir aux besoins d'un père potentiellement drogué et violent. Et ce boulot la réjouissait !

J'avais treize ans, moi aussi, quand je m'étais assise sur cette banquette avec Millie, heureuse d'avoir le droit de rentrer du collège sans ma mère, qui m'aimait trop fort pour me laisser voler de mes propres ailes. Je me sentais libre. Et pourtant, cela n'avait pas empêché ma vie de prendre un tour désastreux.

Témoignage devant le grand jury

Max Caldwell

témoin entendu le 6 juillet dont l'entretien s'est déroulé comme suit :

Audition

par maître Wallace :

Q : Monsieur Caldwell, merci d'avoir accepté de venir témoigner.

R : Je vous en prie.

Q : Comment vous êtes-vous retrouvé à la fête du 724 de la Première Rue, le 2 juillet de cette année ?

R : Ma femme connaît Maude de l'école Country Day. Nos enfants y sont scolarisés.

Q : Avant sa mort, connaissiez-vous AmandaGrayson ?

R : Non, je ne l'ai jamais vue.

Q : Aviez-vous entendu parler d'elle ?

R : Non, pas du tout. Mais il se peut que ma femme en sache plus à son sujet.

Q : Connaissez-vous ZachGrayson ?

R : Non. Cela dit, je crois avoir entendu le nom de sa boîte. Maintenant, je connais son nom à cause de toute cette affaire. Mais avant, non.

Q : J'aimerais vous montrer une photo.

(L'avocate présente une photographie au témoin, laquelle est notée Pièce à conviction 5.)

Q : Reconnaissez-vous sur cette photo l'homme que vous avez aperçu à la fête ce jour-là ?

R : Oui.

Q : À l'intention du greffier, Pièce à conviction 5 est une photo de Zach Grayson. Où l'avez-vous vu ?

R : Je l'ai entendu parler de Terry Flirt avec une femme. Vous connaissez ? C'est un peu le Tinder des gens mariés. La femme avait l'air saoule et furieuse. Elle répétait à tout le monde que son mari était inscrit sur ce site.

Q : Et que lui a dit M. Grayson ?

R : Qu'il voulait rentrer dormir. Il devait se lever tôt le lendemain. Je m'en souviens parce que j'ai trouvé son excuse pourrie.

Q : Que voulez-vous dire ?

R : Il n'avait pas l'air fatigué du tout, c'était juste pour s'éloigner de cette femme. Je vous l'ai dit, elle était en furie et complètement saoule. Peut-être qu'il voulait vraiment quitter la fête, mais c'est le seul événement intéressant de Park Slope. Moi, je me suis demandé s'il avait une maîtresse. Pourquoi partir si tôt d'une soirée libertine, à part pour coucher avec quelqu'un ailleurs ?

Q : L'avez-vous vu partir ?

R : Je l'ai vu se diriger vers la sortie.

Q : Quelle heure était-il ?

R : Vingt et une heures trente-cinq.

Q : Vous en êtes sûr ?

R : Oui. Quand il a dit qu'il voulait aller se coucher, j'ai regardé ma montre en me disant que je n'avais peut-être pas vu le temps passer. C'est souvent le cas, dans ces soirées-là. On perd la notion du temps. Et de tout le reste.

LIZZIE

Mardi 7 juillet

Je venais de rentrer au cabinet quand mon téléphone sonna. Il était 19 heures précises, l'horaire convenu avec Zach. Je regardai mes notes.

Mandat non exécuté ? Déroulé de la soirée ? Témoin de sa promenade nocturne ? Amis, ennemis d'Amanda ? Fleurs ? Grossesse ? Soirée libertine ?

Beaucoup de questions, je ne les poserais pas toutes ce soir, mais j'avais souligné la dernière. Cette histoire de libertinage était encore plus préjudiciable qu'un désir de grossesse. Les jurés croiraient facilement à la thèse du meurtre conjugal dans un contexte de couple libre. Une petite folie qui, au départ, paraît inoffensive. Et, quand c'est fait, on ne peut plus l'effacer. Les jurés pourraient même vouloir punir Zach d'avoir transgressé les lois de la fidélité qu'eux-mêmes étaient forcés de respecter. Les jurés réfléchissaient ainsi, et les juges parfois aussi : à l'affect, parce qu'ils étaient humains et ne pouvaient pas s'empêcher de prendre les choses personnellement.

Je décrochai :

— Allô ?

— Vous avez un appel en PCV depuis un établissement pénitentiaire de l'État de New York…

J'appuyai sur la touche 1.

—Bonsoir, Zach.

—Bonsoir, Lizzie. Merci d'avoir pris l'appel.

Sa voix était grave, un peu déformée. Comme Sam lorsqu'il avait bu.

—Qu'est-ce qui t'arrive ? Tu as une drôle de voix.

—Je... hum. (Il prit une inspiration.) J'ai encore rencontré de près les barreaux d'une cellule. Mais... ça va. J'ai la lèvre enflée, d'où ma voix.

—Bon sang, Zach. Encore !

J'eus l'estomac noué. Ça ne me plaisait pas. Mais alors pas du tout. Grâce à Paul, je me reprochais désormais tout ce que Zach subirait tant qu'il serait coincé à Rikers.

—Qu'est-ce qui s'est passé, cette fois ? repris-je.

—Je préfère ne pas en parler. Les détails ne rendent pas l'histoire plus jolie, tu peux me croire.

—Mais ces agressions... Tu veux que j'appelle le gardien ? Que je demande une meilleure protection ?

—Je doute que le cafardage soit bien vu à Rikers. Il faut juste que je sorte. Et vite.

Je regrettai d'avoir fouillé sa maison, le cambrioleur m'avait fait perdre du temps. J'avais fait passer les relevés d'empreintes et les journaux intimes avant le dossier de recours pour sa remise en liberté.

—Young & Crane accepte de me laisser te représenter, lui dis-je pour lui mettre du baume au cœur.

—Ah ! soupira Zach, si fort que ça fit grésiller mon combiné. Excellente nouvelle, Lizzie, je ne sais pas comment... Merci.

—Nous devrons nous revoir pour discuter en détail de ce qui s'est passé ce soir-là, j'ai besoin de tout savoir. Mais, d'abord, il faut te faire sortir de là. Je travaille sur le recours en ce moment même. La demande d'appel sera déposée demain à la première heure.

Tout en parlant, je déverrouillai mon ordinateur. La motivation me revenait enfin. Je réglerais cette affaire pour Zach, et ensuite je remettrais de l'ordre dans ma vie. Mes problèmes de mari ivrogne et ses soucis financiers – qui finissaient par menacer mon intégrité – n'étaient rien en comparaison avec une épouse assassinée et une potentielle condamnation à perpétuité. Je poursuivis :

— J'appellerai ensuite le greffier de Philadelphie pour régler ton problème de mandat non exécuté.

J'attendis une seconde dans l'espoir qu'il saisirait l'occasion de tout m'expliquer.

— Ah oui, le mandat, dit-il simplement, presque plus agacé que désolé.

— Tu ne dois pas me cacher ce genre de choses, Zach, lui reprochai-je. Je ne peux pas te représenter correctement si je n'ai pas toutes les cartes en main. Ça me met dans une posture délicate.

Il ne répondit rien.

— Allô ?

— Oui, j'ai compris, dit-il finalement, glacial. Mais découvrir le corps de ma femme en sang, battue à mort, avant d'être envoyé à Rikers où je me fais tabasser à mon tour, ça fait perdre le sens du détail.

Tu m'emmerdes, pensai-je très fort. Je comprenais bien qu'il vivait un enfer, mais je n'avais pas demandé à y être mêlée.

— Je te rappelle que j'essaie de t'aider, répliquai-je avec plus de colère que je ne l'aurais voulu. Parce que tu me l'as demandé.

Il poussa un soupir grinçant, mais eut l'air sincèrement contrit.

— Ouais, désolé, Lizzie. Ce n'est pas… J'ai beaucoup de chance que tu m'aides. J'en ai conscience. Je commence à devenir fou ici, c'est tout.

— C'est normal.

Zach était littéralement passé à tabac, dans cette prison. Forcément, ça laissait des traces.

— J'aurais dû te parler du mandat. En fait, j'aurais surtout dû payer l'amende à l'époque. Ça m'aurait épargné ces complications.

— Adam disait que tu ne te rappelais plus quel était le motif de ce mandat.

— Si, je m'en souviens. J'ai eu tout le temps de me rafraîchir la mémoire, enfermé ici. C'était pour vagabondage, j'en suis presque certain.

— Vagabondage ?

— Ridicule, pas vrai ? Tu te souviens du nouveau maire élu à Philadelphie pendant nos études ?

— Peut-être, je ne sais plus.

Je ne m'en souvenais pas.

— Il ne laissait rien passer, le moindre piéton indiscipliné avait une amende. Je me souviens du discours du policier, il disait qu'il me faisait une fleur, qu'il aurait pu m'aligner pour délit mineur. J'ai seulement écopé d'une amende pour être resté trop longtemps sans rien faire sur le trottoir. J'ai contesté en m'élevant contre la politique du nouveau maire qui cherchait à instaurer un état policier répressif. L'orgueil de l'étudiant en droit, sans doute. Voilà pourquoi je ne l'ai jamais payée, cette amende. Mais j'aurais dû.

J'aurais préféré une explication moins belliqueuse, mais il avait le mérite d'être honnête.

— Oui, ç'aurait été plus simple, mais ce n'est pas grave. On va régler ça.

— Tu as trouvé le numéro de la colonie de vacances de Case ? me demanda-t-il.

— Oui, c'est réglé. Les parents d'Ashe s'y rendent ce week-end. Ils ramèneront Case chez eux et lui annonceront la nouvelle là-bas. Les animateurs veilleront à ce qu'il ne sache rien avant. Les parents d'Ashe me tiendront au courant si Case souhaite te parler. Je ferai en sorte qu'il puisse t'appeler.

—Ah, très bien, fit Zach avec soulagement. J'avais tellement peur qu'il ne l'apprenne au détour d'une conversation…

—Ça n'arrivera pas. Ce camp de vacances est très sérieux. Les parents de son copain étaient bouleversés d'apprendre la mort d'Amanda, mais, à la fin de notre conversation, ils étaient déterminés à veiller au bien-être de Case.

—Merci, Lizzie. Merci infiniment. Ashe est…

—Il nous reste quelques points à éclaircir au cas où le parquet les aborde en appel. Ce jour-là, je plaiderai sans doute sans toi ; ces audiences sont programmées à la dernière minute, tu as le droit d'y assister, mais l'organisation de ton déplacement nous ferait perdre un temps précieux. Es-tu prêt à renoncer à comparaître ?

—Oui, si tu estimes que c'est mieux comme ça, acquiesça-t-il d'un ton détendu.

Je consultai ma liste : par où commencer ?

—As-tu fait livrer un bouquet de fleurs à Amanda par le fleuriste *Le Bourgeon de Park Slope* ?

—Un bouquet de fleurs ? Non, désolé. Pourquoi ?

—Je suis sûre que ce n'est rien. J'ai trouvé dans ses affaires la carte d'un fleuriste, résumai-je en espérant esquiver la question de l'expéditeur du bouquet. Peux-tu me donner les noms des amis d'Amanda ? J'aimerais leur parler.

—Maude était l'hôte de cette fameuse fête. Elles étaient copines. Dans le quartier, elle avait aussi Sarah. Elles travaillaient ensemble à la fondation.

—Quelle fondation ? demandai-je.

—Ah oui. Nous avons créé une fondation pour financer les études de jeunes défavorisés. Enfin, c'est moi qui l'ai créée. Amanda la gérait, c'est ce que font les épouses d'entrepreneur accompli, dit-il d'un ton monocorde – encore de l'autodérision, espérai-je. Amanda ne s'en plaignait pas. Elle ne se plaignait jamais de rien. Mais je ne crois pas que ce travail lui plaisait. Avec son passif, elle était heureuse de pouvoir aider des gamins dans le besoin, mais les responsabilités l'écrasaient. Elle avait toujours peur de mal s'y prendre et que quelqu'un le lui fasse payer.

— Qui ?

— Personne, c'est une façon de parler, précisa-t-il. Si Amanda avait été menacée, tu le saurais.

— J'ai trouvé ses journaux intimes dans…

— Ses journaux intimes ?

— Il y en avait toute une pile sous votre lit. Certains remontent à plusieurs années.

— Ah oui, c'est vrai. Je le savais.

Vraiment ? J'avais un doute. En même temps, s'il venait d'apprendre l'existence de ces journaux intimes, il n'avait pas l'air inquiet pour autant. N'était-ce pas un peu étrange ? Ne devrait-il pas craindre que toute leur intimité ne soit étalée en public, qui plus est du point de vue de son épouse ? Personnellement, je n'aimerais pas que Sam tienne un journal. Et encore, personne ne m'accusait de meurtre.

— J'en ai feuilleté quelques-uns. J'ai l'impression que l'enfance d'Amanda était pire que ce qu'on croit.

— Ce ne serait pas étonnant, admit platement Zach, pas curieux d'en savoir plus pour autant. Quand je l'ai rencontrée, c'était une adolescente de dix-sept ans déscolarisée qui travaillait dans un motel, donc… (Il se tut brusquement. Comme s'il regrettait d'en avoir trop dit.) Bref, elle ne parlait jamais de son passé, sauf pour dire qu'à l'époque elle se « serrait la ceinture ». Elle n'aimait pas aborder le sujet, et je ne l'y ai jamais forcée. On traîne tous nos casseroles, pas vrai ? Sa mère est morte quand elle était petite, c'est tout ce que je sais. Pour le reste, elle s'en est bien sortie. C'était une excellente mère, une bonne épouse.

Une femme positive et optimiste. On faisait des projets. Notre vie a commencé quand on s'est rencontrés.

— Est-ce que vous espériez avoir un autre enfant ?

— Un autre enfant ? pouffa-t-il. Tu me demandes si on couchait ensemble ?

— Non, non, je…

— Parce que la réponse est : pas souvent. Je bossais beaucoup. Non pas que je n'aimais pas faire l'amour à Amanda. Au contraire, c'était génial, quand on le faisait.

Je rougis, à la fois de gêne et de colère. Pourquoi étaler ainsi sa vie sexuelle ? C'était bizarre, dérangeant, et ça me semblait déplacé. Mais bon, je parlais à un détenu de Rikers, tous les codes sociaux volaient en éclats.

— J'ai trouvé un test d'ovulation dans ton bureau. Voilà pourquoi je te pose la question.

— Un test d'ovulation ? Dans mon bureau ? Qu'est-ce que tu faisais là-haut ?

— Hum, ce que tu m'as demandé de faire.

— Bon, écoute. Après Case, Amanda ne pouvait plus avoir d'enfant. C'est ce qu'elle m'a dit. Je n'ai jamais entendu parler de test d'ovulation.

— Tu en es sûr ?

— Pourquoi m'aurait-elle menti ?

Le silence retomba entre nous, chacun mesurant le poids de cette révélation. Amanda aurait-elle menti sur son infertilité ? Essayait-elle d'avoir un enfant sans en parler à Zach ? Ou essayaitelle secrètement d'éviter une nouvelle grossesse ?

— Quand je suis allée chez toi, il semblerait que je n'étais pas toute seule, poursuivis-je pour éviter de revenir sur le sujet du sexe.

— C'est-à-dire ?

— Quelqu'un a pris la fuite par la porte de la cour. Je n'ai pas vu qui c'était.

— Tu crois que… Il pourrait avoir un lien avec la mort d'Amanda ?

— C'est précisément pour le savoir que j'ai appelé la police. Mais j'ai peur que leurs recherches ne soient pas assez approfondies. J'ai donc fait appel à une enquêtrice indépendante. Elle aimerait relever des empreintes dans la maison et faire venir un expert de la police scientifique pour analyser le sang. Naturellement, son intervention aura un coût. Mais je suis sûre d'avoir trouvé une empreinte dans le sang d'Amanda, dans l'escalier. Si ce n'est pas la tienne…

— Ce n'est pas mon empreinte. Je ne l'ai pas tuée, Lizzie.

— Mais tu as essayé de l'aider, n'est-ce pas ? Il doit donc y avoir tes empreintes quelque part.

— Voilà, soupira Zach, découragé.

— Voilà quoi ?

— Voilà comment des innocents finissent derrière les barreaux. Et si les experts ne trouvaient aucune autre empreinte que les miennes ? S'en serviront-ils de preuve contre moi ?

Malheureusement, c'était fort probable.

— C'est un risque à prendre, tranchai-je, à présent forcée de revenir sur un sujet que je n'avais aucune envie d'aborder. Zach, la fête à laquelle vous vous êtes rendus ce soir-là impliquait-elle une forme d'échangisme ?

— D'échangisme ?

Il ne semblait pas comprendre de quoi je voulais parler.

— Oui, les invités couchaient-ils avec d'autres partenaires que leur mari ou leur femme ?

— Tu crois qu'Amanda a couché avec un autre homme ce soir-là ? rugit Zach dans une colère profonde. Tu crois qu'elle m'a trompé ?

La violence de sa réaction me surprit.

— Non, non, non. Je n'ai aucune raison de croire qu'Amanda a fait quoi que ce soit avec qui que ce soit au cours de cette fête. Je te demande ce que tu sais, rien de plus.

Il y eut un nouveau silence inconfortable.

— Franchement, je l'imagine mal coucher avec un autre homme. En même temps, tu n'arrêtes pas de m'apprendre des choses que j'ignorais au sujet de ma femme. (Sa colère s'effaçait derrière une forme de douleur, voire de honte.) Amanda et moi, nous nous parlions peu. Nous n'étions pas proches de cette façon-là. (Il hésita.) Ce n'était pas comme avec toi.

— Moi ? répétai-je avant de le regretter aussitôt.

Je n'avais aucune envie qu'il développe cette idée. Mais ce commentaire m'avait prise de court.

— Oui, on a des points communs, toi et moi. On vient du même milieu, on partage la même éthique professionnelle. On voulait les mêmes choses dans la vie, sans parler de notre métier. Intellectuellement, nous sommes égaux, ajouta-t-il tout bas.

Je me sentis de nouveau rougir, mais étais-je vraiment surprise ? Au fond, ne savais-je pas depuis longtemps que Zach avait des sentiments pour moi à l'époque ?

— Avec toi, ç'aurait été différent, reprit-il. C'est tout ce que je voulais dire. Avec Amanda, je ne cherchais pas une partenaire de vie. Et elle non plus, d'ailleurs. On avait simplement trouvé un arrangement qui nous convenait à tous les deux.

Un silence gêné. Que pouvais-je dire après une telle confession ? Le seul mot qui me venait, c'était « non ». On ne désirait pas les mêmes choses. Si ? Je ne sais plus. Mieux valait en revenir aux faits.

— Bon, Sarah et Maude. Quelqu'un d'autre ? demandai-je. Le procureur ne se fatigue pas à interroger tout l'entourage. Il obtient les informations qui l'arrangent et il en reste là.

— Ce sont les seules dont elle me parlait. Écoute, je sais ce que tu penses. Un couple marié distant, une soirée libertine, une épouse sauvagement assassinée. Inutile d'être un génie pour en tirer des conclusions. Sauf que ce n'est pas moi, Lizzie. Je n'ai pas tué Amanda, je te le jure. Tu le sais, pas vrai ?

— Oui.

Mais comment pouvais-je en être si sûre ? Millie avait raison : selon les circonstances, tout le monde était capable du pire.

De retour au bureau, je passai trois heures à rédiger ce satané recours pour passer en appel et remettre Zach en liberté. Je le transmis au greffier pour qu'il traite le dossier à la première heure le lendemain, en précisant que je requérais une audience prioritaire et souhaitais qu'il envoie quelqu'un à Philadelphie pour régler le problème du mandat.

J'emportai les journaux d'Amanda dans le Uber qui me ramenait chez moi et lus le troisième cahier sur la voie rapide en direction du pont de Brooklyn.

5 janvier 2006

Je suis allée voir Marley & Moi au cinéma du quartier avec Christopher. Mais je n'arrivais pas à me concentrer sur le film. J'ai hésité à en parler à mon médecin. La douleur refuse de partir. Cette fois, c'était encore pire. Je n'avais qu'à me tenir tranquille, disait-il. Mon médecin aurait sûrement prévenu la police, alors j'ai préféré aller voir le pasteur David, à l'église méthodiste de Saint Colomb Falls. Je me disais que le secret serait mieux gardé dans le confessionnal. Mais, quand je l'ai vu, avec ses épaules avachies, ses yeux doux et son visage ridé, j'ai su que je ne lui dirais pas un mot.

J'ai essayé de parler à Carolyn de mes douleurs en évitant de préciser d'où elles me venaient, mais elle était trop curieuse. Et elle n'est pas du genre à lâcher l'affaire. Je l'adore pour ça. Mais j'ai peur qu'elle ne fasse qu'empirer les choses.

Il était 23 heures passées quand je rentrai enfin chez moi, hantée par la voix d'adolescente tourmentée d'Amanda. Je fus rassurée de trouver l'appartement silencieux et plongé dans le noir. Amanda avait visiblement été violée par un garçon prénommé Christopher, or, après une lecture pareille, évoquer une cure de désintoxication avec Sam était la dernière chose dont j'avais envie. Je lui en parlerais. Mais plus tard. Pas ce soir.

En avançant à pas de loup dans le salon, j'entendis au loin son doux ronflement dans la chambre. Je voulais continuer de lire. Allais-je en apprendre davantage sur ce Christopher ? Quand avait-elle cessé de le fréquenter ? Certes, il était très peu probable que ce garçon ait le moindre rapport avec la mort d'Amanda des années plus tard, mais pas impossible.

Le salon était exactement comme je l'avais laissé lorsque j'étais passée dans l'après-midi. L'ordinateur de Sam était là, l'écran toujours ouvert, ses cahiers empilés. *Enid's*. Une nouvelle vague de colère déferla en moi quand je repensai à ce bar.

Je déplaçai son vieux sac en bandoulière usé pour m'asseoir devant son ordinateur dans l'espoir de trouver la preuve qu'il s'était mis au travail cet après-midi. En posant le sac par terre, j'eus le regard attiré par un objet brillant dans la poche frontale béante. Un cadeau ? J'eus ce frisson de petite fille ravie. Était-ce pour cette raison qu'il était sorti ? Pour me faire un cadeau ?

Je plongeai la main dans la poche.

Et, pendant un long moment, j'observai l'objet dans ma paume. Il n'y en avait qu'une. Ça ne m'était pas destiné, de toute évidence.

Je fermai les yeux très fort, à en avoir presque mal. Quand je les rouvris, elle était toujours là. Longue, fine, d'un argent miroitant. Une boucle d'oreille. Enroulée comme un serpent dans la paume de ma main.

Amanda

Quatre jours avant la fête

Il faisait à peine jour, une clarté grise et encore timide, quand Amanda descendit l'escalier et alluma la lumière au-dessus de l'immense îlot de leur vaste cuisine. Et dire que Zach, à leur arrivée à Park Slope, avait envisagé d'acheter deux de ces grandes maisons pour les relier entre elles ! La femme de l'agence immobilière l'en avait elle-même dissuadé, alors qu'un tel projet lui aurait grassement rempli les poches.

— Nous ne sommes pas à Manhattan, s'était-elle contentée de répondre, comme si ce seul commentaire disait tout.

Zach avait été déçu d'apprendre que la tradition de ce quartier ne permettait pas toutes les folies auxquelles il aspirait, mais il refusait d'envisager s'installer ailleurs.

— C'est l'environnement qu'il nous faut, ne cessait-il de dire.

Comme dans tous les lieux qu'ils avaient habités jusqu'à présent, Amanda avait l'impression de vivre chez quelqu'un d'autre, dans cette *brownstone*. Bien sûr, elle était heureuse de disposer d'un aussi joli lieu de vie – grâce à Zach –, mais elle avait du mal à se sentir à sa place dans ces luxueuses demeures.

Non, arrêter de penser ça. Se focaliser sur l'instant présent. Voilà à quoi servaient ses journaux intimes.

Elle se prépara une tasse de café. S'occuper, c'était bon pour le moral. Elle venait de remplir sa carafe d'eau quand le téléphone fixe sonna. Elle se retourna vers le combiné sans fil posé sur l'îlot central. Son téléphone professionnel, son portable, et maintenant le fixe ? Elle s'approcha. « Numéro inconnu ».

Non. Pitié, pas de si bon matin.

— Allô ? répondit-elle d'une petite voix chevrotante accueillie par un silence, puis par cette respiration rauque. Allô ? se força-t-elle, plus acerbe, mais elle ne voulait pas énerver son interlocuteur, ça n'arrangerait rien, alors elle reprit d'une toute petite voix. Arrêtez de m'appeler, s'il vous plaît.

Mais elle n'eut pour seule réponse que ce silence insistant. Et ce souffle rocailleux.

Puis un clic.

— Allô ? répéta Amanda, plus fort cette fois.

Mais il avait raccroché. Elle pressa le combiné contre sa poitrine et ferma les yeux. Ils n'auraient jamais dû venir vivre à New York. C'était bien trop proche de Saint Colomb Falls. En même temps, elle n'avait pas vraiment eu le choix. Quand Zach avait besoin de partir, ils partaient. Chaque fois. Et tant pis pour les conséquences que cela pouvait avoir sur leur fils – pour qui elle ne cessait de s'inquiéter. Elle avait préparé ce déménagement comme tous les précédents, mais la panique l'avait saisie en arrivant à l'aéroport Kennedy devant le panneau : « Bienvenue à New York ».

Ils se rapprochaient trop, beaucoup trop. Ce n'est que dans le Uber, quelques heures plus tard, quand elle avait aperçu l'Empire State Building avec ses lumières bleu, blanc et rouge au cœur de Manhattan, qu'elle avait pu contenir les tremblements de ses mains. C'était New York, se répétait-elle depuis. Un monde la séparait de Saint Colomb Falls.

Du coin de l'œil, elle surprit une silhouette et sursauta, se cognant la hanche contre le comptoir. Un petit cri lui échappa.

— Ce n'est que moi ! s'écria Carolyn en levant les mains. Désolée, je suis entrée sans frapper.

— Ne refais plus jamais ça !

— Du calme, tu es une vraie boule de nerfs, ma parole. Qu'est-ce que Sa Majesté t'a encore fait ?

C'était une sorte de plaisanterie récurrente. Tout comme Sarah, Carolyn n'aimait pas vraiment Zach. Quoique, Sarah lui était même carrément hostile.

— C'est ta faute, tu viens de me faire une peur bleue, dit Amanda en reprenant son souffle. Qu'est-ce que tu fais à Brooklyn ? On n'est pas lundi, si ?

Depuis leur emménagement à Park Slope, les deux amies allaient courir ensemble le lundi matin à Prospect Park. Se serait-elle encore trompée ? Entre le départ de Case en vacances, ses cauchemars et ses nuits trop courtes, elle perdait la notion du temps.

— Non, c'est dimanche. Mais laisse-moi deviner, Zach est au travail ? (Ce qui lui valut un regard noir d'Amanda, bien que Zach fût effectivement au bureau.) Je n'ai pas le droit de rendre visite à ma meilleure copine ? Tu avais une drôle de voix, la dernière fois que je t'ai appelée, je voulais m'assurer que tout allait bien. Tu es toujours bizarre au téléphone, j'ai préféré venir te voir en personne.

Carolyn était directrice de création chez McCann Erickson, une agence publicitaire que Zach avait un jour décrite comme la plus prestigieuse au monde, or il n'avait pas le compliment facile. Mais Amanda n'était pas surprise de la voir s'en sortir aussi bien dans la vie.

— Je ne suis pas bizarre au téléphone, se défendit-elle doucement. Et je vais très bien. Il faut que je m'habitue à l'absence de Case, c'est tout.

Carolyn posa ses écouteurs sur l'îlot central et mit les mains sur ses hanches.

— Je savais que cette colonie était une mauvaise idée.

Elle s'était insurgée à grands cris en apprenant que Case partait dans ce camp de vacances. Non pas qu'elle fût contre le principe de la colonie, mais elle trouvait ridicule d'envoyer un enfant de dix ans de l'autre côté des États-Unis, qui plus est pour se faire pardonner de l'avoir fait déménager à l'autre bout du pays. Pour Carolyn, c'était à Zach de prendre les mesures nécessaires, comme si c'était à lui de régler tous leurs problèmes, et elle ne comprenait pas pourquoi Amanda n'était pas restée en Californie avec Case le temps qu'il finisse son année scolaire. Mais Zach voulait sa famille auprès de lui. Une nouvelle vie, une nouvelle start-up, il avait besoin de repères auxquels se raccrocher. C'était le devoir d'Amanda : compléter son image de père de famille. Ça ne la dérangeait pas. Au contraire, elle appréciait ce rôle et le remplissait plutôt bien.

Au début de leur relation, quand les fins de mois étaient difficiles, Zach et Amanda suscitaient toutes sortes de médisances. Avec son physique fragile et ses trois sous en poche, comment faisait-il pour garder une épouse aussi belle ? Ce devait vraiment être un homme exceptionnel. Et à présent qu'il était riche et accompli, les commérages allaient toujours bon train, cette fois au détriment d'Amanda : elle l'avait certainement épousé pour son argent. Mais tant pis. Que les gens pensent ce qu'ils veulent. Amanda connaissait la vérité, c'était l'essentiel.

L'avis de Carolyn était tranché : Zach méritait tout simplement que son amie le quitte. Cela faisait des années qu'elle l'accusait de s'être marié et d'avoir eu un enfant dans le seul but de se parer d'accessoires. Mais les accessoires sont utiles, or, pour Amanda, il y avait pire dans la vie que d'être utile à quelqu'un. Et puis, son amie avait une vision trop manichéenne de la vie. Un luxe qu'elle pouvait se permettre, elle qui n'avait jamais eu à se serrer la ceinture.

— Case va bien, très bien même, insista Amanda en préparant un café pour son amie – léger et sucré comme elle l'aimait, quel réconfort de la connaître par cœur. En fait, je ne lui manque pas du tout. Ça me fait mal au cœur, mais c'est plutôt bon signe.

Elle posa le café sur le comptoir.

Carolyn s'en empara et but une longue gorgée sans quitter Amanda du regard par-dessus le bord de sa tasse.

— Dans ce cas, qu'est-ce qui ne va pas ?

— Il me manque et je dors mal en ce moment. C'est tout.

— Laisse-moi deviner : encore tes rêves bizarres ? (Elle leva les yeux au ciel.) Qu'est-ce que c'était, cette fois ? Un monstrueux calamar géant ?

Une nuit, tandis qu'elle dormait chez sa meilleure amie, Amanda avait rêvé qu'elle était prisonnière des pinces d'un immense homard. Se débattant dans le lit, elle avait frappé Carolyn si fort à la lèvre qu'elle en avait saigné.

— Non, pas de calamar. Mais j'ai ce rêve récurrent où je cours pieds nus dans la forêt en pleine nuit. Je cherche Case et je suis paniquée. C'est ridicule.

Elle espérait qu'en donnant un maximum de détails, le cauchemar finirait par se dissiper : l'humidité glacée de sa robe contre sa peau, le décor du *Norma's Diner*, ses mains couvertes de sang. Un cri.

— J'entends des sirènes, j'ai du sang partout sur moi. C'est horrible.

— Oui, horriblement limpide ! s'amusa Carolyn, le regard doux.

— Comment ça ?

Le rire de son amie lui faisait chaud au cœur, elle se sentait déjà mieux.

— Réfléchis une minute, lui répondit Carolyn. Tu cours après Case dans les bois, couverte de sang ? (Elle ouvrit les bras pour un effet théâtral.) C'est évident, ton inconscient en arrive à la même conclusion que moi : ce camp de vacances à l'autre bout du pays était la pire des idées.

— Figure-toi que tu es dans le rêve, toi aussi, rétorqua Amanda sans grande conviction.

Carolyn battit innocemment des paupières.

— Moi ?

— Oui, au début. En robe bleu écume bouffante digne d'une demoiselle d'honneur. Et moi, je suis en robe rose pêche. On mange des pizzas sur un lit.

Carolyn eut un petit sourire.

— Tiens, tu vois où ça te mène, de ne pas écouter mes conseils et d'envoyer Case à des milliers de kilomètres ? C'est la revanche du bal de promo.

— Le bal de promo ?

— Oui, rappelle-toi nos robes. Tu les as inversées dans ton rêve. La tienne était bleue, tu te rappelles ? C'est moi qui te l'avais prêtée.

Amanda chercha dans son souvenir. Oui, exact. Cette partie du rêve devait venir de là. Carolyn lui avait prêté une robe bleu écume. Amanda avait arrêté le lycée avant le bal de promo, mais elle s'y était rendue malgré tout au bras d'un ami du petit ami de Carolyn. C'était tout ce dont elle se souvenait.

Elle avait dansé toute la soirée, c'était magique. Pour une fois, elle avait eu l'impression d'être une adolescente comme les autres. Elle ne se souvenait pas nettement de toute la fête, mais elle gardait en mémoire cette impression diffuse. C'était l'inconvénient de toujours chercher à oublier son passé : tous ses souvenirs passaient à la trappe, les bons comme les mauvais. Ce n'était pas la première fois que

Carolyn lui évoquait des détails de leur passé commun qu'Amanda ne parvenait pas à se remémorer clairement.

— Oui, je sais, mentit-elle. D'où l'atmosphère dérangeante de ce cauchemar.

— Tu conviendras au moins que c'est la faute de Zach ? Sur toute la ligne, hein ?

Elle fit la sourde oreille, même si elle savait que Carolyn ne voulait que son bonheur, mais elle devait bien admettre qu'il lui arrivait parfois de ressentir un peu de rancœur envers Zach. Ça faisait du bien d'entendre quelqu'un dire tout haut ce qu'elle pensait tout bas.

— Bref, le problème ne vient pas de mon rêve.

— D'où vient-il, alors ?

Avant de répondre, Amanda eut la gorge serrée.

— Il a rappelé.

— Non, souffla Carolyn en se laissant tomber sur un tabouret de bar, sachant précisément de quoi son amie d'enfance voulait parler. Le salaud !

Sa colère rassura Amanda, elle préférait cela à de l'inquiétude. Carolyn prit une profonde inspiration, puis une autre longue gorgée de café. Et une autre encore. Elle baissa les yeux sur le comptoir d'un air pensif.

— Il fallait s'attendre à ce qu'il sorte de son trou un jour ou l'autre. Il a dit quelque chose, cette fois ?

— Pas un mot. Comme lors du dernier appel. Je n'entends que son souffle.

Carolyn était au courant de ce qui s'était passé lorsqu'ils habitaient encore en Californie. Elle savait tout. Combien cette histoire était sale, honteuse. Elle était la seule au monde à savoir.

— Quel porc, c'est dégueulasse ! Il faudrait lui régler son compte une fois pour toutes. L'éradiquer de la surface de la Terre, surenchérit-elle furieusement en serrant la main d'Amanda sur le comptoir. Je suis désolée pour toi. Tu mérites mieux.

Quel soulagement de ne plus devoir vivre cette épreuve toute seule. À présent, elle n'avait plus le choix, elle devait confier à Carolyn le reste de l'histoire, ce qui l'effrayait plus que tout.

— Je crois que… Je crois qu'il me suit.

— Pardon ? dit Carolyn en tournant ses yeux écarquillés vers la fenêtre. Il est ici, à Park Slope ?

— Je n'en suis pas encore certaine, je ne l'ai pas vu, admit Amanda. Mais je suis quasiment sûre qu'il me suivait quand je suis sortie au *Gate* hier soir. J'ai entendu des pas derrière moi. Je ne vois pas qui cela pouvait être d'autre.

Son amie avait le regard rivé sur la grande fenêtre donnant sur la rue. Elle s'attendit à la voir contester cette théorie, à ce qu'elle dise : « N'importe quoi, il n'irait jamais jusque-là. » Mais elle n'était pas si naïve.

— J'hallucine… Bon ! (Carolyn frappa dans ses mains avec un regain de motivation.) Il ne va pas te suivre bien longtemps, ma belle. On ne va pas se laisser faire, ça non !

— Non ?

— Il y en a marre de ses conneries. Peut-être qu'on ne peut pas l'éradiquer, en tout cas pas pour l'instant, mais ce harcèlement ne peut plus durer. Tu n'es pas obligée de te laisser faire. On va appeler la police.

— La police ? répéta Amanda en regardant par la fenêtre, entre terreur et excitation. Qu'est-ce qu'on va leur dire ?

— Qu'il te suit, pardi ! Il aura l'interdiction de t'approcher.

Sur ce, Carolyn but une autre longue gorgée de café, déjà arrivée à la moitié de sa tasse. Depuis toujours, elle buvait très vite – café, soda, eau.

— Comme ça, dès qu'il transgressera son ordonnance restrictive pour t'approcher – et il le fera, c'est sûr –, tu pourras l'envoyer directement en taule.

— Une ordonnance restrictive ?

Amanda n'était pas familière de ces mots, bien qu'elle les ait déjà entendus. Les gens recouraient régulièrement à ce genre de procédure. Théoriquement, elle pouvait le faire aussi. La première fois qu'elle avait subi ses coups de fil à Sacramento, elle avait eu le courage d'aller au commissariat. Une policière avait pris sa déposition avec bienveillance. C'était une jolie jeune femme dont la chevelure rouge flamboyante faisait ressortir les yeux bleu délavé et la poitrine généreuse. Le genre de femme qui devait elle-même subir toutes sortes de harcèlements.

— Sa respiration, avait-elle décrit. Je la reconnaîtrais entre mille.

L'agent de police avait eu l'air de parfaitement la comprendre et lui avait suggéré de déposer plainte, ce serait une première étape. Elles pouvaient le faire ensemble là, tout de suite, au poste, avait proposé la policière. Sans besoin d'un juge ni d'une quelconque procédure officielle. Ça n'aurait encore aucune conséquence légale, mais au moins il aurait un casier.

Carolyn eut le regard insistant, en attente d'une réponse.

— Alors ? Tu vas le faire ?

Amanda opina du chef, quoique peu convaincue.

— L'ordonnance ? Oui, c'est une bonne idée…

— Je t'ai connue plus déterminée.

Décidément, elle la connaissait vraiment par cœur. Amanda lui sourit timidement.

— J'y réfléchirai.

— C'est tout réfléchi, tu ne crois pas ?

— Écoute, j'ai conscience que c'est la meilleure chose à faire.

Des larmes lui piquaient les yeux, elle se sentait terriblement faible.

Pleine d'amour et d'assurance, Carolyn l'encouragea :

— Écoute, je crois en toi. Je sais que tu feras le bon choix.

Il était grand temps de changer de sujet, l'air commençait à manquer à Amanda. Elle força un grand sourire et dit :

— J'ai failli oublier, j'ai des ragots à te raconter. (Son amie était une commère assumée.) On m'a raconté un de ces trucs, hier…

— Quoi donc ? se méfia Carolyn, parfaitement consciente de cette misérable tentative de diversion, mais un peu curieuse quand même.

— Apparemment, les gens du quartier se retrouvent pour des soirées, disons… libertines.

— Quoi ? s'exclama Carolyn, manquant de s'étouffer avec son café.

— C'est ce qu'on raconte.

À croire qu'elle venait d'illuminer la journée de sa meilleure copine.

— Ici ? Dans le quartier des saints gardiens de la bienséance ? C'est la meilleure nouvelle de l'année !

Non pas que ce quartier déplaise à Carolyn, mais elle se méfiait toujours des apparences trop parfaites. À Park Slope, dans ses rues pittoresques bordées d'arbres, ses sublimes *brownstones* et les rires d'enfants qui résonnaient partout, on vivait l'archétype de la perfection, un concentré de colorant artificiel et de guimauve sucrée.

Amanda sourit :

— Je savais que ça te plairait.

— Et comment ! Dis-moi tout, je veux des détails !

— Je ne dis pas qu'ils font ça tous les week-ends, mais il semblerait qu'ils organisent ce genre de soirée au moins une fois par an, en été.

Carolyn en resta bouche bée.

— Ne me dis pas que tes copines Maude et Sarah s'échangent leurs maris !

— Mais non, nia aussitôt Amanda, comme si l'idée était absurde. Enfin, je ne crois pas. Sarah ne participait pas… Du moins pas jusqu'à présent. Mais elle semblait dire que c'est uniquement parce que son mari refuse. Quant à Maude et Sebe, ils ont l'air de le faire régulièrement. Il leur arrive de s'adonner à l'échangisme, pas seulement lors de ces soirées, mais à d'autres occasions.

— Comment peux-tu rester aussi impassible ! Cette histoire est énorme !

— Je ne sais pas, murmura Amanda.

Étrangement, ça ne lui faisait rien du tout. Elle trouvait presque cela normal. Elle reprit :

— Ce doit être à cause de la façon dont Maude me l'a raconté. Pour elle, ces soirées sont simplement l'expression de sa… liberté.

— Ma petite Amanda, soupira Carolyn, tout sourires. Après toutes ces années, je crois que ça y est, tu as enfin réussi à me surprendre. Il faut absolument que tu me présentes cette Maude. Je veux rencontrer celle qui a réussi à te débrider à ce point. (Elle reposa sa tasse de café sur le comptoir de marbre et regarda l'heure affichée sur la cuisinière.) Oh, merde ! Je vais être en retard à ma réunion. Eh oui, je bosse un dimanche, comme ton mari. Je te laisse.

— File, acquiesça Amanda, bien qu'elle eût préféré lui dire : « Non, ne pars plus jamais. »

Mais jusqu'où pouvait-elle encore pousser son amitié ? Carolyn faisait déjà beaucoup pour elle. Cette dernière se leva de son tabouret pour venir la prendre doucement par les deux bras.

— Va voir la police. Vas-y aujourd'hui. Ça suffit, ces histoires.

— D'accord, répondit Amanda un peu trop vite.

— Je suis sérieuse, ma belle. Je ne veux pas te faire peur, mais, cette fois-ci, j'ai un mauvais pressentiment.

— J'irai à la police. Promis.

— Aujourd'hui ?

Amanda hocha la tête :

— Aujourd'hui.

Après une étreinte, elle regarda son amie disparaître de la cuisine, puis se retourna pour vider le fond de café de Carolyn dans l'évier. Le liquide noir sembla emporter toute sa motivation dans les canalisations. Si Carolyn avait pu être toujours à ses côtés, les choses seraient différentes. Mais devoir ainsi dépendre des autres prouvait qu'Amanda n'avait aucune force propre. Son amie avait raison, elle devait agir, mais seule. Et puis, c'était une chose d'ignorer ses appels et de faire comme s'il ne la suivait pas partout tant que Case était en vacances, mais qu'en serait-il à son retour ? Il fallait que cela cesse. Pour le bien de son fils, Amanda ne le laisserait pas faire.

À l'étage, elle passa devant la fenêtre donnant sur la rue pour aller prendre une douche. En bas sur le trottoir, quelque chose attira son attention. Un objet violet gisait par terre.

Elle plissa les yeux, mais n'en vit pas plus. Elle descendit l'escalier, la gorge nouée par l'angoisse. Ces derniers temps, les surprises n'étaient jamais bonnes. Elle regarda par la fenêtre avant d'aller ouvrir la porte d'entrée pour s'assurer que personne ne l'attendait dehors. Voyant la rue déserte, elle sortit sur le perron. Il faisait frais pour un mois de juin. Un frisson la parcourut tandis qu'elle descendait les quelques marches pour rejoindre le portillon, pieds nus. Là, posé par terre, elle découvrit un énorme bouquet de lilas délicatement enveloppé dans du papier violet et noué par un élégant ruban.

Du lilas : la fleur préférée d'Amanda. Elle en plantait devant toutes les maisons qu'ils avaient occupées, y compris dans le petit jardin de cette *brownstone*, où les fleurs avaient presque aussitôt fané.

Sans toucher au bouquet, Amanda se releva et regarda autour d'elle. Quelqu'un l'avait peut-être simplement posé là le temps d'aller récupérer quelque chose avant de revenir. Non, des lilas, ce ne pouvait pas être un hasard. Et il n'y avait pas un chat dans la rue.

Mon Dieu, pourquoi avait-elle laissé Carolyn repartir ?

Il y avait une carte. Amanda retint son souffle et se pencha de nouveau pour la ramasser de ses mains tremblantes, espérant très fort qu'elle serait adressée à quelqu'un d'autre. Elle sortit le petit mot de son enveloppe.

Pour Amanda,
Je pense à toi. Bisou.

Lizzie

Mercredi 8 juillet

Le vieux bureau poussiéreux de la fondation Graine de Savoir était installé dans une ancienne usine. J'imaginais mal la belle Amanda dans ce décor, ses mains gantées de blanc effleurant la rambarde tandis qu'elle flottait sur les marches fissurées. Dans mon imaginaire, Amanda ne marchait pas, elle flottait. Je gardais cette image malgré l'enfance miséreuse que m'avait décrite Zach, et malgré ce que j'avais lu d'un père drogué et du garçon qui l'avait violée avant de l'emmener au cinéma voir *Marley & Moi*. C'est fou l'aisance avec laquelle je faisais abstraction de tous ces éléments pour rester sur une belle Amanda roulant sur l'or, une femme dont le sort paraissait enviable même après sa mort.

Quelle odieuse personne j'étais.

Mais, si ma réaction me faisait horreur, c'était la preuve rassurante que j'éprouvais encore des émotions. Depuis que j'avais trouvé la boucle d'oreille, j'étais dans un état de torpeur inquiétant. Les explications possibles à la présence d'une boucle d'oreille féminine dans le sac de mon mari étaient toutes plus décevantes les unes que les autres : une maîtresse, une prostituée, une strip-teaseuse. Sur les trois, la maîtresse me paraissait l'hypothèse la plus crédible. Sam avait une sincère aversion pour toute forme d'exploitation de l'homme par l'homme.

D'après ce qu'il me disait, en tout cas.

J'aurais pu lui chercher des excuses. Et si Sam avait trouvé le bijou dans la rue ou dans un café, et le gardait en attendant de retrouver sa propriétaire ? Non. Il était partisan de la philosophie : « N'y touchons pas, quelqu'un reviendra le chercher. » Et puis, je l'imaginais mal ramasser la boucle d'oreille d'une inconnue. Fonçais-je tête baissée vers le pire scénario possible ? Il m'en avait fait voir de toutes les couleurs. Forcément, je me méfiais.

Ironie du sort, le doute aurait sans doute déjà été levé si je n'esquivais pas Sam à longueur de journée. Après une nuit blanche sur le canapé, j'étais repartie alors qu'il dormait encore profondément. Non loin de la fondation Graine de Savoir, j'avais fait une halte au *Café du jour* pour faire le point sur mes autres affaires en cours. Ces derniers temps, j'avais du retard à rattraper sur mes dossiers négligés au profit de Zach. Le procureur allait finalement engager des poursuites contre trois membres du conseil d'administration de l'usine de batteries. Paul réclamait une requête conjointe de démenti, et vite. Je n'avais jamais été aussi ravie de m'atteler à une tâche aussi fastidieuse.

Une fois le document terminé, je le sauvegardai avant de sortir l'un des journaux d'Amanda de mon sac. Le plus récent m'aurait été utile, mais pour le récupérer il me fallait retourner chez Zach. En attendant, je ne pouvais pas m'empêcher de relire les autres, c'était devenu un réflexe, un peu comme ce phénomène de curiosité quand on passe près d'un accident. On dévore la scène du regard pour se distraire de son propre naufrage.

Je tombai sur une entrée qui racontait ce qui était vraiment arrivé à Amanda quand elle était plus jeune. C'était bien pire que ce que j'imaginais.

Mars 2004

J'observe la croix suspendue sur le mur du salon et prie pour que le petit Jésus descende me sortir de là. Son aide, je l'attends toujours. Mais bon, peut-être que c'est ma croix à moi. Celle-ci était déjà accrochée au mur du mobile-home quand on a emménagé.
Il le fait toujours ici, dans le salon. Juste sous la croix. Sur le canapé jaune un peu rêche. Sous la croix, c'est peut-être plus facile pour papa de faire comme s'il n'avait rien fait.
Mais il l'a fait. Et le petit Jésus le sait.

Une trentaine de minutes plus tard, je montai les marches du bâtiment de Graine de Savoir, la boule au ventre. Le père d'Amanda l'avait violée, et à plusieurs reprises. Elle avait douze ans. Violée alors qu'elle était encore une enfant, et tuée à peine devenue adulte. C'était affreux. Toute cette histoire était affreuse. Un message fit vibrer mon téléphone tandis que j'approchais de la porte, me sortant de mon cauchemar éveillé. C'était l'ami de Paul qui travaillait pour le procureur, Steve Granz.

Wendy Wallace. Désolé.

C'était tout. Le message s'en tenait là. Ce nom ne m'était pas familier, mais visiblement cette Wendy Wallace était l'adjointe désignée pour monter un réquisitoire contre Zach, et, à en croire Steve, ce n'était pas une bonne nouvelle.

Je fis une rapide recherche de ce nom sur Google tout en pressant la sonnette de la fondation. « Trois héritiers pour le trône », titrait le premier article. Je cliquai sur le lien et fis défiler la page. Comme l'avait prédit l'avocat de Zach commis d'office, le poste bientôt vacant de procureur de district suscitait des convoitises ; la lutte entre les potentiels successeurs excitait les journalistes. À Brooklyn, les républicains n'avaient aucune chance de l'emporter, on s'intéressait donc davantage aux primaires ; or Wendy Wallace, chef du département des homicides, était l'un des trois principaux candidats. Son talon d'Achille : son nom était encore méconnu, or l'affaire de Zach résoudrait ce problème. Elle ferait la une des journaux, et avec un timing finement calculé, cette présence stratégique dans les médias maximiserait ses chances. C'était sans doute la raison pour laquelle les détails juteux de cette affaire n'avaient pas encore fuité.

— Allô ? répondit une voix grésillant par l'interphone – j'avais oublié que j'avais sonné. Que puis-je pour vous ?

— Bonjour, je suis Lizzie Kitsakis, me présentai-je. L'avocate de Zach Grayson.

Le silence qui suivit s'éternisa au point que je crus ne pas m'être fait entendre.

Finalement, la porte s'ouvrit dans un bourdonnement sonore. Je poussai le double battant et pénétrai dans un hall d'entrée impeccable.

La porte de l'ascenseur s'ouvrit directement sur les locaux de la fondation Graine de Savoir, un grand open space lumineux au parquet de bois blond, des murs jaune électrique et des baies vitrées à perte de vue. Le bureau de la réception était coiffé d'une pancarte où le nom de la fondation était inscrit en caractères bleu vif. Et pas âme qui vive.

— Qu'est-ce que vous voulez ? demanda-t-on derrière moi.

Quand je me retournai, je découvris une petite femme aux cheveux bruns coupés court. Elle se tenait sur le seuil d'un bureau, un pull noué autour des épaules, le teint blême et les traits tirés.

Une amie d'Amanda, me rappelai-je. Elle était en deuil. Rien de personnel contre moi.

— J'ai quelques questions, introduisis-je. Je vous ai laissé un message.

— Pourquoi répondrais-je à vos questions alors que vous défendez ce monstre ?

— Ce monstre ? répétai-je bêtement.

Sarah s'approcha si prestement que je reculai de deux pas, par réflexe.

— Ouais, un monstre. Il lui a explosé le crâne à coups de club et…

Sa voix mourut.

Et merde.

Sarah était au courant pour le club de golf. Il arrivait que les enquêteurs fassent part des détails les plus sordides à un témoin pour attiser sa colère à l'égard du prévenu et accentuer sa pitié pour la victime. Pour le pousser à coopérer. Ce genre de stratégie frisait l'immoralité. J'y avais eu recours moi-même par le passé. Et, aujourd'hui, cela me paraissait honteux. Honteux, mais efficace.

— Rien de ce qui a causé la mort d'Amanda n'a encore été confirmé, clarifiai-je en m'efforçant de rester polie. Et je ne pense pas que Zach l'ait tuée.

Un choix de mots mûrement réfléchi.

— Vous ne *pensez* pas ? répéta Sarah qui retrouvait des couleurs sous le coup de la colère. Vous n'avez pas l'air très convaincue. Je croyais que vous étiez censée le défendre ? Si vous doutez de son innocence, c'est qu'il est coupable.

— Que les choses soient bien claires : Zach n'a pas été accusé du meurtre. Après la découverte du corps de sa femme, l'atmosphère était tendue, il a accidentellement frappé un policier d'un coup de coude. Voilà pourquoi ils l'ont arrêté.

— On s'en fiche, marmonna-t-elle en levant les yeux au ciel. Ce n'est qu'une question de temps.

— Je vous dis que je le *pense* innocent, mais, en réalité, je le crois sincèrement. Je pourrais d'ailleurs vous fournir des preuves tangibles de ce que j'avance, mais ce ne sont encore que des présomptions, vous les rejetteriez en bloc. Vous m'avez l'air d'avoir un avis bien arrêté sur la question. Alors je ne tenterai pas de vous convaincre. Tout ce que je veux, c'est entendre ce que vous savez.

Sarah inclina la tête, en pleine réflexion. Finalement, son expression s'adoucit.

— Si Zach n'a pas tué Amanda, alors qui ? demanda Sarah.

Un éclair de crainte passa dans ses yeux.

Un tueur en liberté ? devait-elle s'inquiéter.

Personne n'avait envie d'imaginer un assassin prêt à sévir dans les rues de Park Slope.

— Je ne sais pas encore qui a tué Amanda. C'est ce que j'aimerais découvrir. Mais ce n'est pas à Zach de retrouver le coupable. On ne peut pas le pointer du doigt sous prétexte qu'on ne sait pas qui accuser d'autre. Il faut savoir que, quand la police met la main sur un suspect, elle cesse toutes autres recherches pour se concentrer sur les preuves qui incrimineront ce présumé coupable. J'ai travaillé pour le procureur – au département des fraudes –, et c'est leur seul mode opératoire. Mais Zach n'a pas à en payer le prix. (Je laissai cette phrase résonner un instant en espérant qu'elle fasse son petit effet.) Laissons-le un peu tranquille et trouvons le véritable meurtrier d'Amanda. Empêchons ce tueur d'aller et venir librement dans les rues de Park Slope.

Je n'étais pas particulièrement fière de faire peur à Sarah en évoquant ce criminel en liberté, mais il fallait qu'elle révise son jugement. Elle avait travaillé avec Amanda, c'était l'une de ses amies les plus proches. Sans même le savoir, elle pouvait détenir des informations capitales.

— Je ne crache pas sur lui par plaisir, vous savez. Mais Amanda était… la femme la plus douce que je connaisse. Elle n'avait pas une once d'agressivité en elle. Je ne comprends pas comment on peut s'en prendre à elle. C'est comme si on battait un… (Elle grimaça.) Venez, je vais vous montrer quelque chose.

Sarah me conduisit dans la pièce d'en face, un bureau où trônaient un canapé orange vif et un imposant tapis gris à rayures. Elle me montra des cadres accrochés au mur.

— Ce sont les candidatures aux bourses d'études, expliqua-t-elle en s'approchant pour les regarder de plus près. Nous venions juste d'ouvrir les inscriptions. Amanda était tellement touchée par ces étudiants qu'elle a souhaité encadrer leurs candidatures. Tous sans exception. Je l'ai taquinée en disant qu'elle ne pourrait jamais toutes les encadrer. Elle m'a répondu qu'elle couvrirait les murs de tout l'étage s'il le fallait. C'était vraiment quelqu'un de bien.

Sarah s'assit lourdement sur le canapé d'Amanda. Elle resta un instant tendue, puis ses épaules s'affaissèrent. Elle observa un long silence.

De mon côté, je m'assis sur une chaise face au bureau.

— Amanda vivait-elle une relation conflictuelle ?

Elle secoua la tête.

— Si vous voulez mon avis, Zach était le pire des maris. Quand il était de bonne humeur, il traitait Amanda comme si elle était un joli meuble venu compléter son salon cossu. Et, les mauvais jours, elle n'était rien de plus qu'un bibelot prenant la poussière. Pour répondre à votre question, non, elle n'a jamais évoqué de dispute ou d'agressivité de la part de Zach. Et je n'ai jamais constaté de traces de violence physique sur elle.

Ses yeux se firent vitreux quand elle ajouta :

— Mais l'infidélité est une forme de violence.

— Zach la trompait ?

Sarah détourna le regard pour répondre :

— Elle ne l'a jamais formulé clairement. Mais il passait sa vie « au travail ». Amanda n'avait pas l'air de s'en inquiéter. (Un nouveau silence.) Et puis, je l'ai toujours trouvé arrogant. Il n'a jamais pris la peine de venir à l'anniversaire des amies les plus proches de sa femme. Je sais que c'est un homme d'affaires accompli, et même célèbre, mais ça ne le dispense pas d'être poli. Franchement, il donne plus d'importance à son boulot qu'à tout le reste, y compris Amanda.

— Vous a-t-elle parlé d'autres récents événements ? demandai-je à Sarah. Des problèmes avec Case, peut-être ?

— Vous plaisantez ? Case est un amour, et Amanda une mère dévouée. Vraiment, c'était une excellente mère.

— Des mésententes avec des amis ou de la famille ?

Je n'avais pas l'intention de lui révéler que le père d'Amanda l'avait violée lorsqu'elle était enfant. Si elle n'en avait parlé à personne, je devais respecter son choix. Tout le monde a ses secrets.

— Je sais que sa mère est morte quand elle était petite, ce qui explique sans doute qu'Amanda ait été une mère aussi attentionnée. Et puis, elle a grandi dans la misère. Quand elle en parlait, elle essayait de donner l'image d'une enfance idéale, ou du moins heureuse, mais ça sonnait faux.

— C'est-à-dire ?

— Amanda était merveilleuse, mais c'était quelqu'un de très secret. Toujours sur ses gardes. Comme si elle avait des blessures profondes.

— Et elle en avait ?

Le regret parut l'accabler.

— J'étais sa meilleure amie à Park Slope et, pour être honnête, je n'en sais rien du tout. Amanda était douée pour vous faire croire que vous la connaissiez par cœur tout en vous maintenant à distance. Qu'en pense... hum, comment s'appelait-elle déjà... Carolyn ?

— Carolyn ?

En effet, Amanda avait évoqué une Carolyn dans ses journaux, mais de nombreuses années avaient passé.

— Oui, la *meilleure* meilleure amie d'Amanda, précisa-t-elle avec un mépris évident envers mes compétences d'enquêtrice. De leur patelin, Saint Quelque chose. Elle la considérait comme sa sœur. Vous devriez aller lui parler. Elle habite à Manhattan.

— Sauriez-vous comment je peux la joindre ?

— Non. Demandez à Zach. Il doit savoir, non ? (Son regard se fit dur. Elle savait aussi bien que moi que rien n'était moins sûr.) Après tout, c'est son mari.

— Y avait-il des tensions ici, au travail ?

— Amanda fuyait les conflits, quels qu'ils soient. Elle a failli tomber dans les pommes quand le comptable de la fondation a mené son enquête sur elle.

— À quel sujet ?

— Rien de grave, j'imagine. Ce que je veux dire, c'est qu'elle détestait devoir affronter une personne en situation d'autorité.

Comptable rimait avec argent, or l'argent était un motif de meurtre particulièrement fréquent.

— Auriez-vous le nom de ce comptable ? demandai-je.

— Possible, répondit Sarah en se relevant. Je vais vérifier dans mon bureau. Je reviens.

En attendant, je profitai d'être seule pour faire un tour rapide du bureau d'Amanda. Tout comme dans sa maison, elle avait des étagères remplies de photos, mais celles-ci étaient prises sur le vif, magnifiques, la plupart de Case. Il y avait aussi un portrait où posaient Amanda, Case et Zach, mais il était exposé sur une étagère haute et en retrait, comme volontairement tenu de côté. En me retournant vers le bureau, j'aperçus un carnet de moleskine posé sur un paquet de feuilles. Il ressemblait au joli carnet encore vierge trouvé dans sa chambre. C'était peut-être son dernier journal en date. J'entendais les talons de Sarah claquer sur le béton poli du couloir. Je me précipitai vers le bureau, attrapai le carnet au vol et le fourrai dans mon sac. Ma chaise grinça quand je me laissai lourdement retomber. Par chance, Sarah parut trop confuse pour remarquer quoi que ce soit quand elle revint.

— Je suis désolée, dit-elle. Je n'ai aucune idée de l'endroit où j'ai pu mettre le nom de ce comptable.

— Ce n'est pas grave. Je poserai la question à Zach, dis-je en m'efforçant de reprendre mon calme pour poser mes questions. Comment vous a paru Amanda lors de la fête de Maude, le soir de sa mort ?

Le soir de sa mort. Pas le soir du meurtre. Je choisissais mes termes avec minutie. Ne rien admettre, pas même les évidences. C'était la règle numéro un des procédures criminelles.

— Hum, ça avait l'air d'aller. Elle était sublime, comme toujours. Je suppose que vous l'avez vue en photo. Elle était de ces femmes sur lesquelles les hommes se retournent dans la rue. Si vous cherchez d'autres pistes, je vous conseille celle-ci. Le monde est peuplé de pervers, rappela Sarah d'un air écœuré. Il existe des catégories entières de porno dédiées à ces porcs.

J'opinai du chef, bien que la piste alternative d'un pervers qui aurait fait une fixation sur elle ne me paraisse pas pertinente. Les jurés réclamaient une certaine précision, du concret à se mettre sous la dent. Sans cela, autant accuser un fantôme qu'on ne pourrait jamais mettre derrière des barreaux.

— Avez-vous discuté toutes les deux au cours de la soirée ?

— À peine une minute. Nous avons parlé de Maude. Elle était folle d'inquiétude pour sa fille. Amanda et moi nous faisions du souci pour elle.

— Que se passait-il avec sa fille ?

— C'est une ado en colonie de vacances, je ne vous fais pas de dessin. Maude n'est pas habituée, voilà tout. Elle a reçu des lettres inquiétantes et s'est mise à paniquer. Mais j'imagine qu'elle s'en est remise. Et puis, nous avons d'autres soucis en tête, maintenant.

— Avez-vous vu Amanda discuter avec d'autres personnes dans la soirée ?

— Non, j'étais trop occupée à débattre avec cette mère de l'école Country Day. On ne se connaît pas, et elle m'agace déjà. Nous parlions de la grande débâcle des mails.

— Quelle débâcle ? m'enquis-je.

— Quelqu'un a piraté les ordinateurs des parents d'élèves de l'école pour les faire chanter avec des informations compromettantes. (Sarah hésita et fit la moue.) Par exemple, ils parlent de Terry Flirt. Vous connaissez ? Un site de rencontres extraconjugales. Les identifiants de plusieurs pères d'élèves ont été envoyés à leurs épouses. Ce hacker est une sorte de Robin des Bois des épouses cocues. Sans compter les selfies à caractère sexuel qui ont circulé. Ah oui, et le porno. Des amateurs de vidéos pornos ont également été victimes de chantage. (Elle eut un bref éclat de rire.) Bref, tout est tenu au secret le plus strict, car l'école mène actuellement son enquête. Mais ce soir-là, pendant la fête, l'alcool coulait à flots, ça déliait les langues. Qui sait, si j'étais restée avec Amanda au lieu d'écouter tous ces ragots débiles, elle serait peut-être encore en vie.

— Vous souvenez-vous de l'heure à laquelle vous avez vu Amanda pour la dernière fois ?

Sarah essuya une larme en reniflant.

— Que je réfléchisse… Je suis arrivée vers 20 h 30 et suis rentrée chez moi à 21 h 30. Donc quelque part entre les deux.

Une heure ? C'est étrangement court, me surpris-je à penser.

— Vous n'êtes pas restée longtemps.

— Je sais, s'agaça-t-elle. Mon fils aîné devait passer six semaines dans les Hamptons. Ça s'est réduit à six jours après une dispute avec sa petite amie. Bref, il n'avait pas les clés de la maison et mon mari n'est pas là le jeudi soir, il est trop occupé à essayer de se casser une hanche. Croyez-moi, si mon fils n'avait pas eu besoin de moi, je n'aurais quitté cette soirée pour rien au monde. Il n'y a rien de tel que de voir qui va « à l'étage » lors des soirées de Maude. Les gens sont muets comme des tombes le lendemain. Le meilleur moyen de savoir qui monte, c'est d'y être pour le voir. Je suis admirative de ces couples qui se risquent à de telles aventures. Comme Maude et Sebe. Ces deux-là peuvent se jeter tout nus dans un incendie et s'en sortir sans la moindre brûlure.

— Avez-vous aperçu Zach durant la soirée ?

— On a échangé deux mots. Il est resté dans son coin, puis il est reparti.

— L'avez-vous vu partir ?

— Non, mais je suppose qu'il est rentré chez lui. Je ne l'ai plus revu de la soirée.

— Et vous n'avez vu ni Zach ni Amanda monter à l'étage ?

— Vous plaisantez ? gloussa Sarah. Si vous aviez vu la tête d'Amanda quand elle a appris ce qui s'y passait ! J'ai cru qu'elle allait nous faire une syncope.

— Et Zach ?

Elle me lança un regard sévère.

— C'est votre client.

— Je vous demande ce que vous avez vu.

Sarah eut un petit rire narquois. « Ah, ces avocats », semblait-il dire.

— Outre cette brève discussion, j'ai vu Zach faire sa ronde comme un lion en cage. Puis je suis rentrée chez moi, donc je ne sais pas ce qu'il a manigancé de plus.

Sur ce, elle se leva et se dirigea vers la porte ouverte.

— Bon, je dois me remettre au travail.

Je me levai pour la suivre.

— Si vous vous souvenez de quoi que ce soit, vous avez mon numéro, lui rappelai-je. C'est celui avec lequel je vous ai appelée.

— Oui, je l'ai, affirma Sarah avant de marquer une pause pour me détailler plus longuement. J'ai l'impression de vous avoir déjà vue quelque part.

— Je ne crois pas vous connaître.

(En tout cas, je l'espérais.)

— Vous n'auriez pas un enfant scolarisé dans le quartier ? Je suis très physionomiste.

— Non, j'habite du côté de Sunset Park.

— Mais où vont vos enfants ? J'ai l'impression que tout le monde se connaît, à Brooklyn.

— Je n'ai pas d'enfants.

— Malin, jugea-t-elle, désormais intriguée par mon alliance. Et votre moitié travaille aussi dans le juridique ?

— Non, répondis-je avec un rire un peu trop amer.

Sarah se pencha vers moi.

— Que fait-il – ou elle, d'ailleurs ?

— Il est écrivain.

— Oh, comme c'est excitant ! Mon mari est avocat. Sans vouloir vous vexer, vous êtes tous d'un ennui mortel, dans le milieu. Ou c'est peut-être seulement mon mari. Il ne travaille pas dans les affaires criminelles.

— Si, je vous le confirme, tous les avocats sont barbants. Barbants, mais fiables. On ne peut pas en dire autant des écrivains.

— Ah oui… fiables, soupira-t-elle comme si elle comprenait mieux que quiconque. Ce n'est pas très sexy, mais c'est pratique.

— Puis-je vous poser une dernière question ?

Elle acquiesça d'un hochement de tête.

— Sauriez-vous qui aurait pu envoyer des fleurs à Amanda, hormis Zach ? demandai-je. Il semblerait qu'elle ait gardé une carte sans signature.

— Un admirateur secret ? Comme je vous le disais, Amanda ne laissait personne indifférent. C'est ce que disait Sebe, en tout cas.

— Sebe ?

— Le mari de Maude. Mais ne vous faites pas de fausses idées. Sebe et Maude ont peut-être des pratiques peu orthodoxes à l'étage de leur maison, mais ils ne couchent pas avec leurs amis respectifs. Sebe est fou de sa femme. C'en est même écœurant. Cette carte n'était pas signée ?

— Non. Il était seulement écrit : « Je pense à toi. »

— Ah, les hommes… C'est tellement original, jugea froidement Sarah. En tout cas, ce n'est sûrement pas Sebe. Il est trop français pour ça. Vous pensez que l'expéditeur de ce bouquet a un rapport avec ce qui est arrivé à Amanda ?

— J'aimerais savoir de qui il s'agit.

— Ah oui, un suspect alternatif, répéta-t-elle d'un ton dur. Désolée, je dois vous laisser, j'ai du pain sur la planche. Mais la seule hypothèse valable, à mon sens, c'est que votre client est un monstre qui a tué ma merveilleuse amie.

Amanda

Quatre jours avant la fête

Assise en salle d'attente au commissariat de la Soixante-Dix-Huitième Division, Amanda eut tout le temps de regretter d'être venue. Et l'atmosphère éprouvante qui y régnait entre le bruit, la saleté et la colère ambiante n'arrangeait rien à l'affaire. On ne venait ici que lorsqu'une tragédie frappait sa vie. Un endroit qui rappelait horriblement Saint Colomb Falls.

Sans sa promesse à Carolyn d'avertir la police, elle serait déjà repartie. Sans compter la réaction de Zach s'il apprenait qu'elle voulait une ordonnance restrictive. Ces choses-là étaient-elles rendues publiques ? Zach portait une attention toute particulière au respect de sa vie privée, et voilà qu'elle donnait leur intimité en spectacle. Elle ne lui avait même pas parlé des coups de fil.

— Amanda Grayson ?

Le policier n'était pas grand. Il avait les cheveux bruns et la peau mate. Sa petite taille lui donnait un air enfantin, un peu comme Zach quand elle l'avait rencontré pour la première fois. Personne ne répondit, alors il balaya la pièce du regard, puis consulta de nouveau son porte-bloc.

— Grayson, Amanda ! s'agaça-t-il.

Comme Zach, il s'énervait vite et pour pas grand-chose.

— Oui, c'est moi, répondit-elle en se levant.

— Je suis l'officier Carbone. Venez, mon bureau est par ici.

Ils quittèrent la salle d'attente par un petit couloir donnant sur un open space où une dizaine de bureaux étaient occupés par d'autres policiers prenant la déposition de témoins, de victimes ou même de suspects. Il était impossible de les distinguer, tous semblaient bouleversés. Amanda prit place devant le bureau de l'officier Carbone pendant qu'il s'installait devant son ordinateur.

Elle eut aussitôt le sentiment d'être une victime. N'était-elle pas justement venue pour éviter cela ?

— Comme je vous le disais, je suis l'officier Carbone, reprit-il en se redressant à peine pour lui serrer la main.

Sa poigne était moite et son geste raide, comme s'il le faisait par pure convention.

— Bonjour, répondit-elle en luttant contre l'envie de retirer sa main aussi sec.

— Que puis-je faire pour vous ?

Elle eut un sourire crispé.

— Quelqu'un me… hum, me harcèle. Il m'appelle sans arrêt et raccroche sans rien dire.

Une présentation des faits un peu faiblarde, dirait Carolyn.

— D'accord, fit Carbone en se carrant au fond de son siège d'un air sceptique – et à juste titre, car pourquoi n'en venait-elle pas directement aux faits ? Avez-vous une idée de l'identité de cette personne qui vous appelle ?

— Oui… c'est mon père. J'en suis sûre.

— Votre père vous a-t-il menacée ?

Il avait au moins la décence de ne pas réagir à l'idée qu'un père puisse harceler sa fille.

— Non… enfin si, mais c'était il y a longtemps. Au téléphone, il ne dit rien. Il ne fait que respirer.

— Respirer ?

Le policier fronça les sourcils.

— Oui, comme s'il haletait. Je... je le reconnais très bien. C'est lui, j'en suis certaine.

— D'accord, dit l'officier, semblant hésiter à lui réclamer davantage de détails. Les appels sont-ils passés depuis son numéro ?

— Il appelle en numéro masqué, mais je sais que c'est lui. Nous avons déménagé récemment de la côte ouest pour nous installer à New York. Il habite dans le nord de l'État. (Elle prit conscience de la pauvreté de ses arguments.) Ce n'est pas la première fois. J'ai déjà porté plainte en Californie, à Sacramento. À l'époque, c'était pour quelques appels, mais cette fois, c'est différent. Il me harcèle du matin au soir.

— D'accord, fit encore le policier en reprenant courage. Vous avez porté plainte. C'est bien.

— Il a un passif de... Il consomme de la drogue. (Ces quelques mots, qui étaient loin de rendre la gravité de la chose, suffisaient à lui écorcher la gorge.) Je crois qu'il veut me soutirer de l'argent. En fait, j'en suis sûre.

Carbonc se mit alors à taper sur le clavier de son ordinateur.

— Sacramento, vous dites ? C'était il y a combien d'années ?

Amanda réfléchit. Elle ne savait plus exactement. C'était au printemps, car les arbres étaient en bourgeons, et elle était avec Case, c'était donc avant la maternelle. Elle n'aurait jamais emmené son fils au commissariat si elle avait pu faire autrement. Ah oui, Case venait juste d'avoir son intoxication alimentaire. Quatre jours à l'hôpital pour une salade périmée, rien que ça. C'était en tout cas la théorie des médecins, mais il n'y avait aucun moyen de le vérifier. Quelle qu'en soit la cause, ça avait été terrifiant de constater la vitesse à laquelle Case s'était affaibli et l'état de léthargie dans lequel ça l'avait plongé. Il avait à peine trois ans.

— C'était il y a six ou sept ans.

Après une minute à tapoter sur les touches, les doigts de l'officier Carbone se figèrent au-dessus du clavier.

— Ah, j'ai trouvé.

À la bonne heure. C'était presque comme si la policière à l'air sévère et à la poitrine généreuse qui avait pris sa déposition apparaissait au-dessus de l'épaule de son confrère pour lui aboyer : « Elle te dit la vérité, ducon, et elle ne devrait pas avoir à le prouver. »

— Il y a sept ans, lut l'officier. Et depuis, plus rien ?

— Non.

— Comment les choses se sont-elles terminées la dernière fois ?

— Je lui ai hurlé que j'avais prévenu la police.

— A-t-il répondu quoi que ce soit ?

— Non, mais il n'a plus rappelé. Jusqu'à récemment.

Amanda avait oublié ce passage. Celui où elle l'avait menacé. Et ça avait marché. C'était déjà ça.

— S'est-il toujours contenté d'appeler ?

— Non, je crois qu'il me suit. Et, aujourd'hui, il a déposé un bouquet de fleurs devant ma maison.

Des lilas. Amanda et sa mère allaient en cueillir dans un champ abandonné. Le parfum de lilas qui planait alors dans le mobile-home l'avait toujours apaisée alors que son père se plaignait que l'odeur lui donnait la nausée.

— Des fleurs ? répéta l'officier, perplexe. Se pourrait-il qu'il cherche à se faire pardonner ?

Elle lui lança un regard noir. Ce fut plus fort qu'elle. N'avait-il toujours pas compris ? Mais, à voir la mine placide du policier, sa question était sincère.

— Il y a des choses pour lesquelles personne ne mérite le pardon, dit-elle simplement.

Elle sentit une pression dans sa poitrine, mais força un sourire, les dents serrées. La colère ne la mènerait à rien.

— De toute façon, il n'est pas du genre à s'excuser, reprit-elle. Et puis, il déteste le lilas. C'était une menace. Une façon de me dire qu'il sait où j'habite. Même pour de l'argent, il est capable du pire pour arriver à ses fins. J'ai jeté les fleurs, mais voici la carte qui les accompagnait.

L'officier Carbone regarda longuement la carte, mais ne fit aucun geste pour l'attraper.

— Comment a-t-il su ?

— Su quoi ?

— Vous dites que vous venez d'emménager à New York, c'est bien cela ?

— Oui, répondit Amanda, soulagée de constater qu'il avait écouté. Il y a quatre mois.

— Et les appels ont commencé dès que vous êtes arrivée ?

— Oui.

— Et vous n'avez plus eu de contact avec votre père depuis ce dépôt de plainte il y a sept ans ?

Il désigna son ordinateur d'un signe du menton. Essayait-il de l'intimider ?

— Oui. Enfin, non. Je n'ai plus eu de contact avec lui depuis.

— Dans ce cas, comment vous a-t-il retrouvée ?

— Je ne sais pas. Ça n'a pas dû être facile. (Amanda imaginait mal son père faire des recherches sur Google, et, quand bien même, il n'y trouverait rien.) Mon mari est... Il fait très attention à notre vie privée. Il fait en sorte que notre adresse postale ne soit pas divulguée, supprime toute trace de données personnelles sur Internet, ce genre de choses.

L'officier leva un sourcil.

— Dans ce cas, vous devriez vous demander comment votre père a trouvé votre adresse. Vous ne croyez pas ?

— Que voulez-vous dire ?

— Je comprends que vous aimeriez que ça s'arrête. Mais il faudrait commencer par trouver la source du problème.

Parfois, les deux sont liés, expliqua l'officier Carbone. Êtes-vous certaine de ne laisser aucune trace sur les réseaux sociaux ? N'y a-t-il aucun vieil ami ou membre de la famille susceptible de lui dire où vous êtes ? Parfois, les gens croient aider alors qu'ils ne font qu'empirer les choses.

Amanda ne put retenir un rire qui risquait de la faire passer pour une folle. Mais, vraiment, l'idée du policier était absurde. Elle avait coupé les ponts avec son ancienne vie. Et elle n'était sur aucun réseau social. Zach trouvait que les gens s'y exposaient beaucoup trop.

— Non, personne ne lui a rien dit, dit-elle tout bas. Sa vie et la mienne n'ont plus… Nous n'avons plus aucune relation en commun.

Sa seule amie datant de Saint Colomb Falls était Carolyn, et celle-ci n'avait aucun moyen de… enfin, si. La mère de Carolyn était décédée, mais elle avait probablement encore de la famille au nord de l'État. Amanda n'avait pas demandé de nouvelles de sa famille depuis longtemps. En tout cas, Carolyn était bien la dernière personne à vouloir entrer en contact avec le père d'Amanda, elle le détestait profondément. L'amitié des deux jeunes femmes était infaillible.

— En tout cas, il vous a retrouvée, conclut le policier. Il serait bon de savoir comment il s'y est pris.

— J'aimerais simplement une forme de protection, quelque chose qui le maintienne à distance.

— Pour vous protéger, nous avons besoin d'une preuve qu'il vous a bel et bien menacée.

— Mais il ne fait que ça ! se désespéra timidement Amanda. Sa seule présence est une menace. À cause de ce qu'il est, et de notre passé.

— Je sais que c'est dur, mais pourriez-vous être plus précise sur ce passé ? S'il existe des antécédents de violence, vous aurez plus de chance d'obtenir gain de cause.

Tous ces affreux détails étaient enterrés au plus profond d'elle, sous une épaisse couche de sédiments, elle n'avait pas la force de creuser. Une larme solitaire s'échappa au coin de son œil et la prit par surprise. La voyant la chasser du revers de la main, l'officier s'agita inconfortablement sur sa chaise.

— Écoutez, je suis vraiment désolé, dit-il avec plus de douceur. Rien ne vous empêche de faire une demande d'ordonnance restrictive au tribunal, mais vous perdriez votre temps. Si je peux me permettre un conseil, essayez de l'enregistrer ou de trouver une preuve attestant les mauvaises intentions de votre père – vidéo, audio. De nos jours, tout le monde est équipé de smartphones. Les juges s'attendent presque d'office à ce que l'on présente un film du méfait. (Carbone sortit une carte d'un tiroir de son bureau et la lui tendit.) Et si jamais il se passait autre chose, une atteinte aux biens ou une menace spécifique, appelez ce numéro et demandez à me parler personnellement. Je ferai mon possible pour vous aider. Et essayez de savoir comment il a pu vous retrouver. Un détail vous a peut-être échappé.

En quittant le commissariat, Amanda se sentait un peu perdue et plus impuissante que jamais. Bien sûr, elle n'attendait pas de miracles d'une seule entrevue avec la police. Elle avait eu trop d'espoir. Arrivée à mi-chemin de la maison, elle jeta la carte de Carbone.

Et si son père continuait d'appeler après le retour de Case ? Et si la situation empirait ? Non. Elle ne le permettrait pas. Elle protégerait son fils quoi qu'il en coûte. L'ordonnance restrictive n'était peut-être pas la solution, mais il fallait agir, et vite. Peu importait ce qu'en pensait Carolyn, et cela ne suffirait pas d'en parler à Zach. La dernière fois qu'elle avait essayé d'aborder le sujet de son père, la conversation avait mal tourné. Elle se souvenait d'un jour en particulier, lors de leur première année ensemble.

Ils se rendaient en voiture chez Geoffrey, le premier patron de Zach. En fait, il aimait beaucoup Geoffrey, c'est pourquoi Amanda ne lui avait jamais dit que ce parfait patron lui mettait la main aux fesses chaque fois qu'il s'approchait pour lui dire au revoir. Son épouse et lui appartenaient à un culte sectaire qui faisait jouer des groupes de hard rock. Il essayait sans cesse de les rallier à leur cause. En arrivant dans leur allée, Zach avait évoqué l'idée d'accepter pour ne pas risquer d'offenser ces « gens bien ».

— Ce n'est pas parce que tu as une croix dans ton salon que tu es quelqu'un de bien.

— Ah bon ? avait demandé Zach en éteignant le moteur.

Un frisson d'espoir l'avait parcourue. Était-ce une invitation sincère à la discussion ? Lui qui ne voulait jamais rien savoir. L'idée de lui parler des mains baladeuses de Geoffrey lui avait même traversé l'esprit.

— Mon père avait une croix accrochée à son mur : ça ne l'a pas empêché de faire des choses atroces.

Avec un hochement de tête, Zach avait observé un silence de réflexion. Puis son expression était devenue glaciale, impassible.

— C'est là que je suis censé te demander : « Quelles choses atroces, ma chérie ? » Eh bien, non, je ne te poserai pas la question. On a tous nos casseroles. Si j'avais voulu traîner celles de quelqu'un d'autre, j'aurais épousé une autre femme.

— Amanda ! appela quelqu'un.

Quand elle leva les yeux, elle vit Maude assise sur les marches de leur perron. Amanda était tellement perdue dans ses pensées qu'elle avait marché du commissariat jusque chez elle sans s'en rendre compte.

Que venait-elle faire ici ? D'habitude, les trois amies ne se voyaient qu'au restaurant, dans des bars comme le *Gate*, dans un café ou au cinéma. Et, de temps en temps, elles allaient se promener au parc. Ces derniers mois, Amanda était allée quelques fois chez Sarah, et seulement à une ou deux occasions chez Maude. Mais elle n'avait jamais invité personne chez elle à l'exception de Carolyn. Et ça ne comptait pas.

Zach ne voulait pas d'inconnu dans sa maison, un point, c'est tout. Il arrivait parfois à Amanda de vouloir lui expliquer la différence entre « amis » et « inconnus ». Mais, pour lui, il n'y en avait aucune.

Et voilà que Maude l'attendait devant sa porte. Amanda ne pouvait pas l'inviter à entrer. L'emploi du temps de Zach était trop aléatoire. Il pouvait rentrer d'une minute à l'autre. Mais comment faire pour laisser Maude sur le seuil sans paraître impolie ? Amanda prit une profonde inspiration avant de saluer son amie depuis le bas du perron, croisant les doigts pour trouver une solution avant d'avoir franchi la dernière marche.

— Salut ! appela-t-elle.

— Désolée, j'aurais dû te prévenir, dit Maude, la voix fragile. Quelqu'un qui débarque comme ça à l'improviste, c'est détestable.

— Ne sois pas bête. Et puis tu ne débarques pas, tu m'attends sagement.

Amanda s'assit sur la dernière marche à côté d'elle. En enlaçant brièvement son amie, elle aperçut la clé de secours pour Case qui dépassait à peine sous le pot de fleurs. Elle eut un pincement au cœur, son fils lui manquait tellement. Elle tendit discrètement le bras derrière Maude pour cacher la clé sous le pot. Au moins, Case ne risquait rien en camp de vacances, son père n'irait pas jusque là-bas.

Elle se tourna vers le ciel. *Restons ici pour profiter un peu de ce glorieux soleil.* Elle ne le dirait pas en ces termes. (On ne dit plus « glorieux » de nos jours.) Mais elle pouvait l'exprimer d'une autre façon. Pourvu qu'elles restent sur ce perron.

— Tu dois trouver ça bizarre de me voir ici, reprit Maude. J'en ai conscience, mais j'avais vraiment besoin de parler à une amie. J'adore Sarah, mais elle est parfois… un peu trop folle.

Amanda se sentit fière que Maude l'ait choisie et lui répondit :

— Je suis contente que tu sois venue.

Maude tenait dans ses mains plusieurs enveloppes aux couleurs vives.

— J'ai reçu d'autres lettres de Sophia. Ça ne s'arrange pas. (Elle secoua la tête, les lèvres pincées, et tendit vaguement les enveloppes vers Amanda comme pour l'encourager à les prendre.) Je pensais que ce camp de vacances, à l'étranger, dans un nouveau contexte, serait la solution au problème.

— Quel problème ? Maude, que s'est-il passé ?

Elle s'empara finalement des lettres. Jusqu'à présent, son amie affirmait ne pas comprendre ce qui arrivait à sa fille, or Amanda voyait bien qu'elle ne lui disait pas tout.

— C'est à cause d'un garçon, haleta Maude, les yeux pleins de larmes. Je savais que Sophia se sentait mal, et je pensais que ce voyage lui ferait du bien.

— Oui, c'était une bonne idée.

— Et puis, j'ai commencé à recevoir ces lettres. J'ai essayé de leur téléphoner plusieurs fois ce matin, mais personne ne décroche. Et ça se fait passer pour une colonie sérieuse !

— Que pense Sebe de cette histoire ?

— Il dit que je dramatise. Que ce n'est plus une enfant et que je devrais arrêter de la couver. (Ces mots semblaient douloureux à prononcer.) Sebe adore Sophia, mais il n'est pas sa mère. Et c'est un homme, pas une femme.

Amanda hocha la tête.

— Écoute. Je sais que je ne te donne pas assez de détails, mais Sophia m'a fait promettre de ne rien dire.

— Je comprends. Tu n'es pas obligée de me révéler quoi que ce soit.

Maude montra encore les enveloppes et demanda :

— Tu veux bien en lire une ? Comme ça, tu me diras si tu penses que j'exagère.

— Oh, je…

Amanda hésita. Et si elle ne réagissait pas comme il fallait ?

— S'il te plaît.

— Bon, si tu veux.

Elle sortit une lettre de son enveloppe et la déplia. L'écriture était soignée, le papier d'un bleu ciel guilleret.

Chère M,

Je veux que tu saches que ce n'est pas ta faute. Tu t'en veux probablement, je le sais. Tu dois penser que si j'avais eu davantage confiance en moi, rien de tout ça ne serait arrivé. Que tu aurais dû mieux me préparer à la vie. Que si tu m'avais donné d'autres conseils, si tu m'avais montré les choses sous un autre angle, j'aurais pu me protéger.

Mais rien de tout ça n'est ta faute. C'est la mienne. Je suis la seule fautive dans cette histoire. J'ai fait beaucoup de choix stupides. Et pourtant, tu m'avais prévenue. Tu m'as appris tout ce que je devais savoir. J'ai tout gâché. Je suis désolée, maman. Tellement désolée.

Je t'embrasse,

Sophia

Amanda repensa au dernier conseil de sa propre mère avant de mourir, lorsqu'elle avait refermé ses bras osseux autour de sa fille depuis son lit d'hôpital pour l'attirer contre elle.

— Cours, s'il le faut, avait-elle chuchoté. Cours aussi vite que tu le peux.

Mais pour aller où ? avait pensé Amanda à l'époque.

Elle était si jeune.

— Alors ? demanda Maude en désignant la lettre de sa fille. Tu crois que Sebe a raison ? Que je devrais prendre mes distances et la laisser réfléchir toute seule ? Faire comme si de rien n'était ?

Amanda réfléchit intensément. Y avait-il une bonne réponse à cette question ? Oui, sans doute. Mais elle préféra aller au plus simple : répondre ce qu'elle pensait sincèrement.

— Tu ne peux pas faire comme si de rien n'était, dit-elle en posant la main sur le bras de son amie. Ce n'est pas en fermant les yeux qu'on empêche le pire.

Témoignage devant le grand jury

Officier David Finnegan

témoin entendu le 6 juillet dont l'entretien s'est déroulé comme suit :

Audition

par maître Wallace :

Q : Bonjour, officier Finnegan.

R : Bonjour.

Q : Êtes-vous intervenu suite à un appel du 597 place Montgomery autour de 23h45 le soir du 2 juillet ?

R : Oui.

Q : Que vous a-t-on dit au téléphone ?

R : On nous a rapporté un potentiel homicide.

Q : Que s'est il passé lorsque vous êtes arrivés sur les lieux ?

R : Mon coéquipier l'agent Romano et moi-même sommes entrés dans le domicile afin d'assister nos collègues déjà sur place.

Q : Qu'avez-vous vu en entrant dans la maison ?

R : Beaucoup de sang dans l'escalier et sur les murs. Il y avait un club de golf près du corps. Un marquage était en place pour que personne n'y touche. Le mari de la victime était présent sur les lieux.

Q : Autre chose ?

R : Les secours venaient juste d'arriver, ils essayaient de ranimer la victime et de contrôler l'hémorragie.

Q : Sont-ils parvenus à la ranimer ?

R : Non. Elle a été déclarée morte sur place.

Q : Et ensuite, qu'avez-vous fait ?

R : Mon coéquipier et moi étions à côté du mari de la victime quand les agents de la police scientifique sont arrivés, suivis de Lewis, adjoint du procureur, et de l'inspecteur Mendez. La police scientifique a pris des photos pour qu'on puisse déplacer le corps.

Q : Pendant ce temps, que faisait l'adjoint Lewis ?

R : Il observait. Les adjoints au département des homicides viennent sur les lieux lorsqu'ils sont de garde la nuit, mais ne font aucun commentaire.

Q : Que faisait l'inspecteur Mendez ?

R : Il a discuté avec M. Grayson.

Q : Au cours de l'intervention, M. Grayson a-t-il pleuré ou exprimé une émotion quelconque ?

R : Non, il faisait de drôles de bruits, mais je n'ai vu aucune larme.

Q : L'inspecteur Mendez a-t-il fait sortir M. Grayson de la maison ?

R : Je ne sais pas.

Q : Vous ne savez pas ? Pourquoi ?

R : Parce que j'étais blessé au visage.

Q : Comment avez-vous été blessé ?

R : M. Grayson m'a frappé.

Q : Avec son poing ?

R : Non. L'inspecteur Mendez a voulu prendre M. Grayson par le bras, pour l'écarter du corps de sa femme, et il a voulu se dégager. J'ai cru l'entendre dire quelque chose comme : « Allez vous faire foutre. »

Q : À l'inspecteur Mendez ? Qui lui demandait de s'éloigner du corps inerte de sa femme ?

R : Oui.

Q : Ensuite, que s'est-il passé ?

R : En se dégageant, il a levé le bras vers l'arrière et son coude m'a cassé le nez.

Q : Était-ce intentionnel ?

R : Il savait que j'étais derrière lui. Alors d'après vous ?

Q : Je suis désolée, officier Finnegan, mais il est de mon devoir de poser les questions, pas d'y répondre. J'ai besoin de savoir si vous considérez ce coup comme intentionnel.

R : Alors oui. Pour moi, il l'a fait exprès.

Lizzie

Mercredi 8 juillet

Je pris une profonde inspiration avant de sonner à la porte de la majestueuse *brownstone* de Sebe et Maude, sur la Première Rue, entre la Septième et la Huitième Avenue, non loin de la demeure de Zach, presque aussi imposante. Je m'efforçai de ne pas lever les yeux vers cet étage où il se passait tant de choses lors de ces fameuses soirées. Comment un couple marié pouvait-il survivre aux batifolages extraconjugaux de chaque partenaire ? Comment un couple marié pouvait-il survivre tout court ?

Je m'étais arrêtée au *Café du jour* après avoir quitté les locaux de Graine de Savoir, avec le carnet dérobé sur le bureau d'Amanda. Il s'agissait en effet de son journal le plus récent, dans lequel elle avait écrit tous les jours depuis leur arrivée à Park Slope. Elle y racontait la vie avec Case, combien elle se sentait seule depuis qu'il était en vacances, le nouveau rythme de course à pied auquel elle essayait de se tenir, les détails de la gestion de la fondation et ses discussions avec Carolyn. Mais, surtout, elle y tenait le registre d'incidents récurrents : quelqu'un l'appelait puis raccrochait, et la suivait dans la rue.

Dans ce que j'avais lu jusqu'à présent, Amanda n'identifiait pas cette personne. Mais elle avait peur, ça ne faisait aucun doute. C'était une piste en or massif pour le dossier de Zach, si seulement je pouvais avoir un nom. Heureusement, j'avais encore le temps. Un nouveau suspect – aussi solide que soit cette piste – ne me serait utile qu'au moment du procès.

Quand la porte s'ouvrit enfin, un homme à la beauté désarmante se tenait sur le seuil.

— Bonjour ? dit-il sur le ton d'une question en rejetant son épaisse chevelure noire d'un revers de la main, le regard pénétrant en attendant que je m'explique, puis il posa directement la question. Que puis-je pour vous ?

Il avait un accent. Français, comme l'avait souligné Sarah. C'était donc Sebe.

— Bonjour, je suis l'avocate de Zach Grayson, me présentai-je, m'attendant à un accueil glacial de plus. C'est moi qui vous ai appelés. Votre épouse m'a dit que je pouvais venir vous poser quelques questions.

— Bien sûr, entrez, m'invita-t-il, cordial. Quelle histoire tragique… Amanda était une femme adorable.

— Lizzie Kitsakis, me présentai-je en lui tendant la main une fois dans l'entrée.

— Sebastian Lagueux, mais tout le monde m'appelle Sebe. (Il serra vigoureusement ma main.) Venez, installons-nous dans le salon.

L'intérieur de la maison était aussi grandiose que l'extérieur, décoré de meubles en bois sombre poli et de tapis modernes aux couleurs vives. Elle avait été rénovée avec soin, mais conservait son charme d'antan, bien plus que la maison de Zach dont la décoration était plus moderne. Des œuvres d'art attiraient particulièrement le regard, dont une grande toile abstraite de rouge et de bleu, face à l'entrée, sur le mur du salon.

— C'est incroyable, dis-je.

Sebe eut un petit rire en me demandant :

— C'est Sarah qui vous a demandé de dire ça ?

— Traduction : c'est lui qui a peint ce tableau.

Je me tournai vers cette voix. C'était celle d'une femme aux cheveux rougeoyants qui tombaient en longues boucles, les pieds nus et l'air impudent. Elle portait une robe bohème portefeuille au décolleté plongeant, si fine qu'on voyait presque au travers. Elle reprit :

— Et Sebe n'est même pas peintre. Il est médecin. Médecin, peintre, fondateur d'une start-up et horticulteur amateur. Il a peint cette toile en une journée sur un coup de tête. Agaçant, non ?

Et elle paraissait effectivement agacée.

— Maude, je te présente l'avocate de Zach, dit Sebe.

— Ah oui, fit-elle en me tendant la main. Sarah m'a dit qu'il était en prison. Comment va-t-il ?

Elle parlait sur un ton radicalement différent de celui de Sarah. Réservée et inquiète, mais pas hostile pour un sou.

— Il est bouleversé par la mort d'Amanda, répondis-je par pure stratégie.

Au fond, ce n'était pas la première réponse qui me serait venue.

— Je voulais venir clarifier une chose, ajoutai-je. Zach a été arrêté pour avoir accidentellement frappé un agent de police. Et il semblerait qu'il finisse par être accusé du meurtre d'Amanda. C'est affreux d'être ainsi soupçonné d'un crime que l'on n'a pas commis, et pire encore d'être accusé à tort d'avoir tué sa propre femme. En prime, il est détenu à Rikers. Ce n'est pas une prison comme les autres.

Maude et Sebe échangèrent un regard inquiet.

— Rikers ? répéta le mari.

— Il existe peu de prisons prévues pour accueillir les prévenus en attente de leur procès et à qui on a refusé la liberté conditionnelle. Zach fait partie de ces malheureux, aussi ridicule que cela puisse paraître. La prison n'a jamais été une partie de plaisir, mais Rikers fait partie des pires établissements pénitentiaires. (Je pris soin de ne pas trop en dévoiler, mais la vérité pourrait les encourager à coopérer.) Il y a déjà été agressé à plusieurs reprises.

— Agressé ?

Maude semblait inquiète, mais sa posture semblait cacher autre chose. Comme si elle réprimait une autre réaction. Un cri perçant, par exemple.

— C'est affreux, murmura Sebe en prenant doucement la main de Maude.

Ils échangèrent un long regard qui avait des allures de conversation silencieuse. Je n'étais plus surprise de savoir leur couple capable de survivre à l'échangisme. Sarah avait raison : un lien exceptionnel les unissait.

— Je crois que j'ai besoin d'un bon whisky, ajouta-t-il. Mesdames ?

— Oui, je veux bien, répondit son épouse en se tournant vers moi. Et vous, Lizzie ? J'ai l'impression qu'un petit verre nous ferait du bien à tous.

Non, merci, fut ma réaction première. Ces derniers temps, tout ce qui avait trait à l'alcool me répugnait. Mais, après tout, pourquoi Sam serait-il le seul à pouvoir boire sur ses heures de travail ? Tout bien réfléchi, il me semblait que j'avais mérité un bon whisky. Et puis il se dégageait de Maude et Sebe cette étrange aura qui me donnait envie de leur dire : « Je ferai tout ce que vous voudrez. »

— Oui, merci, répondis-je. Bonne idée.

Maude parut satisfaite que je me joigne à eux. On se tourna toutes les deux vers Sebe, derrière le bar encastré dans le mur du fond. Était-ce ainsi que les choses se déroulaient à l'étage ? Le mari apportait les boissons et, au lieu de venir s'asseoir auprès de son épouse, il prenait place à côté de l'autre femme. Ou bien les époux se bécotaient en attendant de voir si l'autre femme se joindrait à eux. La scène se déroula dans ma tête. Je m'imaginais même à la place de cette autre femme.

La vérité, aussi indécente fût-elle, c'est que cela me rendait curieuse. Pas tant pour le sexe lui-même que pour la transgression de l'interdit. Pour faire du mal à Sam. J'avais déjà quelques secrets, bien sûr, mais ils ne rejaillissaient jamais sur notre couple. L'image de la boucle d'oreille me revint, rangée dans la poche de son sac.

Comment avais-je pu être aussi bête pendant toutes ces années ?

Au bout de trois ans de relation, Sam m'avait demandée en mariage à La Nouvelle-Orléans où nous passions le week-end, genou à terre au beau milieu de Bourbon Street, devant un club de jazz. Nous habitions ensemble depuis un an à Brooklyn et nous consacrions toute notre énergie à nos carrières respectives. Nous travaillions dur, la fatigue s'en ressentait, mais c'était important pour nous. Sam m'aidait à me surpasser, et il me donnait l'impression d'être acceptée telle que j'étais. Avec lui, j'étais libre et choyée. Mais aussi parfaitement rassurée.

En le voyant ainsi, à genoux devant moi, je crus qu'il avait trébuché. Mais j'aperçus alors l'écrin dans ses mains. Les gens nous regardaient. Et j'en étais contente. C'était la preuve tant attendue. J'avais survécu et j'étais heureuse. Je voulais le montrer au monde entier.

— Lizzie, je te promets de m'efforcer chaque jour d'être celui que tu mérites. Veux-tu m'épouser ?

— Oui ! hurlai-je en prenant son visage en coupe pour l'embrasser. Oui.

Après avoir glissé l'alliance extravagante – un héritage familial qu'il avait récupéré depuis quelques années déjà – autour de mon doigt, il m'avait attirée dans le club de jazz pour y boire une coupe de champagne. C'est à la troisième tournée que je songeai à lever le pied. Mais Sam était stressé par son travail pour le *Times*, je pouvais difficilement lui en vouloir. Le niveau d'exigence y était éreintant, et il avait quelques faux pas à son actif. Ces postes à responsabilités n'étaient pas évidents, j'en savais quelque chose. Je venais de terminer un stage au Southern District avant d'en entamer un nouveau au deuxième département de la cour d'appel ; ensuite, direction le bureau du procureur fédéral. Ma route était toute tracée, je gravissais les échelons abrupts d'une échelle aussi prestigieuse que terrifiante. Bref, on fêtait l'événement. Nous étions fiancés.

— Est-ce que tu aurais imaginé, le soir de notre rencontre, qu'on finirait par se marier ? lui glissai-je quand il nous commanda une autre tournée pendant qu'un groupe de jazz installait son matériel.

Ce bar était enfumé, plein à craquer, la perfection incarnée. Et j'allais me marier. Après toutes ces années, j'allais enfin me reconstruire une famille.

— Dieu seul le sait ! s'était amusé Sam en riant un peu trop fort avant de boire une gorgée de sa nouvelle coupe.

— Ce n'est pas vraiment la réponse romantique que j'attendais, plaisantai-je, bien que la pique fût douloureuse, car c'était le problème de ces moments symboliques : on mettait toujours la barre trop haut. En tout cas, repris-je, moi je l'ai su dès que je t'ai vu. Peut-être que je me faisais des films

— Mais non, ce n'est pas ce que je voulais dire, rétorqua Sam d'un ton léger, naïf, déjà ivre. Évidemment que j'étais fou amoureux. Ça ne fait aucun doute. Mais je ne me souviens plus de tous les détails de la conversation. La soirée était longue et alcoolisée. De toute façon, on s'en fiche : aujourd'hui, tu es à moi.

Je ris parce que c'était ce qui me plaisait dans notre couple : contrairement à d'autres, nous ne faisions pas semblant d'être parfaits. Nous assumions nos défauts. L'honnêteté était autrement plus savoureuse que la perfection.

Maude venait de me parler.

— Pardon ? demandai-je.

— Qu'est-ce qui leur fait croire que Zach est coupable du meurtre ? demanda-t-elle visiblement pour la seconde fois.

— Ils ont trouvé son club de golf sur les lieux du crime, répondis-je. C'est lui qui a découvert Amanda, c'était leur maison, c'est lui, le mari, bref, une conclusion hâtive. Et puis, comme ils revenaient de votre soirée…

— Notre soirée ? me coupa Maude, un brin nerveuse. Je ne vois pas le rapport.

— Je sais que vous… (J'hésitai. Et moi qui voulais maintenir un ton léger, c'était raté.) La police a évoqué une soirée libertine. Il semblerait que cela ait posé quelques problèmes par le passé.

— Ah, je vous jure…, soupira Sebe. Nous avons une voisine pénible qui appelle la police à la moindre occasion. C'est une vieille chouette aigrie et raciste, à n'en pas douter. Si Maude et moi étions tous les deux blancs, elle n'aurait pas envisagé de déranger la police pour si peu. L'année dernière, une patrouille a embarqué deux pères qui en venaient aux poings pour une histoire de football. Si personne n'avait prévenu les autorités, ça n'aurait pas pris de telles proportions.

— Je sais ce que vous pensez de ce qui se passe « à l'étage », intervint Maude, plus sérieuse. Mais il n'y a rien de mal à ça. Seuls quelques convives y participent et ils restent très discrets.

Le téléphone de Sebe sonna.

— Pardonnez-moi, c'est l'hôpital, dit-il. Je dois décrocher.

— Je vous en prie, lui répondis-je.

Comme il quittait la pièce, je me tournai vers Maude.

— La police vous a-t-elle déjà interrogés ?

— Non, pas encore. Ils doivent passer demain matin.

— Ils ne sont pas venus du tout ?

— Pourquoi, ils auraient dû ?

Elle semblait de nouveau nerveuse.

— C'est ici qu'Amanda a été vue pour la dernière fois. J'aurais pensé qu'ils demanderaient au moins la liste des invités, ce genre de chose.

Leurs soupçons étaient-ils verrouillés au point de ne même pas se donner la peine d'interroger des témoins ?

— Sarah leur a peut-être donné la liste. Je sais qu'ils sont allés la voir. (Une pause.) Je suis désolée que Zach ait été agressé en prison. S'il lui arrivait quelque chose de grave, ce serait terrible... Pauvre Case.

Je saisis l'occasion pour faire monter les enchères.

— Oui, Rikers a le don de transformer une fausse accusation en peine de mort.

— La peine de mort ? blêmit Maude. Mais qu'arriverait-il à Case ?

La culpabilité me noua l'estomac. J'exagérais un peu, mais la vérité n'était pas très loin. Zach avait subi des violences.

— Je ne dis pas que c'est ce qui arrivera, repris-je. Mais c'est une possibilité. Voilà pourquoi je mets tout en œuvre pour lui obtenir une remise en liberté. J'espère que Zach sera acquitté, une fois passé devant un vrai tribunal.

— Que pouvons-nous faire pour l'aider ?

— Lui avez-vous adressé la parole au cours de votre soirée ? À Zach ou à Amanda ?

Elle opina du chef.

— Seulement à Amanda, et très brièvement.

— Comment était-elle ?

— Charmante, comme d'habitude. Elle essayait de me rassurer pour ma fille, qui a... quelques problèmes. Amanda a toujours été une amie à l'écoute. (Marquant un silence, elle contempla son verre de whisky.) Écoutez, je sais que

Zach ne l'a pas tuée. (Elle hésita.) Parce que… j'étais avec lui quand elle est morte.

— Je vous demande pardon ?

Elle ferma les yeux, les mâchoires serrées.

— Zach et moi étions ensemble quand Amanda a été tuée.

— Vous voulez dire… ensemble ?

Lorsque Maude releva finalement le menton, son regard était glacial, presque en colère. Comme si elle dévoilait cette information sous la contrainte et non de son propre chef.

— Oui.

— Oh.

Mes joues s'empourprèrent. Pourquoi Zach ne m'avait-il rien dit ? Craignait-il l'image que cela renverrait de lui ? Si les créneaux horaires correspondaient, Maude était un alibi potentiel, ce qui pouvait changer la donne ! D'un autre côté, l'étiquette d'un mari infidèle jouait difficilement en faveur d'un suspect. Pour un procureur aguerri, c'était du pain bénit : « Voici un homme qui aime coucher avec d'autres femmes, notamment cette superbe Maude, pièce à conviction A. Mesdames et messieurs les jurés, c'est la raison pour laquelle il a tué son épouse. » Un jury pouvait se laisser convaincre, aussi sublime que soit Amanda. Mais un alibi était toujours bon à prendre.

Je déglutis.

— À quelle heure Zach est-il parti ?

— Il était tard, vers 2 heures du matin, peut-être, répondit sèchement Maude. Bref, vous pouvez dire à la police qu'on était ensemble.

Bien entendu, hormis les conséquences que risquait d'engendrer cette infidélité, je ne pourrais m'assurer que l'alibi était utile qu'en connaissant l'heure à laquelle Amanda était morte et celle à laquelle Zach avait appelé les secours. Une information qui ne me serait communiquée que lorsque le parquet aurait remis le rapport du légiste et l'historique des appels sortants. Il allait falloir être patient. Il nous restait du temps, Zach n'était pas encore officiellement inculpé pour le meurtre d'Amanda.

— C'est une information à la fois utile et fâcheuse, admis-je, peu friande du caractère approximatif que Maude donnait à sa version des faits. Mais il faut toujours être honnête lorsqu'on est interrogé par la police, pas vrai ?

— Oui, bien sûr, acquiesça-t-elle, de plus en plus agitée. Mon alibi permettra-t-il de classer l'affaire ? Si Zach n'était pas là au moment des faits, il est forcément innocent.

— Ce n'est pas aussi simple, rappelai-je, et j'en savais quelque chose. Votre alibi est impossible à prouver et vous êtes une proche du prévenu.

— Vous voulez dire qu'ils ne me croiront pas ?

— Peut-être pas.

À dire vrai, je n'étais pas sûre moi-même de pouvoir la croire. Cette prétendue infidélité ne correspondait ni à la version de Zach ni à celle de Sarah. En outre, d'où venait cette colère palpable chez Maude ?

— Quelqu'un vous a-t-il vus ensemble ?

— Non. Enfin… je ne crois pas.

La fête battait-elle toujours son plein à 2 heures du matin ?

— Non, non. C'était déjà terminé.

Il y avait beaucoup de zones d'ombre dans sa version des faits.

— Mais Sebe était toujours là ?

— Oui, dit-elle avec un léger doute dans la voix.

— Dans ce cas, il peut confirmer votre alibi. Ç'aurait été plus simple si vous n'étiez pas mariés, mais…

— Eh oui, m'interrompit Maude avec un sourire crispé. Et on ne peut rien y faire.

— Amanda vous a-t-elle parlé de problèmes relationnels avec quiconque, avant la fête ?

— Non.

— Vous rappelez-vous des détails concernant son passé ? Ou sa famille ?

Je devais faire très attention à ne pas laisser fuiter d'informations trouvées dans ses journaux intimes, pas seulement pour préserver l'intimité de la victime, mais aussi pour ne pas laisser au procureur le plaisir de réquisitionner ces journaux. Il se débrouillerait pour prouver que le harceleur n'était pas le meurtrier et me priverait de tous les autres secrets que ces carnets pouvaient encore me révéler.

— Elle n'a pas eu une enfance heureuse, réfléchit Maude. Elle évitait généralement le sujet, mais elle a rapidement évoqué un lourd passif le soir de l'anniversaire de Kerry, le mari de Sarah.

— Connaissez-vous son amie Carolyn ? Je cherche un moyen de la contacter.

— J'en ai entendu parler, mais ne l'ai jamais rencontrée.

— Connaîtriez-vous son nom de famille ou son lieu de travail ?

— Non, dit Maude. Je suis désolée.

— Amanda a-t-elle évoqué un bouquet de fleurs envoyé par un anonyme ? Ou des coups de fil réguliers, ce genre de choses ?

Elle eut l'air inquiète.

— Non, pourquoi ? Ça lui est arrivé ?

— J'ai de bonnes raisons de croire que oui.

— Elle nous l'aurait dit, non ?

Je haussai les épaules.

— Parfois, on ne dit rien à personne pour pouvoir vivre comme si de rien n'était.

Cette suggestion m'était venue tout naturellement.

— Mais on était ses amies. On aurait pu l'aider. Quel que soit son problème. (Elle chassa une larme d'un revers de main.) Pardon, je ne dois pas craquer, ça ne vous aidera pas. Comme je vous le disais, ma fille… Entre Sophia et le meurtre d'Amanda, c'est une période difficile.

— Je ne vous retiens pas plus longtemps, dis-je en me relevant. Merci de m'avoir accordé de votre temps. Puis-je vous recontacter si j'ai d'autres questions ?

— Oui, bien sûr. Que va-t-il se passer, maintenant ?

— Ma priorité est de sortir Zach de Rikers. Pour y arriver, il me reste quelques formalités à régler. Ensuite, si Zach est effectivement inculpé pour meurtre, on mènera l'enquête et on recueillera des témoignages. C'est à ce moment-là que j'aurai besoin de vous.

— Vous pouvez compter sur nous. Puis-je me permettre une question ? Où en est l'enquête ? Comme c'est arrivé après notre soirée, je me sens un peu responsable. Surtout vis-à-vis de Case… Auriez-vous une carte de visite ?

— Bien sûr, dis-je en plongeant la main dans mon sac. (Les cartes n'y étaient pas, cette boucle d'oreille m'avait tellement troublée que je les avais laissées à la maison. J'espérai n'avoir rien oublié d'autre.) Je ne les ai pas sur moi. Mais vous pouvez m'appeler au numéro avec lequel je vous ai contactée. Si vous voulez, je vous enverrai mes coordonnées par texto, proposai-je en remarquant la méfiance qu'elle dégageait soudain, comme si elle doutait de ma véritable identité.

— Je veux bien, merci.

Je parcourus mon répertoire jusqu'à la mention volontairement évasive du « Nouveau bureau », créée lors de ma prise de poste chez Young & Crane, et envoyai à Maude l'adresse du cabinet et le numéro de ma ligne directe.

— Vous pouvez me contacter à toute heure, offris-je, mais je le regrettai en voyant à quel point Maude semblait rassurée d'avoir mes coordonnées. Merci pour votre coopération, ajoutai-je en me dirigeant vers la sortie.

Il était presque 16 heures lorsque je m'arrêtai chez le traiteur au coin de la Septième Avenue et de Flatbush, près de la bouche de métro de la ligne Q. Je parcourus rapidement les étals du *New York Post* et du *Daily News*, éternels baromètres des derniers scoops de notre ville. Un groupe de riches parents de Park Slope impliqués, une soirée libertine et une femme sublime assassinée, du pain bénit pour les journalistes. Tôt ou tard, on finirait par lire la « Tuerie des libertins » ou les « Pervers de Park Slope » en gros titres des journaux. Mais, aujourd'hui, on ne parlait que d'un scandale lié à une affaire de corruption : un chauffeur de transports en commun aurait touché des centaines de milliers de dollars en heures supplémentaires.

Je fus soudain prise de vertiges. La chaleur, le manque de sommeil, l'épuisement dû à la nuit dernière, l'excès d'émotions fortes, et je n'avais presque rien avalé aujourd'hui. Je m'appuyai sur le chambranle en entrant chez le traiteur.

Après avoir flâné au hasard dans les rayons, je rejoignis la caisse avec un Coca Light, un paquet de M&M's, des Tic-Tac et un paquet de ficelles de bonbon.

— J'espère que vous ne mangerez pas tout d'un coup, s'amusa le caissier en secouant la tête d'un air amical. L'excès de sucre nuit à la santé.

— Non, rassurez-vous, mentis-je, bien décidée à tout dévorer dès que je serais sortie de cette boutique.

Il me rendait ma monnaie quand mon regard se posa sur un étal de pochettes d'allumettes près de la caisse. De la marque *Enid's*. Je pris une boîte, le cœur battant.

— Où les avez-vous récupérées ? demandai-je.

Toute ma théorie sur Sam devenait caduque. Il n'était peut-être pas sorti boire hier après-midi. Ce traiteur se situait à une demi-heure de marche de notre appartement perché au quatrième étage d'un immeuble sans ascenseur. Et puis, Sam n'aimait pas venir au cœur du quartier de Park Slope – trop de banques et de cafés à cinq dollars –, je doutais qu'il soit venu spécifiquement ici pour acheter ses allumettes. Mais si ce traiteur en vendait, il devait y en avoir ailleurs. Si j'avais tiré des conclusions hâtives sur son alcoolisme et sur le bar *Enid's*, je pouvais également me tromper sur la boucle d'oreille. Et si mon mari n'était qu'un bon Samaritain, et qu'une boucle était accidentellement tombée dans son sac ? Pourquoi cette explication parfaitement plausible ne m'était-elle jamais venue à l'esprit ? Après tout, New York était une ville bondée. Qui sait quels autres scénarios possibles avaient pu m'échapper ?

— Récupéré quoi ? me demanda le caissier en me regardant par-dessus ses lunettes de lecture.

— Ces allumettes, dis-je en prenant un paquet. Ce bar est à Greenpoint, n'est-ce pas ?

— Fermé. Il y a vingt ans, ça tournait encore. (Il secoua la tête, dépité.) Mais, maintenant, les fournisseurs de cigarettes les distribuent gratuitement.

Témoignage devant le grand jury

Inspecteur Robert Mendez

témoin entendu le 7 juillet dont l'entretien s'est déroulé comme suit :

Audition

par maître Wallace :

Q : Bonjour, inspecteur Mendez.

R : Bonjour.

Q : Étiez-vous au 597 place Montgomery le soir du 2 juillet ?

R : Oui.

Q : Qu'avez-vous fait en arrivant sur les lieux ?

R : J'ai demandé à M. Grayson de m'accompagner dehors afin de laisser la police scientifique faire son travail. J'ai pensé qu'il serait plus à l'aise loin de la scène de crime. Il vaut mieux tenir les proches loin des victimes, dans ce genre d'affaire.

Q : Qu'entendez-vous par « ce genre d'affaire » ?

R : Je parle de l'état du cadav... du corps de l'épouse Grayson. Ses blessures n'étaient pas belles à voir. Il y avait beaucoup de sang.

Q : M. Grayson vous a-t-il accompagné dehors ?

R : Pas à ce moment-là.

Q : Pourquoi ?

R : Il a refusé.

Q : Pourquoi ?

R : Ce n'était pas clair.

Q : A-t-il dit qu'il ne voulait pas abandonner sa femme ?

R : Non. Il n'a pas parlé d'elle spécifiquement.

Q : Vous rappelez-vous ce qu'il a dit ?

R : Il était sur la défensive, il refusait de coopérer. Il n'avait d'ordre à recevoir de personne, répétait-il. Je crois qu'il a dit : « Je suis chez moi, putain. » Ce qui m'a paru étrange, vu les circonstances.

Q : Quelles circonstances ?

R : Eh bien, sa femme était morte. Sa remarque me paraissait à côté de la plaque.

Q : Pouvez-vous développer ?

R : Il avait l'air plus en colère que choqué.

Q : Vous a-t-il paru en colère dès votre arrivée ?

R : Oui.

Q : A-t-il paru triste ou éploré à un moment de la soirée ?

R : Non, du tout. Pas que je sache.

Q : Avez-vous vu du sang sur M. Grayson ? Sur ses vêtements, ses mains ? Ou ailleurs ?

R : Seulement sous la semelle de ses chaussures.

Q : Aurait-il pu faire un massage cardiaque à sa femme, ne serait-ce que la toucher, sans se mettre du sang partout ?

R : Ça me paraît improbable.

Q : Y avait-il le moindre indice laissant à penser qu'il avait tenté de ranimer sa femme ?

R : Pas que je sache.

Q : S'il était l'auteur du meurtre, aurait-il pu la tuer sans avoir de sang sur lui ?

R : Oui. Nous pensons qu'il s'est changé et s'est débarrassé de la précédente tenue avant notre arrivée sur les lieux.

Q : Avez-vous localisé la tenue en question ?

R : Pas encore. Il y a beaucoup de poubelles à Park Slope.

Q : Avez-vous questionné M. Grayson sur ses agissements à l'heure du meurtre de sa femme ?

R : Il a prétendu avoir trouvé son épouse en rentrant d'une promenade sur l'esplanade de Brooklyn.

Q : Cette réponse vous a-t-elle paru crédible ?

R : Non.

Q : Pourquoi ?

R : Je ne comprends pas comment on peut avoir envie de se balader à une heure pareille. L'esplanade est dans le quartier de Brooklyn Heights. C'est à quatre kilomètres de Park Slope.

Q : D'autres indices vous ont-ils poussé à croire que M. Grayson a assassiné sa femme ?

R : Bien sûr. La porte n'a pas été forcée et le club de golf retrouvé près du corps était le sien. Et puis, il n'avait pas l'air chagriné. Sa femme venait de mourir.

Q : Avez-vous finalement convaincu M. Grayson de vous accompagner à l'extérieur ?

R : Seulement après qu'il a frappé un policier au visage et été placé en état d'arrestation.

Amanda

Trois jours avant la fête

— Ah, la voilà. Amanda, attends ! lui cria Sarah en la voyant sortir de l'ascenseur – Sarah était penchée au-dessus de la réception et tenait le téléphone contre son oreille, visiblement agacée, puis elle appuya sur un bouton du combiné. Ouf, te voilà enfin ! Quelqu'un demande à te parler.

Amanda se pétrifia.

— Ah… Qui est-ce ? dit-elle banalement malgré la sueur froide qui lui coulait dans la nuque.

— Cet imbécile refuse de me donner son nom. On dirait qu'il a peur que je filtre tes appels. (Son regard s'éclaira de malice.) Je peux lui raccrocher au nez, si tu veux. J'en meurs d'envie.

— Non, non, ne raccroche pas.

Et si son père lui réclamait de l'argent en bonne et due forme ? C'était l'occasion ou jamais d'en finir avec cette histoire. C'était elle qui gérait toutes les factures de la maison, un chèque de plus ou de moins, Zach ne s'apercevrait de rien.

— Je prends l'appel dans mon bureau, dit-elle à Sarah qui fronça les sourcils.

— Je t'adore, Mandy, mais tu es vraiment trop gentille.

Mandy. C'était la première fois qu'elle l'appelait comme ça. Pour Amanda, le symbole était fort, il marquait la solidité de leur amitié. Hors de question de laisser son père gâcher tout ce qu'il y avait de beau dans sa vie.

Il fallait que ça cesse.

— Merci, Sarah ! lança-t-elle gaiement avant de disparaître dans son bureau, puis elle referma la porte derrière elle, prit une profonde inspiration et s'appuya sur son bureau avant de décrocher le combiné. Allô, ici Amanda Grayson.

— Bonjour, madame Grayson. Teddy Buckley à l'appareil.

Un homme jeune, trop jeune pour être son père.

— Madame Grayson ? Vous êtes toujours en ligne ?

— Oui, oui, je vous écoute.

Déjà, elle perdait de son assurance. Elle ne connaissait aucun Teddy Buckley.

— J'ai revu la comptabilité de Graine de Savoir en prévision de notre bilan financier et j'aimerais soulever plusieurs points avec vous.

— Quels points ? Qui êtes-vous ?

— Votre comptable, Teddy Buckley ? formula-t-il comme une question. Du cabinet Expert Cooper ?

— Ah oui ! Vous venez d'avoir Sarah au téléphone, c'est ma directrice adjointe. C'est elle qui gère notre budget.

— Madame Grayson, il faut que je vous parle personnellement, insista le comptable. C'est une affaire urgente. J'ai essayé de contacter votre mari, mais...

— Sarah, répéta Amanda. C'est elle votre interlocutrice.

— Non, je tiens à m'adresser à la directrice. Puis-je passer dans votre bureau demain matin à 8 heures ?

Rien ne l'obligeait à rencontrer ce comptable, quelle que soit l'urgence. Elle s'arma des trésors de diplomatie amassés au fil des années.

— Oui, j'en prends bonne note, demain 8 heures. Il me tarde.

Une formule qui sonnait souvent très bien, mais c'était peut-être un peu trop pour ce contexte.

— Bien, parfait, dit Teddy, un peu déboussolé. Dans ce cas, je vous dis à demain.

Sarah tomba à point nommé, ouvrant la porte du bureau à l'instant où Amanda raccrochait.

— Tout va bien ?

— Je ne sais pas trop. C'était le comptable. Il a insisté pour me parler, mais n'a pas dit pourquoi. Apparemment, il a besoin de me voir en personne.

— Ah. C'est bizarre, non ?

— Oui, un peu. Tu devrais peut-être assister à ce rendez-vous à ma place.

Le regard de Sarah pétilla.

— Je te débarrasse de lui volontiers... à une condition : que Zach et toi veniez tous les deux à l'anniversaire de Kerry ce soir.

Amanda sourit.

— On ne manquerait ça pour rien au monde. Il me tarde d'y être.

Cette fois, la formule tombait plus juste, et Sarah parut s'en satisfaire. Elle regarda sa montre avant de lancer :

— Je dois filer. Vous me libérez, patronne ? J'ai un gâteau à préparer et une maison à briquer de fond en comble. On se dit chez moi à 20 heures ? (Elle pointa deux doigts vers ses propres yeux, puis désigna ceux d'Amanda.) Et toi, tu as intérêt à venir avec ton homme !

Il fallut quarante minutes à Amanda pour trouver le cadeau idéal dans une boutique de vins et spiritueux. Kerry collectionnait les bonnes bouteilles, notamment de whisky, ce qui lui facilitait la tâche. Ce n'était pas comme avec Zach : après toutes ces années, elle ne savait toujours pas comment lui faire plaisir à coup sûr. La seule chose qui semblait le rendre heureux, c'était son travail.

En haut d'une étagère, elle repéra une bouteille de whisky de Cork particulièrement onéreuse. La famille de Kerry ne venait-elle pas justement de cette région écossaise ? N'en avait-il pas parlé un jour ? Elle étudia l'étiquette. Cette bouteille n'était pas donnée, et les cadeaux luxueux pouvaient parfois mettre les gens mal à l'aise. Un jour, elle avait offert un bracelet à une femme de son cours de tennis à Palo Alto. Elle s'appelait Pam et adorait le bleu, Amanda avait donc choisi un bijou de cette couleur sans regarder à la dépense, et Pam avait refusé car elle ne « pouvait pas accepter un tel cadeau ». Amanda ne l'avait plus jamais recroisée.

Mais, avec ce whisky, c'était différent. Il prouverait à Kerry toute la reconnaissance qu'elle lui vouait pour être venu l'aider, parfois pour des bagatelles – descendre le carton de son fils un dimanche soir – et parfois pour de grands actes héroïques – chasser le raton laveur que Case ne voulait pas voir mourir dans leur jardin au milieu des lilas fanés. Par cette bouteille de whisky, Amanda voulait à la fois le remercier et se faire pardonner de venir seule à son anniversaire. Mais bon, les absences systématiques de Zach laissaient généralement Kerry de marbre. Il n'avait jamais fait aucune remarque à ce sujet. Non, celle qui risquait de mal le prendre, c'était Sarah. Quant à Sebe, c'était sans doute le cadet de ses soucis. Ah, les hommes. Ils s'intéressaient rarement à ce genre de détails, encore moins si cela risquait de créer des remous. Pour eux, la vie était tellement plus facile.

Elle hésitait encore à acheter le whisky quand elle reçut un message de Sarah.

Je vais enfin rencontrer Zach !

Ses yeux se reposèrent sur la bouteille.

— Je prendrai celle-ci, s'il vous plaît, commanda-t-elle au vendeur qui la reluquait depuis qu'elle était entrée dans la boutique. Pourriez-vous l'emballer ? C'est un cadeau.

Krell Industries
Mémorandum confidentiel

Pièces relatives au dossier du client
dont l'avocat est tenu au secret professionnel

29 juin

À : Conseil d'administration de l'école Country Day de Brooklyn
De : Krell Industries
Objet : Compromission des données et incident informatique – rapport d'incident critique

MEP de Sujet Famille 0006 nous a contactés ce jour. L'Enquêteur Subalterne Assigné (ESA) chargé d'interroger MEP l'a trouvée « extrêmement agitée ». Elle réclamait des détails sur le contenu pornographique reçu dans sa messagerie accompagné de la demande de rançon. MEP a exigé que l'on retire ledit contenu de son ordinateur pour le placer sur bande magnétique. ESA a proposé de la mettre en contact avec des entreprises spécialisées pour ce type de manœuvre, Krell étant seulement habilité à évaluer les conséquences du piratage.

MEP de Sujet Famille 0006 soutenait que l'école Country Day et Krell avaient le devoir de mener les analyses nécessaires pour déterminer si le contenu pornographique a été importé par l'Auteur du Piratage (AP) dans l'ordinateur familial ou s'il s'y trouvait déjà auparavant. D'après nos recherches, rien ne prouve qu'AP a lui-même téléchargé les contenus pour les importer dans les ordinateurs des Sujets Familles. Il ne fait qu'exploiter les données déjà présentes dans les disques durs. Le contenu pornographique appartenait bien à un membre du Sujet Famille 0006. MEP en a été informée.

MEP a menacé l'école Country Day de poursuites judiciaires qui, justifiées ou non, risquent de porter atteinte à la réputation de l'école. Afin d'éviter ce genre de débordement, nous recommandons l'intervention de Krell pour mener les analyses réclamées sur l'ordinateur de Sujet Famille 0006.

Lizzie

Jeudi 9 juillet

Je me rendis au palais de justice de Brooklyn pour défendre Zach en appel et obtenir sa libération. En termes de prestige, cette salle n'arrivait pas à la cheville des tribunaux d'État de Manhattan, mais elle était située à l'étage supérieur aux audiences préliminaires, c'était déjà ça. Et elle était bien plus grande, ce qui rendait à mon dossier un peu de sa dignité.

Wendy Wallace ne semblait pas être arrivée, il n'y avait personne à la table du procureur et peu de monde dans la galerie. Je ne savais pas à quoi elle ressemblait, j'avais entamé quelques recherches sur elle, mais j'avais arrêté net quand j'étais tombée sur un article qui la qualifiait de « sanguinaire ». Parfois, il y a des choses qu'il vaut mieux ne pas savoir.

Paul n'était pas encore arrivé, lui non plus. Malgré l'information de dernière minute – cette audience avait été annoncée la veille au soir par le bureau des avocats –, Paul m'avait promis, avec toute son agaçante munificence, qu'il ferait le déplacement. Comme si j'avais besoin de lui. Or c'était faux. Si j'avais hésité à prendre le dossier de Zach, c'était uniquement par manque d'expérience. Pour défendre une affaire de meurtre aussi médiatisée et dont le procès se profilait dans un délai aussi serré, il fallait de la bouteille pour ne laisser passer aucun détail. En revanche, je venais aujourd'hui en appel pour défendre un argumentaire juridique pur et simple. J'étais dans mon élément : un plaidoyer constitué avec bon sens et clarté intellectuelle, un juge impartial et bien informé… J'avais tout l'arsenal nécessaire pour remporter n'importe quel argumentaire.

Alors pourquoi pas celui-ci ? Rien n'était gagné, mais je refusais de partir battue. Notre dossier tenait la route, nos positions étaient solides. Et puis, nous avions la justice de notre côté : Zach n'avait rien à faire à Rikers, pas pour violence sur un agent. Depuis que j'avais lu le dernier journal intime de sa femme où elle évoquait un harceleur, j'étais plus que jamais convaincue de l'innocence de mon client.

Je reprenais du poil de la bête et parvenais même à prendre un peu de recul sur Sam et cette stupide boucle d'oreille. J'avais tout de suite tiré les pires conclusions, je m'en rendais compte à présent. À force de devoir gérer ses bêtises, j'avais tendance à systématiquement envisager le pire, mais Sam n'était pas le seul fautif. Le poids de mon passé y était également pour beaucoup. Le fait de retrouver ces pochettes d'allumettes chez le traiteur m'avait permis de relativiser. Et puis, Sam s'était levé aux aurores ce matin, prouvant que tout n'était pas perdu.

— Quelle heure est-il ? m'étais-je inquiétée en le voyant debout avant moi, une fois n'est pas coutume.

— Presque 6 heures. Je vais courir.

— Courir ?

Sam était inscrit à un club de cross à la fac et avait terminé deux marathons avant l'âge de vingt-quatre ans. C'était en tout cas ce qu'il prétendait. Depuis notre rencontre, je n'avais jamais rencontré cet athlète caché en lui. Les seuls vestiges de cette époque étaient les autocollants qu'il rachetait chaque fois qu'il changeait d'ordinateur portable.

Au début, il courait pour faire plaisir à son père, une quête de reconnaissance illusoire puisque, pour lui plaire, il aurait fallu se mettre au football américain, au basket, au rugby, au hockey ou éventuellement au football. Les corps devaient se cogner. Je soupçonnais Sam d'être encore hanté par cette déception paternelle, car il s'était inscrit à un club de basket où il s'entraînait tous les jeudis depuis quelques mois. Il me racontait que les autres joueurs étaient tous de « vieux papas », mais il devait y avoir quelques échauffourées sur le terrain, car Sam en revenait toujours avec des hématomes.

— Ouais, courir, m'avait-il répondu ce matin en se détournant de la commode pour me regarder de ses yeux pétillants. Je vais tout arranger pour de bon, Lizzie. Je sais, ce n'est pas la première fois que je te le dis, mais cette fois, c'est la bonne. Je te le… (Une promesse aurait été trop risquée, il le savait.) Tu vas voir.

Je ne pouvais que lui rendre son regard lumineux et essayer de le croire de tout cœur. Comme si ma vie en dépendait.

— D'accord ? m'avait-il finalement demandé.

Je m'étais trompée pour les allumettes, pourquoi pas aussi pour cette boucle d'oreille ? À cet instant précis, j'avais choisi l'espoir, une fois de plus. J'avais choisi l'amour. Et le silence.

— D'accord.

— Bonjour.

Paul venait d'apparaître à côté de moi dans la salle d'audience. Il était plus élégant que jamais dans son costume bleu à carreaux taillé sur mesure. *Tiens, serait-il passé chez le coiffeur ?* Finalement, j'étais contente de le voir. Il dégageait toujours comme un air de victoire.

— Bonjour, lui répondis-je en sortant le dossier de mon sac, soudain mal à l'aise dans mon tailleur bon marché.

Il y eut de l'agitation derrière nous. Les portes de la salle s'ouvraient sur une femme aux cheveux d'argent. Elle portait un costume au pantalon caramel haute couture et des escarpins en peau de lézard dont les talons étaient fins comme des cure-dents. Deux jeunes avocats habillés de noir lui emboîtaient le pas. Quelques journalistes se précipitèrent à sa rencontre dans l'allée centrale, mais elle les congédia d'un geste, le sourire modeste. Son visage était étrangement lisse pour une femme de son âge, son allure était royale, son maquillage impeccable et sa manucure discrète, mais sans défaut. Ses yeux furetèrent au travers de la salle comme ceux d'une chef de guerre encline aux attaques surprises.

Je cachai mes ongles rongés sous mon dossier.

J'avais bien fait de ne pas chercher de photo de Wendy Wallace sur Internet. Pourtant, cette aura intimidante m'était familière.

— Tout est calculé, dit mollement Paul.

— Quoi donc ?

— Tout. Ses talons aiguille acérés et bruyants. Elle aime en imposer.

Il délivrait cette observation avec un mélange de mépris et d'admiration. De toute évidence, leurs chemins s'étaient déjà croisés.

— Restez indifférente. Ça va la rendre folle.

Je me tournai vers Paul. Il était installé à notre table, les coudes posés sur les accoudoirs de son siège, les mains jointes du bout des doigts. Il regardait droit devant lui, présentant une parfaite neutralité.

Soudain, ça me revint. La photo derrière son bureau. Wendy Wallace était sa première femme. Celle qui le rendait toujours aussi nostalgique après des années de divorce. Je fermai les yeux, pressant mes paumes sur la table. Il avait dû se douter qu'elle serait notre adversaire pour ce dossier. En même temps, ce n'était pas difficile : un homicide à Brooklyn. Pour l'adjointe en lice dans la course au poste de procureur, l'occasion était trop belle. Paul devait tout connaître des ambitions de son ex-femme.

— Vous auriez pu me prévenir de votre passif avec le camp adverse, grinçai-je.

— Je n'étais pas encore sûr qu'ils désigneraient Wendy. (Il marqua une pause, je crus qu'il allait s'excuser.) C'est vous qui m'avez demandé mon aide, que je sache. Cette femme m'a volé tout ce que je possédais après le divorce, et elle a le culot de refuser de m'adresser la parole, c'est un comble. (Il me regarda comme s'il attendait à ce que je prenne son parti. Puis il se fit maussade.) Bref, je connais personnellement la représentante du procureur, cela peut jouer en notre faveur.

— Au contraire, si elle vous déteste, votre intimité risque de nous porter préjudice.

— Qu'entendez-vous par « détester » ? me défia-t-il.

Je baissai la tête, peinant à masquer ma fureur.

— Écoutez. Zach s'est fait agresser plus d'une fois à Rikers. Ce n'est pas un jeu. Il pourrait y laisser sa peau.

— Dans ce cas, espérons que nous gagnerons cette audience, dit Paul avec détachement.

Puis il chaussa ses lunettes à monture noire et feuilleta le dossier qu'il n'avait visiblement jamais consulté.

— À propos, ajouta-t-il, j'espère que vous avez une preuve que le mandat a été classé ?

Voilà qu'il retrouvait toute sa rigueur militaire. J'opinai du chef d'un air absent.

— Pièce à conviction C.

— Pour vagabondage ? s'étonna Paul en étudiant la pièce.

— Oui, lâchai-je sèchement.

— Quel genre d'étudiant en droit refuse de débarrasser le plancher quand les policiers le somment de le faire ? S'il avait refusé d'obtempérer pour discrimination raciale, je ne dis pas. Mais ce blanc-bec n'avait aucune excuse. Alors quoi, c'était juste un petit con ?

— Je ne sais pas, marmonnai-je, agacée par les éclairs de génie de mon employeur, aussi justifiés soient-ils.

— Ça me rappelle cet associé dont j'ai dû me débarrasser, dit-il encore sombrement en parcourant le dossier. Il se pointait devant la maison de nos assistantes juridiques quand elles rentraient de leurs courses, soi-disant pour les aider à porter leurs sacs. Quand on l'a accusé de harcèlement, vous savez ce qu'il a répondu ?

— Non.

Je ne me fatiguais plus à cacher mon agacement.

— « Parfois, il faut montrer aux gens ce dont ils ont besoin. » (Il secoua la tête.) Encore un rebelle narcissique. Ces petits cons se croient au-dessus des lois.

— Très utile, merci. « Tout le monde est capable du pire », je sais. Mais je vous rappelle que vous êtes assis à la table de la défense. Si vous voulez soutenir le réquisitoire de Wendy Wallace, je vous en prie, c'est par là-bas.

Paul était furieux, mais, par chance, la juge choisit cet instant pour faire son entrée et le priver d'une occasion de me remettre à ma place.

— Levez-vous ! gronda un greffier patibulaire. Mme Reggie Yu présidera cette audience !

L'écho d'un grand froissement synchrone me fit prendre conscience du monde qui avait rempli les bancs de l'assistance. En regardant par-dessus mon épaule, je reconnus quelques journalistes d'investigation croisés au fil de ma carrière au bureau du procureur fédéral. La presse était venue en force, sans doute à la demande de Wendy Wallace.

La juge Yu était une petite dame autoritaire aux cheveux noirs coupés au carré. Elle était plus âgée que moi, mais plus jeune que Paul et Wendy. Cinquante-deux ans pour être exacte, je m'étais renseignée. Et, généralement, la défense avait ses faveurs. Pourvu que ce soit encore le cas aujourd'hui.

— Affaire n° 45 362 opposant l'État à Zach Grayson, appela l'officier de justice.

— J'ai lu le dossier, dit la juge Yu sans détour. La défense, je vous écoute.

— Madame la présidente, l'accusé est un homme d'affaires accompli, père et membre respecté de la communauté de Brooklyn, commençai-je, calme et assurée. Son casier est vierge de tout crime à l'exception de ces violences sur un agent dans l'exercice de ses fonctions. Il s'agit d'un accident survenu alors qu'il venait de découvrir le corps inerte de sa femme, il était sous le choc. Mon client est actuellement détenu sans conditionnelle à la prison de Rikers Island, où il est régulièrement victime d'agressions.

La juge Yu me lança un regard glaçant au travers de ses grosses lunettes rouges.

— Hum, hum, ponctua-t-elle. Dois-je en déduire que vous me réclamez un recours contre la décision du juge d'instruction ?

Une réaction à laquelle je m'étais préparée. Que le juge d'instruction ait abusé de son pouvoir ou non, c'était la procédure habituelle.

— Nous demandons simplement une étude en règle de l'éligibilité de mon client à la liberté conditionnelle. Lors de sa première comparution, la seule question valable était de savoir si mon client présentait ou non un risque de fuite pour le délit qui lui était imputé, à savoir des violences sur un agent. Je ne m'étendrai pas sur l'absence révoltante de preuves à charge, mais plutôt sur les photographies hautement préjudiciables d'une violente scène d'homicide qui ont été présentées au juge. Sa décision a été influencée de manière indécente, madame la présidente.

— Mais de quel homicide parlez-vous ? demanda la juge Yu qui perdait patience.

— Amanda Grayson, l'épouse de mon client, est décédée à son domicile des suites d'un prétendu traumatisme crânien…

Ce fut plus fort qu'elle, Wendy Wallace pouffa :

— Prétendu ? Elle avait le crâne enfoncé, madame la présidente, sauvagement battue à mort avec un club de golf. L'accusé est propriétaire de l'arme du crime, propriétaire du lieu du crime, c'est lui qui a découvert le corps, et ils rentraient tous les deux d'une soirée libertine bien arrosée.

— Objection ! m'exclamai-je.

À quoi bon ? C'était seulement un appel sans jury, pas un véritable procès. Intérieurement, j'étais en effervescence. Wendy Wallace avait préparé une explication pour chaque preuve compromettante que je venais aujourd'hui contester, excepté pour les photos des lieux du crime.

— Pouvez-vous m'expliquer ce vieux mandat non exécuté ? demanda à présent la juge Yu, avant d'appeler le greffier pour lire les documents. En avril 2007, amende pour vagabondage ? La cour s'est renseignée, mais ne trouve aucun dossier dans les registres.

Je comprenais sa circonspection. Un juge ne pouvait pas prendre le risque de fermer les yeux sur un mandat non exécuté, surtout dans une affaire liée à un homicide. Bien que l'amende n'ait pas été liée à un quelconque assassinat en 2007, c'était une épée de Damoclès suspendue au-dessus de la tête de Zach.

— Il s'agit d'une amende impayée pour vagabondage. Mon client était étudiant, il a simplement oublié de la payer. Mais cette affaire est classée, le mandat a été retiré.

— Pour vagabondage, répéta encore la juge Yu, décidément sceptique. Qu'entend-on par là, au juste ?

La juge avait raison, un tel comportement venant d'un étudiant en droit pouvait effectivement amener à s'interroger, aussi politisé soit-il. Paul avait posé la même question :

pourquoi Zach n'avait-il pas simplement obtempéré quand la police lui avait demandé de circuler ? Je regrettai de ne pas disposer d'autres informations, mais le bureau d'instruction compétent tardait à me répondre. Je n'avais pas d'autre choix que de me contenter du peu d'informations fournies par Zach.

— À l'époque, mon client s'insurgeait contre l'agressivité des nouvelles réformes municipales. Connaissez-vous la théorie de la vitre brisée ? plaidai-je avec énergie en espérant donner à mon argument plus de crédibilité que je ne lui en prêtais moi-même.

— La théorie de la vitre brisée ? s'amusa la juge. Votre client a de la chance d'être blanc. Sans quoi il serait probablement déjà mort.

Le voilà, son penchant pour la défense. Pendant une seconde, j'avais la juge Yu de notre côté, c'était le moment ou jamais.

— Madame la présidente. Le soir de son arrestation, mon client venait de découvrir sa femme morte chez lui. Il était sous le choc lorsqu'il a accidentellement frappé avec son coude le policier qui se trouvait derrière lui. Le plus solide des réquisitoires suffirait à peine à le reconnaître coupable de violence, et pourtant il est détenu à Rikers où il a déjà été agressé à trois reprises. C'est une grave erreur judiciaire, madame la présidente. Et qui pourrait lui coûter la vie.

— Effectivement, madame Wallace, cette peine me semble excessive au vu des circonstances, dit la juge en se tournant vers celle-ci. Et si je reconnais l'ingéniosité du procureur qui a montré ces photos en première instance, l'affaire de l'homicide – pour lequel le prévenu n'a pas encore été accusé – est, comme le rappelle la défense, à ce jour hors de propos.

Paul m'écrivit une note sur son calepin.

Renseigne-toi sur l'adjoint Lewis, présent sur les lieux du crime. Je parie qu'il n'était pas de garde ce soir-là.

Quel rapport? avais-je envie de lui répondre, mais le temps pressait. De toute façon, Zach et son avocat commis d'office avaient déjà évoqué cette incohérence. Je tentai donc :

— Par ailleurs, madame la présidente, l'accusation pour violence sur agent n'a été émise qu'à l'arrivée sur les lieux de l'adjoint Lewis, or il me semble qu'il n'était pas de garde, ce soir-là.

— Dans ce cas, que faisait-il sur les lieux ?

Malheureusement, c'était moi que la juge regardait.

— Je l'ignore, madame la présidente. Je me pose la même question. Mme Wallace ou un autre adjoint du parquet lui auraient-ils donné l'ordre de trouver n'importe quel motif d'arrestation ? Après tout, la famille de la victime est très médiatisée. (J'attendis une objection, mais Wendy se contenta de me lancer un regard meurtrier.) Dès l'arrivée de l'adjoint Lewis et de l'inspecteur Mendez, mon client a été volontairement malmené et poussé à la faute, d'où ce regrettable coup de coude. Le bureau du procureur cherchait un motif d'arrestation pour garder mon client à Rikers en attendant de boucler la procédure d'enquête pour meurtre. Un tel abus d'autorité est inadmissible.

La juge Yu se tourna enfin vers la magistrate.

— Madame Wallace, expliquez-moi la présence de l'adjoint… (elle consulta ses notes) Lewis.

— Il n'y a rien de plus à dire, madame la présidente. La présence d'un représentant du parquet est normale sur une scène de crime. Il a fait son travail. Peut-être que l'adjoint de garde ce soir-là était malade ou en rendez-vous amoureux, Lewis l'aura alors remplacé. Aux dernières nouvelles, le parquet n'est pas tenu de fournir à la défense le planning de ses employés. (La procureure foudroya Paul du regard.) Tout ce débat est stérile, ajouta-t-elle d'une voix traînante en s'approchant de la barre, un document à la main. Voici l'acte d'accusation du grand jury à l'encontre de Zach Grayson pour le meurtre au premier degré de son épouse Amanda Grayson.

Je m'y étais préparée. J'intervins :

— Madame la présidente, la défense émet une objection contre la modification du chef d'accusation. Le prévenu n'a pas encore eu l'occasion de témoigner. Cette violation de l'article 190.50 peut entraîner l'annulation des poursuites à son encontre.

Effectivement, priver un accusé de son droit de témoigner avant la délibération du grand jury constituait une grave entorse au code pénal, et tout cela pour modifier l'acte d'accusation alors qu'il n'avait aucune chance de se défendre, c'était de la pire bassesse. Je manquais peut-être d'expérience en criminelle mais j'avais bien appris la leçon. Hélas, j'étais également prête pour le réquisitoire de Wendy Wallace, qui, je le savais d'avance, l'emporterait sur mes maigres arguments.

— Attendez une minute, m'apostropha-t-elle. Vous voulez dire que votre client souhaite témoigner ? Si c'est le cas, nous serions ravis d'annuler l'accusation pour pouvoir l'entendre.

La bombe était lancée. Évidemment, Zach n'allait pas vouloir témoigner. Le grand jury ne devait surtout pas interroger l'accusé, ce serait du suicide, même s'il était innocent. L'interrogatoire du grand jury consistait à soumettre les témoins à une longue liste de questions biaisées sans la présence du moindre juge habilité. Ce qui donnait de longs pavés de texte dans lequel le parquet n'avait plus qu'à piocher pour discréditer l'accusé. Non, hors de question d'y soumettre Zach. Mais j'avais bien fait de soulever la question. Les procureurs commettaient tous des erreurs, y compris les plus chevronnés comme Wendy Wallace.

— Bonne question. Votre client désire-t-il témoigner ? me demanda la juge Yu.

Elle aussi savait comment cette conversation se terminerait. Nous le savions tous. Le code ne serait vraiment violé que si Zach exprimait le désir de témoigner.

— Non, madame la présidente.

— Dans ce cas, le nouveau chef d'accusation est valable, trancha la juge avec un regard noir pour la partie civile. Madame Wallace, vos méthodes sont douteuses, une fois de plus. Je vous accuse d'outrage.

Je sautai sur l'occasion :

— Madame la présidente, comment mon client peut-il être accusé de meurtre au premier degré ?

La préméditation ainsi sous-entendue entrait en contradiction avec la théorie du crime passionnel que venait d'évoquer Wendy Wallace. Elle pouvait développer toutes les théories qu'elle voulait, mais, de mon côté, je devais profiter du soutien de la juge pour opposer une objection à chacun de ses arguments. C'était le seul moyen de découvrir ce que savait Wendy et que j'ignorais encore.

— Comme le sait la défense, nous pourrons sans problème ajuster le chef d'accusation ultérieurement pour le changer en meurtre au second degré ou autre moindre crime, répondit Wendy Wallace en regagnant nonchalamment son fauteuil. (« Nous accréditerons une version des faits jusqu'au moment où l'on décidera finalement que telle autre version prévaut », telle était la gymnastique mentale autorisée par notre système judiciaire.) Par ailleurs, nous ne sommes pas obligés à ce stade de la procédure de communiquer à la défense l'avancée du témoignage du grand jury.

— Mais vous avez l'obligation de communiquer lesdits documents à la juge, nuança brutalement la présidente Yu, qui n'aimait pas plus que moi faire l'objet de pression de la part du parquet – mais elle avait le pouvoir de réagir, contrairement à moi. Compte tenu de vos agissements passés sur ce dossier, je considère que la défense mérite amplement d'être tenue au courant de vos théories.

Mais Wendy Wallace ne parut pas s'en agacer. Son réquisitoire devait être encore plus solide que je ne le pensais.

— Très bien. Nous avons reçu un rapport d'analyses préliminaires confirmant la présence des empreintes de l'accusé et du sang de la victime sur l'arme du crime. Nous avons également la preuve qu'Amanda Grayson avait une liaison extraconjugale, ce qui offre un mobile supplémentaire à l'accusé pour avoir tué sa femme.

— Madame la présidente, le parquet ne dispose d'aucune preuve concrète d'une quelconque liaison, protestai-je en espérant pousser Wendy à donner un nom.

Si une liaison pouvait effectivement constituer un mobile de meurtre, elle m'offrait également une piste vers un nouveau suspect potentiel : l'amant d'Amanda. Et si cet amant n'était autre que l'homme qui la harcelait ?

— Des témoins ont vu Amanda Grayson monter « à l'étage » en bonne compagnie lors de la soirée libertine à laquelle le couple a participé juste avant sa mort. De plus, comme le sait la défense, la préméditation ne dure pas nécessairement des semaines. Quelques heures, voire quelques minutes suffisent.

Effectivement, Wendy marquait un point. Mais elle devait également connaître le nom de la personne avec qui Amanda était montée à l'étage, et il devait exister une bonne raison pour qu'elle n'en fasse pas mention. Peut-être cette information fragilisait-elle son réquisitoire.

— De plus, poursuivit-elle, l'accusé refuse de dire ce qu'il faisait au moment du meurtre. Nous avons donc un mobile, une possible présence sur les lieux et une preuve physique qui relient le prévenu au crime – le tout en adéquation avec une accusation de meurtre au premier degré. Peut-être pourrait-il nous expliquer où il se trouvait au moment des faits ? Cela éclaircirait l'affaire.

Zach prétendait se promener sur l'esplanade de Brooklyn Heights. Maude était un bien meilleur alibi, malgré les complications que cela pouvait engendrer. Mais je n'avais pas encore eu le temps d'en parler avec lui directement. Et puis, Wendy Wallace cherchait à m'appâter, et je n'avais pas l'intention de mordre à l'hameçon. Était-elle au courant pour Maude et attendait-elle que j'en parle ? Quel serait l'intérêt ? Ça ne m'aiderait pas à obtenir la remise en liberté de Zach : les alibis permettaient de définir si un accusé était coupable ou non, pas s'il était susceptible de fuir avant son procès.

Ce qui valait également pour le harceleur d'Amanda. Je pouvais aborder le sujet maintenant et espérer que l'émergence d'un nouveau suspect m'attire les bonnes grâces de la juge Yu, mais ça n'était pas pertinent pour ma requête de remise en liberté. Le parquet avait obtenu son accusation pour meurtre, il était trop tard pour revenir là-dessus. Je devais à présent me concentrer sur le sujet qui nous intéressait aujourd'hui.

— Madame la présidente, pouvons-nous revenir à la remise en liberté ? réclamai-je, bien décidée à exploiter ma dernière carte à jouer. La décision de placer mon client sous mandat de dépôt à Rikers est une erreur due à une faute imputable au parquet.

— Une faute ? s'esclaffa Wendy, convaincue d'être intouchable. C'est absurde !

— Le procureur a volontairement présenté les photos de la scène du crime, or ça n'avait pas lieu d'être au cours d'une première comparution pour violences sur agent. Je fais appel de la décision du juge, car la procureure a depuis modifié le chef d'accusation.

Du coin de l'œil, je surpris le hochement de tête approbateur de Paul. Mon plaidoyer était solide, j'avais bien travaillé.

La juge Yu prit une inspiration agacée, puis feuilleta de nouveau le dossier qu'elle connaissait visiblement sur le bout des doigts.

— De toute évidence, les méthodes de la partie civile laissent à désirer. Il me paraît évident que M. Grayson a été incarcéré sans raison suffisante. J'émets également de grosses réserves quant aux circonstances qui ont conduit à son arrestation. (Elle lança un bref regard à Wendy Wallace.) Cependant, je ne peux pas empêcher l'État de modifier en toute légalité le chef d'accusation. Voici ce que nous allons faire. Reprenons tout depuis le début, ici, dans cette salle. J'écoute vos arguments pour la remise en liberté, en sachant qu'il s'agit désormais d'un meurtre au premier degré.

La juge Yu se montrait clémente, elle me laissait une chance.

— Madame la présidente, Zach Grayson est père d'un jeune garçon, il est à la tête de son entreprise et parfaitement intégré à sa communauté. Son casier est vierge et rien ne permet de penser qu'il cherchera à prendre la fuite avant son procès. Je ne vois aucune légitimité à lui refuser une libération selon des conditions raisonnables.

C'étaient là mes arguments de principe les plus clairs et concis. Malheureusement, ce ne serait pas suffisant.

— Et qu'entendez-vous par « conditions raisonnables » dans le cas d'un multimillionnaire tel que votre client ? intervint Wendy. Devant quel montant faramineux de caution reculerait-il ? Madame la présidente, le fils de Zach Grayson ne réside même pas chez lui actuellement. Il a déjà été envoyé en Californie où M. Grayson pourrait aisément le récupérer avant de disparaître à l'étranger pour se soustraire à son procès. Il y a deux semaines, M. Grayson a demandé à son assistante de se renseigner sur les vols pour le Brésil.

Le Brésil ? Mais bordel, Zach !

— Madame la présidente ! lançai-je. Je suis certaine que M. Grayson sera prêt à céder son passeport si besoin. En outre, son fils Case était déjà parti en camp de vacances bien avant la mort de sa mère. Il n'a pas été « envoyé » en Californie *après* les faits. Quant aux renseignements sur des vols internationaux, il faut savoir que M. Grayson voyage beaucoup dans le cadre de son travail.

— Justement, puisque vous abordez le sujet, M. Grayson gagne assez bien sa vie pour se payer un jet privé et un faux passeport plus vrai que nature. Et il aurait tort de s'en priver, lui qui risque la perpétuité pour avoir assassiné sa femme, argumenta mon adversaire avec aplomb. Il peut s'enfuir. Quant au mandat, qu'il ait été classé ou non, il nous apprend une chose sur Zach Grayson : cet homme se croit au-dessus des lois.

La juge Yu observa un silence de réflexion.

— Madame Wallace, je n'approuve pas votre façon de contourner les procédures habituelles dans cette affaire. (Elle leva une main pour l'empêcher de protester.) Mais l'accès à d'importants fonds et la présence du fils à l'autre bout du pays posent effectivement un problème.

— Madame la présidente, si le fils de mon client était rapatrié à New York, nous n'aurions aucun endroit où le placer. Mon client et son épouse venaient seulement d'emménager dans la région. M. Grayson n'a pas à être pénalisé pour avoir pris la meilleure décision pour son fils.

Une décision qui, dans l'immédiat, consiste à le confier à des amis de la famille en Californie.

Une famille d'accueil. Voilà où serait placé Case s'il était rapatrié. C'était également ce qui lui arriverait si Zach était reconnu coupable – à moins que les parents d'Ashe ne soient prêts à prendre soin de Case de façon permanente.

— Je comprends. Mais cela ajoute un problème de plus à une liste déjà longue, insista la juge.

Puis elle hocha la tête avec résolution et se tourna vers le greffier.

— Je vous prie de bien noter que Zach Grayson, pour sa défense, est en détention provisoire depuis l'ouverture du dossier. Toutefois, je déclare qu'il y restera jusqu'à la date de son procès.

Sur ce, la présidente Yu abattit son marteau, se leva et se retira dans ses quartiers.

— Il ne pouvait en être autrement, me glissa Paul en regardant partir la juge. Vous vous êtes bien défendue avec les éléments dont vous disposiez.

Wendy s'approcha nonchalamment, effleura notre table du bout des doigts, puis tourna la tête vers Paul, le regard assassin. Ce dernier afficha un détachement étonnant. Il ne cilla pas.

— Je t'emmerde, Paul.

— Moi aussi, je suis content de te voir, Wendy.

Là-dessus, elle pivota sur ses escarpins et quitta la salle d'audience au claquement de ses talons aiguilles.

— Elle couche avec l'adjoint Lewis depuis des mois, lâcha Paul entre ses mâchoires serrées. Ce type est un crétin. Il a vingt-cinq ans de moins qu'elle. Wendy se sert de lui, c'est son éclaireur. Je vous parie qu'elle était de garde et qu'ils étaient ensemble au lit quand ils l'ont appelée. Elle a dû envoyer Lewis à sa place pour voir si l'affaire méritait le déplacement. Elle a toujours été stratège dans ses choix, même pour ses plans cul. (Il se leva.) Et elle se doutait que je vous parlerais de Lewis avant l'audience.

— Et maintenant, qu'est-ce qu'on fait ? demandai-je en fourrant le dossier dans mon sac.

— Je vais vous dire : Wendy est douée pour raconter des histoires. C'est sa marque de fabrique. Son réquisitoire manquera de faits solides, mais elle les rendra clinquants, elle aura toute l'attention du jury qui sera cloué sur place. Vous aurez besoin d'une histoire, vous aussi. Et qu'elle soit en béton.

Je hochai la tête.

— Vous avez eu ce que vous vouliez en venant ici ?

Paul fronça les sourcils.

— Elle finira sans doute par m'appeler. La vraie question, c'est : vais-je décrocher ?

— Et ?

Il me décocha un sourire narquois.

— D'après vous ?

Je repartis du tribunal de Brooklyn à pied. Je traversai ce quartier animé et chaotique pour rejoindre la zone arborée qui entourait la majestueuse cour suprême de Kings County. Je m'assis sur un banc sur le côté du bâtiment, à l'écart du peuple qui s'affairait dans la rue à l'heure de pointe pour le déjeuner. Malgré le soleil agressif de ce mois de juillet, il faisait étonnamment doux à l'ombre.

Se préparer pour le procès. Voilà ma prochaine étape. Et, aussi énervant soit-il, Paul n'avait pas tort : si on voulait avoir une chance de l'emporter, il fallait trouver une histoire bien plus convaincante. La théorie de la partie civile – un couple avec du plomb dans l'aile, un mari autoritaire, une soirée libertine qui se terminait mal – rassemblait assez d'éléments croustillants pour faire le bonheur d'un jury avide de détails croustillants. J'allais devoir faire aussi bien pour attirer leur attention. Mieux, même. Et l'idéal serait un autre suspect à leur mettre sous la dent. Le harceleur d'Amanda était mon meilleur candidat, à condition de parvenir à l'identifier. J'imaginais facilement quelqu'un issu de son passé houleux – son père, ou peut-être Christopher, voire Carolyn. Mais, pour le savoir, je devais terminer ma lecture de son dernier journal. Peut-être qu'elle y donnait un nom.

Mon téléphone sonna. Je m'attendais à Sam, mais espérais plutôt avoir Millie, bien qu'il fût encore trop tôt pour avoir les résultats du labo. Ce n'était ni l'un ni l'autre. Mon écran indiquait « Vic ». J'allais renvoyer l'appel vers mon répondeur, mais me ravisai au dernier moment. Parler à une amie me ferait du bien.

— Salut.

— Salut ! s'exclama Victoria, puis j'entendis qu'elle me mettait sur haut-parleur. Je n'en reviens pas, tu décroches enfin ! Comment se passe ta vie d'avocate ?

— Bizarrement, reconnus-je sans hésiter.

La chose la plus honnête que j'aie dite depuis des semaines.

— *Bizarrement* ?

Vic avait obtenu un poste d'associée au sein de l'un des plus prestigieux cabinets spécialisés dans la propriété intellectuelle à Los Angeles après six ans de carrière à peine, atteignant l'équilibre tant convoité entre la stabilité d'une grande boîte et la passion du métier.

— Ça pourrait être pire, reprit-elle. Tu aurais pu me répondre que c'était insoutenable.

J'avais expliqué à Vic quelques mois plus tôt que je devais quitter le bureau du procureur, car j'avais besoin d'argent pour payer des FIV ou une adoption. La vérité était trop difficile à assumer. Nous avions beau être des amies proches, l'alcoolisme de Sam était un secret inavouable.

— Dis-moi, tu te souviens de Zach Grayson ? lui demandai-je.

Elle gémit, l'air de réfléchir.

— Non. Pourquoi, je devrais ?

— C'était un copain de fac pendant ma première année de droit.

— Ah oui, l'homme au regard fuyant ? Un sacré numéro, ce gars-là.

— Voilà, c'est lui. Sa femme est morte, et la police le soupçonne de l'avoir battue à mort.

— Beurk. (Un bref silence.) Je suis sûre qu'il est coupable. Pas toi ?

J'éclatai de rire, ce fut plus fort que moi. Elle avait lâché sa bombe avec un tel détachement que c'en était drôle.

— C'est moi qui prends sa défense, lui annonçai-je une fois mon calme retrouvé.

— Quoi ! s'alarma Vic. Mais pourquoi ?

— C'est une longue histoire. Je me suis retrouvée plus ou moins forcée à accepter à cause de toi et de ton obsession de mettre à jour le répertoire des anciens élèves. Il a appris que je travaillais désormais chez Young & Crane.

— Ah non, je n'y suis pour rien ! Ça fait deux ans que je ne l'ai pas réactualisé, depuis la première fausse couche d'Amy. Elle m'avait donné le feu vert pour annoncer sa grossesse. La pauvre, elle l'a regretté…

— Eh bien, ça a dû arriver aux oreilles de quelqu'un qui a mis à jour ma fiche de renseignements, parce que Zach m'a appelée sur ma ligne directe. (Quelqu'un qui devait se délecter de me voir forcée de quitter le boulot de mes rêves. À l'époque, je claironnais qu'il n'y avait rien de plus honorable que l'intérêt public, or ils étaient nombreux à soutenir que les procureurs n'avaient rien d'honorable.) Je ne pouvais pas dire « non », je m'en serais voulu.

— Vraiment ? Et si c'était lui, le tueur ? Tu culpabilisais parce que tu l'as plaqué, c'est ça ? Bon sang, c'était il y a des…

— Plaqué ? Mais de quoi tu parles ?

— Arrête ton char ! pouffa Victoria. Tu sais très bien de quoi je parle. Rappelle-toi, tu avais réussi à te voiler royalement la face jusqu'au jour où je t'ai demandé comment Zach se défendait au lit. Et là, tu m'as fait une scène. Pourtant, c'était une question parfaitement sensée. Je supposais que vous couchiez ensemble.

Je replongeai dans cette époque. Vic et moi, on révisait nos partiels, un soir à Philadelphie, des années plus tôt. Elle venait de me poser cette question au sujet de ma prétendue relation sexuelle avec lui et je m'étais naïvement indignée. Du sexe avec Zach ? On était juste amis. Rien de plus.

En partant le rejoindre pour manger un morceau ce soir-là – comme on le faisait plusieurs fois par semaine –, j'avais décidé de prendre la question déplacée de mon amie comme un avertissement. Avais-je été aveugle à ce point ? En arrivant au restaurant, je l'avais aperçu à une table dans un coin de la salle. Il me souriait. La réalité m'avait sauté aux yeux : Zach pensait que c'était un rencard. Comment avais-je pu être aussi naïve ? Je l'appréciais beaucoup. Il était de bonne compagnie. Mais je ne voulais pas sentir son souffle chaud dans ma nuque ni me blottir nue contre lui. Je ne m'étais jamais imaginée au lit avec lui. Pas une seule fois.

C'est ainsi que, ce soir-là au restaurant, j'avais choisi la solution de facilité, une idée de Victoria : le petit ami imaginaire. Que j'appelai Richard. Ce serait facile, il suffirait de l'évoquer pour que Zach batte en retraite. Mais non. Il avait campé sur ses positions et suggéré, avec franchise et détermination, que je plaque ce type. Je n'avais pas eu d'autre choix que d'en venir aux faits.

— Je ne suis pas amoureuse de toi.

— Pardon ? Je ne vois pas le rapport, avait-il ri comme à une plaisanterie, mais ce rire était trop mordant pour être franc. Lizzie, détends-toi. Je suis content pour toi.

C'était faux. Je le savais. Mais j'avais tellement envie de le croire que je l'avais cru.

On tapota mon épaule, je sursautai.

— Oups, désolée, s'excusa Maude Lagueux quand je fis volte-face : elle se tenait derrière moi, une main sur la bouche. Je n'avais pas vu que vous étiez au téléphone.

— Que se passe-t-il ? demanda Vic au bout du fil.

— Je peux te rappeler ?

— Bien sûr, mais je compte sur toi, hein ? Tu ne me fais pas faux bond, cette fois ! Je veux savoir ce qu'a dit la gynéco.

J'avais oublié ce mensonge, servi à Vic la dernière fois que je l'avais eue au téléphone. Une histoire de rendez-vous chez une spécialiste de l'infertilité qui devait clore une batterie de tests et m'informer de mes réelles chances de tomber enceinte. Sam n'était pas le seul à avoir un don pour le mensonge.

— Oui, je te rappelle sans faute.

Et, la prochaine fois, je lui dirais toute la vérité. Je m'en fis la promesse.

Quand j'eus raccroché, je me retournai vers Maude. Elle avait les traits tirés, et sa jolie robe noire associée à des ballerines taupe lui donnait un air d'enterrement.

— Je ne voulais pas vous interrompre, s'excusa-t-elle.

— Ce n'est rien.

— J'étais à l'audience tout à l'heure. Pourquoi ne pas leur avoir évoqué mon alibi ?

Son ton n'était pas accusateur. Mais presque.

— Cet alibi est utile, mais complexe.

Elle croisa les bras. Serait-elle vexée ?

— C'était pour vous aider.

M'aider ? Le mot était mal choisi. Aurait-elle tout inventé ? Non, je préférais ne pas savoir. Si elle m'avait menti, je ne pouvais plus me servir de son alibi au procès, ce serait mentir sous serment. Alors que si je gardais le doute, je ne mentais pas.

— Je comprends, dis-je avec réserve.

— Et maintenant ? demanda-t-elle en serrant ses bras croisés.

— Zach restera en prison jusqu'au procès. En attendant, l'enquête doit avancer. Le meilleur moyen de l'acquitter sera de découvrir le véritable assassin d'Amanda. Cette recherche n'est pas de notre responsabilité, mais, si l'accusé est déclaré innocent, le jury réclamera un coupable. La police vous a-t-elle interrogés ?

J'étais curieuse de savoir ce qu'elle leur avait révélé. Avait-elle parlé à Wendy Wallace de sa prétendue liaison avec Zach ?

— Pas encore, ils ont reporté l'audition du grand jury à demain, répondit-elle. N'est-ce pas étrange de remettre ça à plus tard ? Ne veulent-ils pas connaître tous les faits dans les plus brefs délais ?

Wendy devait craindre que Maude ne leur donne un élément qui rendrait toute sa théorie caduque, par exemple au sujet de l'aventure d'Amanda avec un autre homme, à l'étage de la maison. Si j'avais bien compris, Wendy comptait sur cette aventure pour donner un mobile à Zach.

— Ils ne veulent pas connaître tous les faits, nuançai-je. Seulement ceux qui étayent leur théorie.

— Mais c'est mal.

— Oui, c'est mal, approuvai-je simplement, car, après tout, Wendy Wallace ne faisait que son travail. C'est mal, mais c'est comme ça que ça marche.

Amanda

Trois jours avant la fête

Sarah ouvrit la porte à la volée, tout sourires.

— Je rêve ? lâcha-t-elle en découvrant les marches désertes derrière Amanda. Tu te fous de moi ?

— Il ne devrait pas tarder.

Pourquoi filer le mensonge ? C'était idiot, mais elle se sentait coincée.

— Vraiment ? douta Sarah en croisant les bras, alors Amanda baissa la tête.

— Bon, d'accord, il ne viendra pas. Il sue sang et eau pour sa nouvelle boîte. Il travaille tellement qu'il n'a plus le temps de rien, encore moins de prendre une soirée de répit. Je suis désolée, j'ai essayé.

À dire vrai, Amanda n'avait même pas proposé à Zach de venir. Il aurait fallu supporter le sempiternel va-et-vient de messages avec son assistante, Taylor, tout cela pour apprendre qu'il ne viendrait pas. Taylor était une jeune femme ordinaire, obsédée par les magazines de mode, les derniers régimes en vogue et par ce besoin irrépressible de résoudre tous les problèmes. Si Amanda lui avait demandé les disponibilités de Zach pour le dîner de ce soir – par mail, c'était la procédure –, Taylor aurait aussitôt répondu qu'elle vérifiait son planning tout de suite. Et, avec toute la bonne volonté du monde, elle aurait fini par écrire :

Je suis vraiment désolée, il n'a plus le moindre créneau pour ce soir !

S'il ne pouvait pas venir, tant pis. Ce qui la fatiguait, c'était d'avoir à passer par Taylor. À cette seule pensée, elle eut les larmes aux yeux. Elle cligna les paupières et s'efforça de sourire en espérant ne rien laisser paraître.

— Oh, pardon, ma belle ! Viens par là, dit Sarah en l'attirant contre elle. Oublie ce que j'ai dit. Qu'est-ce que je suis pénible, parfois !

— Je confirme ! ponctua gaiement Kerry qui descendait l'escalier, vêtu d'un pantalon de coton gris et d'un tee-shirt bleu marine à l'effigie du Thunder d'Oklahoma City. C'est très bien qu'il ne soit pas venu, je vous suffis amplement.

— Joyeux anniversaire ! lui souhaita Amanda.

— Merci, merci, fit-il avec un geste gracieux en quittant la dernière marche.

— Tiens, c'est pour toi.

Elle lui tendit d'un geste un peu trop brusque la bouteille de whisky emballée. Le visage de Kerry s'illumina.

— Pour moi ?

— Regarde-le ! pouffa son épouse. À croire que je ne lui offre jamais de cadeau. Dis-moi, Kerry, il me semble t'avoir demandé de mettre autre chose qu'un pantalon de pyjama pour accueillir Amanda.

— Ma chérie, je me sens mieux dans du coton, je fais ce que je veux, c'est mon anniversaire. Quant à tes cadeaux, ils ne sont jamais gratuits : en échange, je dois sortir les poubelles ou t'écouter raconter tes histoires pendant des heures… C'est éreintant.

Sarah décocha un clin d'œil à son amie en lui glissant :

— C'est là tout le secret d'un couple qui fonctionne : des compromis stratégiques.

Excité, son mari dénoua le ruban qui scellait le paquet argenté comme si la forme du cadeau ne laissait pas clairement présager une bouteille.

— Waouh ! s'exclama-t-il en la découvrant, mais sa joie se volatilisa quand il se pencha sur l'étiquette.

Mince, connaissait-il le prix de ce genre de whisky ? Amanda pointa la bouteille du doigt.

— Il me semble que ta famille vient de…

— Je sais, la coupa-t-il tout bas, sincèrement touché. Et c'est un whisky d'excellence.

— Sa famille ? Quel rapport ? demanda Sarah en s'approchant.

— Ça vient de Cork. C'est là que vivent mes grands-parents. J'en ai parlé un soir, et ça n'est pas tombé dans l'oreille d'un sourd. Merci beaucoup, Amanda. Et je n'ai même pas besoin de sortir les poubelles ou de tuer des blattes pour y avoir droit.

— Mais tu es tellement doué pour assassiner des blattes, bougonna sa femme. D'ailleurs, ce serait une bonne idée de reconversion : un bleu de travail, un aérosol et hop ! Tu as ça dans le sang.

Kerry l'ignora pour serrer Amanda contre lui dans une étreinte si douce qu'elle en eut de nouveau les larmes aux yeux.

Son père avait encore appelé. C'était juste avant d'arriver chez Sarah et Kerry. Elle voulait faire comme si de rien n'était, mais c'était de plus en plus difficile. Comment l'avait-il retrouvée à Brooklyn ? Comment était-ce possible ? L'agent de police avait raison : ça n'avait aucun sens, Zach prenait trop de précautions pour protéger leur vie privée.

— Merci encore, dit Kerry en la libérant, et il brandit sa bouteille. J'en prendrai grand soin. Maintenant, si vous permettez, mesdames, je me retire dans mon sous-sol pour regarder mon match de base-ball d'anniversaire.

Quand Sebe arrivera, dites-lui de me rejoindre, même s'il est français, on lui pardonne.

— Pourrais-tu en profiter pour passer un coup de balai dans ton antre ? Si ça continue, on va nous coller un contrôle sanitaire. (Sarah se tourna vers son invitée.) Je n'ose même plus y mettre les pieds.

— Ah, mon plan machiavélique a donc fonctionné, s'amusa Kerry avant d'embrasser son épouse sur la joue et de lui donner une petite tape sur les fesses. Merci d'avoir organisé cette soirée, ma chérie. Je t'en suis très reconnaissant. En échange, je tuerai toutes les blattes que tu voudras.

Quand il eut disparu, Sarah se pencha sur son four pour en sortir un poulet rôti à la perfection, puis mélangea une salade de quinoa. Amanda resta coite devant une telle aisance. Elle trouvait cette cuisine un peu vieillotte mais chaleureuse, à l'image du reste de la maison.

— Ça a l'air délicieux, dit-elle en dévorant du regard le plat fumant.

— Pas mal, hein ? Zach ne sait pas ce qu'il rate.

— Je suis désolée, vraiment, soupira Amanda.

— Non, c'est moi qui suis désolée. J'ai la taquinerie facile, Kerry est bien placé pour le savoir. Mais je m'inquiète pour toi. Je sais que ça ne me reg… (Sarah s'arrêta soudain de mélanger la salade, resserrant sa poigne autour des deux couverts.) Bon, j'aime me mêler de ce qui ne me regarde pas et j'assume. Écoute-moi bien, Amanda. Tu es une épouse soumise et ça me dérange. Je ne connais pas les coutumes de Palo Alto, mais ici, à Brooklyn, les hommes et les femmes sont égaux, on se fiche de savoir qui ramène le plus gros salaire. Avant de rejoindre la fondation, j'étais mère au foyer, mais ça n'empêchait pas Kerry d'être à mon écoute, parce qu'on s'aime. Voilà comment doit fonctionner un couple marié. Tu le sais, n'est-ce pas ?

— Oui, répondit Amanda, car elle le savait – en théorie. Mais vous êtes le couple parfait.

— Détrompe-toi, j'ai fricoté avec l'entraîneur de foot de mon fils !

Elle tendit l'oreille pour s'assurer que son mari était toujours en bas.

— Il t'a pardonné, rappela Amanda.

— S'il m'a pardonnée, ce n'est pas parce que c'est le mari parfait, mais parce qu'on s'aime. Toute la différence est là. Crois-moi, nous avons nos problèmes, comme tout le monde. (Elle parut vouloir en dire plus, mais s'abstint.) Mandy, tu dois apprendre à te servir de ta voix, un point c'est tout. Sinon, excuse-moi, mais ce n'est pas de l'amour. C'est plutôt, je ne sais pas, de l'esclavage.

— Je sais me servir de ma voix…

— Faux ! (Sarah ferma les yeux et reprit son souffle, posant les mains à plat sur la table.) Si tu ne peux pas faire venir ton mari à une seule de tes soirées, excuse-moi, mais tu ne sais pas te servir de ta voix. C'est un fait. Et, en tant qu'amie, je me dois d'être franche avec toi. Je trouve que ton mode de vie est dangereux.

— Dangereux ? C'est-à-dire ?

— Dans la santé et la maladie, dans la solitude et le désespoir, tout ça. Quand on se marie, on devient le bouclier de l'autre. On en prend soin.

Elle avait raison. Comment Zach pouvait-il protéger Amanda – de sa solitude, de son désespoir, de ses cauchemars, mais surtout de son père – s'il n'était même pas au courant du problème ? Ils étaient ensemble depuis plus de dix ans et il ne savait rien de toutes les horreurs que son père lui avait fait subir.

Elle hocha la tête.

— Je sais que tu as raison. Je t'assure.

— Tant mieux, conclut Sarah, satisfaite.

Puis elle retourna à son poulet qu'elle sortit du plat pour le poser sur une planche à découper. À l'instant où elle s'apprêtait à y planter une fourche, armée d'un énorme couteau, on sonna à la porte.

— Ce doit être Maude et Sebe. Je reviens tout de suite. Surveille le poulet.

Un instant plus tard, les salutations enjouées de Sarah résonnèrent dans l'entrée.

— Parfait, la voie est libre, murmura Kerry en se faufilant dans la cuisine.

Furtif, il vola une pomme de terre rôtie de la casserole pour la mettre dans sa bouche. Elle était brûlante, il souffla dessus pour la refroidir tout en gloussant. Son pantalon de coton et son tee-shirt soulignaient son ventre rebondi. On aurait dit un petit garçon dont l'attention se porta soudain sur les boucles d'oreilles d'Amanda.

— Waouh, joli ! Ne montre jamais ça à Sarah, bon sang.

Elle porta une main à son oreille dont pendait un long fil incrusté de diamants fins.

— Zut. Tu as raison, c'est trop. J'étais à une réunion de donateurs, j'ai oublié de les enlever.

— Je plaisante ! Au contraire, si j'étais toi, je m'assurerais que Sarah les a bien vues. (Il lui décocha un clin d'œil.) Comme ça, la prochaine fois qu'elle te fera des remarques sur ton couple, tu lui diras : et mes boucles d'oreilles, tu les oublies ?

Elle sourit. Voilà un homme plus perspicace qu'il ne le laissait penser.

— Ah ! Le roi de la soirée !

À peine entrée dans la cuisine, Maude vint embrasser Kerry. Il l'attira contre lui pour une chaleureuse étreinte.

— Dis donc, tu as sorti le grand jeu ! s'amusa-t-elle en remarquant le pantalon de coton. Sarah sait que tu es en pyjama ? Ça m'étonnerait qu'elle n'ait rien dit.

— C'est mon anniversaire, protesta-t-il.

Sebe apparut sur le seuil derrière sa femme, toujours aussi charmant dans sa chemise de lin blanc. Mais, entre les deux époux, la tension était palpable. Le problème avec Sophia semblait causer des remous.

Il vint embrasser Amanda.

— C'est bon de te revoir.

— Quelle idée de vous être faits aussi beaux, ce soir ! J'ai l'air d'un sac, fit la maîtresse de maison en tirant sur les bords de sa chemise tachée.

— C'était pour la bonne cause, le repas n'en sera que meilleur ! dit Maude avant de lancer un regard de glace à son mari. Tiens, rends-toi utile. Sers un verre de vin à notre hôtesse.

Il se crispa et, sans regarder sa femme, remplit un verre qu'il tendit à Sarah, laquelle se tourna vers son mari.

— Au moins, je ne suis pas la seule mal fagotée de la soirée.

— Parle pour toi ! C'est mon anniversaire, bordel !

Et tout le monde se mit à rire.

Une fois que tout le monde fut attablé, Maude retrouva le sourire. Quelques verres de vin avaient eu raison de sa morosité. Mais Sebe évitait toujours son regard. Au fond, Amanda était rassurée de constater qu'un couple aussi parfait pouvait avoir des hauts et des bas, comme tout le monde. Sarah avait sans doute raison : le couple idéal, ça n'existe pas. Ce fut d'ailleurs elle qui ramena la conversation sur son sujet de médisance préférée : l'association des parents d'élèves.

— Et le jour où tout le monde a débattu sur l'utilité d'une presse à paninis ? rappela Sebe en riant.

— C'est mauvais pour la ligne, ils n'auraient jamais accepté ! s'esclaffa Sarah avant de prendre une voix suraiguë :

Mais Sawyer adore mes paninis mozzarella et tomates bios, il faut savoir se mettre au goût du jour !

— Je ne sais pas, dit Kerry. Cette histoire de piratage pourrait causer ta perte, ma chérie. Si tu ne règles pas ce problème, et vite, ils te condamneront au bûcher.

— Ah, ce fameux piratage ! répondit-elle avec un sourire crispé. J'ai reçu un spam l'autre jour sur ma boîte personnelle.

Il fronça les sourcils.

— Tu n'as pas viré tout notre argent sur le compte d'une grand-tante éloignée qui a de gros problèmes à Dubaï, j'espère ?

— De l'argent ? Quel argent ? le provoqua-t-elle, ce qui le fit ricaner. Non, il était question d'un abonnement Netflix. Rassure-toi, je n'ai pas cliqué. Je ne suis pas stupide. Honnêtement, je suis bien contente de ne pas avoir de secrets compromettants.

Amanda était un peu perdue.

— Des secrets compromettants ?

— Apparemment, ces hackers cherchent notre talon d'Achille, expliqua Sarah. Ils dégotent ce que l'on cache de plus pernicieux dans nos disques durs et menacent de tout diffuser sur le forum des parents de Park Slope si on ne paie pas la rançon. Mais je ne crois pas qu'on aura à en arriver là. Une mère – dont je tairai le nom – aurait reçu un mail transféré depuis la boîte de réception de son mari. Il s'agirait d'un échange entre lui et une escorte pour fixer leur prochain rendez-vous. Une escorte spécialisée en sadomasochisme. Le mari aurait un penchant pour la soumission.

— Qui t'a raconté ça ? s'indigna Maude.

— J'ai juré de garder le secret, pour qui tu me prends ! J'adore écouter les ragots, mais je ne les répands pas. J'en arrive d'ailleurs à un point où les gens me donnent plus de détails qu'il n'en faut. J'en sais déjà beaucoup trop.

— Qui échange avec une escorte ? voulut savoir Kerry. C'est déductible des impôts ?

Son épouse ignora sa remarque et se tourna vers Maude et son mari.

— Les amis, je sais que vous vous adorez, mais prenez garde à ce que vous mettez par écrit en ce moment.

— Moi, je n'ai pas besoin d'escorte, déclara Sebe avec un stoïcisme qui fit rire toute la tablée.

À l'exception de Maude. Celle-ci regardait son assiette à laquelle elle n'avait pas touché.

— Bien dit ! s'exclama Kerry – un poil trop tard et un brin trop fort. Mon gars, si tu restais au milieu de la rue pendant une heure, les femmes se mettraient en file indienne pour t'ouvrir leurs cuisses.

Sa femme fit la grimace et lui donna une tape.

— Beurk !

— Oh, ça va, je plaisante…

— Merci, Kerry, pour cette image, observa Sebe avec diplomatie. C'est dégoûtant, mais ça a le mérite d'être original.

— Merci à toi, mon pote.

— Pourquoi ne se contentent-ils pas de voler nos coordonnées bancaires ? Comme des criminels classiques ? Pourquoi violer notre intimité ? Ces types sont malades, cracha Maude sur un ton qui ne lui ressemblait pas.

De son côté, Amanda pensait à son père qui avait fait cette nuit une apparition dans son rêve récurrent. Après avoir couru dans un bois sombre et humide, elle s'était soudain retrouvée dans le mobile-home, et il était là, occupant de toute sa carrure le cadre de la porte de sa chambre d'enfant. Sans un mot, il s'était penché comme chaque fois qu'il confondait sa chambre avec la salle de bains. Elle ne comptait plus le nombre de nuits où il était venu uriner au pied de son lit. En y repensant aujourd'hui, elle était convaincue qu'il le faisait exprès pour l'humilier.

— Certaines personnes adorent humilier leurs semblables. Ils y prennent plaisir, murmura-t-elle avec une amertume qui la surprit elle-même. Ils sont pires que malades, Maude. Ils sont nuisibles. Ils ne méritent pas de vivre.

Tous les regards étaient braqués sur elle.

— Il faut toujours payer son escorte en liquide, vous le saurez, plaisanta Kerry.

Mais tous la regardaient, elle.

— Désolée. C'est juste que… j'ai eu une enfance difficile. C'est tout.

Il fallait bien qu'elle dise quelque chose. Et, si possible, pas un mensonge. Mais son explication ne fit qu'aggraver le malaise général.

— Dans ce cas, tu as d'autant plus de mérite d'être devenue une personne aussi charmante, déclara Kerry en ouvrant une autre bouteille de vin avant de remplir les verres de tout le monde. Et puis, je suis d'accord avec toi, ajouta-t-il en se rasseyant. Mon beau-père m'a cassé le bras volontairement, quand j'avais quatorze ans. Sans doute pour m'humilier. On a tous un passé, même dans ce quartier privilégié.

— Tu plaisantes ? dit sa femme, un brin agacée. Ton beau-père est adorable.

Il lui décocha un sourire étrange, presque triste.

— Tu ne sais pas tout de moi, ma chérie.

— C'est affreux, dit Sebe tout bas.

Maude blêmit, elle dit :

— Kerry, je suis désolée.

Sarah semblait mettre en doute la parole de son mari. De son côté, Amanda était simplement rassurée de ne plus être au centre de l'attention.

— À notre avenir, proposa le roi de la soirée. Et aux grandes amitiés qui forment les plus belles familles !

— Aux amitiés ! répondirent-ils en chœur.

À l'avenir, songea Amanda en trinquant avec les autres. *À l'avenir.*

Krell Industries
Mémorandum confidentiel

Pièces relatives au dossier du client
dont l'avocat est tenu au secret professionnel

30 juin

À : Conseil d'administration de l'école Country Day de Brooklyn
De : Krell Industries
Objet : Compromission des données et incident informatique – rapport de suivi

Ci-joint le résumé de données décisives et des entretiens menés.

Données collectées

La surveillance se poursuit. Aucune nouvelle intrusion n'a été détectée dans le système informatique de l'école Country Day de Brooklyn, bien que de nouvelles familles soient victimes à leur tour de menaces.

Résumé des entretiens

Sujet famille 0016 : PEP a reçu un e-mail anonyme contenant des captures d'écran de ses correspondances avec des créanciers, ainsi qu'une demande de virement bancaire de 20 000 $. Le refus d'obtempérer entraînerait le transfert des données sensibles sur le forum PPS.

Sujet famille 0031 : PEP n'a subi aucun piratage personnellement, mais il connaît un individu (identifié dans le présent rapport sous Personne d'Intérêt A) dont le fils a été renvoyé l'an passé pour des problèmes comportementaux, cet individu aurait exprimé un désir de vengeance en sapant la réputation de l'école.

Entretien employé 0009 : un employé de l'école rapporte qu'un ancien employé (identifié dans le présent rapport sous Personne d'Intérêt B) aurait dit, après avoir été démis de ses fonctions d'entraîneur de football, qu'il ferait tout ce qui est en son pouvoir pour « nuire » à l'école.

Conclusions préliminaires

À ce stade, alors qu'aucune victime n'a encore cédé aux demandes de rançon, on constate qu'aucune information n'a été postée sur PPS. Ce qui soulève la question du véritable mobile des hackers, qui n'est peut-être pas financier. Par ailleurs, les informations révélées suggèrent que l'auteur serait une personne ayant été autrefois associée à l'école Country Day – ancien employé, ancien élève ou parent d'élève.

Lizzie

Jeudi 9 juillet

Je me glissai sous la couette en évitant de réveiller Sam. J'avais travaillé tard sur cette requête conjointe de démenti de l'usine de batteries. Toutes les excuses étaient bonnes, pourvu que j'esquive Sam et l'inévitable discussion de la boucle d'oreille. Les allumettes de chez *Enid's* m'avaient suffisamment tourmentée comme ça. J'avais tiré des conclusions hâtives, on ne m'y reprendrait pas. Je jetai l'éponge, c'était décidé. J'en avais assez de voir le mal partout.

Je préférai donc me taire et le laisser dormir. Je sortis ma petite lampe de lecture pour feuilleter encore les journaux intimes d'Amanda. Sa vie tourmentée ferait presque passer mon quotidien désastreux pour un conte de fées. Au bureau, j'avais lu les trois premiers mois qui avaient suivi son arrivée à Park Slope, mais toujours aucune mention de l'identité du harceleur, seulement évoqué par le pronom « il ». C'est alors que, en parcourant furtivement les pages dans mon lit, je trouvai enfin une piste, parmi les dernières entrées, glissée entre un café avec Maude et Sarah au *Blue Bottle* et une réunion à la fondation :

En fait, je ne suis pas sûre que papa veuille me réclamer de l'argent, ça m'inquiète. J'ai peur qu'il ne soit venu à Brooklyn pour me ramener à Saint Colomb Falls, pour me prouver que je lui appartiens toujours. Mais je ne me laisserai pas faire. Jamais.

Comme je me redressais, le journal me glissa des mains et tomba sur l'épaule de Sam. Le père d'Amanda était ici, à Park Slope ! C'était lui, le harceleur. C'était forcément lui.

Sam se réveilla en sursaut comme après un cauchemar.

— Oh, c'est toi, soupira-t-il, soulagé, avant de passer un bras autour de mes hanches. (Mais ce geste me hérissa les poils. Moi qui voulais tourner la page, c'était raté.) Qu'est-ce que tu lis ?

— Un journal intime.

— Tu lis le journal de quelqu'un ? marmonna-t-il. Ce n'est pas très gentil.

— Il appartient à une femme qui a été assassinée à Park Slope.

— Quoi ? À Park Slope ? Mais quand ?

Il était à présent bien réveillé.

— Le week-end dernier, quand on était en congé sur la côte.

— C'est affreux. (Il se tut un instant.) Ça s'est passé où, exactement ?

— Près de la place Montgomery. Elle avait un fils de dix ans. Je suis chargée de défendre le mari.

La pique était volontaire : « Tu as vu tout ce que tu ignores de moi ? » C'était plus fort que moi.

— Tu défends son mari ? Je croyais que Young & Crane ne gérait pas d'affaires criminelles.

— Non, effectivement. Mais moi, oui. C'était un ancien camarade de fac. Et puis… c'est compliqué, ajoutai-je, volontairement évasive. Je pense qu'il est innocent.

Sam haussa les sourcils.

— Tu *penses* ? Lizzie, qui est ce type ? Qu'est-ce qui se passe ?

Il avait l'air blessé, j'y prenais un peu plaisir.

— Il s'appelle Zach Grayson. On était amis, à l'époque, puis il a voulu qu'on aille plus loin, mais ça ne m'intéressait pas. Alors on a perdu contact.

Ce fameux dîner au cours duquel je lui avais parlé de mon petit ami imaginaire s'était terminé sans animosité. Mais, maintenant que j'y repensais, c'était notre dernière soirée tous les deux. La fois suivante, j'avais seulement croisé Zach par hasard à la bibliothèque universitaire. Il m'avait dit bonjour en souriant et avait passé son chemin. Deux semaines plus tard, il ne prenait plus la peine de me saluer. Et je n'avais pas insisté non plus, pensant que, s'il le souhaitait, il se manifesterait. Quand il serait prêt. Au lieu de ça, il avait disparu. Pas seulement de la fac, mais de ma vie. Et j'avais éprouvé un certain soulagement. À l'époque, je m'en voulais. C'était peut-être cette culpabilité qui m'avait poussée à lui rendre visite à Rikers.

— Et maintenant, tu le représentes devant la cour ? (Sam se redressa dans le lit.) Ce mec qui voulait sortir avec toi ?

— Oui. Je suis allée le voir à Rikers.

Une autre pique.

— À Rikers ?! Mais tu détestes cet endroit ! Tu ne voulais plus y remettre les pieds. Et d'ailleurs, je croyais que tu étais spécialisée dans le droit des affaires ?

— Oui, grâce à toi, rétorquai-je en rejetant la couverture pour poser les pieds par terre, cherchant à retrouver mon calme.

— Qu'est-ce que je suis censé comprendre ?

Ah non, il n'allait tout de même pas faire l'innocent ! Pas après tout ce que j'avais enduré pour lui. Je sentis déferler en moi cette colère que je refoulais depuis trop longtemps.

— Rien de plus, c'est très clair : je travaille chez Young & Crane par ta faute. À cause de ton accident, j'ai quitté le job de mes rêves que j'avais décroché à la sueur de mon front. Si tu passes ton temps à t'excuser, c'est à cause de ça, pas vrai ?

Il écarquilla les yeux.

— Tu veux dire qu'à cause d'un accident je n'aurai plus jamais mon mot à dire en ce qui te concerne ? s'écria-t-il d'un air blessé qui ne fit qu'attiser ma fureur. Comment veux-tu que ça fonctionne, Lizzie ?

Je bondis hors du lit et me retournai pour lui lancer un regard noir, dans l'obscurité à peine percée par ma lampe de lecture.

— Si, tu peux avoir ton mot à dire. À condition de m'expliquer à qui appartient la putain de boucle d'oreille que j'ai trouvée dans ton sac.

Il eut un mouvement de recul, puis se figea. Ensuite, le silence. Un silence pesant.

Et merde.

Finalement, Sam inspira une grande bouffée d'air, comme avant une longue explication. Mais il se laissa retomber sur l'oreiller. Les yeux fixés sur le plafond, il expira. En le voyant allongé là, immobile dans le silence glacial, je sentis mon estomac se nouer.

Oh, non. Merde, merde, merde.

— Je ne sais pas à qui elle appartient, dit-il au bout d'un moment, la voix chevrotante, comme une bête effrayée. Et c'est la stricte vérité.

Le déni, la défensive, un mensonge maladroit ou peut-être de la colère, voilà toutes les choses auxquelles je m'étais préparée. Mais pas la peur.

— Tu ne sais pas ? grondai-je.

Retire ça, avais-je envie de lui crier. *Retire ce que tu viens de dire !*

— Je te jure que j'aimerais le savoir. J'ai fouillé dans ma mémoire, j'ai essayé de m'imaginer l'oreille qui portait cette boucle. Je me suis demandé d'où elle venait, comment elle avait pu atterrir dans la poche de mon sweat. C'est là que je l'ai retrouvée. Mais je ne me souviens de rien, Lizzie. De rien du tout.

Pour un autre couple, ce trou de mémoire passerait pour une bien piètre excuse. Mais, pour nous, c'était notre triste quotidien.

— Quand ? murmurai-je. Quand l'as-tu trouvée dans ta poche ?

— Le soir où je me suis cogné la tête. Juste avant que tu m'emmènes à l'hôpital.

Je déglutis.

— Où es-tu allé boire, ce soir-là ?

Une question que je m'étais bien gardée de poser le lendemain. Et tous les jours qui avaient suivi.

Pour ma défense, j'avais dû agir vite. J'avais retrouvé Sam en sang, appelé une ambulance, puis accueilli les secouristes dans notre appartement. Une fois assurés que le sang ne provenait que d'une seule blessure – apparemment, la tête saigne énormément –, ils nous avaient recommandé de nous rendre par nos propres moyens à l'Hôpital méthodiste, ce qui nous reviendrait moins cher que de déranger une ambulance pour si peu. Ensuite, il avait fallu patienter en salle d'attente, puis les points de suture, le trajet du retour, le nettoyage. Une fois tout cela terminé, j'étais passée au cabinet avant de partir pour le week-end.

Et puis, lorsqu'on est mariée à un alcoolique, on finit par se lasser des détails. Mieux vaut ne pas savoir. C'était plus simple de faire comme si l'on ne pouvait absolument rien changer à ce qui nous arrivait. Enfin, je dis « on ». Je devrais dire « je ». C'était ce que je faisais depuis toujours, balayer les détails incommodants pour ne pas perdre de vue mon objectif : aller de l'avant.

— On est allés boire un verre au *Freddy's*.

— Au *Freddy's* ? répétai-je.

Sam m'avait raconté que les « vieux papas » allaient dans ce bar miteux chaque semaine après l'entraînement de basket, mais il précisait qu'il ne les accompagnait jamais. Un mensonge régulier à épingler en bonus sur cette histoire de trahison ponctuelle. C'était parfait.

— Je suppose que tu les accompagnais chaque semaine ?

— Je pensais que tu avais deviné.

— Deviné quoi ? Que tu me mentais ? m'insurgeai-je. Et je n'aurais pas réagi ?

— C'est vrai, ça paraît idiot. Mais oui, c'est ce que je croyais. Je pensais qu'on était d'accord pour éviter de lancer le débat.

— Pour ton information, sache que j'ai toujours été convaincue que tu me disais tout. (Je déglutis avec peine. Ce mensonge m'était douloureux.) Je suppose que c'est moi, le dindon de la farce.

— Non, c'est moi, évidemment, dit-il tout bas. Mais je ne sais pas à qui est cette boucle d'oreille. Je te le jure.

— Est-ce que tu t'es renseigné auprès de ceux qui étaient avec toi ce soir-là ?

— J'ai seulement l'adresse mail d'un pote qui travaille au *Journal*, c'est lui qui m'a fait entrer au club de basket, et il est en déplacement professionnel. Il ne m'a pas répondu. Et c'était notre dernier entraînement de l'été. Je me souviens d'être resté au bar quand il est parti. Je lui ai souhaité bonne chance pour son article. Après, j'étais avec un des autres gars de l'équipe, mais il est marié et il a des enfants, je ne sais pas jusqu'à quelle heure il a pu rester. Il a passé la soirée à nous convaincre d'aller dans un bar à strip-tease, alors qui sait…

— Un bar à strip-tease ? demandai-je d'une voix tremblante. Je croyais que c'étaient de vieux papas.

— Et d'après toi, quelle clientèle fréquente ces établissements ? Bref, je ne l'aurais pas accompagné, je déteste ces endroits-là. Tu le sais.

— Génial. Quel soulagement.

— Je ne pense pas avoir fait quoi que ce soit avec qui que ce soit, Lizzie. Je te le dis franchement. Je ne le ferais pas. Je t'aime.

— Oh pitié, arrête ! aboyai-je. Quand tu es saoul, tu n'es plus le même. Tu le dis toi-même. Comment peux-tu affirmer que tu n'as pas suivi ce mec sous prétexte que ce n'est pas ton genre, alors que tu étais saoul ? Je te connais, à force. Je sais comment tu fonctionnes. Tu as oublié, Sam. Il a pu se passer n'importe quoi.

Il prit une profonde inspiration.

— Je ne pense pas avoir couché avec une femme. Je refuse de le croire. Mais tu as raison. Pour être parfaitement honnête, je ne peux pas exclure cette possibilité.

Voilà, Sam venait d'admettre qu'il avait peut-être vu une autre femme. Quand je pense que j'avais failli tourner la page. Je m'écartai du mur sur lequel j'étais appuyée et me tournai vers la porte.

— Lizzie, où tu vas ? appela-t-il, désespéré.

— J'en sais rien, répondis-je. J'en sais rien du tout.

Le lendemain, à la lueur du petit matin, Rikers avait plus que jamais l'allure d'un camp de réfugiés, une impression accentuée par ma petite nuit : trois heures de sommeil agité sur notre vieux canapé. Cette fois, je vis davantage de visiteurs, des familles avec enfants, en longue file longeant le mur tandis que j'attendais du côté réservé aux avocats. Un gardien s'approcha d'eux avec son chien pour détecter de la drogue ou une bombe. Il considérait visiblement les visiteurs comme des objets dangereux, pas comme ses semblables. Une petite fille se mit à pleurer. Quel genre de justice servait-on ? Et qui l'imposait ? Zach était riche, blanc et disposait des ressources d'une entreprise prospère au cœur de Manhattan. Pourtant, ce qu'il pouvait espérer de mieux aujourd'hui, c'était de survivre jusqu'au procès.

Quand Zach apparut enfin dans le parloir, son œil avait désenflé, mais un long hématome violacé au-dessus de sa pommette et une récente coupure au coin des lèvres complétaient à présent le tableau.

Il s'assit avec lenteur sur la chaise en face de moi.

— C'est plus impressionnant que douloureux.

Mais, cette fois, il avait l'air moins convaincu.

— Je suis désolée.

— Ce n'est pas ta faute.

— On peut essayer de te transférer, dis-je sans vraiment y croire.

— Me transférer où ? En détention protégée ? Au mitard ?

Sa jambe se mit à tressauter légèrement.

— Peut-être.

— Bonjour la solitude. Dans les faits, ça ne change rien. Qu'on veuille te protéger ou te punir, le tarif est le même : c'est le cachot. Plutôt ironique, non ? (Il dépérissait, comme s'il venait de passer vingt ans à Rikers. Il fuyait mon regard.) Le mitard m'achèverait encore plus vite que les costauds qui m'ont refait le portrait. Ce dont j'ai besoin, c'est de sortir.

Le temps nous manquait. Zach méritait la vérité.

— Nous avons perdu l'appel pour ta remise en liberté. (C'était un fait, je ne pouvais pas l'édulcorer.) Et ils ont modifié le chef d'accusation pour homicide. Comme on pouvait s'y attendre.

Il observa un long silence. Finalement, il hocha la tête, faisant rebondir sa jambe avec plus de vigueur.

— J'espérais que la vérité serait entendue. Apparemment, c'était trop demander, dit-il.

— La vérité sera entendue. Mais seulement au procès, pas en appel. (Je sortis un calepin.) Et, pour y arriver, j'ai quelques questions à te poser. Des questions difficiles. Tu dois me répondre honnêtement, d'accord ?

— D'accord, acquiesça Zach d'un air abattu.

J'hésitais à revenir plus tard, à lui laisser le temps de digérer ce récent échec. Après tout, rien ne pressait, le procès n'aurait pas lieu avant plusieurs mois. Mais, puisque j'étais là, autant se mettre au travail.

— Pourquoi t'es-tu renseigné sur des vols pour le Brésil ?

C'était le seul argument de Wendy Wallace qui m'avait déstabilisée. La conscience de culpabilité, une notion juridique dont les procureurs étaient friands. Wendy allait sans doute utiliser cette preuve de délit de fuite au procès pour étayer la thèse de la préméditation.

— Ah, les jaguars ? répondit platement Zach.

— Jaguar, la voiture ?

Le regard de Zach vint alors se fixer sur le mien avec cette insistance qui lui était si particulière.

— Non, non, l'animal. Il y a un parc au Brésil, le Pantanal, qui permet d'observer de près les jaguars. Case est passionné par ce félin. Je voulais l'emmener là-bas à son retour de vacances. Une sorte d'aventure entre père et fils. (Un silence.) Bon, soyons réalistes, je n'aurais jamais quitté mon boulot pour partir en week-end. J'aime bien faire des projets comme ça, mais je suis moins doué pour les concrétiser.

Son explication me paraissait crédible, et je croisais les doigts pour que cette théorie concorde avec les dates des billets recherchés et le témoignage de son assistante.

— Sais-tu pourquoi le comptable de la fondation a demandé à s'entretenir avec Amanda ?

Zach secoua la tête, mais n'eut pas l'air surpris.

— Sans vouloir passer pour un bourgeois, quand on dépasse financièrement un certain seuil, l'argent devient une simple formalité. J'embauche des comptables pour ne pas avoir à gérer ce genre de choses. Mais, si c'était grave, Amanda m'en aurait parlé. Or elle ne m'a rien dit.

— Je me renseignerai, si ça ne te dérange pas. Et puis, je vais avoir besoin de fonds pour payer nos experts scientifiques. Les tests de laboratoire coûtent les yeux de la tête. Je suppose que je dois voir ça avec ton comptable ?

— Absolument. Mais il te faudra une procuration, nuança-t-il.

— Je m'en doute. J'ai apporté un formulaire qui devrait suffire. Avant de partir, je demanderai au gardien de te le faire signer. Il me faudra le nom du cabinet de comptable et de ton contact.

— C'est le cabinet Expert Cooper. Mon comptable s'appelle Teddy. J'ai oublié son nom de famille. Je me souviens de son prénom parce que je le trouve ridicule. Il ne devrait pas y avoir d'autre Teddy dans le même cabinet, ce serait un comble. Tu me tiendras au courant ? Si autre chose doit me tomber sur la tête, je préfère le savoir vite.

— En parlant de mauvaise surprise..., commençai-je. On en a déjà parlé, mais pour en revenir à ce mandat pour vagabondage...

— Mais, bon sang, oublie cette histoire ! s'emporta Zach si violemment que je sursautai.

Il leva alors les mains et reprit plus calmement :

— Excuse-moi, c'est sorti tout seul. Écoute, je sais que ce mandat nous met des bâtons dans les roues, mais c'était il y a... combien... treize ans ? Je ne peux plus rien y faire, maintenant.

Derrière la vitre, il semblait découragé par son impuissance.

— Ce n'est rien, ça va aller, le rassurai-je sans trop y croire. J'ai peut-être une bonne nouvelle. Enfin, « bonne » n'est peut-être pas le bon mot. Mais il semblerait que le père d'Amanda soit un autre suspect potentiel légitime.

— Son père ? s'étonna-t-il. Comment ça ?

— Il la harcelait. Il l'appelait et raccrochait dans la foulée. Il la suivait. Et… je crois qu'il a abusé d'elle quand elle était plus jeune. Amanda rapporte une série de viols dans ses journaux intimes. Elle devait avoir douze ans, peut-être treize.

— Quoi ? s'exclama Zach, dont le dégoût laissa place à la fureur. Mais pourquoi ne m'a-t-elle rien dit ?

— Je l'ignore, murmurai-je en songeant qu'il qualifiait lui-même son couple de distant.

Pourquoi paraissait-il si surpris, alors qu'il ignorait des pans entiers de la vie de sa femme ?

— Je pense que nous devrions tenter de le retrouver, repris-je. Quel était le nom de jeune fille d'Amanda ?

Il n'hésita pas une seconde.

— Lynch. Mais je ne connais pas le prénom de son père et ne sais pas où il vivait, rien de ce genre. Je ne l'ai jamais rencontré, et Amanda n'en parlait qu'au détour de conversations en l'appelant « mon père ». Quoique, je crois qu'elle disait « papa », et c'est encore plus glauque. (Il grimaça.) Douze ans ? Case en a dix… C'est dégueulasse.

J'opinai du chef, puis écrivis « Lynch » sur mon carnet et soulignai deux fois ce nom. Je disposais d'un nom de famille et d'une ville – Saint Colomb Falls –, et même du nom de son ancienne paroisse, grâce aux journaux. Ça devrait me permettre d'avancer.

— Ce n'est pas à nous de trouver d'autres suspects, mais le jury aura besoin d'un coupable à châtier, expliquai-je. Il vaut mieux le retrouver.

Mais allais-je vraiment défendre Zach jusqu'à la constitution du jury ? C'était une chose de le représenter en appel, mais un procès pour meurtre ? Pourquoi le ferais-je ? Parce que Paul avait toujours le béguin pour Wendy Wallace ? Parce que je m'en voulais d'avoir éconduit Zach il y avait de cela une éternité ? Parce que j'en voulais à Sam ? Ou était-ce autre chose… ? Une chose que j'essayais d'oublier en me jetant corps et âme dans le travail ? Rien de tout cela ne justifiait de poursuivre cette affaire. J'avais une vie à remettre en ordre.

— J'aimerais également interroger Carolyn, l'amie d'Amanda. Il semblerait qu'elle en sache un peu plus. Tu as son numéro ?

— Je ne connais pas de Carolyn, désolé.

— L'amie d'enfance d'Amanda ? Sa meilleure amie ? insistai-je d'un ton presque aussi accusateur que celui que Sarah avait pris contre moi. Elle vit à New York. Apparemment, Amanda passait beaucoup de temps avec elle.

— Je ne crois pas avoir déjà entendu ce prénom.

Encore une fois, il avait l'air sincère.

— Amanda parle d'elle dans son journal. Sarah et Maude semblent également avoir entendu parler d'elle, mais elles ne l'ont jamais rencontrée.

— Dans ce cas, c'est peut-être elle qui a tué Amanda, dit Zach avec un regain d'espoir. Si une personne de son passé est dans le coin, ce n'est pas bon signe. (Il poussa un soupir dépité.) J'étais une sorte de chevalier servant, pour Amanda. Je l'ai tirée d'affaire, et ça m'a fait du bien. J'ai travaillé dur pour qu'elle – enfin, pour qu'*on* – dispose de tout le confort que l'argent peut acheter. Mais peut-être qu'il manquait l'essentiel. (Il baissa les yeux.) J'aurais dû prendre soin d'elle. Un couple, c'est fait pour ça, non ? Regarde-toi.

— Moi ?

Son regard se posa brièvement sur moi avant de retomber sur ses mains.

— Tu prends soin de ton mari, quitte à changer de boulot… Tout ça.

— Je suppose.

La honte me submergea. Les rouages de ma relation avec Sam étaient-ils à ce point évidents ?

— Tu supposes ? Lizzie, tu as fait d'énormes sacrifices. Ton travail, par-dessus tout. Mais tu l'as fait parce que ton mari avait besoin de toi. Tu as accepté que ses problèmes deviennent les tiens. Tu es quelqu'un de bien, je ne peux pas en dire autant.

Sauf que je déteste Sam à cause de ça.

— J'ai aussi parlé à Maude, dis-je pour changer de sujet.

— L'hôte de la soirée ? Qu'est-ce qu'elle a dit ?

— Elle m'a dit que vous étiez ensemble quand Amanda a été tuée. (J'hésitai, juste une seconde.) Ensemble, tous les deux. À l'étage.

— À l'étage ? répéta Zach, curieux mais loin d'être sur la défensive. J'ai l'impression que tu me parles en langage codé. Je suis désolé.

— À l'étage, au cours d'une soirée où certains convives faisaient de l'échangisme.

— Quoi ? s'exclama-t-il en riant. Maude t'a dit qu'on avait couché ensemble ce soir-là ?

— Oui. Vous seriez restés ensemble jusqu'à 2 heures du matin, ce qui t'offre un alibi, en admettant que les créneaux correspondent à la mort officielle d'Amanda et à ton coup de fil à la police. Vu les circonstances, c'est complexe, mais potentiellement utile.

— Hum, peut-être. Si c'était vrai. Premièrement, je ne sais plus quelle heure il était précisément quand j'ai appelé la police, mais c'était bien avant minuit. (Sa patience semblait s'éroder.) Ensuite, non seulement je n'ai pas couché avec Maude, mais en plus je ne l'ai jamais rencontrée. Lors de cette soirée, je l'ai aperçue parce qu'on me l'a désignée, mais on ne s'est même pas adressé la parole. (Il secoua la tête, incrédule.) Je ne sais pas pourquoi elle a inventé ça.

Peut-être qu'elle a couché avec trop d'hommes pour se souvenir de tous.

Notre conversation terminée, je m'approchai de l'un des trois gardiens près de la sortie, un jeune homme maigre au regard cynique mais sans méchanceté.

— Pourriez-vous faire signer ce papier à Zach Grayson, s'il vous plaît ? J'en ai besoin aujourd'hui.

Je lui tendis la procuration qu'il observa une seconde, sceptique, puis il s'en empara.

— Bien sûr.

Je m'adossai au mur en béton froid en attendant son retour. Avant de laisser Zach, je lui avais demandé de me répéter la suite des événements de la soirée.

Ils étaient arrivés chez Maude un peu avant 21 heures et avaient fait bande à part. Zach avait discuté avec quelques personnes, mais s'était surtout contenté d'« observer » depuis un coin du salon. La personne avec qui il avait parlé le plus longtemps, c'était Sarah, qui voulait tout savoir du parcours qui lui avait permis d'avoir une carrière aussi fabuleuse. À mon sens, elle avait dû le brosser dans le sens du poil et le flatter pour se moquer de lui. Ensuite, il avait quitté la fête pour aller se promener sur l'esplanade de Brooklyn. Il était alors environ 21 h 30. Il avait envoyé un message à Amanda après son départ, mais ne m'avait pas précisé s'il l'avait cherchée avant de quitter les lieux. J'eus le sentiment que non. Il n'était resté qu'une demi-heure à la fête. À son retour chez lui, environ deux heures plus tard, Amanda était morte.

Il put toutefois donner quelques descriptions de personnes présentes à la fête et pouvant attester l'horaire de son départ : un type coiffé d'un chapeau de bouffon, une vieille dame avec des couettes, un chauve portant un tee-shirt Wellfleet. J'étais revenue plusieurs fois sur cette promenade qui constituait un piètre alibi. Le genre d'alibi qui ressemblait à un mensonge gros comme une maison. Qui va se promener à une heure pareille après une soirée, qui plus est à plus de quatre kilomètres de chez soi ? Zach était pourtant catégorique : c'était la vérité. Quelqu'un avait-il pu l'apercevoir ? voulais-je savoir. « Oui, peut-être », avait-il répondu avec trop peu de conviction pour que je lance Millie à la recherche de témoins. Peut-être le chauffeur de taxi qui l'avait conduit jusqu'à l'esplanade ? Mais Zach l'avait arrêté dans la rue, il n'existait aucune trace de ce trajet. Mais, après tout, pourquoi s'inventerait-il un mauvais alibi alors que Maude lui en offrait un plus crédible sur un plateau d'argent ?

Le père d'Amanda – suspect alternatif crédible numéro un – restait notre meilleure défense. Il fallait le retrouver et prouver qu'il se trouvait à Brooklyn le soir des faits. Sans quoi j'avais le mauvais pressentiment que l'histoire parfaitement ficelée de Wendy Wallace suffirait à enterrer Zach vivant.

Et, dans l'idéal, un autre avocat prendrait le relais. Je ne voulais pas être responsable de la chute de Zach. Je devais retourner voir Paul et lui dire qu'il fallait confier cette affaire à quelqu'un d'autre dès maintenant. Il restait assez de temps avant le procès. Je lui expliquerais que cet homicide me mettait en retard sur mes autres dossiers, lesquels étaient également supervisés par Paul. Qui sait, il serait peut-être heureux de pouvoir abandonner cette affaire ; il avait revu Wendy, c'était peut-être son seul intérêt.

— Tenez, me dit le gardien quand il reparut, muni de la procuration signée par Zach. Vous savez, vous devriez dire à votre client de faire attention. Il va finir par se faire mal, un de ces quatre.

— Je sais, soupirai-je, soulagée de voir qu'un gardien était témoin des attaques. Comment puis-je l'aider ? Vous n'auriez pas une idée, un endroit où le transférer ?

Il haussa un sourcil comme s'il me soupçonnait de me payer sa tête.

— Hum… Et si vous commenciez par lui dire d'arrêter de se taper la tête contre les murs ?

Témoignage devant le grand jury

Kenneth Jameson,

témoin entendu le 7 juillet dont l'entretien s'est déroulé comme suit :

Audition

par maître Wallace :

Q : Merci d'être venu, monsieur Jameson.

R : Pas de quoi.

Q : Pourriez-vous nous rappeler votre poste, pour la retranscription ?

R : Technicien spécialisé en identification criminelle pour le deuxième département de New York.

Q : Et depuis combien de temps faites-vous ce métier ?

R : Vingt-cinq ans. Spécialisé depuis quinze ans.

Q : Vous êtes-vous rendu au 597 place Montgomery dans les premières heures de la journée du 3 juillet ?

R : Oui.

Q : Et qu'avez-vous observé ?

R : Le corps d'une femme. Dans une mare de sang.

Q : Pouviez-vous, à ce moment-là, déterminer la cause du décès ?

R : J'ai établi une détermination préliminaire. La cause : homicide. La méthode : traumatisme crânien consécutif à un choc violent.

Q : Aviez-vous identifié l'arme du crime ?

R : Pas de façon certaine. Nous attendions les résultats des analyses.

Q : Aviez-vous établi une estimation préliminaire ?

R : Oui.

Q : Quelle était-elle ?

R : M. Grayson l'aurait frappée avec un club de golf.

Q : Comment en êtes-vous arrivé à cette conclusion ?

R : D'abord, le club a été retrouvé sur les lieux du crime, juste à côté du corps. Ensuite, le sang retrouvé sur le club correspondait à celui de la victime.

Q : Autre chose ?

R : Elle avait une blessure au bras indiquant qu'elle a essayé de se protéger, de parer le coup.

Q : Autre chose ?

R : Les éclaboussures de sang autour du corps concordaient avec une utilisation répétée de cet objet pour frapper la victime.

Q : Pourriez-vous préciser, je vous prie ?

R : On le voyait à la forme des gouttes de sang et à leurs motifs. Les éclaboussures offrent une idée assez nette de la façon dont un crime a pu être commis.

Q : Et, dans ce cas-là, que vous indiquaient les éclaboussures ?

R : Que M. Grayson aurait frappé son épouse à la tête à de multiples reprises.

Q : Un autre détail permettait-il de catégoriser le club de golf comme étant l'arme du crime ?

R : Des analyses préliminaires ont montré que les blessures concordaient avec la forme et la taille du club de golf.

Q : C'est-à-dire ?

R : Je pense qu'elle a été frappée à la tête avec le club lorsqu'elle était debout, puis de nouveau alors qu'elle était au sol. Les différentes hauteurs et formes des éclaboussures de sang coïncident avec un changement de posture de la victime.

Q : Donc, avec des mots simples et uniquement selon vos analyses préliminaires, quelle est votre conclusion quant à la manière et la cause du décès de Mme Grayson ?

R : Elle a été battue à mort avec un club de golf alors qu'elle était au pied des escaliers de son domicile.

Amanda

Deux jours avant la fête

Le lendemain de l'anniversaire de Kerry, elle se réveilla tard. Son corps reprenait goût aux grasses matinées de ces vacances sans enfant. Comme si Case n'avait jamais existé. Cette idée lui fit un peu peur. Au moins, elle n'avait pas refait ce rêve, c'était déjà ça. Finalement, elle arriverait peut-être à s'habituer à l'absence de Case.

Il était 8 h 15, la place à côté d'elle dans le lit était vide depuis longtemps. Zach quittait toujours la maison vers 5 h 30 pour se rendre à la salle de sport avant d'aller au bureau. Il ne supportait pas l'oisiveté.

Que faisait-il à cet instant précis ? se demanda-t-elle. Et pourquoi restait-il au bureau si tard le soir, pourquoi si tôt le matin ? Avait-il vraiment besoin de travailler autant ? Kerry était avocat, Sebe était médecin et autoentrepreneur, or ils étaient bien plus souvent chez eux. Et s'il n'était pas au travail pendant tout ce temps ? Bien sûr, ça lui avait traversé l'esprit, elle n'était pas idiote.

Mais, quand son fils était là, elle avait toujours plus important à penser. Et puis, c'était plus simple de ne rien dire. Plus paisible. Elle se souvint du jour où elle avait dérogé à cette habitude. C'était dans leur deuxième maison à Davis, Zach se plaignait de son patron de l'époque – un homme moins intelligent, moins talentueux, travailleur et perspicace que lui. À ce moment-là, Amanda était enceinte et souffrait de nausées. Pendant une seconde, elle avait dû perdre le sens des réalités, car elle lui avait reproché :

— Tu n'apprécies jamais personne. Tu ne t'es jamais demandé si le problème ne venait pas de toi ?

Le regard de son mari s'était enflammé un instant. Puis, calmement, il avait reposé son couteau et sa fourchette, s'était calé au fond de sa chaise, les bras croisés et lui avait lancé un regard noir. Sans un mot. Amanda n'avait plus su où se mettre. Une éternité avait paru s'écouler avant qu'il lâche enfin :

— Qu'est-ce que tu as dit ?

Il la regardait avec tout le mépris du monde. Comme s'il souhaitait sa mort. Non, comme si elle était déjà morte et que l'on emportait son corps loin de lui.

— Rien, s'empressa-t-elle de répondre en posant les mains sur son ventre rond. Je n'ai rien dit.

Aujourd'hui encore, ce souvenir la mettait mal à l'aise. Mais elle ne pouvait plus risquer de ne rien dire. Encore moins au sujet de son papa. Case rentrerait à la maison d'ici quelques semaines. Elle devait apprendre à se servir de sa voix, et tout de suite.

Pourquoi ne pas y aller petit à petit ? En appelant Zach au travail, par exemple, et en demandant à Taylor de lui passer son mari. Ensuite, elle ferait ce que n'importe quelle autre femme fait tous les jours : demander à son époux s'il rentre pour dîner. Sur un ton banal, comme si elle était parfaitement en droit d'avoir une réponse.

Déterminée, elle roula sur le lit pour attraper son téléphone. L'écran affichait un nouveau message vocal. Heureusement, ce n'était pas un numéro masqué, l'appel avait été émis depuis Manhattan. Elle écouta.

« Bonjour, madame Grayson, Teddy Buckley à l'appareil, le comptable d'Expert Cooper. Nous avions rendez-vous ce matin. Je suis devant votre bureau, mais personne ne répond.

J'ignore si nous nous sommes bien compris, mais il faut absolument que je vous voie. Je repasserai demain. »

Zut.

Au fond, avait-elle vraiment oublié ? Ou était-ce un acte manqué ? Quoi qu'il en soit, en laissant Teddy Buckley faire le pied de grue devant le bureau de la fondation à une heure aussi matinale, elle ne faisait pas preuve d'assurance, mais d'un irrespect total. Elle allait devoir peaufiner sa façon de s'affirmer si elle voulait se faire respecter par son mari. Un nouvel appel. C'était Carolyn.

— Allô ?

— Alors, ce repas d'anniversaire ? (En fond, on entendait l'animation des rues de Manhattan, des klaxons, des voix, et Carolyn respirait fort, comme si elle marchait vite.) Sarah t'a fait une scène pour Zach ?

Ce rôle lui revenait. Celui de la meilleure amie qui défend son territoire.

— C'était un peu gênant, reconnut Amanda. Mais ils ont tous été adorables et compréhensifs, finalement.

— Hum, *adorables* ? répéta son amie, sceptique. Prends garde à ne pas te faire vampiriser par ce genre de femmes.

« Ce genre de femmes » englobait toutes les épouses et les mères avec lesquelles Amanda avait pu sympathiser dans toutes les villes où elle avait vécu ces dernières années. Carolyn les mettait toutes dans le même sac. Mais elle avait tort : Sarah et Maude étaient différentes. De vraies amies. Elles s'inquiétaient pour elle. Et Amanda ne voulait pas que sa copine d'enfance vienne tout gâcher. Elle changea de sujet :

— Dis-moi, que dirais-tu d'aller courir après le travail ? J'aimerais te parler de quelque chose.

— De quoi ?

— J'ai repensé à ce que tu m'as dit. À ce que tu me dis tout le temps. À propos de mon mari.

Amanda reprit son souffle. C'est fou comme un tel aveu pouvait lui faire peur.

— Et ? la poussa Carolyn, optimiste mais méfiante.

— Je t'en parlerai de vive voix.

Ce qui parut décevoir son amie.

— Bon, comme tu voudras. Mais, ce soir, je ne suis pas disponible. Demain ?

Elle eut envie d'insister, mais dit :

— D'accord. Rendez-vous à l'endroit habituel à 20 heures.

En sortant de la douche, Amanda reçut un texto de Sarah :

Tu nous rejoins pour un café ? RDV avec Maude au *Blue Bottle* dans 15 min.

Elles se retrouvaient souvent dans ce café à l'angle de la Septième Avenue et de la Troisième Rue, le matin avant d'entamer leur journée. D'ailleurs, Amanda s'y rendait souvent pour bouquiner dans l'après-midi avant que Graine de Savoir ne prenne autant d'ampleur. Elle adorait y regarder travailler les écrivains du quartier – ils étaient nombreux à Park Slope. Par exemple, ce jeune père aux cheveux en bataille, avec un sticker de marathon 26.2 collé sur son ordinateur, toujours très concentré sur son écran. Elle imaginait toutes les histoires magiques qui naissaient sous ses doigts. Parfois, elle hésitait presque à demander à ce jeune papa ce qu'il écrivait ou combien de marathons il avait courus. Mais elle n'avait jamais osé.

J'en suis ! À tout de suite !

Les trois femmes avaient beaucoup de chance d'avoir un emploi du temps assez flexible pour ces rencards café en pleine matinée. Il faut dire que Maude et Amanda étaient toutes les deux à la tête de leurs boîtes, et si Sarah n'était techniquement qu'une employée, sa chef n'était autre qu'Amanda, une chose qu'elle ne manquait jamais de rappeler à sa patronne – mais sans animosité, juste pour la rassurer sur le fait qu'elle le vivait très bien. Sarah n'avait pas besoin de salaire, elle prêtait main-forte à la fondation pour offrir aux parents dans le besoin un réel soutien ; et puis, ça la changeait des parents ingrats de l'association des parents d'élèves de Country Day.

Amanda enfila rapidement une petite robe, à la fois simple et originale, qu'elle assortit à des sandales de luxe mais « minimalistes ». La tenue parfaite pour une journée d'été à Park Slope, avait-elle fini par comprendre. Elle traversa le couloir, l'humeur presque joyeuse. Presque douze heures s'étaient écoulées depuis le dernier coup de fil, et plus de deux jours depuis la dernière fois qu'elle avait eu la désagréable impression d'être suivie dans la rue. Elle ne criait pas victoire, mais peut-être que son père avait enfin battu en retraite.

Elle s'apprêtait à descendre l'escalier quand elle aperçut là-haut la porte entrouverte du bureau de Zach, au deuxième étage. En son absence, il prenait généralement soin de la refermer. C'était son antre. Elle-même évitait d'y aller, sauf quand elle avait des raisons précises de se retrouver dans cette pièce. Réparer le placard, par exemple (ce qui était enfin prévu pour la semaine suivante). Depuis la première maison dans laquelle ils avaient pu se permettre le luxe d'installer un bureau, c'était une pièce interdite.

— Zach ? appela-t-elle.

Il était peut-être revenu à la maison pour faire sa valise avant un voyage d'affaires. Il lui arrivait souvent de partir en déplacement et d'en revenir sans même qu'elle ait été au courant. Elle recula de quelques pas et dirigea son appel vers l'étage supérieur :

— Zach !

Seul l'écho de sa voix lui répondit.

Elle monta l'escalier vers la porte ouverte, le cœur serré par un affreux pressentiment. De quoi avait-elle peur, au juste ? Amanda vivait selon des règles strictes bien précises, et ce depuis très longtemps, dès l'époque du mobile-home pour survivre à la cohabitation avec son père – cache-toi, ne bouge pas, cours. Désormais, il y avait celles qui lui permettaient d'éviter le conflit avec Zach – ne te plains pas, ne pose pas de questions, ne va pas dans les lieux interdits. C'était plutôt simple. Le seul fait d'imaginer transgresser ces interdits était déjà dangereux. En atteignant la dernière marche, elle retint son souffle et passa la tête par l'embrasure de la porte.

Le bureau était vide. Elle poussa un soupir.

Trois écrans d'ordinateur massifs se refermaient comme un cockpit sur l'élégant bureau des années 1950. Les étagères étaient chargées de livres que Zach n'avait jamais lus. Elle était là le jour où, à Palo Alto, un « conseiller littéraire » était venu sélectionner les livres qui renverraient précisément l'image intellectuelle que recherchait son mari. Pourtant, il n'avait jamais invité personne dans son bureau pour en apprécier le résultat. Quel gâchis ! Les livres dépeignaient un caractère aventurier et curieux, un homme qui faisait de l'exercice, une âme de voyageur ouvert d'esprit. Plus prompt à croquer la vie à pleines dents qu'à s'encombrer des trivialités du quotidien. Une image séduisante, mais à mille lieues du véritable Zach.

La seule chose dont il se souciait vraiment, d'après ce qu'en savait Amanda, c'était son succès. S'il le faisait pour l'argent, elle aurait pu comprendre, mais il se surpassait avant tout pour la satisfaction d'arriver en tête de course.

Gagner pour le plaisir de gagner. Il n'en avait pas seulement envie. Il en avait besoin. Comme si c'était sa seule raison de vivre.

Jusqu'à présent, Amanda ne s'était jamais posé de questions sur cette obsession de la réussite ni sur ces livres d'apparat. Mais, aujourd'hui, tout cela l'agaçait. Elle repensa aux romans qu'elle avait dévorés à la bibliothèque, aux histoires qui lui avaient sauvé la vie. Et Zach, lui, pensait obtenir tout cela en sortant un simple billet. Après tout, pourquoi pas ? Il l'avait bien achetée, elle.

Elle fut prise d'une bouffée de chaleur. Son pouls battait contre ses tempes. Non. Elle n'était pas un objet que Zach possédait. Bien sûr que non. Et Case non plus. Cette maison, c'était chez elle aussi.

Elle entra d'un pas mal assuré, les bras croisés contre sa poitrine.

Sur les étagères murales de chaque côté du bureau central, des cadres exposaient des photos prises au fil des années par des professionnels triés sur le volet. Disséminés dans toute la maison, ils faisaient très joli. Mais Amanda aurait préféré des photos de famille comme celles de Sarah, où les cheveux étaient mal coiffés, les bouches pleines de chocolat, les yeux fermés. Même Maude et Sebe avaient ce genre d'images capturant la perfection de la vie dans toute son imperfection. Pour Zach, c'était hors de question. Sa famille devait être tirée à quatre épingles, une œuvre parfaite exposée sur une étagère.

Et Amanda, quelle famille, quel couple voulait-elle ? Elle ne s'était jamais vraiment posé la question. Pouvoir dire à son mari combien elle avait peur. Ce serait la moindre des choses. Elle aurait voulu aussi qu'il s'inquiète pour elle.

Elle s'approcha du fauteuil et s'assit. Lorsqu'elle posa la main sur la souris, les écrans s'éveillèrent. Encore une photo de lui, Case et Amanda, prise par un photographe de Sunnydale, où ils avaient vécu jusqu'au premier anniversaire de leur fils. Encadré de lumière, le cliché les montrait debout près de la fenêtre de leur loft qui semblait bien plus sophistiqué que dans la réalité. Case était blotti dans les bras de son papa. Amanda se tenait derrière eux, les mains sur les épaules de son mari, et contemplait leur fils. Comme s'ils le faisaient dans la vraie vie, se toucher, se regarder avec amour.

Lorsqu'elle agita encore la souris, on lui demanda un mot de passe. Elle tenta sa date d'anniversaire suivie de celle de Case, sans trop y croire. Comme elle s'y attendait, c'était incorrect. Le moral en berne, elle préféra en rester là.

À sa droite, elle tenta d'ouvrir l'un des tiroirs. À sa surprise, il n'était pas verrouillé. Il contenait divers dossiers en papier kraft, impeccablement rangés. Le premier dossier était étiqueté « Camp de vacances – Case ». On y trouvait les brochures des différentes colonies qu'ils avaient envisagées. Amanda gérait les papiers de Case – l'école, les vacances, les activités. Elle ignorait que Zach en gardait lui aussi une trace.

Elle passa au dossier suivant. « Activités – Case ». Il contenait un dépliant du conservatoire de musique de Brooklyn, où leur fils avait pris des cours de guitare, et un document du club de foot junior de New York. Le dossier « École – Case » contenait des copies de bulletins scolaires de l'école Country Day, la fiche d'information reçue lors de la réunion parents-professeurs au printemps (sa présence était obligatoire), et le répertoire des élèves. En découvrant tout cela, Amanda éprouva un étrange mélange de tristesse, de doute et de culpabilité. Comme si elle était tombée sur la collection secrète des jouets préférés d'un adolescent rebelle. Était-ce là le véritable Zach ? Était-ce ce qu'il voulait, au fond de lui ? S'investir davantage ? Peut-être qu'il ne savait pas comment exprimer ce dont il avait besoin.

Au fond du tiroir, elle aperçut des papiers qu'elle n'avait encore jamais vus : des mails envoyés par le conseil d'administration de l'école sur l'adresse personnelle de Zach. Trois mails, en tout, contenant tous le même texte avec quelques légères différences de format – un malheureux incident avait eu lieu concernant Case, l'école souhaitait s'entretenir le plus tôt possible avec Zach –, suivi des formalités nécessaires pour prendre rendez-vous et une sélection de dates, sans doute pour ledit rendez-vous. Trois mails de ce type envoyés sur les trois derniers mois, à commencer par environ un mois après leur arrivée – 24 avril, 19 mai, 5 juin.

L'école avait contacté Zach pour une chose aussi importante ? Grave erreur ! Ils auraient aussi bien fait d'envoyer directement ces messages dans la corbeille. Elle n'arrivait même pas à reprocher à son mari de les avoir ignorés. Il avait dû supposer qu'Amanda les avait reçus également. Qu'elle gérerait cet incident comme elle gérait tout le reste, c'est-à-dire seule, avec efficacité. En outre, ces messages étaient affreusement évasifs. S'agissait-il d'un incident dont Case était l'auteur ou la victime ? Avait-il un problème ou était-il le problème ?

Elle referma le dossier et le serra contre sa poitrine. Impossible d'appeler l'école pour leur poser la question, ils fermaient pendant les deux premières semaines de vacances. Et comment en parler à Zach sans révéler qu'elle avait fouillé dans le tiroir de son bureau ?

Elle trouverait un moyen. Hors de question de laisser Zach et ses règles absurdes l'empêcher de protéger son petit garçon. Il les avait déjà traînés jusqu'à Brooklyn en plein milieu d'année scolaire, et ce changement brutal n'était sans doute pas étranger à l'incident. Amanda avait eu tort de se laisser faire sans rien dire. Et elle aurait tort de se taire encore aujourd'hui – au sujet de son père, de ces mails, de la nécessité d'apprendre enfin à faire entendre sa voix. Elle ne permettrait plus que son fils paie le prix de sa faiblesse.

Lizzie

Vendredi 10 juillet

Je restai plantée là, encore sonnée, observant le gardien de Rikers qui s'éloignait. Dans ma main tremblante, le papier signé par Zach me conférait une procuration d'avocate.

Il s'est blessé tout seul. Il s'est frappé la tête lui-même.

C'est quoi, ce bordel ?

Je sortis m'asseoir à l'extérieur du bâtiment Bantum, laissant les bus repartir les uns après les autres par la sortie principale de la prison. Je n'allais pas pouvoir rester longtemps, on allait finir par me mettre dehors. Avocat ou non, on ne se balade pas librement sur l'île de Rikers. Mais je ne pouvais pas partir sans avoir mis les choses au clair avec Zach.

Je laissai un dernier bus passer avant de retourner dans le bâtiment en espérant que les gardiens me laisseraient parler encore à mon client sans devoir remplir un nouveau formulaire à l'autre bout du complexe.

— Excusez-moi, dis-je avec un petit sourire au gardien qui m'avait aidée. J'ai oublié de poser une question à mon client.

— À propos de ses coups de boule ? supposa-t-il, vaguement agacé mais compatissant.

Je hochai la tête en précisant :

— Si vous pouviez aller le chercher, je vous en serais vraiment reconnaissante.

— Bon. Ça va pour cette fois.

Un quart d'heure plus tard, Zach et moi retrouvions nos places dans le parloir.

— Je te manquais déjà ? demanda-t-il, le regard fuyant, visiblement nerveux.

Je le regardai en silence. Par où commencer ?

— Pourquoi tu m'as menti ?

— Désolé, mais il va falloir être plus… précise, marmonna-t-il. Les allégations pleuvent dans tous les sens, en ce moment.

Je pointai du doigt son visage, même s'il regardait ses pieds. Puis je serrai mes deux mains pour les empêcher de trembler.

— Tu t'es esquinté tout seul.

Sa jambe cessa de tressauter. Et, pendant un très long moment, le reste de son corps s'immobilisa aussi.

Il releva d'abord la tête, croisa mon regard, puis vint poser les mains sur la tablette en métal devant lui pour prendre appui et se redresser sur sa chaise. Il cligna des yeux, une fois, le regard droit. Soudain, je ne le reconnus plus. Je n'avais jamais vu cet homme-là.

— Surprise ! dit-il en esquissant un sourire. Il t'en a fallu, du temps.

Je serrai les mains plus fort, enfonçant mes ongles dans ma paume.

— Pourquoi ?

Ce mot racla le fond de ma gorge sèche.

— Pourquoi suis-je surpris que tu aies mis autant de temps ?

— Non, pourquoi *moi* ? (Je parlais fort, les gardiens risquaient de venir, mais je n'arrivais pas à me contrôler.)

Des avocats, ce n'est pas ce qui manque, à New York. Tu peux avoir celui que tu veux.

— Nous avons déjà parlé de ta loyauté maladive, je crois. (Il ricana.) Et puis, tu es déterminée. Une fois que tu aurais accepté de prendre ma défense, je savais que tu ne me lâcherais pas. J'ai juste mis toutes les chances de mon côté pour te convaincre, ajouta-t-il en désignant son visage tuméfié.

— C'est pour me punir de ne pas avoir voulu sortir avec toi ?

— Je t'en prie, Lizzie, pouffa-t-il. Un peu moins de condescendance… Ce n'est pas une histoire de sentiment. Mais, puisque tu en parles, tu n'as pas été correcte avec moi, à l'époque. Tu t'es servie de moi.

— On était amis.

— C'était plus compliqué que ça. Bref, ça n'a plus d'importance. Je n'ai pas passé toutes ces années à te regretter, rassure-toi. Tu as vu des photos d'Amanda, pas vrai ? Côté matrimonial, je me suis bien débrouillé. Ce que je veux, c'est sortir de prison.

Je me relevai.

— Je me retire de ce dossier. Tout de suite. Je te trouverai un conseiller de substitution.

— Toi et ton putain de jargon, ricana-t-il, enfoncé dans son siège, les bras croisés. Non, Lizzie. Merci, mais non merci. Tu me défendras jusqu'au bout.

— Zach, j'arrête là. Tu ne peux pas me forcer la main. C'est fini.

Je me tournai vers la porte. Besoin de sortir. Besoin d'air.

— Tu sais, Young & Crane ne réclame pas une déclaration de situation financière pour faire joli, lança-t-il dans mon dos. Ils n'embauchent pas de collaborateurs endettés, et encore moins ceux qui ont un procès au cul.

Reste calme.

— De quoi parles-tu ? demandai-je sans me retourner.

— Ne fais pas l'innocente. L'action en justice dont fait l'objet ton mari est une obligation conjointe. Tu le sais très bien. Les créanciers peuvent s'en prendre à toi autant qu'à ton pauvre Sam, l'écrivain alcoolique et rebelle. Et parce que votre dette est conjointe, tu étais tenue de la mentionner dans ta déclaration de situation financière. Or tu t'es bien gardée de le faire.

Je posai une main sur le mur pour m'appuyer, puis me retournai vers Zach.

— Comment sais-tu tout ça ?

— C'est une excellente question, reconnut Zach, peinant à contenir sa satisfaction. Mais un autre problème plus grave devrait t'inquiéter : si j'ai découvert que tu étais endettée, qu'est-ce qui empêche Young & Crane de le découvrir également ? Franchement, Lizzie, mentir sur un tel document pour un cabinet d'avocat, quel culot ! Tu me déçois. Sam aurait-il détruit toutes tes valeurs, en plus du reste ?

Mon estomac se noua.

— Qu'est-ce que tu veux ?

— Je n'ai pas tué ma femme. Tout ce que je te demande, c'est de rester dans le coup et de m'aider à le prouver.

— Et si je refuse ? Tu me fais virer ?

— Si tu refuses, je ferai en sorte que ton cabinet sache ce que tu as fait. Et alors, tu te feras virer et tu ne pourras t'en prendre qu'à toi-même. Ou à Sam. C'est lui, l'alcoolique.

Sur le trajet du retour, mes mains tremblaient. Je dus m'arrêter sur la bande d'arrêt d'urgence entre Brooklyn et le Queens. La circulation était chargée, j'avais des sueurs froides. Zach avait-il toujours été ce monstre ? Cela aurait-il pu m'échapper à l'époque ? Est-ce que je m'en doutais, au fond de moi ? Est-ce la raison pour laquelle j'avais éprouvé un tel soulagement quand il avait coupé les ponts ? Tout cela n'avait plus aucune importance. Je devais trouver une issue à cette impasse. Tous mes points de fuite étaient bloqués par un mur de brique : ma déclaration de situation financière. À Young & Crane, ils allaient certainement me licencier s'ils l'apprenaient. Ou, pire, me poursuivre en justice pour faute éthique. Sans métier et sans réputation, qu'allais-je devenir ? Une orpheline, menteuse, radiée du barreau, mariée à un alcoolique, sans enfant et criblée de dettes. Un peu comme mes parents avant leur mort. À la différence que le responsable de ma chute n'était pas un inconnu. C'était d'abord mon propre mari. Et, maintenant, Zach.

Je n'avais d'autre choix que de faire sortir Zach de Rikers. Pour y arriver, le procès pouvait prendre des mois, voire des années. Je ne pourrais pas supporter le chantage de Zach aussi longtemps. Trouver le véritable assassin, c'était ma seule chance de me tirer d'affaire. Si j'y arrivais, si je trouvais un minimum de preuves tangibles, et si j'arrivais à obtenir une visibilité dans les médias, Wendy Wallace n'aurait d'autre choix que de retirer les charges contre Zach.

Évidemment, tout cela reposait sur une condition : il fallait que Zach soit innocent. Or, dans l'immédiat, il me paraissait terriblement coupable.

Je découvris à mes dépens que le nom Lynch était extrêmement répandu dans la commune de Saint Colomb Falls : plus d'une dizaine d'hommes y portaient ce nom. De retour au cabinet, j'étudiai la liste affichée sur l'écran de mon ordinateur. J'essayai de me concentrer sur ma tâche présente : retrouver le père d'Amanda. Je tentai de faire abstraction du fait que je menais ces recherches sous la pression du chantage. Je n'avais pas d'autre choix que de continuer comme si de rien n'était.

Mes recherches autour d'Amanda Lynch n'avaient rien donné : pas une seule page Facebook ni le moindre article, pas même une vague référence dans un vieux journal de lycée. Il faut dire qu'elle n'avait pas dix-huit ans quand elle était devenue Amanda Grayson. Elle avait à peine vécu avant de rencontrer Zach.

Je classai les hommes portant le nom de Lynch selon leur âge, le père d'Amanda étant probablement au moins quinquagénaire. Il ne me restait que sept noms : Joseph, Robert, Charles, Xavier, Michael, Richard et Anthony. Je comparai ces résultats aux registres des délinquants sexuels, car, si son père l'avait agressée, il avait peut-être d'autres victimes à son actif. Mais aucun de ces hommes n'avait de casier judiciaire. Il ne me fallut que quelques minutes pour avoir accès à leur numéro de téléphone. L'approche serait efficace mais peu subtile. Tant pis, le temps pressait.

Je composai le premier numéro. Joseph Lynch. La sonnerie résonna dans le vide plusieurs fois, puis le répondeur s'enclencha. Ma stratégie reposait sur le présupposé que les gens décrocheraient le téléphone, or qui répond à un numéro inconnu de nos jours ? Malheureusement, je n'avais pas de meilleure idée.

— Bonjour, ici Joséphine, récita une voix. Laissez un message après le…

Je raccrochai. Joseph devait être le diminutif de Joséphine. Je pris une inspiration et passai au nom suivant : Robert Lynch.

Je sursautai quand on décrocha dès la deuxième sonnerie.

— Ici Robert, lança une voix forte et joviale presque à l'excès.

— Oh, bonjour. Je m'appelle Lizzie. Je cherche à contacter Amanda Lynch. On était au lycée ensemble et on a perdu contact.

La vieille copine, une technique banale et innocente visant à désarmer le père pour qu'il s'identifie lui-même tout naturellement.

— Amanda ? répéta Robert Lynch avec enthousiasme. Je suis désolé, je ne crois pas connaître d'Amanda Lynch. J'ai bien peur que vous ne vous soyez trompée de numéro.

— Excusez-moi du dérangement.

— Mais je vous en prie, répondit-il comme si mon appel illuminait sa journée. Y a-t-il autre chose que je puisse faire pour vous ?

Aidez-moi. Libérez-moi de l'emprise de Zach.

— Non, je ne crois pas, mais je vous remercie.

— Passez une excellente soirée.

Vint ensuite Charles Lynch. Un message automatique s'enclencha aussitôt : « Le numéro que vous avez demandé n'est pas attribué. » Trois de moins. Il n'en restait plus que quatre sur ma liste.

Quelle poisse.

Il y avait d'autres pistes à explorer, sans doute d'autres Lynch qui ne figuraient pas sur ma liste, et un numéro non attribué n'était certainement pas une preuve d'innocence. Il n'était pas exclu que le père d'Amanda ait déménagé. Je repris mon souffle avant de composer le numéro suivant : Xavier. Je répétai ce nom dans ma tête. Un nom chrétien. Vertueux. Pas le nom d'un père violent.

— Allô ? dit une voix grave et sèche.

— Bonjour, pardon. Je m'appelle Lizzie Kitsakis.

— Oui ?

— Je cherche à joindre Amanda Lyn…

Un clic. Discret mais distinct.

— Allô ? appelai-je, sans réponse. Allô ?

Je recomposai le numéro, mais n'entendis aucune tonalité. Il avait bloqué mon numéro. Je connaissais la technique, Sam et moi avions bloqué les appels de l'avocat de l'*Anglers* lorsqu'il s'était mis à nous harceler jour et nuit.

Était-ce la preuve que Xavier était le père d'Amanda ? Bien sûr que non. Mais c'était suspect.

Je menai une petite recherche sur Xavier Lynch et trouvai plus de résultats qu'il n'en fallait. Aux États-Unis, il y avait deux homonymes répertoriés en ligne. Le premier était un dentiste de trente et un ans originaire d'El Paso au Texas, et l'autre, dix-neuf ans, était en deuxième année de licence à l'université de Floride et tenait cinq vlogs où il se filmait en train de jouer à des jeux vidéo. Je me laissai distraire quelques secondes en cliquant sur des liens qui ne menaient nulle part, avant d'ajouter Saint Colomb Falls à ma recherche. C'est là qu'apparut mon troisième Xavier Lynch en tête de liste. On mentionnait son nom dans le bulletin d'information de la paroisse méthodiste de Saint Colomb Falls, un an plus tôt, au sujet d'une vente de charité. Cette même église dont parlait Amanda dans son journal.

Le nom de Xavier Lynch n'était cité qu'une fois dans le document, dans une légende sous une photo. Le cliché le montrait aux côtés d'un couple bien plus âgé, dont chacun tenait une cage à oiseaux.

Susan et Charlie Davidson et Xavier Lynch dévoués aux oiseaux grâce à notre BRADERIE ANNUELLE !

Xavier Lynch était un homme à la carrure très imposante. Large d'épaules, il dépassait le couple de plusieurs centimètres, les cheveux courts gris, un visage massif et des lunettes à monture épaisse. Il se tenait droit et raide, sans sourire.

Bon, et maintenant ? Quand j'étais procureure fédérale, la réponse était simple : j'envoyais le FBI tirer l'affaire de Xavier Lynch au clair. Mais je n'avais plus d'agents à ma disposition. Dans le meilleur des cas, mes clercs s'occuperaient d'avancer mes frais. Ils n'interrogeaient pas les suspects de meurtre.

— Hum… bonjour ?

Quand je levai les yeux, je vis Thomas, le doigt en crochet contre ma porte comme s'il venait de frapper. Il portait un pantalon moulant et un polo à rayures jaunes et orange vif. Mon assistant juridique avait toujours ce regard malicieux et ce petit sourire comme s'il venait d'apprendre quelque ragot, peut-être à mon sujet. Mais il restait très efficace, et un allié fidèle de surcroît.

— Que se passe-t-il ? demandai-je sans parvenir à dissimuler mon agacement.

Il brandit une enveloppe comme un bouclier.

— Les documents du mandat de Philadelphie, annonça-t-il en approchant pour me remettre les papiers. Je devais vous les apporter dès leur réception.

Le mandat non exécuté. Quelle différence cela faisait-il, à présent ? Même en sachant l'affaire classée, la juge avait refusé d'accorder la remise en liberté de mon client désormais accusé de meurtre.

— Ah, oui. C'est l'amende pour vagabondage ? demandai-je.

— Je suis censé vous remettre le courrier, pas le lire. Sauf si vous me le demandez. Vous vous rappelez ?

Son regard était appuyé, comme si j'étais censée comprendre l'allusion.

— Non, je ne me rappelle pas.

— Ah oui, c'était avant votre arrivée, à l'époque de l'associé qui a été viré. À ce propos, sans vouloir passer pour un héros, c'est moi qui ai vendu la mèche. Il m'avait envoyé récupérer des documents chez l'imprimeur et, comme je fais bien mon boulot, j'ai pris l'initiative d'ouvrir l'enveloppe pour que mon patron n'entaille pas ses doigts délicats. L'enveloppe ne contenait pas les contrats auxquels je m'attendais.

— Que contenait-elle ?

— Des photos compromettantes d'une assistante juridique, visiblement prises à son insu.

— Beurk, grognai-je.

Dans quel monde vit-on ?

— Les autres associés auraient laissé passer, mais Paul ne lâche rien. Ce type est un fou, mais il a le mérite d'être assez intègre.

— Oui, assez, confirmai-je en m'emparant de l'enveloppe.

Je l'ouvris et parcourus rapidement le contenu du mandat. La mention était là, à la fin du document : il s'agissait bien de vagabondage. Thomas laissa son espièglerie de côté quand il s'aperçut de ma morosité.

— Tout va bien ?

— Pas vraiment, non.

— Je peux vous aider ? demanda-t-il, sincère.

J'évitai son regard.

— C'est gentil, mais non. Je crois que personne ne peut m'aider.

Le bâtiment du procureur de district de Brooklyn était plus grand et plus récent que celui de Manhattan, et pourtant le hall d'entrée avait la même odeur – celle du carton et de vagues relents d'urine – et, plus j'y patientais, plus elle m'agressait.

La réceptionniste m'avait informée que, en dépit de notre rendez-vous fixé à 11 h 45, Wendy Wallace n'était pas encore arrivée. Il était déjà 12 h 15. Assise là, à regarder les portraits de tous les procureurs de district passés par là, il me vint l'idée que Wendy n'avait accepté cette entrevue que parce qu'elle n'avait aucune intention de s'y rendre.

J'entendis enfin le claquement de ses talons sur le marbre en provenance de l'ascenseur, affûtés comme des lames de couteau. Wendy Wallace. Elle devait penser que je venais trouver un arrangement. Ce n'était pas le cas, et ça n'allait pas lui plaire. Par ailleurs, je détestais avoir à lui demander son aide, mais cela me simplifierait grandement la tâche de mettre le parquet sur la piste de Xavier Lynch pour qu'ils creusent eux-mêmes cette piste.

Quand elle apparut dans le hall, elle me parut encore plus belle que le jour de l'audience en appel. Des yeux bleu pâle mis en valeur par ses cheveux d'argent, un costume gris taillé sur mesure et des escarpins noirs. Elle avait le menton fier et me toisait avec la prestance d'un sphinx. Je me levai dans l'espoir que cela chasserait un peu de mon intimidation. En vain.

— Madame, dit-elle d'un ton impassible. Veuillez m'accompagner dans mon bureau, nous y serons plus à l'aise.

À l'aise, vraiment ?

Son personnage m'évoquait une énigme doublée d'une imposture. Sans doute était-ce la raison pour laquelle Paul ne s'en remettait toujours pas. Elle devait compter parmi les rares personnes à lui avoir fait mordre la poussière.

Le bureau de Wendy Wallace était décoré avec goût par touches signées de designers de renom – un fauteuil Herman Miller par-ci, une œuvre originale exposée par-là –, sans doute le reflet de la fortune héritée de son mariage avec Paul. Ces objets n'avaient pas été financés par son seul salaire de procureure adjointe. Mais rien de trop ostentatoire non plus. Juste assez pour signifier qu'elle valait plus que ne le suggérait son revenu annuel.

Elle me fit signe de m'asseoir.

— Que puis-je pour vous ?

Je m'assis avec raideur. Et quand Wendy eut pris place derrière son bureau, je n'eus d'autre choix que de rester droite comme un « i ».

— J'ai besoin de votre aide, me lançai-je.

— De mon aide ? répéta-t-elle avec une platitude effarante.

— J'ai retrouvé le père d'Amanda Grayson. (Je sortis de mon sac le journal intime le plus récent et le brandis pour appuyer mon propos.) Il la harcelait. Il y a de fortes chances pour qu'il l'ait tuée. Il faut l'interroger au plus vite.

Je prenais un risque en dévoilant ainsi mon joker. Désormais, Wendy aurait tout le temps de monter son réquisitoire pour contrer cette thèse du suspect alternatif. Mais, si on devait vraiment aller jusqu'au procès, j'espérais trouver un moyen de me retirer de l'affaire avant le jour J.

— Son père ?

Elle regardait le journal avec une moue dubitative.

— Je crois l'avoir retrouvé, mais je n'en suis pas certaine à cent pour cent. Il l'a violée quand elle était enfant et la harcèle depuis qu'elle s'est installée à New York. Il serait même venu à Park Slope et l'aurait suivie dans la rue. Tout cela est décrit dans le journal.

— Votre client a tué sa femme, madame. Je n'ai besoin ni de lire son journal ni de parler à son père pour le savoir.

Sa réponse me semblait trop appuyée, comme si elle cherchait à s'en convaincre. Aurait-elle un léger doute sur la culpabilité de Zach ? Je pouvais comprendre qu'elle n'ait aucune envie de s'attarder dans ce panier de crabes. En tant que procureure, je n'aurais jamais accepté de me mêler d'interrogatoires hasardeux dans la famille d'un prévenu pour creuser des thèses alternatives susceptibles de remettre en cause ma propre théorie. Il fallait choisir finement ses preuves pour monter un réquisitoire, non pas par méchanceté, mais parce qu'il fallait croire soi-même à sa version des faits. Mais, dans le cas de pures preuves disculpatoires, c'était autre chose. Aucun procureur ne fermerait les yeux là-dessus, pas même Wendy Wallace. Ce serait la fin de sa carrière.

— Le père d'Amanda Grayson la harcelait, il la terrorisait, insistai-je avant de marquer une pause, espérant lire une vague inquiétude sur son visage, ce qui n'arriva pas. Je crois qu'il l'a tuée.

— Ah, fit-elle, vaguement amusée. Vous savez, je ne m'inquiétais pas pour Paul, je sais comment le déstabiliser. Mais on m'a parlé de vous, chez le procureur fédéral. Il paraît que vous êtes un roquet hargneux. Je vous remercie de me prouver que cette description vous va comme un gant.

Je sentis mon agacement monter. Wendy, elle, rayonnait.

— Il faut que la police interroge le père. Quelqu'un doit vérifier son alibi. Vos enquêteurs ont-ils seulement vu ces journaux ? Ils étaient cachés sous le lit. Amanda y notait tout : les dates, les heures, les appels de son père et les moments où il la suivait. C'est potentiellement disculpatoire.

L'adjointe opina pensivement du chef. Je crus être parvenue à lui faire entendre raison. Mais elle secoua la tête, sa décision était prise.

— Excusez-moi, vous avez dit quelque chose ? J'ai cru entendre « potentiellement ». Ce mot me fait saigner les oreilles.

— Écoutez, je ne pense pas trop vous demander en…

— Non, de toute évidence, vous ne pensez pas, rétorqua-t-elle sèchement. Votre client est millionnaire. Si vous voulez vous lancer dans cette quête futile qui ne fera que remonter vers M. Grayson, grand bien vous fasse. Après tout, c'est lui qui financera l'enquête, pas les contribuables de l'État de New York. Nous ne sommes pas forcés de vérifier la moindre piste solitaire sous prétexte que vous « pensez » qu'elle pourrait mener quelque part. Non, ils n'ont pas interrogé les copains de lycée de votre client, ni son foutu dentiste. Et puis quoi encore ? Nous n'allons pas décréter que c'est pertinent sous prétexte que ça vous ferait plaisir. Mais j'ai une idée : je vais vous voler tous ces jolis journaux intimes pour les déclarer pièces à conviction et je vais prendre tout mon temps pour les lire.

— Et si cela débouchait effectivement sur une piste ? Et si le père d'Amanda avouait un fait compromettant à mon enquêteur ?

— Dans ce cas, vous n'aurez qu'à appeler à la barre votre enquêteur à la con ! hurla-t-elle.

Mais nous savions toutes les deux qu'elle sortirait alors l'artillerie pour décrédibiliser ledit enquêteur. Elle s'adossa calmement dans son siège, une main sur chaque accoudoir comme sur un trône, et reprit :

— J'ai accepté cet entretien uniquement parce que je pensais que vous me supplieriez de trouver un arrangement que j'aurais eu beaucoup de plaisir à vous refuser. Au lieu de ça, vous venez me demander de faire le boulot à votre place ? (Elle secoua la tête avec un ricanement dédaigneux.) Perdez votre temps à interroger ce type si ça vous chante. Maintenant, si vous permettez, j'ai du travail.

— Très bien, dis-je en me relevant. Nous ne sommes pas d'accord, mais vous devez faire ce que vous estimez être juste.

— On va dire ça, oui.

— Dans ce cas, n'oubliez pas que le non-respect de l'équité procédurale est une erreur réversible. Si ma piste se révélait fructueuse et que vous l'aviez délibérément ignorée…

Je laissai la fin de ma phrase à son imagination.

Wendy Wallace me jeta un regard noir, puis sourit.

— Il me tarde de répondre à cet argument.

— Merci de votre attention, conclus-je avant de me tourner vers la porte. Ce fut très instructif.

— Un petit conseil, dit-elle avant que je quitte la pièce. De femme à femme.

Je marquai une pause avant de me retourner.

— Méfiez-vous de Paul. C'est un charmeur, mais, tôt ou tard, il vous arrachera le cœur et vous le fera manger tout cru.

J'inclinai la tête et esquissai un petit sourire.

— Oh, ne vous inquiétez pas. De femme à femme, je suis bien trop maligne pour tomber sous son charme.

Témoignage devant le grand jury

Taylor Pellstein,

témoin entendu le 7 juillet dont l'entretien s'est déroulé comme suit :

Audition

par maître Wallace :

Q : Bonjour, mademoiselle Pellstein. Merci d'être venue.

R : Il paraît que c'était obligatoire.

Q : C'est exact, vous avez été citée à comparaître.

R : Dois-je comprendre que j'avais le choix ?

Q : Vous êtes légalement tenue de fournir votre témoignage.

R : J'aime beaucoup M. Grayson. C'est un patron très gentil, et je tiens beaucoup à mon travail.

Q : Ne vous inquiétez pas pour cela, mademoiselle Pellstein. Les auditions devant le grand jury sont confidentielles.

R : C'est vous qui le dites.

Q : Non, c'est un fait, mademoiselle Pellstein. C'est la loi.

R : Bref, si vous voulez.

Q : Bien, plus tôt nous aurons commencé, plus tôt nous vous libérerons. Je n'ai que deux ou trois questions. Vous travaillez bien pour M. Grayson ?

R : Oui.

Q : À quel poste ?

R : Je suis son assistante.

Q : Et en quoi cela consiste-t-il ?

R : J'organise l'emploi du temps de M. Grayson, ses réunions, ses rendez-vous, ses déplacements professionnels, et j'assure la permanence téléphonique.

Q : Depuis combien de temps occupez-vous ce poste ?

R : Trois ans.

Q : Vous étiez donc déjà l'assistante de M. Grayson en Californie ?

R : Oui.

Q : N'est-il pas inhabituel de faire déménager son assistante à l'autre bout du pays ?

R : Qu'est-ce que j'en sais ? Je n'ai pas d'assistante.

Q : Avez-vous déjà eu l'occasion de parler à Mme Grayson ?

R : Bien sûr, chaque fois qu'elle téléphonait.

Q : M. Grayson vous donnait-il des instructions spécifiques sur ce que vous deviez répondre à son épouse ?

R : Je ne comprends pas votre question.

Q : Je vous rappelle que vous êtes sous serment. Mentir serait considéré comme un parjure. M. Grayson vous donnait-il des instructions spécifiques concernant son épouse ?

R : Il me demandait de ne pas faire suivre ses appels.

Q : Cette requête de M. Grayson était-elle valable uniquement dans certains contextes ?

R : Non, tout le temps.

Q : Vous ne deviez jamais lui passer sa femme au téléphone ?

R : Je devais toujours prendre un message. Mais je tiens à préciser que ça ne m'enchantait pas. Mme Grayson, je ne la connaissais pas, mais elle avait l'air gentille. Je crois simplement que M. Grayson était très occupé. Ce n'était pas contre elle.

Q : Et d'avoir une liaison avec M. Grayson, cela ne vous enchantait pas non plus ?

R : Pardon ? Je n'ai pas de liaison avec lui.

Q : Avez-vous couché avec M. Grayson ?

R : Oui, mais ce n'était pas une liaison.

Q : Combien de fois avez-vous couché avec M. Grayson ?

R : Je ne sais pas.

Q : Plus d'une fois ?

R : Oui. Plus d'une fois.

Q : Plus de dix fois ?

R : Oui. Plus de dix fois.

Q : Plus d'une centaine de fois ?

R : Je ne sais pas. Peut-être. Mais ce n'était pas une relation amoureuse. Ni une liaison. Rien de ce genre.

Q : Pourquoi dites-vous cela ?

R : Parce que c'est ce que Zach me disait : « Ce n'est pas une relation. Ce n'est rien du tout. » Il me le répétait tout le temps.

Amanda

Deux jours avant la fête

Quand Amanda pressa le pas pour se rendre au *Blue Bottle*, elle avait déjà dix bonnes minutes de retard. Sarah et Maude étaient assises en terrasse, à une petite table. Il faisait bon en cette fin de matinée de juin, l'air était sec. Une journée parfaite de plus à New York, juste avant l'insupportable mois d'août contre lequel on l'avait mise en garde, avec ses odeurs étouffantes et ses habitants excédés. Au retour des enfants, les adultes partiraient à leur tour en vacances dans les Hamptons, au cap Cod ou dans quelque escapade européenne, et, les dernières semaines de l'été, Park Slope serait désert.

Là-bas, sur la terrasse, Maude lui tournait le dos et Sarah portait de grosses lunettes de soleil, la bouche pincée. Amanda attendit qu'elle lève les yeux pour lui décocher un grand sourire et la saluer de gestes exagérés, comme elle aimait le faire. Mais le regard de son amie restait fixé sur Maude.

— Désolée du retard, murmura-t-elle quand elle eut traversé la terrasse pour arriver à leur niveau.

Elle ne savait pas encore si elle allait leur parler des mails de l'école au sujet des problèmes de Case. Au fond, elle avait honte de n'avoir pas été au courant. Mais Sarah n'avait-elle pas également parlé de messages de l'école qu'elle avait délibérément ignorés ?

— Ce n'est rien, répondit celle-ci d'un ton grave. On discutait.

Une fois assise, Amanda remarqua les yeux gonflés de Maude. Elle avait pleuré.

— Que se passe-t-il ? Sophia va bien ?

Maude secoua la tête.

— Je ne sais pas. J'ai reçu une autre lettre. Il n'y avait rien de nouveau, mais j'ai un mauvais pressentiment. J'ai enfin réussi à contacter la colonie de vacances, ils m'ont dit qu'elle allait bien, mais ces idiots l'ont laissée partir en randonnée. Je ne pourrai pas la joindre avant jeudi, c'est affreux. Je n'irai pas mieux tant que je n'aurai pas entendu le son de sa voix.

— Maude, ma belle, dit énergiquement Sarah. Que se passe-t-il avec Sophia ? On voit bien qu'il se trame quelque chose. Dis-nous ce qui se passe pour qu'on puisse t'aider.

— Sebe ne cesse de me répéter de garder mon calme, mais je... Il a tort. Elle ne va pas bien. Je le sens.

— C'est normal, les maris ne servent à rien. Même les plus canons. Maude, raconte-nous ce qui s'est passé.

— J'ai promis à Sophia de ne rien dire...

— Arrête de dire des bêtises. Un parent ne tient que les promesses qu'il juge raisonnables. Tout le monde le sait.

Maude n'écoutait que d'une oreille en se mordant nerveusement la lèvre.

— Sophia s'est photographiée nue et a envoyé les photos au garçon qu'elle fréquente, finit-elle par avouer, puis laissa ses épaules s'affaisser.

— Mais voyons, Maude, elles font toutes ça ! s'exclama Sarah. Moi-même, je suis passée par là et je ne le recommande à personne – on a beau être bien dans notre peau, notre corps de femme de quarante-huit ans est bien plus joli dans notre tête que sur un selfie. Bref, tu n'imagines même pas les photos que reçoivent mon fils et ses copains à longueur de journée. Je ne reproche rien aux filles, ce sont les garçons qui les réclament. Même les miens, je n'en doute pas. Comme s'il n'y avait rien de mal à ça. Tout ça, c'est la faute du porno. Et je ne parle pas des simples *Playboy*. Ça, à côté, c'était de la saine curiosité. Ces conneries sur Internet ? (Elle ferma les yeux et frissonna d'horreur.) Un puits de dépravation sans fond. Apparemment, certains sites sont même entièrement dédiés au peep porn.

— Le peep porn ? répéta Amanda.

— C'est du voyeurisme. Les mecs filment sous les jupes des femmes ou cachent des caméras dans les toilettes publiques, ce genre de choses. (Elle rougit, ce qui n'était pas son genre.) Et on veut me faire croire qu'il n'y a rien de mal à ça !

Mais, voyant les yeux de Maude se remplir de larmes, elle regretta aussitôt sa digression.

— Oh, pardon, Maude ! Le peep porn n'a rien à voir avec Sophia, ne t'inquiète pas ! C'est totalement hors sujet ! Revenons-en à elle. Ta fille a pris des photos d'elle et les a envoyées à un garçon, c'est bien ça ? Eh bien, ce n'est pas grave... Je te le jure. Assurons-nous maintenant que Sophia en a conscience : il n'y a pas mort d'homme.

Amanda fit remarquer à son tour :

— Tu as beaucoup de chance que ta fille se soit confiée à toi. Ça prouve qu'elle a confiance.

— Exactement. Ça veut dire que tu es une bonne mère. Je te charrie parfois en te disant que tu la couves trop, mais, tu sais, mes fils ne me disent rien, à moi.

En clignant des paupières, la mère inquiète libéra les larmes qui roulèrent sur ses joues.

— Ce n'est pas tout, dit-elle.

— Ah bon ?

— Notre ordinateur fait partie de ceux qui ont été piratés. Les photos de Sophia sont... très provocantes. On nous menace de les poster sur Internet.

— Les salauds ! s'écria Sarah.

Les joues de Maude étaient baignées de larmes, à présent.

— Et le pire, c'est que, dans ses lettres, j'ai l'impression que ma fille laisse penser qu'il se passe autre chose. Une chose que j'ignore. (Son regard passa d'une amie à l'autre comme si elles pouvaient lui apporter des réponses.) Qu'est-ce que ça peut être ?

Sarah secoua la tête.

— Tout va s'arranger. Tu dois parler à ta fille, c'est tout. Elle a passé trop de temps loin de chez elle sans téléphone, elle a dû gamberger.

Mais ça n'apaisait pas l'inquiétude de Maude, et son angoisse finissait par contaminer Amanda.

— Tu l'auras au téléphone jeudi, c'est bien ça ? demanda-t-elle.

— Oui, mais je ne sais pas à quelle heure. Si elle revient de randonnée pendant ma fête débile, j'annule tout pour lui passer un coup de fil.

— Ah non, n'annule pas ! s'exclama Sarah, avant de se reprendre. Enfin… Les préparatifs de la fête te changeront les idées. Tu ne peux rien faire d'autre, de toute façon. Ce qui est fait est fait. (Avec un rictus taquin, elle tenta de lui mettre du baume au cœur.) Et puis, tu m'as promis l'ultime occasion de vivre une soirée libertine, tu ne peux pas annuler maintenant. Je veux terminer en beauté.

— Dans ce cas, tu n'as qu'à recevoir les invités chez toi, sourit Maude au milieu de ses larmes. En parlant de la fête, je ferais bien de rentrer. J'ai des livraisons qui vont arriver.

— Ça va aller ? s'inquiéta Amanda. On peut t'accompagner, si tu veux.

— Non, non. Je sais que j'ai mauvaise mine, mais je tiens le coup, je vous assure. J'ai juste besoin d'être un peu seule.

— Sûre ? demanda Sarah.

— Oui, certaine, dit-elle en se levant.

Amanda et Sarah regardèrent leur amie rassembler ses affaires et partir. Elles se turent jusqu'à ce qu'elle ait disparu de la terrasse.

— Bon sang, quelle idiote je suis ! soupira Sarah. Du peep porn ? Franchement, je suis nulle. Ce doit être la fatigue. C'est la faute de ce crétin de Kerry.

— Kerry ?

Sarah parut soudain regretter d'en avoir trop dit.

— Oh, ce n'est rien. Une dispute. On n'aurait pas dû boire autant de vin. Je lui reprochais d'avoir inventé des histoires au sujet de son beau-père.

— Quelles histoires ?

— Le beau-père de Kerry ne lui a jamais cassé le bras, c'était un mensonge. Certes, c'était parfois un con, mais il n'était pas violent. Kerry a menti parce que tout le monde te regardait, il ne voulait pas que tu te sentes mal à l'aise.

— Oh, murmura Amanda, morte de honte. Je suis désolée.

— Ne t'excuse pas, tu n'y es pour rien. Et puis, ce n'était que le début de notre dispute. Ensuite, ça a dégénéré. (Sarah agita la main.) Mais on en reparlera un autre jour. Pour l'instant, c'est cette pauvre Maude qui m'inquiète. Et dire que je n'ai fait que jeter de l'huile sur le feu…

— Mais non, mentit Amanda – au fond, elle pensait effectivement que Sarah n'avait rien arrangé à l'affaire.

— Je l'appellerai tout à l'heure pour prendre des nouvelles.

— Je peux te poser une question totalement hors de propos ? (Le changement de sujet était abrupt, mais son impatience la rongeait.) C'est au sujet du mail de Country Day qui demandait tes disponibilités pour te parler de Will.

— Tu veux parler du message que j'ai ignoré parce que je voulais profiter tranquillement de mes vacances sans enfants ? Encore un bon exemple de mon tact ! Qu'est-ce que tu veux savoir ?

— Nous avons reçu un message du même acabit au sujet de Case. Deux mails, même. Mais je ne les avais pas vus. Du coup, je n'ai pas répondu.

— Toi, au moins, tu n'as pas fait exprès de les ignorer. Contrairement à moi.

— L'école risque-t-elle d'en tenir rigueur à Case ? Du fait que j'ai ignoré leur message et n'ai pas donné suite à leur demande d'entretien ?

— Pas du tout. De toute façon, ça ne devait pas être grave. Cette école réclame constamment des entrevues avec les parents. Je ne défends pas les autres écoles du quartier qui ferment trop souvent les yeux sur les problèmes des enfants, mais il faut savoir trouver le juste milieu. Au Country Day, si un gamin se cogne l'orteil, ils organisent une réunion avec l'enfant, les parents et le meuble coupable d'agression. Si Case avait un réel problème, ils t'auraient passé un coup de fil, crois-moi.

— Tu es sûre ?

— Évidemment, insista Sarah. Quand cette école a besoin de te voir, elle te trouve. Essaie un peu de payer les frais de scolarité en retard, tu verras…

Amanda sourit, profondément soulagée.

— Ah, bon. Alors ce n'était sans doute rien de grave.

— C'est sûr et certain. À ta place, je chasserais ça de mon esprit. Fais comme si tu n'avais rien reçu, comme moi. (Sarah observa un silence, l'air soudain grave et le regard au loin.) Crois-moi, parfois, il vaut mieux ne pas savoir.

Krell Industries
Mémorandum confidentiel

Pièces relatives au dossier du client
dont l'avocat est tenu au secret professionnel

1er juillet

À : Conseil d'administration de l'école Country Day de Brooklyn
De : Krell Industries
Objet : Compromission des données et incident informatique – rapport de suivi

Résumé des entretiens

Sujet famille 0005 : l'adresse étant partagée par toute la famille, le témoin ignore si quelqu'un a reçu le formulaire de disponibilités envoyé par l'école pour rencontrer les parents. Le témoin posera la question quand toute la famille sera rentrée de vacances.

Sujet famille 0006 : a reçu le formulaire de disponibilités de l'école de Brooklyn mais n'a pas répondu. A reçu d'autres e-mails suspects provenant d'autres familles. Le témoin leur a peut-être répondu mais ne s'en rappelle plus.

Sujet famille 0016 : a reçu le formulaire de disponibilités de l'école et l'a rempli pour convenir d'une rencontre. Plus tard, un autre message a indiqué que le rendez-vous était annulé et serait reporté.

Conclusions préliminaires

Le système informatique de l'école Country Day a été piraté vers le 30 avril. À cette occasion, une importante quantité d'informations personnelles au sujet des familles d'élèves a été récupérée, notamment les noms des enfants, les adresses mail des parents et autres coordonnées. Les hackers ont accédé aux ordinateurs personnels des familles qui ont utilisé le faux formulaire de disponibilités. Si la rencontre était programmée, elle était ensuite annulée par un message automatique. Quand une première tentative d'hameçonnage échouait, une seconde intervenait avec un autre faux compte. Les variations de syntaxe et les différentes adresses IP laissent penser que plusieurs hackers sont à l'origine de ces e-mails envoyés aux sujets familles.

Lizzie

Vendredi 10 juillet

La société de Millie, Analytic, occupait l'un des nombreux étages d'un bâtiment tout en parois de verre, à l'instar d'autres immeubles de ce quartier de Manhattan, au nord du siège des Nations unies. Le vaste hall était couvert de marbre du sol au plafond avec trois bureaux de réception différents, les deux plus imposants étant réservés à Sony et au Crédit Suisse. Le troisième, plus petit, renseignait le reste des visiteurs. Millie avait évoqué un partenariat avec un expert en criminalistique, mais je ne m'attendais pas à des locaux aussi prestigieux : c'était de bon augure. Ce qui tombait à pic, car, après mon rendez-vous houleux avec Wendy Wallace, j'avais désespérément besoin d'encouragement.

Au trente-sixième étage, je parcourus un long couloir décoré avec goût – une tapisserie chic et texturée, des tapis d'une propreté impeccable – et sonnai à la porte indiquée par l'écriteau lustré « Analytic ». Dans la seconde qui suivit, Millie, en tailleur bleu marine passé de mode, m'ouvrit. Sa peau prenait une teinte grisâtre sous l'éclat des néons.

— Bonjour, ma chérie, dit-elle en m'attirant dans ses bras.

Étreindre Millie me donna l'impression de serrer un fagot de brindilles.

— Comment se fait-il que tu sois maigre comme un clou ?

— Eh bien, merci du compliment, ma chère ! s'amusa-t-elle, bien qu'il n'y eût rien de flatteur dans ma question, et elle me fit signe d'entrer. Allez, viens. J'ai de bonnes nouvelles pour toi.

J'avais appelé Millie en sortant du bureau de Wendy Wallace pour lui annoncer que Zach était à présent accusé de meurtre et qu'il me fallait au plus vite une preuve de la présence d'un autre suspect sur les lieux du crime. Sans lui mentir, j'avais tout de même omis de lui préciser que ma véritable urgence découlait du chantage que me faisait subir mon client. J'avais trop honte pour l'admettre. Et puis, si elle l'apprenait, Millie refuserait de céder aux exigences de Zach, or je ne pouvais pas prendre le risque de perdre son soutien ; la recherche d'un autre enquêteur me ferait perdre encore du temps supplémentaire sur ce satané dossier.

Dans le bureau luxueux d'Analytic se trouvait un petit homme à l'épaisse moustache brune et à la crinière d'un noir de jais, il se tenait près du bureau de la réception. Derrière lui, la réceptionniste, une femme menue aux cheveux blonds bouclés, était en conversation téléphonique. L'homme avait un regard chaleureux, et je m'efforçai de me concentrer sur ses yeux plutôt que sa chevelure qui n'avait rien de naturel, probablement une perruque de mauvaise facture. Dans ce bureau cossu, on pourrait être surpris qu'il n'ait pas investi davantage dans son postiche.

— Je te présente Vinnie, mon collaborateur, dit Millie. Vinnie, voici Lizzie. C'est une vieille amie, alors sois gentil. (Elle se tourna vers moi.) Ne lui en veux pas, les experts de la crim ne sont pas réputés pour leur sociabilité.

L'homme lui lança un regard noir avant de s'avancer pour me tendre la main. Sa poigne était d'une douceur et d'un moelleux étonnants, je crus serrer une moufle.

— Lizzie Kitsakis, me présentai-je. Merci pour votre aide.

— Rassurez-vous, elle n'est pas gratuite.

Si c'était une plaisanterie, aucun sourire en coin ne l'attestait. Millie désigna un coin détente au mobilier de cuir noir et de noyer.

— Venez, allons nous asseoir.

— C'est très joli, observai-je tandis que nous traversions la pièce.

Le long d'un mur, d'immenses baies vitrées donnaient sur l'East River. Les cinq ou six bureaux, habilement disposés les uns par rapport aux autres, n'étaient occupés que par des hommes, sans doute d'autres enquêteurs, et presque tous étaient au téléphone. Au fond, trois grands bureaux individuels étaient isolés par des parois de verre.

— La machine tourne plutôt bien pour l'instant, commenta mon amie en balayant l'open space d'un regard satisfait avant de s'asseoir sur l'un des canapés. Mais nous n'avons pas encore de laboratoire dédié. Pour le moment, nous devons externaliser les analyses – empreintes, sang, etc. Un jour peut-être. Vinnie est en charge de l'organisation préliminaire de l'enquête, il identifie les tests à prévoir pendant que j'interroge les témoins et approfondis les différentes pistes. Vinnie a également des contacts au labo du légiste.

— Ouais, Vinnie a des contacts, marmonna ce dernier en prenant place sur le fauteuil le plus éloigné. Des contacts qui méritent salaire.

— Arrête avec ça. Elle paiera, on a compris.

— Elle a intérêt.

Millie leva les yeux au ciel.

— J'ai expliqué à Vinnie l'urgence de ta situation et pourquoi nous ne pouvions pas attendre une avance sur les honoraires. Ton client est à Rikers, chaque minute compte. (Elle glissa un regard assassin en direction de son collègue avant de revenir sur moi.) À nos débuts, on s'est fait avoir deux ou trois fois. Et je reconnais que, chaque fois, ça a été à cause de ma naïveté.

— Je demanderai au comptable de Zach de faire le virement dans la journée, leur promis-je. De toute façon, j'avais prévu de l'appeler.

Vinnie opina du chef sans grande conviction, puis il dit :

— En tout cas, d'après mes contacts légistes, votre affaire est sanglante.

— C'est une bonne nouvelle, non ? demandai-je d'une petite voix. Si l'affaire prend de l'ampleur, le parquet sera forcé de s'appuyer sur des preuves solides. Or les analyses sanguines sont de meilleures preuves que des témoins oculaires, je me trompe ?

Je m'aventurais en terre inconnue. Au département des fraudes, j'avais eu l'habitude de traiter de la paperasse. Il n'était jamais question ni de sang ni même parfois de témoin. Ce n'étaient que des affaires de chiffres, de mails, de factures et de comptabilité. Au fil des années, j'avais réussi à esquiver tout ce qui avait trait à la violence, et voilà que j'avais les mains dans le sang. Je ne pouvais plus me défiler. J'allais devoir prendre sur moi et creuser le sujet.

— Pas du tout. On ne peut pas se fier à des analyses sanguines, grommela Vinnie. Et encore, on a de la chance. À New York, les analystes ont un minimum de savoir-faire. Ailleurs, ils envoient de vieux flics faire les prélèvements avant de se décider à mandater un expert sérieux. Et puis, il faut avouer que les prélèvements sur une scène de crime relèvent plus de l'art que de la science.

— Ah. C'est mauvais signe, murmurai-je, de la sueur froide perlant dans mon dos.

Cette affaire allait beaucoup trop loin.

— Prenez cette scène de crime, par exemple, reprit le collègue. Du sang partout et sous toutes ses formes. Le parquet peut s'en servir pour prouver tout et son contraire.

Le procureur appellera à la barre un technicien de labo qui décrira toutes les étapes du crime comme s'il l'avait vécu. Il racontera n'importe quoi. Dans ce genre d'affaire, je peux mettre trois bons techniciens sur le coup, j'obtiendrai trois conclusions différentes sur ce qui s'est vraiment passé au pied de cet escalier. Alors, pour moi, il vaut mieux se passer des analyses, un point c'est tout. Mais je suis pas procureur, on se fout de mon avis.

Ça ne sentait pas bon du tout. Millie n'avait-elle pas parlé de bonnes nouvelles ?

— Toutes ces informations viennent du légiste ?

Vinnie me fit signe que oui avant de développer :

— Apparemment, ils ont le club de golf avec les empreintes de notre homme, or la rumeur dit que les blessures létales ont « probablement » été causées par un club de golf, mais les dégâts sont trop importants pour le prouver. À mon avis, ils prendront moins de pincettes pour témoigner devant le grand jury. C'est facile quand on ne prend aucun risque. Je vous parie qu'ils fanfaronneront sur leurs résultats d'analyses de sang. Et nous, on fera de notre mieux pour contrecarrer leurs arguments. Mais, si vous voulez mon avis, on ferait mieux de s'épargner tout ce tintouin.

« Nous ». « Notre homme ».

Je me focalisai sur ces mots pour oublier le reste de son discours. Quel soulagement de pouvoir partager mon fardeau avec Vinnie, même temporairement et de mauvaise grâce : c'était toujours ça de pris. Hélas, il avait certainement raison sur le mode de fonctionnement des grands jurys. Sans avocat de la défense pour pointer du doigt les incohérences de l'interrogatoire, ces auditions finissaient bien souvent en récits parfaitement subjectifs. Les témoins n'étaient pas ouvertement poussés à mentir – car, au moment du procès, la défense risquait d'intervenir –, mais quelques questions bien tournées suffisaient à obtenir les réponses escomptées.

— Tu as bien fait de m'appeler pour que je te rejoigne chez ton client, me dit Millie en cherchant une note d'optimisme. Les résultats d'analyses vont nous aider.

— Tu as trouvé quelque chose ?

— Oui, un sacré paquet d'empreintes, répondit Vinnie en brandissant un dossier, et il glissa un regard en coin à sa collègue. On a déjà avancé une somme astronomique pour accélérer les résultats de comparaison.

— Rien de concluant, précisa mon amie en lui prenant des mains le rapport d'enquête qu'elle me tendit. (Il contenait une vingtaine de pages d'annexes numérotées, de tableaux de données et de textes descriptifs. Je n'y comprenais rien.) Mais nous avons comparé des empreintes qui se trouvaient à certains endroits clés.

— Je suis désolée…, bredouillai-je. Je ne vous suis pas.

— Tenez, intervint l'autre en feuilletant le rapport jusqu'à tomber sur l'une des dernières pages. Là, vous voyez ? Deux types d'empreintes différents ont été relevés sur le sac de golf, celles de Zach et celles d'une autre personne.

— Amanda ?

Il secoua la tête.

— Nous avions également enregistré les siennes. Elles ne correspondent pas à celles d'Amanda.

Mais la présence de ces empreintes pouvait s'expliquer par une quantité de raisons banales – une femme de ménage, des déménageurs, des caddies, des domestiques. Ils étaient nombreux à avoir une bonne raison de toucher à ce sac.

— À qui appartiennent-elles, d'après vous ?

Il fronça les sourcils en grommelant :

— Je n'en sais foutre rien.

— Ce que veut dire mon collègue, c'est qu'elles ne figurent pas dans nos fichiers. On a demandé à nos contacts de la NYPD de comparer ces empreintes avec leur base de données. (Millie lui fit signe de prendre la suite.) Je te laisse raconter la suite, Vin.

— Sur le sac de golf, on a retrouvé une partie de cette main non identifiée juste là. (Il indiqua un point précis sur une photo de l'escalier.) Dans le sang d'Amanda.

Mon cœur se serra.

— Quoi ?

— La paume et le doigt que tu as repérés dans le sang sur la marche, rappela Millie. Ils correspondent aux empreintes anonymes retrouvées sur le sac de golf. De nombreuses personnes ont pu tripoter le sac, mais de là à mettre leurs mains dans le sang d'Amanda le soir de sa mort, c'est autre chose.

— Oh, mon Dieu. Vous êtes sûrs de vous ?

Elle eut un sourire malicieux.

— Certains. Et cette empreinte n'appartient à aucun secouriste ni employé de la police. Nous avons vérifié. Il y avait quelqu'un le soir de la mort d'Amanda Grayson. Quelqu'un d'autre que Zach Grayson.

Pas possible !

Alors Zach était vraiment innocent ? Ce n'était pas un meurtrier, seulement un malade mental qui me faisait chanter ?

— Maintenant, il suffit de demander à notre labo de comparer ces empreintes à celles de tous les proches de la victime, tous ceux dont vous pourrez nous fournir un échantillon. On sera cent fois plus rapides que le NYPD, et plus exhaustifs aussi. Mais, d'abord, on veut être payés. Millie peut s'estimer heureuse de m'avoir convaincu que personne ne nous mettra à la porte de ces bureaux de luxe pour faute de loyer impayé.

Elle lui répondit par un regard menaçant avant de m'expliquer :

— J'ai trop tiré sur la corde, avec Vinnie. Il a raison, le tarif d'une comparaison d'empreintes atteint très vite des sommets. Il vaut mieux mettre les choses au clair avec nos clients avant de nous lancer à fond dans un projet.

— Zach vous suit, rassurez-vous. Je l'ai prévenu que les analyses risquaient de coûter cher. Si vous voulez, je peux appeler le comptable tout de suite, proposai-je.

Je me sentais un peu mieux pour la première fois depuis les menaces de Zach. S'il était vraiment innocent, j'allais peut-être pouvoir le tirer de là sans mauvaise conscience et sauver ma peau. Wendy Wallace elle-même aurait du mal à fermer les yeux sur les empreintes du véritable assassin.

— Vous aurez votre argent, repris-je, et nous pourrons boucler cette affaire une fois pour toutes.

Mon amie eut l'air gêné.

— Tu n'es pas obligée d'appeler tout de suite…

— Si, c'est une excellente idée, l'interrompit son collègue. Appelez-le.

— Mais, d'abord, j'aimerais savoir… Les empreintes en question ont-elles également été retrouvées sur l'arme du crime ?

Ils échangèrent un regard.

— Ma chérie, la police a réquisitionné le club de golf, me rappela Millie d'un ton sec et poli, comme pour inviter une idiote naïve à ouvrir un peu les yeux. La défense n'y a pas accès pour le vérifier.

— Ah oui.

L'ancienne adjointe du procureur que j'étais avait oublié ce menu détail. Pourtant, je savais bien qu'on n'aurait pas accès au club de golf. Ni au téléphone d'Amanda, pièce à conviction pourtant capitale qui pouvait renfermer la confirmation que son père la harcelait. Tout dépendait du bon vouloir du parquet. Des messages supprimés, des appels masqués, ce genre de pistes n'étaient approfondies que si le procureur cherchait un autre suspect. Dans le cas de Zach, ils étaient convaincus de tenir leur homme et n'avaient besoin d'aucun historique d'appels pour prouver le lien qui l'unissait à la victime. Grâce à de récentes modifications législatives à New York, on aurait bientôt accès à la mémoire du téléphone. Jusqu'à présent, on n'aurait été informés des preuves détenues par la partie civile que la veille de l'audience, une procédure que je trouvais raisonnable quand je travaillais de l'autre côté de la barre, évidemment. Mes pensées dérivèrent vers le téléphone de Zach. Je n'y connaissais pas grand-chose aux techniques de localisation. Pouvaient-elles fonctionner dans des lieux aussi bondés que Brooklyn ? Il serait bien pratique de pouvoir prouver que le téléphone de Zach se trouvait sur l'esplanade au moment de la mort d'Amanda.

— Ce n'est peut-être pas plus mal qu'on n'ait pas le club à disposition, nuança Vinnie. Imaginez que les empreintes anonymes ne s'y trouvent pas. Toutes les preuves dont vous disposez se retourneraient alors contre vous. Car cette autre personne, quelle que soit son identité, aura été assez maligne pour porter un gant sur la main qui tenait le club, mais pas sur l'autre. Peut-être a-t-elle touché le sac et la marche de l'escalier avec sa main faible en glissant comme ça… (Il mima le geste.) Ce scénario paraît ridicule, mais pas autant que leur histoire d'éclaboussures. Lors d'un crime, il peut se passer un tas de choses tordues.

— Je crois savoir à qui appartiennent ces empreintes, annonçai-je.

— Vous pouvez développer ?

— Au père d'Amanda. Ils se sont perdus de vue. Il habite plus au nord. Quand elle était jeune, il a abusé d'elle. Depuis son arrivée à New York, elle était convaincue qu'il la traquait. Elle en parle dans son journal. Il lui passait des coups de fil avant de raccrocher, la suivait dans la rue. Et lui aurait même fait livrer des fleurs.

Millie était intriguée.

— Effectivement, la piste paraît solide.

— Je crois l'avoir retrouvé, mais il faut que j'aille au nord, dans une ville appelée Saint Colomb Falls pour l'interroger…

— Non, non, non, me coupa-t-elle. Hors de question. Les violeurs apprécient moyennement les avocats qui débarquent de nulle part pour les accuser de meurtre.

Je n'osais pas demander à Millie d'aller à Saint Colomb Falls à ma place, elle m'aidait déjà énormément. Mais j'avais évoqué la piste de Xavier Lynch dans l'espoir qu'elle se propose de prendre le relais.

— J'irais bien à ta place, mais… (Elle hésita, mal à l'aise.) J'ai quelque chose de prévu demain et qui m'occupera plusieurs jours. Quant à Vinnie, ce n'est pas un homme de terrain. Mieux vaut n'envoyer personne plutôt que de l'envoyer, lui.

— Sympa, merci ! s'exclama l'intéressé.

— Mais je connais d'autres enquêteurs, si tu veux. Je fais généralement appel à eux lorsque j'ai besoin de recueillir des sondages. Leurs services coûtent un bras et ils ont un emploi du temps chargé, mais je peux leur demander s'ils seraient disponibles.

— Il faut que quelqu'un interroge cet homme, et vite, décidai-je.

— Dans ce cas, je les contacterai. Mais il faudra être patiente. Rien ne presse, Lizzie, on a encore le temps avant le procès.

— Si tu pouvais leur poser la question, ce serait génial, dis-je, bien que parfaitement consciente de mon impatience. Puis-je emporter ce rapport d'enquête ? J'aimerais étudier les photos et toutes les annexes.

Quand Vinnie m'avait montré l'analyse d'empreintes, j'avais aperçu d'autres documents : il semblait y avoir des plans du quartier, des historiques de recherches Internet, des notes d'audition. J'espérais, au fond, y trouver des éléments incriminant Zach. Des preuves pour retourner son chantage contre lui. Ce n'était pas très éthique de chercher ainsi à trahir son propre client – surtout lorsqu'on le croyait innocent –, mais Zach et moi avions largement dépassé le stade déontologique.

— Oui, pas de souci, on vous enverra tout ce qu'on a dès que votre client nous aura payés, clarifia-t-il en serrant le dossier contre lui. Quinze mille dollars pour le travail déjà fourni et une avance de vingt mille sur les frais futurs devraient suffire. Je peux fournir une facture détaillée, si besoin.

— Tu exagères ! grogna sa collègue.

— Non, non, pas de problème. Puis-je emprunter votre téléphone ? J'appelle immédiatement le comptable de Zach pour régler cette affaire.

— Bien sûr, suis-moi. (Millie m'accompagna dans un bureau vacant au fond de la pièce.) Excuse-moi pour Vinnie, dit-elle en chemin. À force de se faire truander, il ne fait plus confiance à personne...

— Je comprends, répondis-je quand nous nous arrêtâmes devant la porte du bureau. Ça ne devrait pas poser de problème.

Je posai la main sur la poignée.

— J'ai un cancer, Lizzie, dit-elle doucement derrière moi.

Je fis volte-face.

— Quoi ?

— Voilà pourquoi je suis maigre comme un clou. C'est pour ça que je t'ai envoyé tous ces messages. Ça risque de nous compliquer un peu les choses.

J'avais la gorge sèche.

— Mon Dieu, je suis désolée, Millie. Pardon d'avoir été… Tu as autre chose à penser que mes histoires… Tu as fait tellement de choses pour moi. Quand tu m'as proposé… On était loin d'imaginer que ça te tomberait dessus dix-sept ans plus tard. Qu'est-ce que je peux faire pour t'aider ?

Tout ce que tu voudras, mais pas discuter de notre situation. Je suis désolée que tu aies un cancer. Mais je ne peux pas. Pas en ce moment.

Elle sourit, mais son regard était triste.

— J'entame la chimio demain. Pas le choix. C'est pour ça que je ne peux pas aller interroger ton suspect.

— Est-ce que tu… Que disent les médecins ?

— Eh bien… C'est un cancer du sein. Comme Nancy. Avec elle, ils ont toujours été « optimistes », et on sait toutes les deux comment ça s'est terminé. Mais je vais me battre. Je suis une battante.

Une phrase aussi forcée que son sourire.

— Dis-moi ce que je peux faire pour toi.

— Fais comme si je ne t'avais rien dit. Voilà ce que tu peux faire pour moi. Et promets-moi de ne pas aller dans ce patelin toute seule.

— Bien sûr que non.

Mentir à une personne malade était le pire péché au monde.

— Et il faut qu'on parle du reste, ajouta-t-elle en s'éclaircissant la voix. Mais je suppose que tu préfères remettre cette conversation à plus tard, vu l'affaire qui t'occupe.

Je hochai la tête.

— Oui. Merci.

Elle plissa les lèvres.

— D'accord. Je te laisse quelques jours, mais pas plus. Profites-en pour réfléchir à ce que tu veux faire. Je crois que… il sera temps de concrétiser notre arrangement.

Quel soulagement de me retrouver dans ce bureau vide, la porte fermée. J'avais besoin de tranquillité pour appeler le comptable de Zach, une excuse en or massif. Mais je me fis la promesse de parler à Millie. Plus tard.

Il décrocha presque aussitôt.

— Teddy Buckley.

— Bonjour, Lizzie Kitsakis à l'appareil. Je suis l'avocate de Zach Grayson qui m'a donné une procuration me permettant de parler avec vous de ses finances en son nom. Si vous le souhaitez, je peux vous envoyer la procuration par mail avant de poursuivre cette discussion.

— Je vois, répondit lentement Teddy. Oui, je veux bien. Vu les circonstances, vous comprendrez qu'il me faut une autorisation écrite.

Un homme nerveux et réglo. Le parfait profil du comptable. Mais j'entendis autre chose dans sa voix, une sorte de soulagement. Il attendait un appel. Qu'on le tienne informé.

— Une minute, je vous l'envoie tout de suite.

— Pas de problème, j'attends.

J'écartai le téléphone de mon oreille le temps de prendre une photo de la procuration signée par Zach, puis l'envoyai à Teddy. En moins d'une minute, c'était fait.

— Voilà, vous devriez l'avoir reçue…

— C'est bon. Tout a l'air en ordre. (Il soupira.) J'ai appris pour Mme Grayson, je suis terriblement désolé.

— Vous la connaissiez ?

— Pas vraiment. Mais j'ai beaucoup entendu parler d'elle. On la disait… humaine. On croise rarement autant de bienveillance dans les sphères fortunées. Ce qui lui est arrivé est tragique.

— Avant d'aller plus loin, pourriez-vous réaliser un virement sur le compte d'Analytic ? Il s'agit d'une entreprise d'investigation privée à laquelle nous faisons appel pour défendre Zach, nous aurions besoin de rémunérer leurs services rendus et d'avancer les travaux à venir. Trente-cinq mille dollars au total. Si vous pouviez faire le virement tout de suite, ce serait parfait. Je suis désolée d'avoir à vous demander ça en urgence, mais la situation est exceptionnelle, vous vous en doutez. La société a déjà avancé des frais considérables pour mener les analyses en laboratoire.

— Vous voulez que je vire trente-cinq mille dollars ? répéta Teddy Buckley d'un ton méfiant – ou troublé. Là, tout de suite ?

— Oui, la procuration vaut également pour les requêtes financières.

— Je vois ça. J'ai bien peur de ne pas pouvoir répondre à votre demande.

— Je ne comprends pas.

— Les fonds ne sont pas disponibles.

Je fermai les yeux.

— Que voulez-vous dire ?

— Ce que je veux dire, c'est qu'il n'y a pas d'argent. Ni sur les comptes de la fondation ni sur les comptes personnels de M. Grayson. Ou, en tout cas, pas ceux auxquels j'ai accès. Franchement, je suis surpris qu'il ne vous ait pas avertie lui-même en signant cette procuration. Il est parfaitement au courant de la situation. Je ne comprends pas pourquoi il a signé ce papier pour virer de l'argent dont il ne dispose pas.

Moi, je comprenais parfaitement pourquoi. Zach espérait soutirer toutes les ressources possibles de mes collaborateurs et moi-même avant que la vérité n'éclate au grand jour. Une stratégie cohérente. La preuve, elle avait fonctionné jusqu'à un stade avancé.

— Où est passé l'argent ? Vous le savez, vous ? demandai-je en m'efforçant de contrôler les trémolos dans ma voix.

— Non. J'ai découvert d'importants transferts commandités par M. Grayson et, quand j'ai voulu en savoir plus, il m'a dit de me mêler de mes affaires. Or, techniquement, j'ai des obligations légales à tenir auprès du conseil d'administration de la fondation.

— Pourquoi Zach aurait-il pris l'argent de la fondation ? Ne venait-il pas justement de toucher des millions pour la vente de sa précédente entreprise ?

— Ce n'est pas ce que j'ai cru comprendre.

Il semblait prendre des pincettes.

— Qu'avez-vous cru comprendre ?

— Écoutez, ce ne sont que des bruits de couloir, je n'étais pas encore à son service à l'époque. Je n'ai pris le relais qu'après la vente de sa société, lors de la création de la fondation. Je ne gère pas les finances de la nouvelle entreprise de M. Grayson. Il n'est pas de mon ressort de…

— Monsieur Buckley ! tonnai-je, au risque de m'aventurer sur un terrain glissant. Écoutez, je n'ai pas de temps à perdre. J'essaie de faire sortir un innocent de prison et j'ai des experts à payer. Vous disposez d'une autorisation permettant cette discussion. Croyez-moi, j'agis sous l'autorité légale de M. Grayson. Vous avez l'obligation de répondre à mes questions.

Il prit une inspiration nerveuse.

— Ce que j'ai cru comprendre, c'est que le conseil de la ZAG a racheté toutes les parts de M. Grayson, mais à un prix symbolique pour cause de soupçon de malversation.

— De malversation ?

— Je n'ai pas les détails, rien n'a été prouvé. Mais il semblerait que M. Grayson ait usé de… méthodes peu orthodoxes qui auraient fragilisé la ZAG. Bien sûr, il a touché assez d'argent pour couvrir toutes ses dépenses personnelles, pour lancer la fondation et démarrer une start-up. Mais pour les frais d'entretien de cette nouvelle entreprise risquée… Là encore, ce ne sont que des spéculations.

J'eus la nausée.

— Oh. Je l'ignorais.

À présent, je comprenais mieux la véritable raison pour laquelle Zach m'avait contactée pour le défendre : il était fauché. N'importe quel autre avocat aurait commencé par réclamer une énorme avance. Et il aurait attendu – à juste titre – d'encaisser le chèque avant de se mettre au travail. S'il pouvait m'avoir gratuitement, Zach n'en tirait que des bénéfices. L'idée de lui demander une avance ne m'avait même pas traversé l'esprit. Et, visiblement, Paul n'y avait pas pensé non plus. Après tout, Zach était riche. Que risquait-on ?

— M. Grayson a cessé de répondre à mes appels il y a environ un mois, mais son épouse avait accepté de me recevoir juste avant sa mort. J'avais prévu de lui exposer le problème, quitte à remonter jusqu'au conseil d'administration s'il le fallait. Mais, quand je me suis présenté à la fondation la semaine dernière, elle n'est pas venue. (Une pause. Il prit une profonde inspiration.) J'y suis retourné le lendemain après-midi, puis le jour suivant, mais Mme Grayson n'était toujours pas disponible. J'ai fini par expliquer le problème à l'assistante de direction. C'était à contrecœur, et je reconnais que cela frisait la faute professionnelle, mais il fallait qu'un employé de la fondation sache ce qu'il se passait avant d'accorder des bourses inexistantes à des étudiants dans le besoin.

— L'assistante de direction ?

— Attendez, j'ai noté son nom, dit Teddy bien malgré lui. Elle s'appelle Sarah Novak.

— Vous avez rencontré Sarah Novak ?

— Oui, brièvement.

Sarah avait évoqué l'existence de ce comptable qui cherchait à joindre Amanda, mais elle s'était bien gardée de préciser qu'elle l'avait rencontré et qu'elle avait appris par la même occasion que la fondation était en faillite. Que cachait-elle, au juste ? Aurait-elle également détourné l'argent de la fondation ?

— Quand ces faits se sont-ils produits ?

— Attendez. (Je l'entendis taper sur son clavier.) C'était jeudi 2 juillet à 16 heures. Mme Novak était furieuse en apprenant cette nouvelle. Folle de rage. J'avoue en avoir été surpris. Je m'attendais à de l'inquiétude, mais elle semblait le prendre comme une attaque personnelle.

— Que voulez-vous dire ?

— Eh bien, elle a dit quelque chose comme : « Génial, alors je vais perdre mon boulot ? Qu'est-ce que je vais faire, putain ! » (Teddy répétait ces jurons avec gêne, comme s'il parlait une langue étrangère.) Elle a pesté pendant quelques minutes. Elle semblait craindre les retombées financières pour elle personnellement.

— Je vois. Je vous remercie.

— Si je peux faire autre chose pour vous, n'hésitez pas.

Je raccrochai et regardai au travers de la paroi de verre. Au loin, Millie faisait les cent pas en secouant la tête et en agitant le doigt, comme si elle reprochait à Vinnie de ne pas me faire confiance. C'était malheureux, car il avait raison sur toute la ligne.

Zach était un raté. Lui qui s'était pourtant juré de réussir dans la vie. Qui sait de quoi il était capable pour sauver la face ? Peut-être était-il prêt à comploter contre Sarah. Ou était-ce elle qui partageait sa soirée avec Zach, ce fameux jour de fête, et non pas Maude ? Avait-elle cherché à protéger son amie Sarah ? Le mépris de cette dernière pour mon client faisait-il partie d'un stratagème qui nous dépassait tous ?

Plus les possibilités se multipliaient, plus une évidence me frappait de toute sa violence : on m'avait menée par le bout du nez.

Amanda

La veille de la fête

Amanda arriva à Prospect Park par la place Garfield, puis elle prit la direction du sud. Elle retrouvait généralement son amie à l'autre bout du parc, près de la patinoire où Carolyn pouvait se rendre en métro directement depuis son travail, c'était plus pratique. Amanda aimait traverser la grande pelouse où les maîtres pouvaient libérer leurs chiens de leur laisse avant 9 heures le matin et après 17 heures le soir. Le soleil faiblissant jetait une douce lumière dorée sur le parc.

Quand elle rejoignit enfin l'entrée de la patinoire, son amie n'était pas encore arrivée. Pourtant, elle n'était pas du genre à être en retard. Amanda était-elle en avance ? Quelle heure était-il ? Elle n'emportait jamais son téléphone. Elle détestait courir avec cet énorme machin autour du bras.

Elle regarda d'un côté et de l'autre de la route, dans l'avenue Flatbush. Aucune Carolyn en vue.

— Excusez-moi, appela-t-elle une femme déterminée qui poussait vigoureusement sa poussette dans sa direction. Auriez-vous l'heure, s'il vous plaît ?

— Oh, bien sûr, répondit la femme sans ralentir. Il est 20 h 05.

Cinq minutes de retard seulement. Mais le soleil glissait rapidement derrière les arbres, Amanda n'aimait pas rester plantée là toute seule. Il allait falloir s'armer de patience.

Son amie croulait sous le travail, elle avait bien le droit à quelques minutes de retard. Et puis, c'était l'occasion de réfléchir à la meilleure façon dont Carolyn pourrait l'aider.

En venant directement chez eux pour parler à Zach entre quatre yeux ? Elle n'avait pas de meilleure idée. Elle entendait déjà les remontrances de Carolyn : il faut savoir se faire respecter par son mari. Facile à dire pour elle qui avait un caractère aussi affirmé. Amanda, elle, ne saurait pas par où commencer. Tout ce qu'elle savait faire, c'était courir. Aussi vite et aussi loin que possible. Depuis des années. La course l'avait toujours aidée à se ressaisir, même dans les périodes les plus sombres. Sans doute était-ce la raison pour laquelle elle courait encore aujourd'hui, y compris en rêve.

La première fois que son père était venu la voir en pleine nuit, c'était six mois après la mort de sa mère. Ce soir-là, Amanda avait enfin compris pourquoi sa maman lui disait toujours : « Cours, s'il le faut. Cours aussi vite que tu le peux. » Mais pour aller où ? Mystère. Après tout, elle n'avait que douze ans. Depuis, elle s'était mise à courir pour tous ses déplacements : pour se rendre à l'arrêt de bus, à la bibliothèque, le long de la route 24 ou tout autour du parking du Walmart en boucles infinies. Elle courait avec la paire de Keds qu'elle mettait pour aller à l'école et le seul pantalon de sport qu'elle possédait, si large qu'il frottait au niveau des genoux. Bientôt, elle fut capable de courir quinze kilomètres sans effort, et avec une bonne foulée. Elle était si rapide qu'elle se croyait capable de s'enfuir, il ne lui restait plus qu'à trouver où aller.

Elle regarda encore autour d'elle. Toujours aucune Carolyn en vue. Les cyclistes et les coureurs étaient de moins en moins nombreux, le crépuscule commençait à s'installer.

Cette fois, elle demanda l'heure à un homme plus âgé. Il portait un casque, elle dut crier deux fois pour se faire entendre.

— Huit heures vingt ! finit-il par crier en retour.

Seize minutes s'étaient écoulées. Déjà ? Et s'il était arrivé quelque chose à son amie ?

Il paraît qu'on ne risque rien dans le métro, mais les bousculades y sont fréquentes, or Carolyn a parfois le sang chaud.

Une autre explication était à envisager, bien plus évidente : son père. Il avait peut-être suivi Amanda jusqu'au parc et trouvé le moyen d'écarter son amie. Il en était capable. Et s'il s'était débrouillé pour qu'elles ne se revoient plus jamais ? Elle le revit tel qu'il apparaissait dans son rêve, si imposant, si fort, menaçant sur le seuil de sa chambre. À présent, elle l'imaginait en train d'intimider sa meilleure amie dans un coin isolé du parc. Elle fut prise de vertiges et eut la nausée. Allait-elle perdre connaissance ? Elle s'assit, la tête entre les genoux, et attendit que ça passe. Non, non, non. Son père n'avait rien fait à Carolyn. Quelle idée idiote. Absurde, même. Ses nerfs en pelote la faisaient halluciner. Comment son père aurait-il pu les suivre toutes les deux à la fois ? Il était capable de tout, mais il ne fallait pas pousser. Un retard dans les transports lui parut plus crédible.

Décidément, elle avait choisi son jour pour laisser son téléphone. Elle ferait peut-être mieux de rentrer. En courant à son rythme habituel, elle y serait en moins de dix minutes et, avec un peu de chance, trouverait un texto de Carolyn sur son portable.

Elle remonta l'allée principale, puis prit l'escalier qui coupait à travers le petit bois, un trajet bien plus rapide qu'en empruntant la grande boucle bondée de passants. Bien sûr, la règle numéro un de la sécurité en ville : rester à proximité de la foule. Tout le monde le savait, même Amanda. Mais le raccourci lui ferait gagner du temps.

Elle lança un dernier regard en coin aux arbres tranquilles avant de s'élancer dans cette direction. Par de rapides foulées, elle passa devant des bennes vert foncé longeant l'allée principale telles des ombres menaçantes. Entre les bennes, une cachette idéale.

Bien vite, elle rejoignit les marches en bois, abruptes, sinuant au milieu des arbres – beaucoup d'arbres –, et courut plus vite que son père ne pourrait jamais le faire. Sa respiration devenait laborieuse, mais elle se sentait forte en gravissant les marches deux par deux. S'il était là, il ne pourrait jamais la rattraper.

Arrivée à mi-chemin de l'escalier, elle entendit un bruissement dans le feuillage, sur le côté, et trébucha.

Mais elle reprit aussitôt sa course.

Calme-toi. Continue de courir. Calme-toi. Continue de courir.

Sans doute un écureuil, un oiseau ou l'un de ces ratons laveurs rachitiques.

Allez, cours. Ce n'est rien. Rentre chez toi.

À peine quelques marches plus loin, elle entendit la voix. Celle d'un homme. Grave et bourrue, étouffée par une vie à fumer des Marlboro. Ça ne s'oublie pas, un père qui grogne : « Amanda. » La voix venait du même coin que le bruissement dans les fourrés. Il était là. Assez proche pour lui attraper le bras.

Plus vite. Plus vite.

Elle grimpa les dernières marches à la hâte. Elle n'était plus une petite fille. Elle pouvait se défendre, maintenant.

Le haut de l'escalier était presque à sa portée. Ensuite, il ne restait qu'un bout de forêt à franchir avant de rejoindre le champ qui longeait les terrains de base-ball. Là-bas, il y avait toujours du monde. Son père ne s'en prendrait pas à elle publiquement. Il avait toujours été lâche.

— Amanda ! appela-t-il plus fort, d'une voix menaçante.

La dernière marche franchie, elle se rua vers l'ouverture au loin. Ses pas martelaient le sol. Ses dents grinçaient.

Du coin de l'œil sur sa droite, un mouvement. Quelqu'un courait vers elle.

Amanda hurla. Un cri déchirant. Pas un mot, juste un son. Un cri de bête. Puis elle se laissa tomber, il aurait plus de mal à la traîner si elle restait au sol. Elle attendit de sentir les mains rugueuses de son père, prête à donner des coups de pied.

— Eh, calme-toi ! Qu'est-ce qui te prend ?

Une autre voix. Se retournant avec peine, elle leva les yeux. Un homme aux muscles saillants, torse nu, en short de sport, les écouteurs pendant autour de son cou et ses cheveux bouclés noirs retenus par un bandeau. Il tendait les mains avec un éclat affolé dans ses yeux noisette. Elle le connaissait et, en même temps, ne savait plus. Les détails de son visage étaient brouillés. Non, ce n'était pas son père.

— Amanda, qu'est-ce qui t'arrive ? (Un accent français.) C'est moi qui… ? Excuse-moi, je t'ai appelée quand je t'ai reconnue. Je ne voulais pas te faire peur. Maude a raison quand elle dit que les mecs devraient plus souvent se mettre à la place des femmes pour avoir une chance de les comprendre.

Maude. Bien sûr, c'était Sebe. Elle reprit son souffle et distingua mieux cette figure bienveillante.

— Oh, oui. Pardon… Je vais bien. Je ne sais pas ce qui s'est passé. J'ai entendu du bruit, je croyais qu'on me suivait, j'ai paniqué. Je n'aurais pas dû prendre ce raccourci.

Sebe l'aida à se relever.

— Merci.

Elle se laissa remettre sur pied. Ses genoux tremblaient sous le pic d'adrénaline.

— Tu es sûre que ça va aller ? s'inquiéta-t-il en regardant ses jambes flageolantes.

Bon sang, pourquoi diable ne porte-t-il pas de tee-shirt…

— Tu es tombée si subitement. Tu t'es tordu la cheville ? demanda-t-il. Je ne suis pas ostéo, mais j'ai des contacts.

Amanda se sentit rougir. Une cheville tordue serait une bien meilleure excuse que la vérité : avoir paniqué parce que son monstre de père la harcelait.

— Non, non. Ce n'est rien du tout.

— Je crois qu'il y a un food-truck en haut de la colline, dit Sebe d'un ton rassurant. Je t'y accompagne, tu devrais au moins boire un peu d'eau. Si tu savais les dégâts que peut causer la déshydratation…

— Tu n'es pas obligé, murmura-t-elle, déterminée à ne pas évoquer son genou sur lequel elle était tombée et qui commençait à enfler. Je t'assure, tout va b…

— Je ne veux rien entendre. Je suis médecin. J'ai des obligations éthiques. Et puis, Maude m'en veut déjà assez comme ça. Si je t'abandonne dans cet état, elle me tuera dans mon sommeil.

Son sourire était si chaleureux qu'Amanda en eut le cœur retourné.

Ne pas pleurer. Ne pas pleurer.

— Bon, d'accord.

Comme ils remontaient tranquillement la colline, elle s'efforça de cacher la douleur lancinante dans son genou. Sebe se retourna vers les arbres.

— Quelqu'un te suivait ?

— Non, j'ai dû rêver. J'ai une imagination débordante.

— Je peux te raccompagner ? Simple précaution. Ce sera la première question de Maude : « Est-ce que tu l'as raccompagnée ? »

Ce n'était pas une mauvaise idée. Sebe était grand et sportif. Sa seule présence suffirait à dissuader son père de tenter quoi que ce soit, au moins pour ce soir. Mais elle ne voulait pas le déranger.

— Non, ça va aller. Je t'assure.

— Ce parc est plutôt sûr, dit Sebe. Mais, tu sais, dans les grandes villes, il faut rester sur ses gardes.

Puis il ne dit plus rien. Leur arrivée devant le marchand de hot dogs brisa enfin le silence, au grand soulagement d'Amanda. Elle savait que Sebe attendait des explications.

— Deux bouteilles d'eau, s'il vous plaît, commanda-t-il en sortant le billet de vingt dollars coincé dans le brassard qui tenait son smartphone autour de son biceps parfaitement dessiné.

Quelle vie menait-on lorsqu'on épousait un homme comme Sebe ou Kerry, si gentils, présents et attentionnés ? Se sentait-on aimée ? Elle avait bien conscience que Maude avait quelques soucis avec Sebe en ce moment, et tout n'était pas rose dans le couple de Sarah non plus, mais l'amour qui les unissait était assez solide pour servir de phare lors des tempêtes. Amanda ne pouvait pas compter sur son couple pour la sauver de quoi que ce soit.

— Merci, dit-elle en prenant la bouteille qu'il lui tendait.

Chaque gorgée lui fit prendre conscience à quel point elle avait soif. En quelques secondes, elle avait vidé la bouteille, ce qui amusa Sebe.

— Tu sais qu'il faut boire, quand on part courir ?

— Je suis complètement déshydratée, admit-elle. Tu as raison, c'était idiot. Désolée, j'ai gâché ton footing.

— Non, au contraire, tu m'as sauvé. J'ai promis à Maude de me mettre à la course. Son père est mort quand il avait mon âge, elle se fait du souci pour ma santé. (Il fit la grimace.) Ou peut-être qu'elle cherche à me tuer, au contraire. En tout cas, si je n'ai aucune envie de courir, je suis prêt à tout pour remonter dans son estime.

Ils prirent la direction de la sortie ouest du parc, et Amanda retrouva une respiration normale.

— Sebe, je peux te poser une question indiscrète ?

— Bien sûr. Après la frayeur que je t'ai causée, je te dois bien ça.

— Comment faites-vous, Maude et toi ?

— Comment fait-on quoi ?

À voir son regard inquiet, il devait croire qu'elle cherchait à l'interroger sur leur vie sexuelle peu orthodoxe.

— Comment faites-vous pour vous disputer sans arrêt tout en restant aussi… liés ?

Il y réfléchit un moment en marchant. La nuit s'épaississait rapidement autour d'eux.

— En amour, il faut savoir pardonner, finit-il par répondre, presque tristement. Quand on décide de se marier, c'est pour partager les bons et les mauvais moments. On n'a pas vraiment le choix, si ?

— Non, c'est vrai, acquiesça-t-elle comme si c'était évident.

Le silence s'installa jusqu'à la sortie du parc. Quand elle aperçut deux femmes qui couraient ensemble, Amanda se souvint soudain de Carolyn.

— Oh, mince ! Tu as l'heure, s'il te plaît ?

— Oui, bien sûr, dit Sebe en sortant son téléphone. Il est 20 h 35. Tu devais aller quelque part ?

— J'avais rendez-vous avec une amie, mais elle n'est pas venue. Comme je m'inquiétais pour elle, j'ai voulu rentrer en courant.

Il lui tendit le portable.

— Tu veux l'appeler ?

— Oui. Attends… non. Je ne connais pas son numéro.

— Fichue technologie. On n'apprend plus rien par cœur. Ah, regarde, un taxi. (Il s'élança pour faire signe à une berline vert citron.) Prends-le, je vais finir mon tour. Je dois me racheter auprès de Maude. (Il lui tendit la monnaie des bouteilles d'eau.) Tiens, pour payer le taxi. Tu es sûre que ça va aller ?

— Oui, merci. Merci pour tout.

Amanda ne dormait toujours pas quand Zach rentra enfin à la maison, vers 23 h 45. C'était tard, même pour lui. Mais, si elle était réveillée, ce n'était pas pour l'attendre. La conversation qu'elle avait eue avec Carolyn à son retour du parc l'empêchait de fermer l'œil.

— Tout va bien ? s'était-elle écriée quand son amie avait enfin décroché. Que s'est-il passé ?

En ne trouvant aucun message sur son répondeur à son retour à la maison, elle avait paniqué, ses jambes flageolaient quand elle avait composé son numéro. Mais Carolyn allait très bien, à cela près qu'elle semblait agacée.

— Comment ça ?

— On avait rendez-vous au parc, tu te souviens ? À 20 heures.

— Ah oui, désolée, avait-elle répondu avec une nonchalance à se demander si elle avait seulement eu l'intention de venir. J'ai oublié.

C'était tout. Aucune explication. Aucune circonstance atténuante.

— Tu as oublié ?

— Oui, avait-elle rétorqué sèchement. J'étais occupée. J'ai un travail, au cas où tu l'aurais oublié.

— Je me suis fait un sang d'encre. J'étais paniquée. (D'ailleurs, elle avait beau l'avoir en parfaite santé au bout du fil, Amanda n'arrivait pas à se défaire de ce sentiment qu'une chose affreuse était arrivée à Carolyn.) Et puis, je voulais te dire que… j'ai l'intention de suivre tes conseils. Je vais tenir tête à Zach. Tu avais raison. Il faut que ça change. Je n'étais pas d'accord pour faire déménager Case à New York, et ça ne me plaît toujours pas. Je l'ai envoyé dans cette colonie de vacances pour me faire pardonner, et voilà que j'en fais des cauchemars. C'est ridicule. Tout ça parce que je n'ai pas osé m'imposer face à Zach. Et mon père qui est revenu… Vraiment, il faut que j'arrive à lui en parler.

Elle s'était attendue à ce que son amie s'exclame « Hourra ! », lui dise qu'elle était fantastique et se lance dans l'une de ses extraordinaires diatribes.

— Super.

Ce fut sa seule réaction. Comme si tout cela lui était parfaitement égal.

Amanda sentit la colère monter.

— Tu sais quoi ? J'ai eu l'impression que mon père me suivait dans le parc, quand j'étais bloquée là-bas, seule, à t'attendre.

— Vraiment ?

Elle captait enfin son attention, mais toujours aucun signe de remords, comme Amanda l'aurait souhaité.

— Oui, vraiment.

— Écoute Amanda, il faut que je te dise quelque chose. J'aurais dû te le dire plus tôt, mais je ne voulais pas te faire paniquer. Mais puisque tu l'es déjà, autant…

— Qu'est-ce qu'il y a ?

Sa main était devenue moite.

— Je crois que je l'ai vu, avait dit Carolyn dans un souffle, comme si elle l'avait retenu jusqu'à présent.

— Vu qui ?

— Ton père. Quand je suis repartie de chez toi.

— Quoi ?

Ses doigts humides s'étaient mis à trembler. Elle avait voulu respirer, mais sa poitrine la compressait.

— Quelques pâtés de maisons plus loin, il était assis sur un perron. Il s'est levé en me voyant arriver. Il faisait nuit, je n'étais pas certaine que ce soit lui. Mais il me semble que si. Il est tellement énorme, on ne peut pas le rater.

Amanda aurait dû s'affoler, mais un détail clochait dans ce qu'elle venait de lui raconter.

— Comment ça, il faisait nuit ? (L'autre jour, Carolyn était venue tôt le matin.) Tu es revenue le soir ?

— Non, c'était le matin, je ne sais plus…

— Mais tu as dit qu'il faisait nuit.

— Non, ce que je disais, c'est que je n'ai pas bien vu ses traits, c'est tout. Pourquoi cet interrogatoire ? J'essaie juste de t'aider.

Amanda repensa aux paroles de l'officier Carbone.

Demandez-vous comment il a pu vous retrouver.

Comment son père avait-il pu la retrouver à Brooklyn, et après tout ce temps ?

— Si tu le dis… Merci.

— Bon, je dois te laisser. Je te rappelle tout à l'heure.

Mais une heure était passée depuis et Carolyn n'avait plus donné signe de vie. Amanda n'était même pas sûre d'avoir envie qu'elle rappelle, tout compte fait. Elle ignorait ce qui n'allait pas chez son amie, mais elle avait un mauvais pressentiment.

Il était minuit passé quand elle entendit enfin les pas de Zach dans l'escalier. Quand il entrerait dans leur chambre, elle sut qu'il irait se déshabiller dans leur immense dressing avant de se glisser très doucement sous les draps pour ne pas la réveiller, comme si elle n'était pas sa femme, mais une bombe à retardement. Effectivement, quelques secondes plus tard il ouvrit la porte, se déshabilla dans le noir et chercha le lit à tâtons, prenant soin de ne pas la toucher.

En amour, il faut savoir pardonner.

Et si c'était ça, le problème d'Amanda ? Et si elle ne faisait pas suffisamment d'efforts pour pardonner les défauts de son mari ? Après tout, elle n'était pas parfaite non plus.

« Zach, j'ai peur », brûlait-elle de lui dire.

Il poussa un profond soupir, fidèle à son rituel du coucher, comme pour se préparer à supporter leur insoutenable proximité nocturne. Non, elle ne pouvait pas aborder la conversation ainsi. Mais son père se rapprochait. Il fallait mettre Zach au courant, or, pour en parler, elle avait besoin de passer du temps avec lui et d'attendre le moment propice pour aborder le sujet. Ce n'était pas trop lui demander, si ? Juste un peu de son temps.

Elle ferma les yeux et se lança, le cœur affolé :

— J'ai besoin que tu fasses quelque chose pour moi, demain soir.

— Ah bon, quoi donc ? demanda-t-il platement, comme s'il était tout naturel pour Amanda de lui réclamer un service en pleine nuit.

Non, leur couple n'était pas assez solide pour la maintenir à flot. Loin de là. Mais c'était tout ce qu'elle avait. Sa seule option était donc de s'y accrocher de toutes ses forces.

— J'ai besoin que tu m'accompagnes quelque part.

Un autre soupir. Cette fois irrité.

— Où ?

— À une soirée, parvint-elle à articuler. Chez ma copine Maude. C'est une amie de Sarah, qui travaille à la fondation. Tu ne viens jamais à leurs soirées, elles risquent de mal le prendre, à force.

— C'est absurde.

— Il faut que tu viennes. J'en ai besoin.

Ce serait l'occasion ou jamais. Elle aurait tout le temps du trajet à pied pour lui raconter ses inquiétudes au sujet de son père. Bien sûr, elle pourrait lui en parler là, tout de suite, mais elle préférait attendre le lendemain.

— Qui sont les autres invités ? demanda-t-il.

— La plupart des parents de Country Day, je crois.

— Ah. (Un silence interminable.) Bon, d'accord. Mais je ne m'éterniserai pas, il faudra que je retourne travailler ensuite.

Puis il lui tourna le dos dans le lit et s'endormit.

Lizzie

Vendredi 10 juillet

Je sortis du métro près du quartier de Flatbush sur la Septième Avenue et pris la direction de la maison de Sarah dans la Première Rue. Cette femme éveillait désormais mes soupçons, bien que j'aie du mal à l'imaginer tuer quelqu'un à coups de club de golf. Mais elle avait forcément une bonne raison d'avoir menti au sujet du comptable. Il n'était pas impossible qu'elle et Zach aient fomenté un coup ensemble – une malversation des fonds de la fondation, voire le meurtre d'Amanda.

Finalement, j'avais quitté Analytic sans pouvoir emporter avec moi le rapport d'enquête, faute de promesse de paiement, mais j'étais repartie avec la parole de Millie :

— Je travaillerai Vinnie au corps. Je t'obtiendrai ce rapport.

— Je suis vraiment désolée, lui avais-je de nouveau répondu avec l'étrange sentiment d'avoir cent choses à me faire pardonner auprès d'elle. Zach s'est bien gardé de me dire que ses comptes étaient à sec. Mais je trouverai l'argent. Il a toujours sa baraque. Elle doit bien valoir quelque chose.

Millie avait ensuite évoqué l'éventualité d'une seule comparaison d'empreintes : le tarif serait alors raisonnable, même Zach pourrait se le permettre. Si elle voulait me rassurer, c'était raté, car l'efficacité de cette comparaison reposait sur deux conditions : *si* j'obtenais un échantillon de Xavier Lynch et *si* celui-ci correspondait à l'empreinte prélevée dans le sang sur l'escalier, alors Zach serait gracié. Et je serais libre.

Ça faisait beaucoup trop de « si », tout compte fait.

Cette stratégie me donnait l'impression de naviguer à vue, sans la moindre certitude. Et puis, cela impliquerait de me rendre moi-même à Saint Colomb Falls, puisque nous n'avions pas les moyens de payer des enquêteurs. Je n'avais plus aucun intérêt à attendre qu'ils soient disponibles. De toute façon, le temps pressait.

En traversant la Septième Avenue sur la place St John, je repérai un panneau de l'autre côté de la rue. Une belle rose était dessinée à la craie en rose vif, et, dans un arc parfait au-dessus d'elle, on pouvait lire *Le Bourgeon de Park Slope* avec une flèche orientée vers la droite. Je traversai la rue, marquai une pause et fouillai dans mon sac. Le fleuriste se rappellerait peut-être avoir vendu un bouquet à Xavier Lynch. Ça ne m'épargnerait probablement pas le voyage jusqu'à Saint Colomb Falls pour interroger un violeur, mais ce serait toujours mieux que rien.

Une clochette tinta quand je poussai la porte d'entrée. La boutique était minuscule mais élégante, et une belle femme dans la fleur de l'âge tenait la caisse, les cheveux relevés sur le crâne et noués avec un foulard. Elle plissait la bouche, concentrée sur une composition de fleurs jaunes, et fredonnait un air guilleret. Cette scène fit naître en moi un profond regret.

Comme j'aurais aimé être aussi insouciante que cette femme, à faire le travail de mes rêves avec Sam à mes côtés, mon passé enfin derrière moi. Mais non, j'étais devenue cette avocate d'affaires qui écrivait des dizaines de brouillons à sa copine de fac pour lui raconter le désastre qu'était devenue sa vie. Des brouillons que je n'envoyais jamais, j'avais trop honte. Au fond de moi, je savais que tout était lié : mes secrets enfouis, le fait d'avoir épousé Sam malgré ses problèmes, et ce piège que m'avait tendu Zach. Une fois libérée de son chantage, j'avais l'intention de faire amende honorable. Ensuite, je me confierais à Victoria, ne serait-ce que sur l'alcoolisme de Sam. Mes secrets me rendaient vulnérable, et Zach en avait largement profité.

— Bonjour, bonjour ! me salua gaiement la fleuriste en remarquant enfin ma présence, puis son visage s'assombrit. Dites donc, vous avez l'air en manque d'harmonie florale.

Je déglutis avec peine et m'approchai du comptoir.

— Je cherche une personne qui a fait livrer un bouquet. J'ai une carte, mais elle n'est pas signée. Je sais, mes espoirs sont un peu utopiques.

La boutique vendait des fleurs, pas des armes, je ne m'attendais donc pas à ce qu'ils gardent une trace de tous leurs clients. La vendeuse fit le tour du comptoir d'un air sceptique.

— Pas signée ? Montrez-moi ça. Ici, on n'aime pas trop les bouquets anonymes. Ma sœur se faisait harceler au lycée par un malade qui lui faisait livrer des roses partout. Hors de question que mes fleurs traumatisent qui que ce soit. (Elle étudia la carte.) Ça vient bien d'ici, et je reconnais l'écriture de Matthew. Attendez une seconde. Matthew ! cria-t-elle vers l'arrière-boutique. Tu peux venir une seconde ?

Un adolescent dégingandé, tout de noir vêtu, le visage couvert d'acné et la mine rebelle, apparut.

— Tu as livré un bouquet avec cette carte ? Regarde, ça ressemble à ton écriture.

Il hésita un long moment avant de finalement s'emparer sèchement de la carte qu'elle lui tendait. Il l'observa en haussant les épaules.

— Ouais, sa femme lui en voulait à mort. Il est venu me demander d'écrire un mot digne d'un admirateur secret. Il ne voulait pas qu'elle reconnaisse son écriture.

— Merci, mon chéri, répondit la vendeuse, imperturbable devant l'attitude revêche du garçon, puis elle se retourna vers moi. On peut difficilement dire « non » aux habitants du quartier. Ils savent parfois se montrer… insistants, dirais-je pour rester polie. J'espère que le bouquet n'a posé aucun souci.

— Puis-je vous montrer une photo ? demandai-je à Matthew. J'aimerais savoir si vous reconnaissez l'homme qui vous a acheté le bouquet.

— Si vous voulez, dit-il sur un ton d'ado boudeur mais curieux.

Je lui montrai sur mon téléphone la photo de la vente de charité.

— Était-ce cet homme-là ?

Il secoua aussitôt la tête.

— Non. Ce n'était pas lui.

Sa réponse fut si rapide que je doutai qu'il eût bien regardé.

— Vous êtes sûr ? Cette photo date de quelques années, il a pu changer.

— Vous me montrez un diamant, rétorqua Matthew, sûr de lui. L'homme qui est venu, c'était un rond.

— Hum…

— Il veut parler de la forme de son visage, m'expliqua la fleuriste. Officiellement, il en existe sept, mais Matthew…

— Maman, c'est douze, corrigea-t-il sèchement, et comme elle levait un sourcil, il haussa les épaules. Il y en a douze.

— Il a également défini des sous-genres, expliqua-t-elle en souriant. Nous lui avons fait faire des tests quand il était petit – c'est une longue histoire, et mon opportuniste d'ex-mari a sa part de tort. Bref, mon fils est doué pour la reconnaissance faciale. S'il vous dit que ce n'est pas votre homme sur la photo, c'est que ce n'est pas lui.

L'adolescent me regarda enfin droit dans les yeux.

— Si vous avez des photos d'autres types, je vous le retrouve sans problème.

En approchant de la maison de Sarah, j'essayai de reprendre courage. Si les fleuristes avaient reconnu Xavier Lynch, ça n'aurait aucunement assuré que les empreintes concorderaient. Je devais aller à Saint Colomb Falls quoi qu'il arrive.

La maison de Sarah avait connu des jours meilleurs. En grimpant les marches, je remarquai des signes d'usure – la façade fissurée, les marches légèrement inclinées, la peinture des gouttières qui s'écaillait. Mais cela restait une *brownstone* de Park Slope à quatre millions de dollars, le genre de bien qui ne serait jamais à ma portée. Tout de même, je me demandais si son état de décrépitude trahissait les difficultés financières de Sarah.

— Puis-je vous aider ? appela une voix d'homme quand je m'apprêtais à frapper à la porte.

Je me retournai avec l'étrange sensation d'être entrée dans une zone interdite. Au pied des marches, un homme de forte carrure aux yeux tombants mais au sourire chaleureux. Je supposai qu'il s'agissait du mari de Sarah. Il tenait un carton de pizza dans une main et un pack de bières dans l'autre, à 15 heures un jour de semaine. Il ne devait pas être avocat pour un grand cabinet – quoique, même les gens les plus respectables ont le droit de faire l'école buissonnière une fois de temps en temps. *Sauf moi.*

— Bonjour, je cherche Sarah, lançai-je avec l'espoir de m'en sortir sans avoir à préciser que j'étais l'avocate de Zach.

Cette seule pensée suffisait à me donner la nausée.

— Elle est sortie déjeuner avant la réunion de son club de lecture au 92 rue Y. Je vous proposerais bien d'entrer en l'attendant, mais c'est plus un club d'apéritif que de littérature.

Elle ne rentrera pas avant quelques heures. Vous venez au sujet des mails, je présume ?

— Oui, approuvai-je, ravie de l'excuse qu'il m'offrait sur un plateau d'argent, et je redescendis les marches.

— Comme tout le monde, soupira-t-il. Je peux prendre votre nom, si vous voulez. Mais sachez qu'elle demande à l'école de transmettre toutes les informations possibles à tous les parents. Elle devrait organiser une nouvelle réunion bientôt. Des réunions, il y en a tout le temps. Et c'est toujours chez moi.

— Dans ce cas, je repasserai une autre fois, lui dis-je souriant, puis m'éloignai sur le trottoir. Merci.

— Je vous en prie. Et juste une chose. Pourriez-vous éviter de lui dire que vous m'avez vu à cette heure-ci ? Elle ne comprendra jamais l'importance d'un match de Wimbledon.

Je hochai la tête, amusée. J'imaginais mal cet homme doux et affable avec une femme comme Sarah.

— Oui, pas de problème.

Le soir, je reçus le sixième texto de la journée de la part de Sam.

Lizzie, je t'en prie, il faut qu'on parle.

Je le laissai sans réponse. Il m'avait également laissé des messages sur le répondeur. Dans le troisième message, il pleurait. « Je ne te mérite pas, disait-il. Tu es douce, compréhensive, respectable. Tu vaux bien mieux que moi. Et depuis toujours. »

J'en avais l'estomac noué.

Je retournai au *Café du jour*, pris des nouvelles de Thomas et de ma secrétaire, répondis à quelques mails et passai une ou deux heures à rattraper mon retard sur cette requête conjointe de démenti, pour l'usine de batteries. Quand le café ferma, je me rendis au *Purity Diner*, non loin de chez nous, qui réussissait à survivre alors que je n'y croisais jamais personne. Leur *spanakópita* était médiocre, mais même ma mère aurait reconnu la perfection de leurs frites.

« C'est du faux », imaginais-je mon père proclamer comme il le faisait souvent au sujet de ce genre de restaurants préfabriqués, car il détestait les tricheurs.

Je restai au *Purity* en attendant que Sam soit endormi à coup sûr. Si on avait été riches, je serais allée dormir à l'hôtel. Et, d'ailleurs, si nous avions été riches, je ne serais plus jamais rentrée à la maison. Quelles que soient les explications de Sam, il ne pouvait plus se racheter. Il ignorait d'où venait la boucle d'oreille et était incapable de jurer qu'elle n'appartenait pas à une femme avec laquelle il aurait couché quand il était saoul. La conversation se serait arrêtée là, je n'aurais pas voulu entendre un mot de plus.

Quand il disait ne se souvenir de rien, je le croyais. Mentir aurait été plus simple pour lui. Et presque préférable pour moi, en un sens. On aurait pu reprendre notre vie comme avant. Certes, notre couple était fragilisé, mais au moins il tenait encore debout jusque-là. Aujourd'hui, le doute le rongeait de l'intérieur.

Quand je rentrai enfin à l'appartement, Sam était endormi, avachi sur le canapé, la tête en arrière et la bouche entrouverte. Il avait lutté pour m'attendre, mais avait perdu la bataille. Et tant mieux. Je me penchai sur lui. Il ne sentait pas l'alcool. Endormi, mais pas ivre mort. Une victoire de plus.

Je restai là un moment, à le regarder ronfler dans notre salon. La colère m'avait quittée, il ne me restait que du chagrin. Alcoolique ou non, Sam était toujours l'homme intelligent, doux et passionné qui m'avait tant plu. J'avais toujours des frissons en le voyant entrer dans une pièce.

Ma vie avait repris tout son sens quand je l'avais rencontré. Et pourtant, rien de tout ça ne nous obligeait à rester ensemble. J'avais été assez bête pour croire que l'amour arrangerait tout.

Mon téléphone sonna dans mon sac.

Sam se réveilla en sursaut.

— Qu'est-ce que c'est ?

— Rien, rendors-toi, dis-je en filant dans notre chambre.

Je refermai la porte derrière moi, plongeai la main dans mon sac et décrochai.

— Allô ?

— Vous avez un appel en PCV depuis un établissement péniten…

J'appuyai sur 1, coupant court au message enregistré. Zach avait dû graisser la patte d'un gardien de Rikers (avec quel argent ? Je préférais ne pas le savoir) pour avoir le droit d'appeler à une heure pareille.

— Salut ! lança-t-il gaiement.

Quel soulagement ce devait être pour lui de n'avoir plus besoin de faire semblant.

Salaud.

— J'ai parlé à ton comptable, dis-je sans détour. Comme tu le sais, tes comptes sont à sec et ne peuvent couvrir l'avance de frais des experts. Ce qui a terni leur vision de toi, et c'est bien dommage, car ils sont très doués. Il te faudra également les rémunérer pour le travail déjà fourni. Ils te traîneront en justice s'il le faut, alors paie-les. En outre, personne ne veut plus travailler pour toi. Pourtant, il te faut des experts, et en masse, si tu comptes gagner ce procès.

— Viens-en au fait, demanda-t-il, sans paraître surpris.

— En résumé, tu vas devoir trouver l'argent quelque part. La comparaison des empreintes pourrait être disculpatoire, ils attendent le feu vert. C'est ta meilleure option.

— Disculpatoire ? répéta Zach, ravi.

Je détestais lui apporter satisfaction, je n'allais pas en plus lui faire le plaisir de laisser paraître mon agacement. Certes, j'étais piégée, mais je pouvais traiter cette affaire de façon professionnelle, comme un dossier parmi tant d'autres. Si j'étais douée pour une chose, c'était bien mon boulot.

— Des empreintes trouvées sur le sac de golf correspondent à celles découvertes dans le sang d'Amanda dans l'escalier. Ces empreintes ne sont pas les tiennes, mais celles d'une personne également présente ce soir-là.

— Dieu soit loué ! souffla-t-il. Franchement, je commençais à croire que tu n'allais pas me sortir de là.

— Va te faire foutre, Zach.

Et moi qui voulais rester professionnelle... C'était raté, je voyais rouge.

— Pardon ? ricana-t-il. C'est toi qui mens à tout le monde ! D'abord avec ta déclaration financière à l'embauche et ensuite au sujet de ton mariage. Qui sait sur quoi d'autre encore... (Ça ne me plaisait pas du tout. Que savait-il sur moi, au juste ?) J'étais peut-être un piètre mari, mais moi, au moins, je l'assumais. Revenons-en à l'argent. Là aussi, je vais être franc : je n'en ai pas. Mais il paraît évident que nous avons besoin de ces comparaisons d'empreintes. Fais marcher ton imagination, je suis sûr que tu trouveras une solution.

— Zach, c'est ridicule.

À quoi bon ? C'était peine perdue.

— Je te l'accorde, cette situation est parfaitement ridicule, approuva-t-il sèchement. J'aurais préféré m'épargner de ressasser ainsi notre passé commun, mais quel autre excellent avocat aurait eu tes contacts parmi les meilleurs experts de la ville et aurait été prêt à travailler à l'œil ? Quand j'y réfléchis, je n'aurais jamais pensé à toi si je ne t'avais pas vue au marché des producteurs de Prospect Park.

— Tu vas au marché des producteurs ?

J'imaginais mal Zach achetant des légumes bios et les rapporter chez lui dans un sac en toile.

— Pas pour faire mes courses, non, admit-il. Mais c'est l'endroit parfait pour observer les gens. C'est important de connaître les habitudes d'une personne avec qui on prévoit de travailler. Mais tu sais ce qui est encore plus important ?

— Non, Zach, dis-moi.

— C'est de connaître ses défauts.

Il y eut un clic. Un homme enfermé à Rikers venait de me raccrocher au nez. Et cet homme venait de gagner une bataille de plus.

TÉMOIGNAGE DEVANT LE GRAND JURY

Benji Pankin,

témoin entendu le 8 juillet dont l'entretien s'est déroulé comme suit :

Audition

par maître Wallace :

Q : Bonjour, monsieur Pankin. Merci d'être venu témoigner.

R : Je vous en prie.

Q : Étiez-vous à la fête du 724 Première Rue à Park Slope le soir du 2 juillet ?

R : Oui.

Q : Comment avez-vous eu vent de cette soirée ?

R : Nous étions invités. Je faisais partie du même club de basket que Sebe. Sebe et moi ne jouons plus, mais d'autres types continuent les entraînements. Kerry en fait partie.

Q : Qui vous a accompagné à la fête ?

R : Ma femme, Tara Pankin.

Q : Saviez-vous que certains convives avaient des rapports sexuels lors de cette fête ?

R : Pas ce soir-là particulièrement, mais ce n'était pas notre première soirée chez eux. J'avais entendu parler de ce qui se passait à l'étage.

Q : Avez-vous pris part à ces activités ?

R : Non.

Q : Pourquoi pas ?

R : Parce que ma femme me tuerait… pardon, mauvais jeu de mots. Écoutez, je sais que certains couples le font et le vivent très bien. Ils arrivent même à garder le secret. Qui couche avec qui lors de ces soirées, personne ne le sait. Chacun son truc, hein… Mais, pour nous, ça ne marcherait pas. Et d'ailleurs, moi aussi je tuerais ma femme si elle me faisait un coup pareil.

Q : Je vois.

R : Enfin non, pas au sens propre. Je ne devrais pas dire « tuer », cette histoire est juste… Bref, non, nous n'avons pas couché ensemble ni avec quiconque dans cette maison. Mais on a bu trop de sangria. J'ai passé la soirée avec un chapeau de bouffon sur la tête. Je l'ai trouvé par terre, si ça peut vous aider.

Q : Vous souvenez-vous clairement de cette soirée ?

R : Oui. Je me souviens de tout. Je ne suis pas alcoolique non plus. J'ai bu trois verres de sangria, c'est tout.

Q : Connaissez-vous Amanda Grayson ?

R : Non.

Q : Avez-vous vu une femme quittant précipitamment la fête en sortant par le jardin ?

R : Oui.

Q : Pouvez-vous décrire ce qui s'est passé ?

R : Elle a descendu l'escalier et voulait sortir par la porte d'entrée, mais il y avait trop de monde. Elle avait l'air troublée et pressée, alors je lui ai conseillé de sortir par-derrière. Je l'ai prévenue qu'on n'était pas censés faire ça. Une année, la voisine de Sebe a appelé les flics.

Q : Quelle heure était-il ?

R : Vingt et une heure quarante-sept.

Q : Comment se fait-il que vous soyez aussi précis ?

R : Quelqu'un venait de me demander l'heure.

Q : J'aimerais vous montrer une photo. (L'avocate présente une photographie au témoin, laquelle est notée Pièce à conviction 6.) Est-ce la femme à qui vous avez indiqué la sortie ?

R : Oui.

Q : À l'intention du greffier, Pièce à conviction 6 est une photo d'Amanda Grayson. Peu avant d'indiquer la sortie à cette femme, avez-vous eu une altercation avec un homme ? (L'avocate présente une photographie au témoin, laquelle est notée Pièce à conviction 5.) Cet homme-là, par exemple ?

R : Ouais.

Q : À l'intention du greffier, je viens de montrer au témoin la photo de ZachGrayson. Que vous a dit M. Grayson ?

R : Il m'a dit de dégager de son chemin.

Q : Pourquoi vous a-t-il dit cela ?

R : Il était pressé aussi, j'imagine. Je devais être en travers de sa route. Comme je vous le disais, j'étais saoul.

Q : Que s'est-il passé ensuite ?

R : Il m'a bousculé avant de sortir par la porte d'entrée.

Q : Êtes-vous certain que M. Grayson est parti avant Amanda ?

R : Oui, mais juste avant. Parce que, après l'avoir vue, je me suis levé et je suis allé aux toilettes.

Je me suis endormi par terre sur le carrelage. Quand ma femme m'a retrouvé, il était 22 heures passées et elle était en furie.

Lizzie

Samedi 11 juillet

Saint Colomb Falls était en zone rurale, mais on était loin des fermes pittoresques du Vermont, une région où j'avais adoré fêter les trente ans de Sam. J'en gardais un souvenir de briques rouges et de clôtures blanches, Sam et moi dansant seuls dans le jardin de l'auberge *Echo Lake Inn*, éclairés par la lune, sur un fond de musique country. Je me souvenais également de l'état déplorable dans lequel il était, dormant jusqu'à midi tout le week-end pour cuver ses cuites après des soirées passées à écluser des cocktails à base de rhum. C'était comme si ses aveux sur la boucle d'oreille avaient retiré mes œillères, ou plutôt me les avaient arrachées. Tous mes bons souvenirs étaient désormais entachés par son alcoolisme. Pendant tout ce temps, j'avais délibérément fermé les yeux.

Contrairement aux paysages du Vermont, Saint Colomb Falls était une terre d'agriculture intensive où les vaches étaient élevées par centaines en attendant l'abattage et où les poules s'entassaient dans des entrepôts vastes comme des terrains de foot, tapissés de plumes. Un spectacle cru, sale et affligeant.

Les fermes se déployaient à l'écart de la route principale qui traversait le centre-ville, constitué seulement d'un bureau de poste, d'une station-service, d'une banque et d'un *diner* – un gros cube de métal qui rouillait là depuis des dizaines d'années. À l'autre bout de la ville, on trouvait quelques panneaux de départs de randonnées, des zones de camping et les Adirondacks, bien qu'on ait du mal à imaginer une quelconque activité touristique dans la région.

Les maisons tombaient en décrépitude pour celles qui n'étaient pas carrément effondrées. Comment une ville pouvait-elle être aussi déserte à 10 heures un samedi matin ? Les gens se terraient-ils en prévision d'une catastrophe imminente dont j'étais la seule à n'avoir pas été prévenue ? En outre, je me sentais fébrile après m'être réveillée aussi tôt. Je m'étais levée bien avant l'aube, cherchant toujours à éviter Sam. Mais il s'était réveillé malgré tout, assez tôt pour me demander où j'allais et pour me pousser à tourner ma réponse en attaque personnelle.

Quand la maison de Xavier Lynch apparut enfin sur ma gauche, j'éprouvai un vague soulagement. Le ranch de plain-pied était bâti comme tous les autres, mais la façade était repeinte en gris anthracite, les bordures étaient blanches et la porte d'un rouge vif. De larges parterres flanquaient le petit porche, remplis de fuchsias et autres fleurs violettes. Ils étaient allés jusqu'à assortir la boîte aux lettres, avec des finitions en acier. Je vérifiai l'adresse. Oui, c'était bien ici. Une maison bien entretenue ne faisait pas forcément de Xavier Lynch un homme bien. Mais, avec un peu de chance, un monstre dans une maison coquette n'aurait pas envie de tuer une avocate qui débarquait de New York à l'improviste.

Tout ce que j'espérais tirer de cette première visite, c'était la confirmation que Xavier Lynch vivait bien ici, avec un point bonus s'il confirmait être le père d'Amanda. J'avais ensuite prévu d'attendre la tombée de la nuit pour revenir devant sa maison en toute discrétion et fouiller dans ses poubelles à la recherche d'un objet susceptible de porter ses empreintes – une bouteille, une canette, une fourchette en plastique.

Je pris une profonde inspiration en sortant de la voiture, remontai la petite allée proprette et frappai à la porte-moustiquaire. J'attendis, prête à voir la porte s'ouvrir à la volée et à entendre rugir un : « Qu'est-ce que vous voulez ? » Ou, pire, une main autour de mon cou ou un poing contre ma mâchoire.

Mais la porte s'ouvrit sur la stature imposante d'un homme qui apparut tranquillement de l'autre côté de la moustiquaire. Ce même immense Xavier Lynch du bulletin d'information de la paroisse. Comme sur la photo, il portait un pantalon beige, une chemise et de grosses lunettes presque tendance qui recouvraient la moitié de son visage – en forme de diamant, oui, peut-être, je n'étais pas très douée pour ce genre de chose. En tout cas, il semblait encore plus grand que sur la photo. L'angle de la prise de vue aurait-il minimisé sa stature, ou la femme qui posait était-elle exceptionnellement grande ? Xavier Lynch était plus grand que Sam, il devait bien mesurer un mètre quatre-vingt-quinze et peser dans les cent kilos. Je me sentis soudain très fragile.

— Je peux vous aider ? demanda-t-il, un brin stressé en regardant derrière moi comme s'il craignait que je ne sois pas venue seule.

— Je m'appelle Lizzie Kitsakis, je suis avocate. On m'a demandé de retrouver les bénéficiaires d'un important legs immobilier, commençai-je avec la désagréable impression d'être un spam ambulant.

— Je pense qu'il y a erreur, rétorqua-t-il, sceptique mais sans agressivité. Je n'hériterai rien de personne.

Il ajusta ses lunettes d'une façon qui me laissa penser qu'elles n'étaient peut-être qu'un accessoire de mode. Il ouvrit un peu plus la porte, mais j'espérais ne pas être invitée à entrer. Toute ma stratégie reposait sur l'idée de rester en sécurité sur le pas de la porte.

— Êtes-vous bien Xavier Lynch ? demandai-je sans chercher à m'approcher.

— Oui, c'est moi.

Il ajusta de nouveau ses lunettes, puis fourra ses mains dans les poches de son pantalon plissé. Chacun de ses gestes semblait mûrement réfléchi, comme s'il imitait le comportement d'une personne normale.

— L'héritage vient d'Amanda Lynch. Elle n'a laissé aucun testament et, en de telles circonstances, vous êtes son unique héritier.

Ce qui était faux, bien sûr. Amanda avait un fils. Et j'ignorais si elle avait écrit un testament ou non. Si ce n'était pas le cas, tout son argent reviendrait à Case, puis Zach. Non pas qu'il y ait beaucoup d'argent en jeu, mais tout de même.

— Amanda, dit-il, laissant retomber sa tête, un geste qui me permit d'apercevoir derrière lui, accrochée au mur, une grosse croix.

Le « petit Jésus ».

Mais quand il releva la tête, son expression était plus résignée que coupable.

— C'est vous qui avez appelé ?

Je hochai la tête.

— Je me disais qu'il serait moins douloureux de vous l'annoncer de vive voix.

Il parut gêné.

— Je suis désolé de vous avoir raccroché au nez.

— Ce n'est pas grave.

— Si, c'est grave. Je ne suis pas comme ça. Avant je l'étais, Dieu me pardonne. (Il secoua la tête.) Il fut un temps où raccrocher au nez d'une gentille inconnue était bien la chose la moins cruelle dont j'étais capable.

« Une gentille inconnue ». Sa façon de prononcer ces mots me donna des frissons.

— Je comprends, mentis-je.

— J'ai essayé de rattraper les choses, fit-il en s'appuyant contre le chambranle.

Il désigna vaguement derrière lui, vers la croix peut-être ou vers une éventuelle famille, allez savoir. Si d'autres personnes vivaient là, la recherche d'empreintes se révélerait complexe, car je pouvais ne pas tomber sur celles de Xavier.

— J'ai tout fait pour me racheter une conduite, pour laisser toutes ces années derrière moi. Cette maison, mon boulot… Je travaille à l'abattoir de Perdue, à quelques kilomètres d'ici. J'envisage même de demander ma copine en mariage, si elle me supporte encore. Bref, je reprends une vie normale. Ça n'a pas toujours été facile, mais je commence enfin à voir le bout du tunnel.

— Je comprends, dis-je encore alors qu'un sentiment d'horreur me glaçait.

Xavier Lynch regarda au loin en reniflant. Avait-il vraiment la larme à l'œil ou jouait-il la comédie ?

— Comment Amanda est-elle morte ?

À présent, j'allais devoir la jouer fine. Il voulait savoir ce que je savais. Peu importait sa politesse, je sentais quelque chose de louche chez lui. Comme si chaque minute de plus était une minute de gagnée sans qu'il commette un acte monstrueux. Jusqu'à présent je ne m'en sortais pas trop mal, mais j'avais envie de fuir à toutes jambes.

— On l'a retrouvée chez elle, au pied de l'escalier. Elle a succombé à un traumatisme crânien. (Jusque-là, c'était la vérité.) Son mari a été arrêté.

Il fit la grimace.

— La pauvre, elle n'était pas destinée à vivre longtemps.

Qu'étais-je censée comprendre ?

— Vous a-t-elle parlé des problèmes qu'elle rencontrait ?

— À moi ? s'étonna-t-il. Je n'ai pas parlé à Amanda depuis au moins douze ans, voire plus. Depuis que… enfin, vous savez.

Il fit un geste vague de la main.

—Non, je ne sais pas. Depuis quoi ?

Son regard devint froid et méfiant.

—Rappelez-moi votre métier ?

—Avocate. (À quelle distance était garée ma voiture ? En combien de temps l'atteindrais-je en courant ?) L'héritage d'Amanda doit être départagé.

J'eus soudain la bouche sèche, mes yeux me piquaient. Comme si je regardais droit dans les phares d'un train arrivant à toute vitesse.

Tiens-toi prête.

Xavier avait changé d'attitude. L'hostilité n'était plus très loin.

—Et si vous me disiez ce que vous venez vraiment faire ici ?

—Je viens vous voir pour le testament, répétai-je aussi calmement que possible. En tant que père de la victime, vous êtes le premier héritier à…

—Quoi ? fit Xavier en secouant vigoureusement la tête. Non, non, non. Amanda est –*était*– ma nièce.

Et merde.

J'avais perdu mon temps. J'essayai de garder la tête haute.

—Pardonnez mon erreur. Savez-vous où je peux trouver son père ? Il faut vraiment que je lui parle.

Décidément, Xavier paraissait de plus en plus méfiant, comme si je me payais sa tête.

—Au cimetière de Saint Ann.

—Il est mort ? m'exclamai-je, le cœur battant. Mais quand ? Comment ?

—Ça doit faire douze ou treize ans.

—C'est impossible.

—J'ai bien peur que si. (Sa colère était désormais bien installée.) Qu'est-ce que vous voulez, au juste ? Vous vous foutez de moi, c'est ça ?

Mort! Non, c'était impossible.

— Non, non. Je suis désolée, monsieur Lynch, il doit y avoir erreur. On ne m'a jamais informée du fait que son père était décédé.

— Comment pouvez-vous connaître Amanda tout en ignorant qu'elle a tué son père ? Ce n'était pas sa faute, je ne lui en veux pas. Mon frère William était un véritable salaud.

J'en avais les oreilles qui sifflaient.

Je n'y crois pas…

— Vous pouvez répéter ?

Ma voix s'éraillait.

— Amanda a tué son père il y a douze ou treize ans, répéta-t-il, un peu calmé. Mais il l'a bien cherché.

— Que s'est-il passé ?

— Apparemment, elle aurait surpris William dans la salle de bains, allongé sur une de ses copines. Les filles passaient le week-end dans cet affreux mobile-home pour le bal de promo. Quelle idée ! Mon frère était saoul et il… hum, il a tenté de violer l'amie de sa fille. D'après les flics, la pauvre était déjà morte, il lui aurait frappé la tête contre la baignoire. À mon avis, il n'a pas fait exprès de la tuer. Il n'a sans doute même pas remarqué qu'elle était morte. William était immense, encore plus imposant que moi. Je sais que ça n'excuse pas ce qu'il a fait, mais…

Il leva ses yeux emplis de tristesse et de honte.

— Je suis désolée, dis-je par réflexe.

— Bref, Amanda a voulu sauver sa copine, j'imagine. Il y avait un rasoir droit posé sur le bord du lavabo. Et voilà. (Il secoua la tête et donna un petit coup de pied dans l'encadrement de la porte.) Voilà ce qui s'est passé. Un vrai gâchis. Mon frère a toujours été bizarre, déjà petit. Pas fou, juste bizarre. Et, en grandissant, c'est devenu un gros malade.

J'étais muette, clouée sur place.

— Comment s'appelait l'amie d'Amanda ? demandai-je en cherchant un appui stable, car le sol semblait se dérober sous mes pieds. Vous connaissiez son prénom ?

Il se tourna vers le ciel et réfléchit.

— Cathy ou Connie…

— Carolyn ?

— Oui, voilà. Carolyn. Elles étaient comme deux sœurs. C'est ce que disaient les gens, en tout cas. Je ne vous cache pas que je n'avais pas tous les détails. J'avais pas mal de problèmes à l'époque, c'est pour ça que j'ai arrêté de boire. L'alcool, ça vous pourrit la vie.

Krell Industries
Mémorandum confidentiel

Pièces relatives au dossier du client
dont l'avocat est tenu au secret professionnel

2 juillet

À : Conseil d'administration de l'école Country Day de Brooklyn
De : Krell Industries
Objet : Compromission des données et incident informatique – rapport de suivi

Résumé des entretiens

En tout, 56 familles se sont présentées pour rapporter un acte de piratage de leurs informations personnelles. Pour chacune d'elles, des données compromettantes ont fait l'objet de chantage. Aucune des victimes n'a cédé à la demande de rançon, et pourtant aucune menace de représailles n'a été mise à exécution, et les données compromettantes n'ont pas été rendues publiques.

Conclusions préliminaires

Les preuves semblent toujours suggérer que l'individu responsable :

- cherche à nuire à l'école Country Day de Brooklyn depuis avril ou mai de cette année.
- tire un bénéfice collatéral de cet incident informatique, comme un journaliste d'investigation que l'on chargerait de couvrir l'incident qu'il aurait lui-même perpétré.
- pourrait être scolarisé dans l'établissement et chercher à nuire à l'un de ses camarades. Nous travaillerons conjointement avec l'administration afin d'identifier les élèves à problèmes.

Lizzie

Samedi 11 juillet

Je quittai Saint Colomb Falls pour me rendre directement à l'hôpital Weill Cornell de l'Upper East Side. Ainsi niché derrière des barrières et des dizaines de grands arbres, l'hôpital trônait sous le soleil du soir, évoquant davantage un campus universitaire verdoyant que l'unité de soin chargée de traiter le cancer de Millie.

En sortant de l'ascenseur à l'étage où se trouvait sa chambre, je croisai des patients déambulant avec leurs perches à perfusion comme des chiens entêtés. Je n'étais plus retournée dans un hôpital depuis la mort prématurée de ma mère et avais oublié combien la misère pouvait avoir un effet instantanément étouffant.

Ma visite chez Xavier Lynch n'aidait pas. J'étais hantée par l'idée qu'Amanda fuyait depuis des mois un homme qui n'était plus là. D'après Xavier, en tout cas. Je n'avais pas forcément prévu de le croire sur parole. Certes, il avait l'air sincère, mais aussi franchement menaçant. Qui sait, il était peut-être le père d'Amanda et avait inventé toute cette histoire pour se protéger.

J'avais du mal à croire sa version des faits. Amanda était clairement convaincue que son père et Carolyn étaient bien vivants. Elle parlait d'eux dans son dernier journal en date. Elle décrivait même avec précision une visite de Carolyn chez elle, à Park Slope. Était-ce la preuve d'une imagination débordante ? D'un besoin obsessionnel d'y croire ? Lorsque je m'étais garée sur le parking du secrétariat de comté de Saint Colomb Falls, où les mauvaises herbes s'infiltraient dans toutes les fissures du bitume, je ne savais plus quoi penser.

Après un long échange poli et laborieux, la petite femme âgée qui tenait le bâtiment de brique – ouvert par miracle un samedi matin – m'avait finalement confirmé que William Lynch avait été tué douze ans plus tôt après avoir assassiné une adolescente répondant au nom de Carolyn Thompson, la meilleure amie de sa fille. Personne n'était allé en prison, car l'auteure du meurtre – Amanda Lynch, avait chuchoté la secrétaire de comté, sans doute par souci de confidentialité – avait été disculpée pour légitime défense dans l'espoir de sauver son amie.

Ainsi, le père d'Amanda était bel et bien mort. Ainsi que Carolyn.

Suite à cela, j'étais restée assise dehors sous le soleil éclatant, cherchant sur Internet des explications. Comment Amanda avait-elle pu effacer de sa mémoire un épisode aussi traumatisant ? Que disaient ses hallucinations de son état de santé mentale ? Dans un journal intime plus ancien, elle décrivait que Carolyn avait toujours tendance à se mêler de tout. Était-ce ce qui s'était passé ? Carolyn s'était-elle mise en danger pour sauver Amanda, quitte à y perdre la vie ?

D'après Internet et son infinité de ressources, de nombreuses causes pouvaient expliquer ses hallucinations : schizophrénie, trouble bipolaire, dépression psychotique. Certaines maladies étaient plus graves que d'autres. Les unes étaient épisodiques, et les autres auraient perturbé la pensée d'Amanda à tel point qu'il était impossible que personne n'ait rien remarqué. Mais j'eus un déclic pour l'un de ces maux : bouffées délirantes. D'après le site officiel de l'école de médecine de Harvard, une victime de troubles délirants

« est profondément convaincue d'une chose, malgré la preuve du contraire... Contrairement aux schizophrènes, ces victimes ne semblent pas avoir de problème majeur à mener une vie normale. Outre des comportements liés au contenu de leur délire, ils paraissent en parfaite santé ».

Zach était un monstre. D'un autre côté, pouvais-je vraiment affirmer qu'un meilleur mari aurait remarqué la détresse de son épouse atteinte de troubles délirants ? Un meilleur mari aurait-il pu empêcher le pire, le soir de sa mort ? Non. J'étais bien la dernière personne à pouvoir affirmer une chose pareille. Je n'étais même pas certaine qu'elle ait souffert de troubles délirants, et encore moins qu'ils aient été directement liés à sa mort. En repensant à l'isolement tragique dans lequel Amanda s'était murée, j'eus mal au ventre.

— Je cherche Millie Faber, dis-je en arrivant au bureau des infirmières.

La secrétaire parcourut une liste de noms.

— Chambre 603. Au bout du couloir à gauche, m'indiqua-t-elle sans même lever les yeux.

Je remontai le couloir feutré, encore plus étouffée par le silence de l'étage que par la foule qui se pressait à l'entrée. Au moins, j'y avais vu des patients capables de se déplacer. Ici, tout le monde semblait confiné dans son lit. Comment Millie pouvait-elle avoir eu l'air en forme hier et se retrouver aujourd'hui dans le couloir des grands malades ? Je me souvins alors que ma mère avait paru en forme quelques secondes seulement avant sa mort. Et puis, Millie n'avait pas si bonne mine quand je l'avais vue la veille.

Je frappai à la porte de la chambre 603 avant de la pousser doucement et fus rassurée de voir mon amie assise le dos droit dans son fauteuil, l'ordinateur portable sur ses genoux et de la paperasse étalée partout sur le sol recouvert d'un lino crasseux. Elle portait un ensemble en coton bleu marine moulant, pas la fameuse robe médicale, et puis, elle n'avait pas perdu tous ses cheveux ni une dizaine de kilos dans la nuit.

— Tu as le droit de faire ça ?

— Le droit de faire quoi ? bougonna Millie sans quitter son écran des yeux.

Mais son visage avait repris quelques couleurs quand elle avait reconnu ma voix.

— Travailler.

Elle haussa les épaules.

— Soit je travaille, soit je broie du noir. Autant bosser.

Plus je la regardais, plus elle me semblait malade.

— C'est plus grave que ce que tu as laissé entendre hier, pas vrai ?

Elle fronça les sourcils, toujours face à son ordinateur. Un silence. Puis elle leva enfin les yeux.

— Les métastases étaient déjà développées quand ils ont diagnostiqué mon cancer. Les os, les poumons et le foie. Le tiercé gagnant. Apparemment, c'est une rareté. Quelle chance !

— Oh non, Millie. (Je m'appuyai lourdement contre le rebord d'une fenêtre.) Je suis vraiment…

Elle leva la main.

— Je ne veux pas de ta pitié, je te l'ai dit. En revanche, je veux bien qu'on parle de ton idée stupide d'être partie là-bas toute seule. Je croyais qu'on s'était mises d'accord là-dessus.

— Partie où ?

Son regard se fit noir.

— Ne joue pas à ce jeu-là avec moi. Sam m'a tout raconté.

— Sam ? Mais tu n'as pas son numéro.

— Je suis passée chez toi ce matin avant de venir ici. J'ai eu un pressentiment. Je suis une enquêtrice professionnelle, ne l'oublie pas.

Sam savait que j'allais à Saint Colomb Falls, je le lui avais lancé comme une menace : « S'il m'arrive quoi que ce soit, ce sera ta faute. » Désormais, tout était la faute de Sam.

— Et qu'est-ce qu'il t'a raconté, au juste ?

Millie referma son ordinateur et posa les mains dessus. Elles semblaient vieilles, décharnées.

— Il m'a dit que tu étais partie au nord de l'État pour parler au père d'une morte. Et, si je ne m'abuse, c'est celui que tu accuses de l'avoir tuée. Un détail que Sam semblait ignorer. D'ailleurs, il ne comprend pas très bien pourquoi tu défends un inconnu accusé de meurtre. Le pauvre semblait ignorer beaucoup de choses. C'est un bon gars. Bavard.

— Que sous-entends-tu ?

L'aurait-elle surpris en état d'ivresse à midi ?

— Eh bien, entre autres choses, il n'avait pas l'air d'avoir entendu parler de moi.

Elle leva le menton, posant sur moi ses yeux injectés de sang. Je voulus lui répondre, mais quoi ?

Peut-on ne pas parler de ça maintenant ? Mieux encore, peut-on ne jamais en parler ?

Ma panique dut se lire sur mon visage, car Millie s'adoucit.

— Bref. J'aurais remis ce foutu traitement à plus tard si tu m'avais dit que tu comptais y aller toi-même.

— Ça ne pouvait pas attendre. Et toi non plus, tu ne pouvais pas attendre, ajoutai-je en désignant la chambre d'hôpital.

— Si, ça peut toujours attendre. Ce type ne mérite pas que tu risques ta vie pour lui.

— Je ne pouvais pas faire autrement. Je dois sauver ma peau.

— Comment ça ?

Je pris une profonde inspiration, lassée de fuir la vérité.

— Zach Grayson me fait chanter. Il se sert d'informations compromettantes sur moi pour que je défende l'affaire jusqu'au bout.

— Tu plaisantes ?

— Pas du tout.

— Dans ce cas, dis-lui d'aller se faire foutre !

— Tu connais le principe du chantage, je suppose ? Tu leur dis d'aller se faire voir, et, en échange, ils font ce que tu ne voudrais surtout pas qu'ils fassent.

— Attends, j'espère que ça n'a rien à voir avec…

— Non, non. Zach n'est pas au courant de ça. En tout cas, pas que je sache.

— Dans ce cas, que peut-il savoir de compromettant sur toi ? (Elle se carra dans son fauteuil, suspicieuse.) Attends, tu n'es pas allée à l'une de ces soirées libertines j'espère ?

Je secouai la tête.

— C'est Sam. Il est… alcoolique. (Ce mot continuait de me racler la gorge.) À partir de là, tous nos problèmes se sont enchaînés. Il a eu un accident de voiture qui nous a valu un procès, nous sommes condamnés à payer une énorme somme d'argent. Je ne l'ai pas mentionné sur ma déclaration de situation financière à mon arrivée chez Young & Crane, de peur qu'ils n'annulent mon embauche. On avait vraiment besoin de ce salaire pour éponger cette dette. Si Zach leur révèle mon mensonge, ils me licencieront et je serai rayée du barreau. Ma carrière sera foutue.

— Quel salaud, je n'y crois pas. Comment a-t-il su ?

— Va savoir. Grâce à d'autres enquêteurs ?

— Ceux-là, je te parie qu'il les paie, dit-elle dans un sourire.

Une infirmière entra avec un plateau de seringues et de flacons de médicaments. Elle posa le tout sur le comptoir derrière sa patiente, puis, sans croiser nos regards, ajusta méthodiquement les quantités de produit dans divers tubes.

— On commence dans dix minutes, si vous êtes d'attaque, dit-elle en souriant à Millie, d'une voix plus robotique que bienveillante.

— Oui, dès que j'aurai terminé avec mon amie.

Le téléphone de l'infirmière vibra, elle nous lança qu'elle repasserait tout à l'heure et s'éclipsa pour décrocher.

— Bon, on réglera ton problème avec Zach Grayson plus tard, dit Millie quand l'infirmière fut repartie. D'abord, dis-moi ce que tu as découvert à Saint Colomb Falls. Tu as récupéré les empreintes ? Sans vouloir cautionner cette idée stupide, dès que j'ai appris que tu étais partie là-bas, j'ai appelé le labo. Ils ont accepté de mener une nouvelle analyse comparative dans l'urgence dès que nous aurions l'échantillon. Mais juste une fois et seulement pour le comparer à l'empreinte de l'escalier, et éventuellement celle du sac de golf. Ils ont accepté de nous facturer après l'obtention des résultats. Je n'ai qu'un coup de fil à passer.

— Et Vinnie ?

— C'est juste un échantillon, dit-elle en agitant la main d'un geste vague. Il s'en remettra.

— Tu ne lui en as pas parlé.

— Pas encore.

— Merci, dis-je, abattue. Malheureusement, ce que j'ai découvert à Saint Colomb Falls a faussé toutes mes théories. Xavier Lynch est l'oncle d'Amanda. Son père n'a pas pu la tuer puisqu'il est mort, et ce depuis douze ans. Il s'en serait pris à une amie d'Amanda, et elle serait intervenue pour la sauver. Le père et la copine sont morts tous les deux.

Millie poussa un long sifflement.

— Je suis allée demander confirmation au secrétariat du comté. Amanda était mineure, le dossier est sous scellés, mais ils m'ont confirmé ce que j'avais besoin de savoir.

— Je croyais qu'elle tenait un journal entier sur son père qui la harcelait ?

Je hochai la tête avant de préciser :

— Elle racontait à tous ses amis de Park Slope que sa copine morte habitait ici, à Manhattan. De toute évidence, Amanda était malade. Il pouvait s'agir de troubles délirants, ce qui rendrait ses observations caduques. Ou, en tout cas, ce sera l'argument que nous servira le parquet.

— Alors personne ne la harcelait ?

— Non, personne. En tout cas, pas son père.

— C'est bizarre que ton ami Zach n'ait rien remarqué, non ?

Par « bizarre », Millie voulait dire : « Ce salaud était au courant et il n'a rien fait, j'en suis sûre. »

— En apparence, Amanda allait bien et ses amies n'ont rien remarqué d'anormal. Mais bon, elles ne la connaissaient que depuis quelques mois. Tout le monde s'accorde à dire qu'elle assumait ses responsabilités à la fondation et s'occupait de son fils à merveille. Ses délires devaient être relativement maîtrisés. Zach prétend qu'elle n'a pas parlé de son père depuis des années, ni d'un quelconque harceleur. On dirait qu'ils ne discutaient pas beaucoup, tous les deux.

— Et tu le crois ?

— Sur ce point, oui. Zach est narcissique. Je ne pense pas qu'il ait eu très envie d'écouter Amanda parler de ses problèmes. À mon avis, il lui a bien fait comprendre qu'elle devait se débrouiller toute seule.

— C'est affreux. Et toi, dans tout ça ?

— Je suis coincée avec un client dont j'aimerais me débarrasser. Je dois trouver le moyen de classer cette affaire avant le procès. Des empreintes inconnues se trouvaient dans le sang qui maculait l'escalier, ce qui implique la présence d'une tierce personne. Celle-ci n'a pas appelé la police et ne s'est jamais manifestée par la suite.

— Ce qui ne prouve en rien l'innocence de ton client. Il était peut-être sur les lieux, lui aussi. Il a peut-être commandité le meurtre.

— Je sais, soupirai-je. Mais, dans tous les cas, je dois blanchir Zach si je compte garder mon poste. À moins de trouver une autre solution, prouver définitivement sa culpabilité par exemple, histoire de ne pas prendre tous ces risques pour rien.

Millie acquiesça.

— Cette idée me plaît davantage. Quoi qu'il en soit, débrouille-toi pour te tirer d'affaire. La vie est trop courte pour ce genre d'emmerdes. J'en sais quelque chose. (Elle ramassa l'un des dossiers posés par terre et me le tendit, mais ne le lâcha pas tout de suite.) Tiens, c'est tout ce que j'ai. Je te le donne à condition que tu n'ailles plus jouer les enquêtrices de ton côté. Je trouverai quelqu'un pour nous aider gratuitement s'il le faut.

D'un signe de tête, j'acceptai trop rapidement et répondis :

— C'est promis.

Elle lâcha le rapport d'enquête.

— Tu me l'as déjà promis hier. Mentir à une mourante, c'est mauvais pour ton karma.

— Mais non, voyons, tu n'es pas…

— Si, je suis mourante, Lizzie, dit-elle gravement mais avec calme. C'est la réalité. Et, d'après les médecins, ça peut arriver d'un moment à l'autre. Comme ça, d'un coup. S'ils te conseillent de mettre un peu d'ordre dans ta vie, ce n'est pas pour faire de l'humour. Avec la chimio, c'est quitte ou double. Et ça pourrait même aggraver mon état. D'où mes messages. Je voulais qu'on discute avant… au cas où. J'étais contente de pouvoir t'aider en te simplifiant un peu les choses. C'était ma façon de remercier ta maman pour son soutien quand Nancy est tombée malade. Mais je n'ai jamais été qu'une intermédiaire, pas vrai ? (Un silence. Puis elle leva les yeux vers moi. J'eus des palpitations.) Qu'as-tu raconté à Sam, exactement ?

— Il est au courant pour la fraude et l'infarctus de maman, murmurai-je. Mais il croit que… il croit que papa est mort aussi. C'est ce que je raconte à tout le monde, en fait.

— Tu prétends que ton père est mort ? répéta Millie entre déception et consternation. Aujourd'hui encore, après toutes ces années ?

— Écoute, j'avais besoin de prendre mes distances. Tu m'as vue à l'époque, j'étais à ramasser à la petite cuillère.

En effet, j'avais longtemps touché le fond avant de sortir enfin de ma dépression. D'en sortir juste assez, en tout cas, pour entamer des études de droit, me faire de nouveaux amis et trouver un mari. Pendant tout ce temps, Millie avait essuyé mes plâtres, comme si j'étais restée cette adolescente en crise. Dix-huit années s'étaient écoulées, et je n'avais toujours pas revu mon père. Je pouvais vivre avec ça, mais qu'en penserait maman ? Si elle savait que je n'étais jamais retournée en Grèce et n'avais jamais remis les pieds dans un temple orthodoxe, elle serait inconsolable.

Mon père m'avait écrit quelques lettres. Jamais pour s'excuser, implorer mon pardon ou me dire qu'il m'aimait. Ce n'était pas son genre. Non, ses rares lettres donnaient simplement quelques nouvelles, la plume pragmatique, mécanique, comme sous la contrainte, pour maintenir le contact au cas où il aurait besoin de moi un jour. Quand il interrogeait Millie à mon sujet, elle me le faisait savoir. Il demandait comment se passaient mes études, si je gagnais bien ma vie, mais ne me posait jamais de questions personnelles. Et il ne demandait jamais pourquoi je ne venais pas lui rendre visite, Millie ne manquait pas de me le rappeler pour ne pas me faire culpabiliser.

— Ce n'est pas parce qu'il est loin qu'il n'existe plus, Lizzie, reprit-elle. Et puis, Sam est ton mari…

— Je sais.

Mon cœur se serra sous son regard sévère. J'eus terriblement chaud et honte à la fois. Honte de ce qu'avait fait mon père, mais surtout de mon incapacité à regarder la vérité en face. J'avais préféré l'enterrer dans un coin de ma tête, sous un tas d'autres sujets que je cherchais également à oublier – l'alcoolisme de Sam, notre dette, ma carrière à la dérive, le bébé que je n'aurais jamais.

— Eh bien, reprit Millie. Continue de faire comme s'il était mort, si ça te chante. C'est ton choix. Mais ce sera plus difficile quand je ne serai plus là pour jouer les intermédiaires.

— Tu es allée le voir, récemment ?

— Il y a quelques mois. J'essaie de lui rendre visite une fois par an. Et il m'appelle à peu près deux fois par an. Entre-temps, je grappille des informations grâce à mes contacts à Elmira. Ton père n'a pas changé : soixante-quinze pour cent salaud, vingt-cinq pour cent charmeur. Je ne l'excuse pas pour ce qu'il a fait, ça n'a jamais été un ange, mais qu'arrivera-t-il, s'ils le libèrent ? Il pourrait sortir dans trois ou quatre ans, et qui sait ? C'est un pays libre, il pourrait venir te voir.

— Je me porte mieux depuis que je ne le vois plus.

— Tu en es sûre ?

Son inquiétude était pour moi une torture. Les larmes aux yeux, je me détournai en m'efforçant de cacher les trémolos dans ma voix.

— Tu sais aussi bien que moi que ce qu'il a fait ce soir-là n'avait rien d'un accident. Il l'a poignardé, Millie. Mon père a tué un homme. Je sais, il était bouleversé par la mort de maman, mais tu veux que je te dise ? Je crois surtout qu'il en voulait à ce type de l'avoir escroqué. Il voulait se venger.

Elle leva les mains comme pour rendre les armes.

— Possible. Écoute, ce n'est pas mon histoire, je ne te demande pas de lui pardonner. Si je suis là, c'est uniquement parce que j'aimais ta mère et qu'elle t'aimait. Elle n'a jamais voulu que ton bonheur et ta sécurité. Moi aussi, je veux que tu sois heureuse. (Elle me tendit un paquet de mouchoirs, car je n'arrivais plus à contenir mes sanglots.) Et, pour ce que ça vaut, sache que tu n'as pas l'air de te porter aussi bien que ça. Je doute que cela arrange quoi que ce soit de faire comme si ton père était mort.

Lizzie

Samedi 11 juillet

Je fis un crochet par Young & Crane avant de rentrer chez moi, bien décidée à tout arranger. Les uns après les autres, je réglerais tous les problèmes que j'avais mis sous le tapis jusqu'à présent. D'abord, ma déclaration de situation financière. Sans cela, Zach n'aurait rien de compromettant sur moi, et je pourrais le rayer de ma vie. D'une pierre deux coups. J'espérais trouver Paul dans son bureau un samedi, comme c'était souvent le cas. Et de nombreux jeunes avocats de notre cabinet l'imitaient. J'allais courir un gros risque en révélant ma fausse déclaration financière à Paul, il me faudrait d'abord prendre la température, évoquer vaguement le sujet, parler au conditionnel avant de passer aux aveux. Peut-être me pardonnerait-il cet unique faux pas. Après tout, il m'avait avoué son faible pour Wendy Wallace, nous avions instauré un rapport de confiance.

Je ne m'attendais pas à un calme aussi religieux au cabinet. Le bureau de Paul n'était pas éclairé, mais Gloria, fidèle au poste, tapait à l'ordinateur d'un air grognon – son agacement n'avait sans doute rien à voir avec ses heures supplémentaires, car elle passait sa vie au travail. Je regardai ma montre : 19 h 27.

— Paul viendra-t-il aujourd'hui ? demandai-je.

Elle me lança un regard accusateur en faisant la moue, puis reprit son texte en marmonnant simplement :

— Ce serait étonnant, vous ne croyez pas ?

Vivement le retour de la secrétaire habituelle de Paul. Gloria m'épuisait. Mais je réprimai mon impatience.

— Que voulez-vous dire ?

Elle cessa de taper au clavier et me regarda cette fois franchement avec un grand sourire mesquin.

— Il ne vous a rien dit ? Tiens, comme c'est surprenant. Wendy Wallace. Ils sont allés « boire un verre », dit-elle d'un ton de conspiratrice. N'est-ce pas l'adjointe en charge de votre affaire, au parquet ? Et Paul qui se prend pour un grand justicier moralisateur, c'est un comble.

Je tentai de masquer la trahison qui me serrait la gorge. Paul fréquentait de nouveau Wendy Wallace ? Alors que je venais de lui révéler qu'elle s'était comportée comme une peste avec moi ? Certes, j'aurais dû le voir venir, mais il ne m'en avait pas moins trahie.

— Ah si, c'est vrai, dis-je à la secrétaire. Si vous le voyez, diteslui que je suis passée.

En retournant dans mon bureau pour récupérer des dossiers à emporter chez moi, j'eus du mal à me remettre de la nouvelle. Pourtant, de quel droit pouvais-je juger Paul, étant moi-même la reine du mensonge ? Au sujet de mon couple, de ma famille, de moi-même. Mais ce que j'avais dit à Millie venait du cœur : je ne mentais pas *délibérément*.

En sortant du bus sur l'impressionnant campus de Cornell pour ma première année d'études, j'avais les jambes flageolantes. À l'époque, mes séances chez le psy m'avaient à peine aidée à me relever, mais pas encore à guérir. Ou, en tout cas, pas en profondeur. Arrivée dans ma chambre d'étudiante vide, sans parents pour me déposer ni pour pleurer sur le seuil avant de partir, je m'étais sentie dériver dangereusement dans un tourbillon de désespoir prêt à m'engloutir. Quand apparut soudain ma colocataire avec ses cheveux blonds, son grand sourire, ses grands yeux innocents et ses deux gentils parents. Ce jour-là, une histoire toute neuve avait surgi à ma rescousse : celle de deux parents décédés, sans personne en prison. À partir de cet instant, c'était devenu *mon* histoire.

Une version que je trouvais plus acceptable que la réalité : mon père avait finalement retrouvé l'escroc qui avait ruiné mes parents et fichu en l'air leur restaurant. Il l'accusait même d'avoir été la cause de l'arrêt cardiaque de ma mère. Les deux hommes s'étaient battus au domicile de l'escroc. Quand, lors du procès, le procureur l'avait accusé d'être entré par effraction, mon père s'était défendu en prétextant chercher des preuves incriminant le charlatan. Ce dernier avait fini avec un couteau de cuisine dans le ventre. Un accident, clamait mon père. Mais le jury ne l'avait pas cru. La sentence était tombée : une peine pouvant s'étendre de vingt-cinq ans à la perpétuité pour meurtre concomitant d'un crime. Voilà ce qui arrive quand on tue un homme après avoir forcé sa porte d'entrée. Après le meurtre, j'étais la seule à savoir que mon père était tranquillement rentré à la maison et s'était attablé comme si de rien n'était pour dévorer son dîner. J'étais également la seule à savoir qu'il m'avait demandé de mentir et de lui donner un alibi. Une requête que j'avais poliment déclinée.

Ainsi, j'avais raconté que ma mère était morte et que mon père « n'était plus là », d'abord à ma colocataire de Cornell, puis à Victoria et Heather à la fac de Pennsylvanie, ensuite à Zach et, enfin, à Sam. Mais mon père était bien là, au centre pénitentiaire d'Elmira. Juste avant mes études de droit, j'avais même officiellement repris le nom de jeune fille de ma mère, consciente que les cabinets d'avocat enquêtaient sur le passé de leurs candidats à la recherche d'éventuels antécédents. Et j'avais raison. Le bureau du procureur fédéral était aussi curieux que les autres, mais j'avais réussi à passer au travers des mailles du filet, malgré quelques frayeurs causées par un interrogatoire musclé. Seulement, j'avais eu beau faire semblant, impossible d'oublier ma réalité.

Elle était toujours là. Elle ne m'avait jamais quittée.

En attendant l'ascenseur, je fus agacée de voir encore Gloria. Elle se trouvait devant la réception, occupée à discuter avec une femme. Ou plutôt elle discutait et la femme l'écoutait. J'enfonçai plusieurs fois le bouton de l'ascenseur.

— Ah, la voilà justement ! lança la secrétaire dans ma direction juste à l'instant où j'allais entrer dans la cabine. (*Zut, raté !*) Hum… Lizzie ? Vous avez de la visite. C'est Maude.

En me retournant, je reconnus effectivement l'amie d'Amanda, visiblement en détresse. Quelle poisse, je n'avais aucune envie d'avoir affaire à elle dans l'immédiat. Ma lassitude dut se lire sur ma figure, car elle se confondit en excuses :

— Je suis vraiment désolée de vous déranger un samedi, mais je vous ai laissé plusieurs messages. Une personne du parquet est passée chez moi… Écoutez, j'ai quelque chose à vous dire. Je pense que ça ne peut pas attendre.

Génial.

— Bien sûr, pas de problème, mentis-je. Venez dans mon bureau, nous serons plus à l'aise.

Elle m'escorta dans le couloir.

— Je n'avais pas lu votre carte. Vous travaillez ici, vous aussi ? Quel hasard ! s'étonna Maude en montrant la réception où elle avait croisé Gloria. (D'où pouvaient-elles se connaître, toutes les deux ? Je préférais ne pas le savoir. Tout ce qui m'intéressait, c'était de me débarrasser de Maude au plus vite.) J'avais peur que le cabinet ne soit fermé. Comme quoi, qui ne tente rien n'a rien.

— Oui, et avec le nombre d'heures supplémentaires que nous faisons ici…

Je voulus répondre avec légèreté, mais mon côté caustique l'emporta, et j'ajoutai :

— On nous coince facilement.

Je rallumai les lumières de mon bureau et posai mon sac. Maude parut chanceler légèrement en s'asseyant.

— Tout va bien ? m'alarmai-je.

— Hum… oui. Je dois être en manque de sucre, dit-elle faiblement. Je suis diabétique. Rien de grave, mais auriez-vous un jus, quelque chose de sucré ?

— Oui, bien sûr.

Je sortis prestement vers notre réserve à sucreries et lui tendis une bouteille de jus d'orange. Par chance, elle reprenait déjà des couleurs. J'avais assez de soucis à gérer sans ajouter le malaise de Maude.

— Merci, dit-elle en buvant une longue gorgée.

— Voulez-vous que j'appelle quelqu'un ?

Un proche qui viendrait vous chercher tout de suite pour abréger cette entrevue ?

J'avais décidé de ne parler à personne des troubles délirants d'Amanda tant que je ne savais pas quoi faire de cette information. Mais j'étais tentée d'interroger Maude, puisqu'elle était ici. Peut-être avait-elle remarqué quelque chose.

— Non, non, ça va, me dit-elle.

— Vous disiez que le parquet a envoyé quelqu'un chez vous ? Vous connaissez son nom ?

— Je crois qu'elle s'appelait Wendy Wallace. Une femme très… intimidante.

Ce n'était pas nécessairement mauvais signe pour Zach. Cette visite personnelle de Wendy indiquait que l'affaire la préoccupait.

— Que vous a-t-elle dit exactement ?

— Eh bien, je lui ai raconté que Zach était avec moi quand… (Cette fois, cela me parut évident que Maude inventait cet alibi.) Bref, elle m'a dit que si j'en parlais au procès, elle se débrouillerait pour me faire passer un an en prison.

— Seulement si cet alibi est un mensonge, nuançai-je, diplomate.

— Oui, je suppose. (Ce qui ne sembla pas la rassurer.) Mais elle a également évoqué notre soirée. Apparemment, cette fête pourrait nous rendre complices de meurtre, Sebe et moi. La famille d'Amanda serait en droit de nous poursuivre en justice pour décès imputable à une faute.

— Tout d'abord, vous ne pouvez pas être accusés de complicité de meurtre puisque votre fête a eu lieu *avant* sa mort. Ensuite, Amanda n'a plus vraiment de famille, donc je ne vois pas qui pourrait vous coller un procès. Wendy Wallace bluffe. Et elle n'a aucun droit de vous accuser de parjure, puisque vous n'avez pas encore témoigné.

Personnellement, j'avais beau émettre des réserves quant à la véracité de cet alibi, je n'aurais aucun scrupule à l'utiliser si je n'arrivais pas à me libérer de ce dossier et étais contrainte de le représenter jusqu'au procès. Quelle horreur, Zach avait fait de moi une avocate prête à suborner mes témoins du moment que personne ne pouvait prouver leurs parjures.

— Vous n'avez aucune raison de vous inquiéter pour l'instant.

— Si vous le dites, marmonna-t-elle faiblement. En réalité, je suis venue vous voir au sujet de Sebe.

Sebe ? D'après ce qu'avait évoqué Wendy Wallace lors de l'audience en appel, Amanda aurait été aperçue montant à l'étage en compagnie d'un bel homme, une description qui correspondrait en effet au mari de Maude. Sans compter que le couple participait forcément aux activités d'échangisme, puisque c'était leur soirée.

— Que voulez-vous dire ? demandai-je, intriguée.

Elle parut sur le point de pleurer, les yeux fermés très fort.

Oh, non, pensai-je.

Sebe aurait-il tué Amanda ? Était-ce possible ?

— C'est lui qui m'a demandé de venir vous dire la vérité. (En l'écoutant, je me cramponnai au bord de mon bureau.) Je n'étais pas avec Zach ce soir-là.

— Ah.

Que pouvais-je répondre de plus ? Elle venait de me voler l'unique élément précieux du piètre arsenal de mon plaidoyer : un alibi pour Zach.

— Je suis désolée, ajouta Maude avec une sincère contrition. Je voulais seulement vous aider… Vous me direz que c'est ridicule, mais je me sentais coupable, à cause de notre soirée, tout ça. Vous savez, j'ai de gros problèmes avec ma fille en ce moment, je n'ai pas les idées claires. Mais Zach n'a pas tué Amanda, j'en suis convaincue. Quand vous êtes venue nous voir, je pensais au pauvre petit Case. Amanda l'aimait si fort. Que lui arrivera-t-il si Zach passe le restant de ses jours en prison ? Et sans famille, en plus ?

— Je l'ignore.

— Oh, ce pauvre garçon ! murmura-t-elle en pressant ses doigts tremblants contre sa bouche, les yeux pleins de larmes, mais elle tenta de se ressaisir. Je suis désolée si je vous ai compliqué la tâche. Si j'ai causé du tort à Case, je ne me le pardonnerai jamais.

Elle me faisait un peu pitié. Son inquiétude était sincère, je voulais bien le croire, et elle me faisait culpabiliser de n'avoir pas moi-même pensé au petit garçon. Ma colère envers Zach était telle que j'avais fini par faire abstraction de son fils.

— Écoutez, ne vous inquiétez pas. Votre alibi n'a encore été enregistré nulle part. Le retirer maintenant n'aura aucun impact sur l'issue du procès. Mais je suis contente que vous me l'ayez dit. Cela aurait pu corser l'affaire plus tard.

Elle hocha la tête en baissant les yeux. Puis se leva en ajoutant :

— Pour ce qui est de Case… Si jamais Zach a besoin d'aide, je vous en prie dites-le-nous. Nous ferons tout notre possible pour lui.

— Je vous tiendrai informée.

— Merci.

Je crus qu'elle allait dire autre chose, mais elle ébaucha un fragile sourire avant de se diriger vers la sortie.

J'emportai chez moi tout ce que je possédais sur Zach : le dossier de son avocat commis d'office, le brouillon de mon plaidoyer, les renseignements préliminaires, mes recherches sur Xavier Lynch, les journaux d'Amanda, les documents relatifs au mandat non exécuté de Zach et le rapport d'enquête de Millie. J'étais résolue à dénicher une aiguille dans cette botte de foin. Une aiguille avec laquelle je pourrais soit poignarder Zach, soit du moins percer un trou dans le réquisitoire que montait Wendy contre lui. Quoi qu'il en soit, j'avais hâte d'en finir avec cette histoire.

Il était 21 heures passées quand j'arrivai chez moi. L'appartement était vide, j'aurais pu me demander où était passé Sam, mais j'étais seulement soulagée de constater son absence. Une preuve de lâcheté, me direz-vous, mais je ne pouvais pas être sur tous les fronts. Ma priorité : me libérer des griffes de Zach.

J'étalai tous les documents sur le sol du salon en espérant qu'une nouvelle piste me saute aux yeux. Mais les feuilles restaient là, inertes. Pour avoir de nouveaux éléments, il me faudrait attendre que le parquet me transmette les informations dont il disposait, or je ne supporterais pas le chantage de Zach un jour de plus.

Je ramassai le dernier journal d'Amanda et le parcourus de nouveau. Maintenant que je savais son père et Carolyn décédés, peut-être trouverais-je de nouvelles pistes. Les rapports des coups de fil aussitôt raccrochés, des moments où elle se croyait suivie, étaient extrêmement détaillés et cycliques : les appels survenaient presque toujours en journée, et elle se sentait suivie généralement de nuit, et ce chaque semaine le mercredi ou le jeudi. Certes, ces descriptions pouvaient être le fruit des troubles délirants d'Amanda, mais je trouvais cela d'une régularité étrangement réaliste.

Je ramassai alors la carte du *Bourgeon de Park Slope*. Qu'en était-il de ce bouquet anonyme ? Celui-ci, elle ne l'avait pas inventé. Quelqu'un lui avait bel et bien envoyé des fleurs. Pas nécessairement la personne qui la suivait – une belle femme comme elle devait avoir de nombreux « admirateurs secrets » –, mais c'était une possibilité.

Zach avait-il fait semblant de la suivre pour bénéficier d'une couverture ? Avait-il tout planifié pour la tuer sans attirer les soupçons ? L'histoire d'héritage que j'avais inventée pour aborder Xavier Lynch était fictive, mais la mort d'Amanda pouvait entraîner d'énormes indemnités pour son époux, c'était une piste à envisager. D'autant plus s'il avait besoin d'argent pour sauver son entreprise. Je regrettais de ne pas avoir montré sa photo à Matthew, le jeune fleuriste. L'expéditeur du bouquet était un « rond », et Zach avait le visage circulaire, voire presque bouffi.

Millie avait envisagé qu'il ait pu faire appel à un tueur à gages, ce qui expliquerait la présence d'empreintes inconnues sur les marches. L'idée que Zach ait pu embaucher un tueur aussi amateur me procura un semblant de satisfaction.

Je pris l'enveloppe qui renfermait le dossier du mandat non exécuté pour vagabondage et étalai les feuilles par terre pour les parcourir plus en détail. J'avais désormais beaucoup moins de mal à imaginer Zach faisant du zèle avec la police ce fameux soir, quand il était étudiant. Le 16 avril 2007, indiquait le papier.

Le 16 avril 2007 ?!

C'était le jour de notre première rencontre, à Sam et moi.

Oh non, dites-moi que je rêve.

Je tapai sur Google Maps le nom de la rue où Zach faisait le pied de grue. Bingo. C'était une ruelle cachée juste derrière le *Rittenhouse*, l'immeuble luxueux où s'était tenue la soirée des étudiants en médecine. Zach avait eu une amende parce qu'il refusait de quitter le coin de rue où il se trouvait. Me surveillait-il ? Nous épiait-il au moment où Sam et moi avions échangé notre premier baiser ? Que se serait-il passé si la police ne lui avait pas demandé de circuler ?

Je reposai le dossier du mandat avec un frisson d'horreur, et pris cette fois le rapport d'enquête de Millie pour consulter directement la page des résultats d'analyses d'empreintes et les photos de cette trace de doigts que j'avais repérée dans le sang, le jour où j'avais appelé mon amie à la rescousse. Sur les images en gros plan, cette trace semblait dérisoire, de simples tourbillons sur fond pourpre à peine visibles sur le métal sombre. Mais d'autres photos capturaient la scène avec plus de recul, les murs et les marches ensanglantés racontaient une histoire glaçante.

Tant de violence. Tant de sang. La force qu'il avait fallu déployer. La rage.

Zach ? Ce n'était pas impossible.

Derrière les photos et les résultats d'analyses, on trouvait des historiques de recherches sur Internet, des articles tirés du site Web de la ZAG, des informations concernant Graine de Savoir et des plans du quartier, mais rien au sujet de l'entreprise qu'il venait de créer, semblait-il. Je reconnus l'écriture de Millie sur quelques annotations. Apparemment, elle avait réussi à interroger un policier. « EN OFF », avait-elle griffonné en lettres capitales, sans doute pour reprendre ironiquement les termes de l'agent. Il s'agissait de la liste des personnes interrogées par la police et les dates des auditions. Sous le titre « Les invités du 02/07 » figurait une liste de noms.

Je poursuivis mon exploration du dossier et tombai sur le rapport préliminaire d'autopsie. « Décès causé par un traumatisme consécutif à un choc violent. » Millie et Vinnie n'avaient aucun droit de détenir ce papier. L'heure du décès était estimée entre 22 heures et 23 heures le jeudi 2 juillet.

Un jeudi ?

J'étais surprise, je pensais que la fête avait eu lieu dans le week-end. En y repensant, le vendredi était férié puisqu'il précédait la fête nationale, d'où la possibilité de veiller tard un jeudi soir. Ce week-end de festivités avait sans doute repoussé au lundi la première comparution de Zach.

La fête avait eu lieu un jeudi. Jeudi dernier.

Le soir où j'avais retrouvé Sam ivre mort dans notre salon.

Je m'efforçai de me concentrer sur mon affaire et parcourus un inventaire d'objets personnels, également listés par le légiste. Il s'agissait des effets personnels que portait Amanda sur elle le soir de sa mort. Chaque objet était pris en photo.

- une paire de sandales noires Yves Saint Laurent
- un jean blanc
- un chemisier blanc
- une montre Cartier en argent
- une boucle d'oreille en argent

Sur la feuille suivante, une analyse d'empreintes.

Une minute…

Je revins à la page précédente, le cœur palpitant.

Une boucle d'oreille en argent.

Mes mains tremblaient si fort que j'eus toutes les peines du monde à faire la mise au point sur la photo.

C'était pourtant bien cela : une longue boucle d'oreille fine et scintillante. Je l'avais déjà vue auparavant. Ou plutôt j'avais vu sa jumelle, enroulée sur elle-même dans la paume de ma main.

L'image de Sam me revint, le vendredi matin dans notre salon : couvert de sang, sur ses mains, sur sa chemise. J'étais affolée, mon mari était blessé. Ensanglanté.

Je me relevai d'un bond. Trop tard. Je vomis tout ce que j'avais dans le ventre sur le parquet.

Témoignage devant le grand jury

Jessica Kim,

témoin entendu le 8 juillet dont l'entretien s'est déroulé comme suit :

Audition

par maître Wallace :

Q : Madame Kim, merci d'être venue témoigner.

R : Hum… de rien.

Q : Vous semblez nerveuse.

R : Je le suis. Tout ce tintouin, ça me met mal à l'aise.

Q : Vous n'avez aucune raison de vous inquiéter. Ce n'est pas sur vous qu'on enquête.

R : Ce n'est pas ce qui me dérange. Je n'ai rien fait de mal, moi. Mais je sais à quel petit jeu vous jouez. Mes amis sont venus témoigner pour vous. On se connaît tous. Vous cherchez à nous mettre dans l'embarras.

Q : Nous pourrions passer aux questions.

R : Oui, voilà. Faisons ça.

Q : Étiez-vous à la fête du 2 juillet de cette année au 724 de la Première Rue ?

R : Oui, j'y étais.

Q : Comment y avez-vous été conviée ?

R : Comme tout le monde, par un carton d'invitation. C'est comme ça qu'on fait, en général.

Q : Où avez-vous rencontré Maude et Sebe Lagueux pour la première fois ?

R : Mes enfants sont scolarisés à Country Day. Mais nous avons rencontré Maude en achetant des œuvres à sa galerie.

Q : « Nous » ?

R : Mon mari David et moi-même.

Q : David était-il également de la fête ?

R : Absolument. Permettez-moi de vous faire gagner du temps. Je vais vous dire ce qui vous intéresse. Oui, j'ai couché avec un autre homme ce soir-là. Et, oui, mon mari est au courant. Non, je ne pense pas qu'il ait lui-même couché avec quiconque lors de cette fête, à moins qu'il ne soit retombé sur ce jeune papa pour qui il en pince. Cela fait six ans que nous prenons part à cette soirée, et ce qui se passe là-bas reste là-bas. Nous ne nous posons aucune question le lendemain. Cela nous va très bien. À côté de ça, si l'un de nous est occupé à uriner, l'autre se garde bien d'entrer dans la salle de bains. Oui, tous les couples sont différents. Voilà, vous êtes contente ?

Q : Avez-vous aperçu Amanda Grayson en vous rendant à l'étage le soir de cette fête ?

R : (***Marmonne.***)

Q : Je vous demande pardon ? Je n'ai pas compris.

R : J'ai vu une femme monter l'escalier.

Q : Était-ce cette femme ?

(L'avocate présente une photographie au témoin, laquelle est notée Pièce à conviction 6.)

R : Oui.

Q : À l'intention du greffier, le témoin a identifié Amanda Grayson comme étant la femme aperçue montant l'escalier. Quelle heure était-il ?

R : Je ne sais pas exactement.

Q : Auriez-vous une idée approximative ?

R : Hum… Je ne sais pas précisément. Autour de 21 h 30, peut-être.

Q : Les gens montaient-ils à l'étage lors de ces soirées pour autre chose que du sexe ?

R : Ça m'étonnerait.

Q : Pourquoi cela ?

R : Parce que ça brouillerait les pistes. Ceux qui n'étaient pas intéressés gardaient bien leurs distances avec l'escalier. Comme ça, les choses étaient claires.

Q : Ainsi, Amanda Grayson a monté l'escalier le soir de la fête ?

R : Oui. Mais je ne peux pas affirmer l'avoir vue monter jusqu'en haut. Je l'ai entraperçue, mais je n'ai aucune idée de ce qu'elle a fait par la suite.

Q : Si, madame Kim, vous savez exactement ce qui lui est arrivé : elle est morte.

Amanda

Le soir de la fête

Amanda se sentait plutôt bien en se préparant pour la soirée de Sebe et Maude, ce qui ne lui était pas arrivé depuis des jours. Elle avait eu deux appels masqués aujourd'hui, sans parler de l'épisode du parc et de toute cette histoire avec Carolyn. C'était décidé, elle allait tout raconter à Zach. Ou presque tout. Peut-être éviterait-elle de commencer la conversation en parlant de son père. Pour dialoguer avec Zach et faire évoluer les choses, il allait falloir être patiente.

Le processus était bien entamé : elle lui avait demandé de l'accompagner à cette soirée. Cette perspective la réjouissait. Elle enfila son jean blanc et son chemisier à froufrous aux épaules dénudées, chaussa ses sandales compensées noires et noua ses cheveux en queue-de cheval haute. Ses longues boucles d'oreilles en argent étaient jolies sans être trop tape-à-l'œil. La tenue parfaite pour cette fête.

Ils descendirent ensemble les marches de leur *brownstone* dans un silence qui dissipa toute la satisfaction d'Amanda pour la frapper d'une cruelle réalité : certes, elle avait réussi à faire venir Zach, mais ils n'en étaient pas moins deux parfaits étrangers l'un pour l'autre. C'était ça, leur quotidien. Même si cela n'était pas nouveau, cela restait douloureux.

En remontant la place Montgomery bordée de grands arbres avec ses *brownstones* bien entretenues, Amanda se dit qu'ils pourraient au moins trouver un sujet pour bavarder, mais tout ce qui lui venait à l'esprit sonnait faux. Après onze ans de mariage, elle ne pouvait tout de même pas recourir à une conversation sur l'air humide de cette soirée, ce serait honteux. Il ne leur restait donc que le silence.

Un silence qui lui donna envie de hurler. Elle lança un regard à son époux qui afficha un petit sourire en coin quand ils tournèrent dans Prospect Park Ouest où les passants étaient plus nombreux. Bel homme dans sa chemise en lin blanc et son pantalon taillé sur mesure, il paraissait étrangement satisfait pour quelqu'un qui détestait ce genre de soirée et les rassemblements sociaux de manière générale. Elle se détourna pour observer un joggeur sur une piste cyclable et une femme menue qui tenait en laisse un énorme chien blanc. Plus haut de leur côté de la rue, il n'y avait personne. L'obscurité était brisée par les carrés de lumière des grands bâtiments donnant sur le parc.

Zach se mit à siffler. Pourquoi sifflait-il ? Plus rien de ce qu'il faisait n'avait de sens aux yeux d'Amanda. Sa nonchalance était encore plus cruelle que son silence. C'en était même déprimant. Comment une simple conversation pourrait changer quoi que ce soit à cette situation ? Zach n'allait pas devenir le mari parfait, attentif et aimant, en un claquement de doigts. On ne change pas sa nature pour faire plaisir aux autres. Mais elle devait au moins lui parler de son père. S'il ne l'aidait pas elle, qu'il protège au moins son fils. S'il se mettait en colère, tant pis. Elle n'était plus sûre de s'en soucier.

— Oui, j'ai passé une excellente journée. Merci de t'en inquiéter, dit-il d'un ton piquant tandis qu'ils gagnaient l'intersection de Prospect Park Ouest et Garfield. Au travail, les affaires semblent enfin décoller.

— C'est bien… Mais en quoi consiste ton nouveau travail, au juste ? demanda Amanda.

Ce n'était pas l'entrée en matière qu'elle avait envisagée, mais c'était un bon début.

— Je ne sais même pas ce que tu fais alors que je suis ta femme, ajouta-t-elle.

— Tu veux que je t'explique notre fonctionnement interne ? fit-il, amusé. Que je te présente notre politique de déploiement financier et notre développement stratégique ?

— J'aimerais au moins savoir à quoi tu occupes tes journées.

— Les détails t'ennuieraient à mourir, crois-moi. Mais quand j'aurai réussi, nous serons encore plus riches qu'avant. Comme d'habitude, c'est le côté technique qui a failli nous faire foncer droit dans le mur. Les responsables – et en particulier les conseils d'administration – négligent trop souvent les détails techniques. Mais, grâce à ma créativité, on a enfin rectifié le tir. Tu veux connaître la clé de la réussite ? Ce sont les bêta-tests. Tout le secret du succès est là.

— Je ne trouve pas ça ennuyeux du tout. Si tu m'avais parlé de vos problèmes techniques, j'aurais peut-être pu t'aider.

— Je ne savais pas que tu étais ingénieure système, ricana Zach. Je penserai à te consulter la prochaine fois…

Elle serra les poings.

— Je suis ta femme.

— Je ne vois pas le rapport.

Elle s'arrêta de marcher.

— Ça a un rapport avec tout.

— Tu sais quel est ton problème, Amanda ? lança-t-il en ne s'arrêtant que quelques mètres plus loin. C'est que tu as toujours surestimé l'importance des relations humaines. Je ne dis pas qu'elles sont futiles. Au contraire, elles étaient au cœur des priorités de la ZAG : créer du lien grâce aux achats des gens, en leur livrant la vie de leurs rêves. Un concept qui pèse un million de dollars. Mais les relations *entre* les gens ne font que créer des problèmes. D'où l'objectif de ma nouvelle entreprise.

Il semblait terriblement satisfait quand il lui tourna le dos pour reprendre sa marche.

Amanda ne bougea pas et le regarda s'éloigner, les yeux brûlants.

En amour, il faut savoir pardonner.

Sebe avait raison sur ce point. Et pourtant, elle n'arrivait pas à pardonner les défauts de Zach, car le lien qui les unissait n'était pas de l'amour. Mais, quelle qu'en soit la nature, il avait réussi à produire l'être qu'elle aimait le plus au monde : Case. Or elle lui avait fait du mal en laissant Zach les forcer à emménager à Park Slope pour une entreprise dont elle ne savait rien. C'était décidé, elle s'en tiendrait désormais à sa seule mission : protéger son fils.

— Attends ! appela-t-elle en trottinant pour le rattraper. Je voulais te... Il faut qu'on parle de Case. Ce déménagement lui a fait trop de mal. J'ai l'impression qu'il a des difficultés à terminer son année à Country Day, ça ne lui ressemble pas.

— Des difficultés ? Depuis quand ? pouffa-t-il. Vu ce que nous coûte cette école, j'espère qu'ils nous tiendraient au courant s'il y avait le moindre problème.

— Ils ne t'ont pas contacté ?

— Pourquoi moi ?

— Ils ont ton adresse mail.

— Ah non, c'est impossible, tu sais ce que j'en pense. Autant donner aux gens la clé de ma porte d'entrée. En parlant de clé, je croyais que tu devais faire réparer l'alarme. Et la porte de mon placard coince toujours.

C'est reparti.

Amanda n'était rien d'autre qu'une employée de maison à ses yeux.

— Les réparateurs passeront la semaine prochaine, marmonna-t-elle, sidérée.

Et voilà qu'elle reprenait sagement son rôle. Celui d'une domestique que Zach pouvait congédier à tout moment. Il pourrait même obtenir la garde de Case, s'il décidait de la quitter – ou si elle avait le courage de rompre elle-même. Après tout, elle n'était qu'une chômeuse qui n'avait jamais passé son bac. Quelle idiote elle avait été. Et quand on pense qu'elle allait lui parler de son père ! Zach serait capable de retourner cette histoire de harcèlement contre elle. Pour lui voler la garde de Case devant le juge, par exemple. Ce serait un cauchemar. Le contrat de mariage qu'elle avait signé était draconien – le notaire avait pourtant essayé de la prévenir –, or Zach était rancunier. Non, hors de question de lui parler de son père.

— Rappelle-moi chez qui nous allons ? demanda-t-il après avoir croisé un groupe d'adolescentes en train de glousser.

Il aimait être préparé. Ainsi, il savait donner le change et même passer pour charmant en société. Il était plutôt doué pour ça, à condition qu'il ait quelque chose à en retirer et que l'exercice ne dure pas trop longtemps. Zach faisait semblant d'être un homme normal, et cela lui demandait des efforts. Finalement, c'était peut-être la seule chose qu'ils avaient tous les deux en commun : ils faisaient comme si.

— C'est la fête de Maude. Elle tient une galerie d'art. Et son mari, Sebe, est médecin, répondit-elle, l'estomac noué. Leur fille est scolarisée à Country Day, mais elle est plus âgée que Case. Elle traverse une période difficile, en ce moment.

Amanda ne savait pas pourquoi elle venait de préciser cela, mais, à sa grande surprise, son mari ralentit le pas pour lui lancer un regard intrigué.

— Comment ça, une période difficile ?

Elle n'avait pas envie de trahir la confiance de Maude en répétant ses confidences sur Sophia. Mais, quand il s'intéressait à quelque chose – une fois n'était pas coutume –, Zach n'était pas du genre à lâcher le morceau. Elle avait intérêt à lui donner quelque chose à se mettre sous la dent. De toute façon, les ragots ne se répandraient pas davantage, il n'avait personne à qui les répéter.

— Sa fille a fait une chose qu'elle regrette.

— Quoi donc ? demanda-t-il avec un regard étrangement perçant.

— Des photos compromettantes, je crois. Une histoire d'ado.

— Ah, fit-il en poussant un soupir exaspéré, puis il reprit sa marche vers la Première Rue. Les gens peuvent faire des trucs idiots, parfois…

Au croisement de Prospect Park Ouest et de la rue où vivait Maude, on entendait déjà la musique et les éclats de rire qui s'élevaient de son jardin et saturaient l'air de cette nuit d'été. Amanda ferma les yeux pour s'imprégner de cette joie lointaine.

— Ils s'inquiètent toujours pour les mauvaises choses : leur compte en banque ou leurs cartes de crédit, développa Zach comme si on l'y avait encouragé. Ils ne réfléchissent pas à leurs véritables points faibles. Voilà pourquoi je suis si tatillon sur ma vie privée. C'est aussi la clé de ma réussite. Je sais de quoi les gens ont besoin avant qu'ils le sachent eux-mêmes.

Quel salaud.

Son mari n'avait donc pas une once de bonté en lui.

À cet instant, un couple sortit en titubant sur le perron, riant aux éclats. Ils étaient un peu plus âgés que Zach et bien plus vieux qu'Amanda. Dans la cinquantaine, peut-être. Mais ils étaient sveltes, beaux et visiblement éméchés. La femme plaquait sa main contre sa bouche et l'homme avait les joues roses, ils riaient si fort que le souffle leur manquait.

Ils avaient plusieurs colliers de fleurs autour du cou, et l'homme avait un énorme ballon de plage coincé sous le bras.

— Arrête, arrête ! gloussait la femme.

— Chut, sois plus discrète ! On ne va jamais réussir à le voler, ce ballon.

En apercevant Zach et Amanda, ils feignirent la sobriété et descendirent les marches dans un équilibre précaire pour rejoindre la Septième Avenue. Avant de tomber sur ce couple, Amanda n'avait plus repensé à ce qui se tramait « à l'étage ». Et si un convive évoquait ce couple devant Zach, il ne manquerait pas de leur dire à tous combien il trouvait leur comportement ridicule. Zach était le genre d'homme à prendre son avis pour une vérité générale, il n'avait aucun scrupule à le servir à tout-va. « La vérité ne peut pas être vexante », disait-il.

— Avant d'entrer, il faut que je te prévienne, l'arrêta Amanda alors qu'il allait gravir les marches avec un regard pétillant. Ils ont… un étage.

Son mari leva les yeux vers l'imposante maison à trois étages et dit :

— Oui, je vois ça.

— Non, hum… Ceux qui montent à l'étage font de l'échangisme. Mais pas tous les invités. Seulement si tu en as envie. Enfin, pas toi. Je veux dire… les invités. (Voilà qu'elle rougissait, à présent.) Je te le dis pour que tu sois au courant. Mais il n'y a pas mort d'homme, hein.

— Pas mort d'homme ? répéta-t-il avant de partir d'un éclat de rire sonore dont il mit une minute à se remettre. C'est drôle, c'est vraiment très drôle. Ces gens sont tellement… cons. Soit dit en passant, ne parle à personne de ma nouvelle boîte. Rien ne doit fuiter avant l'annonce officielle. Tu voulais que je te fasse confiance ? dit-il en la pointant du doigt. C'est le cas. Alors ne va pas tout foutre en l'air.

Sur ce, il monta les marches et planta Amanda sur le trottoir, seule avec ses pensées. Elle se listait toutes les réactions possibles d'un mari normal apprenant qu'il s'apprêtait à participer à une soirée libertine.

« On devrait peut-être en parler avant d'entrer. Qu'est-ce que tu en penses ? On ne va pas le faire, si ? Chérie, qu'est-ce qu'on fait ? »

Ils auraient pu en rire. Se poser des questions. Ils auraient pu être ce couple qui partage tout, même l'inconnu. Mais pas eux.

Parce qu'ils n'étaient pas un couple. Ils n'en avaient jamais été un, et ce n'était pas près d'arriver.

Témoignage devant le grand jury

Steve Abruzzi,

témoin entendu le 8 juillet dont l'entretien s'est déroulé comme suit :

Audition

par maître Wallace :

Q : MonsieurAbruzzi, merci d'être venu.

R : Je vous en prie, si je peux vous être utile. L'entretien est confidentiel, n'est-ce pas ?

Q : Oui, l'enquête du grand jury n'est pas divulguée.

R : Bon, très bien.

Q : MonsieurAbruzzi, étiez-vous à la fête organisée au 724 de la Première Rue le 2 juillet dernier ?

R : Oui.

Q : Avez-vous passé une partie de la soirée avec JessicaKim ?

R : Oui.

Q : Êtes-vous marié, monsieurAbruzzi ?

R : Oui.

Q : Avec Mme Kim?

R : Non.

Q : Votre femme sait-elle que vous avez passé une partie de la soirée avec Mme Kim ?

R : Oui.

Q : Qu'avez-vous fait avec Mme Kim ?

R : Hum… Vous voulez des détails ?

Q : Avez-vous eu des rapports sexuels ?

R : Oui.

Q : Avec pénétration ?

R : Oui.

Q : Parlez plus fort, on ne vous entend pas, monsieur Abruzzi.

R : Oui.

Q : Avez-vous des enfants ?

R : Je ne vois pas le rapport avec notre affaire. Essayez-vous de me faire passer pour un homme immoral ?

Q : Pouvez-vous répondre, s'il vous plaît ?

R : Oui. Mais ils ne prenaient pas part à cette fête, vous vous en doutez. Et ils ne savent rien de tout cela. Vous pouvez me croire, ce qui se passe là-bas reste là-bas. Enfin, sauf pour témoigner ici.

Q : Vos enfants vont-ils à l'école Country Day de Brooklyn ?

R : Oui.

Q : Est-ce dans ce cadre que vous avez rencontré Maude Lagueux ?

R : Nous connaissons Sarah et Kerry. Ma femme a rencontré Sarah à l'association des parents d'élèves. Et Kerry est mon ami. Sebe, Kerry et moi allons parfois ensemble à des concerts. J'aime bien les groupes de rock indé. Mais Kerry n'était pas là, le soir de la fête. Il m'a envoyé un message, il cherchait à joindre Sebe.

Q : À quelle heure êtes-vous monté à l'étage pour coucher avec Jessica Kim ?

R : Vous êtes obligée de formuler toutes vos questions comme ça ?

Q : Comme quoi ?

R : Laissez tomber. Je crois qu'il était 21h30 ou 22 heures. Par là.

Q : Avez-vous croisé quelqu'un en montant l'escalier ?

R : Oui, il y avait une femme derrière nous. Mais je ne la connaissais pas.

Q : Je vais vous montrer une photo, monsieurAbruzzi.

(L'avocate présente une photographie au témoin, laquelle est notée Pièce à conviction 6.)

Q : Est-ce la femme que vous avez vue dans l'escalier ?

R : Oui.

Q : À l'intention du greffier, le témoin a identifié Mme Grayson comme étant la femme montant l'escalier le soir en question.

R : Si c'est confidentiel, pourquoi cet échange est-il pris en note ?

Q : Pour s'en souvenir, monsieur Abruzzi. Rien de plus. Une dernière question. Vous disiez que quelqu'un cherchait Sebe Lagueux. Auriez-vous aperçu M. Lagueux en montant à l'étage ?

R : Oui.

Q : Où était-il ?

R : Dans une chambre avec Mme Grayson.

Lizzie

Samedi 11 juillet

Sam apparut sur le seuil de la chambre, je ne l'avais pas entendu rentrer. Il regarda ses vêtements éparpillés partout sur le sol, le regard éteint par la tristesse. Mais aucune trace de surprise. J'avais retourné notre appartement à la recherche de preuves. J'avais ouvert le moindre placard, le moindre tiroir, j'avais tâté tous les tee-shirts de Sam et jeté ses chaussettes par terre, les mains tremblantes et l'esprit assourdi par un grand cri.

Je pris la boucle d'oreille posée sur le lit près de moi. Mes yeux étaient si irrités par les larmes que j'eus l'impression de saigner.

— Ceci appartient à Amanda Grayson, dis-je en agitant le bijou sous ses yeux. Elle portait cette boucle d'oreille le soir de sa mort.

Sam croisa les bras et s'appuya contre le mur en face de moi. Je m'attendais à une nouvelle salve d'excuses, à son vieux discours bien rodé. Allais-je supporter de l'entendre entonner ce refrain sans me jeter sur lui pour l'étrangler ? Je me voyais déjà plantant mes ongles dans son joli visage.

Il baissa les yeux.

Dis quelque chose, Sam. Dis quelque chose, putain…

— Tu la connaissais, affirmai-je.

Ce n'était pas une question. Je ne supporterais pas de poser une question de plus. Sam parut paniquer.

— Non. Je ne la connaissais pas, répondit-il, le regard fuyant. Enfin, pas que je sache.

— Dans ce cas, pourquoi n'étais-tu pas surpris d'avoir sa boucle d'oreille dans tes affaires ?

Mon cœur battait si fort que j'en avais mal à la tête.

— Je suis surpris d'apprendre que c'était la sienne, bredouilla-t-il. Mais je... Quand tu m'as dit qu'une femme du quartier était morte, je me suis renseigné. Je me souviens de m'être couché sur un banc de Prospect Park Ouest ce soir-là. C'est comme un flash. Devant le petit parc près de la place Montgomery, je crois. Sa maison était dans le coin, pas vrai ?

— Qu'est-ce que tu me racontes ?

— J'essaie de te dire que je ne sais pas.

— Je ne comprends pas ! m'exclamai-je avec une panique encore plus palpable que la sienne.

J'avais l'impression que la pièce se vidait de son oxygène.

— Si tu ne la connaissais pas, repris-je, comment as-tu pu atterrir chez elle ? Comment sa boucle d'oreille a-t-elle pu finir dans ton sac ?

Il ne répondit pas. Figé, le regard rivé sur les vêtements éparpillés au sol. Et puis il se mit à faire les cent pas comme un animal apeuré.

Arrête, Sam, le suppliai-je mentalement. *Je t'en supplie, arrête.*

Mais j'avais trop peur de prononcer un seul mot.

— Je ne crois pas que je la connaissais, répéta-t-il en tournant en rond. Mais il me semble l'avoir déjà croisée auparavant. Au *Blue Bottle.*

— Le *Blue Bottle* ? Qu'est-ce que c'est ?

— Un café.

— Dans le quartier ? Ça ne me dit rien.

La bile me brûlait la gorge.

— Non, c'est au cœur de Park Slope, précisa-t-il. Pas très loin de sa maison. J'ai vu une photo d'elle, il me semble l'avoir aperçue au *Blue Bottle* quand j'y allais pour écrire. Elle venait bouquiner dans un coin.

— Je croyais que tu détestais aller au centre de Park Slope ? rétorquai-je sèchement.

— J'avais besoin de changer de décor, c'est tout. Je ne t'en ai pas parlé parce que je m'en voulais de dépenser autant d'argent dans un café de luxe. Bref, j'ai un doute, mais il me semble que c'était elle. Quand j'ai vu la photo de la femme assassinée, j'ai reconnu son physique… frappant.

— Frappant ? Tu te fous de moi ? hurlai-je. Et donc ? Tu essaies de me dire que vous avez couché ensemble ce soir-là, c'est ça ?

— Ça me paraît improbable. Écoute, je te dis tout ce que je me rappelle… Je fais de mon mieux !

— Génial. C'est tout simplement génial.

Sam s'arrêta soudain pour se diriger vers une pile de vêtements dans laquelle il fouilla frénétiquement.

Non, me répétai-je. *Je ne veux rien savoir de plus.*

Quand il se redressa, il tenait une chaussure de sport blanche, de celles qu'il mettait pour aller s'entraîner au basket. Il me montra la longue trace brune qui maculait un côté.

— Je suis tombé sur ça, aujourd'hui, dit-il.

— Qu'est-ce que c'est ?

Il reposa la basket sur la commode. On l'observa tous les deux en silence.

— Ça pourrait être du sang, non ?

— Sam, qu'est-ce que tu…

Ma voix se brisa à m'en faire mal.

— Je ne sais pas, Lizzie.

— Tu as reçu un coup à la tête ce soir-là. Ce doit être ton sang, tentai-je de me convaincre, mais cette trace m'obsédait déjà.

Il secoua la tête.

— J'avais dû laisser mes baskets dans l'entrée pour ne pas faire de bruit. Je les ai aperçues en rentrant de l'hôpital. Quand tu m'as emmené aux urgences, j'ai enfilé mes Vans.

Je me relevai trop vite, et la pièce se mit à tourner.

— Quelqu'un t'a forcément aperçu ce soir-là. À l'heure où elle a été tuée, je veux dire, marmonnai-je en me dirigeant vers la fenêtre contre laquelle je m'appuyai. Le barman, par exemple, après votre entraînement de basket…

— Je lui ai déjà posé la question, il ne se souvient pas de moi.

Les ombres formaient des angles partout sur son visage. Sa beauté était désormais teintée d'une menace.

— Tu as gardé le ticket de caisse ? insistai-je, désespérée de trouver un alibi susceptible de nous sauver. Ils ont déclaré la mort d'Amanda entre 22 heures et 23 heures. L'entraînement ne finit jamais avant 22 heures, pas vrai ? Tu n'as pas pu avoir le temps de boire plus d'un verre, or pour finir aussi saoul, l'apéritif s'est forcément éternisé.

Sam secoua encore la tête.

— On n'a pas joué, ce soir-là. On n'était pas assez nombreux, c'était le début de l'été, les gars étaient tous partis en vacances. On est allés au *Freddy's* vers 19 heures. Quelqu'un a payé sa tournée de shooters. Ce n'était pas moi, j'en suis certain, mais j'en ai bu plusieurs d'affilée. Ça, je m'en souviens.

— Putain, Sam ! criai-je à m'en écorcher la gorge. Qu'est-ce que tu as d'autre à m'avouer ?

Il n'osait plus croiser mon regard. Nous savions tous les deux quoi en déduire.

— Non, c'est tout. Je te jure, Lizzie… C'est tout.

— Réfléchis !

La rage se mêlait à ma terreur, j'étais dans tous mes états.

— Je ne fais que ça, réfléchir ! Je suis désolé. J'aimerais te dire que je n'ai pas pu être avec cette fille ce soir-là, encore moins pour la tuer ! J'aimerais te jurer que je suis incapable de faire du mal à une mouche. La violence qu'il a dû falloir… (Sa voix mourut. Il ferma les yeux et plissa les lèvres. Quand il reprit la parole, ce fut avec une tristesse déterminée.) Je ne peux plus mentir, c'est fini. J'ai arrêté de compter le nombre de trous de mémoire… J'ai détruit une voiture dans un accident, j'ai dit à mon patron – un mec que j'appréciais – d'aller se faire foutre. Et je ne me souviens de rien. On a tous une bête sauvage tapie en nous. Quand on boit jusqu'à en arriver à ce stade, cette bête refait surface. La mienne est-elle capable de tuer ? J'espère que non, putain. Mais comment en être sûr, alors que je ne me souviens même pas de l'avoir rencontrée ?

Tout le monde est capable du pire.

Je le savais, pas vrai ? Combien de fois avais-je imaginé mon père plantant son couteau dans le ventre d'un homme avant de rentrer tranquillement à la maison manger des spaghettis ? Des frissons me parcoururent l'échine. Je préférais cent fois l'époque des mauvaises excuses de Sam et de notre lente descente aux enfers. À présent, on tombait en chute libre.

Les empreintes dans le sang d'Amanda. Et s'il s'agissait de celles de Sam ?

Je repensai à l'escalier, au sang partout. À la force qu'il avait fallu pour fracasser le crâne d'Amanda avec le club de golf. Je m'adossai contre la fenêtre et sentis la vitre froide sous mes doigts, presque tentée de traverser le double vitrage et de partir en vol plané.

Mon téléphone sonna. Je me ruai vers la table de chevet en priant très fort pour que cet appel m'annonce qu'il était absolument impossible que cet homme que j'aimais, cet homme que j'avais si souvent pardonné, soit un assassin. Un numéro new-yorkais. Ce pouvait être n'importe qui. Qu'importait, je voulais couper court à cette conversation.

— Allô ? dis-je en tentant de contenir les émotions qui déferlaient en moi.

— Bonjour, c'est Sarah Novak. (Avait-elle bu ? Oui, elle semblait sérieusement éméchée. Pourtant, il me semblait que son club de lecture et d'amateurs d'apéritif s'était réuni hier, pas aujourd'hui. À croire que tout le monde sombrait dans l'alcool.) Il est tard, je sais, dit-elle encore. Désolée, j'ai perdu la notion du temps... Mon mari m'a dit que vous étiez passée hier ? Ça m'a rendue curieuse.

— Ah, oui, bredouillai-je, un peu perdue.

Je n'avais pas le souvenir d'avoir révélé mon identité à son époux, Sarah avait dû le mettre en garde contre moi.

— Et qu'est-ce que vous me vouliez ?

— J'ai discuté avec le comptable de la fondation, expliquai-je en recoiffant maladroitement ma casquette d'avocate.

Un long silence.

— Oui, et ?

Ce fut tout. Même ivre, Sarah la jouait trop fine pour avoir la confession facile.

— J'ai dû mal comprendre ce que vous m'aviez dit, repris-je en insistant sur la notion de quiproquo. Il me semblait que vous n'aviez pas rencontré personnellement ce Teddy Buckley.

— Ah. C'est vrai, j'ai fini par le rencontrer. Je ne vous l'ai pas dit parce que j'avais peur que... ou plutôt j'étais sûre qu'il me casserait du sucre sur le dos. (Plus elle parlait, plus son taux d'alcool me paraissait élevé.) Votre client est au bord de la faillite, ça n'arrange pas son cas.

— Le comptable m'a rapporté votre panique à l'idée de perdre votre place à la fondation si l'argent venait à manquer.

Elle prit une profonde inspiration.

— C'est exact. Et si Teddy Buckley ne vous a rien raconté de plus, c'est qu'il est adorable. La vérité, c'est que j'étais furieuse, je lui ai hurlé dessus. Écoutez, mon mari vient d'être licencié. J'ai eu peur que vous ne m'interrogiez sur les raisons qui m'ont mise dans cet état alors que la fondation me paie un salaire de misère. Vous auriez fini par découvrir que mon mari est au chômage, mais moi, je ne voulais pas que vous le sachiez. J'avais honte, voilà. Alors que ce n'est même pas moi qui ai perdu mon boulot, je sais que c'est absurde. Les joies du mariage. (Elle se mettait à bafouiller, je la sentais au bout du rouleau.) On pensait qu'il retrouverait vite du travail. En tout cas, moi, je le croyais. Mais on ne peut pas dire qu'il soit assidu dans ses recherches. (*Non, il préfère regarder Wimbledon en mangeant des pizzas*, me retins-je de lui répondre. Elle soupira.) En tout cas, c'est moi qui gagne notre croûte, à présent. Enfin, surtout des miettes. Je n'ai jamais signé pour ça, moi… Enfin, vous m'avez comprise.

Oh oui, je la comprenais très bien.

— En avez-vous parlé à Amanda ?

— Vous plaisantez ? s'exclama-t-elle. Personne n'est au courant. Je viens de vous dire que je n'assumais pas du tout d'avoir un mari au chômage ! Je sais, il ne faut pas mentir à ses amis. Je les adore, mais, parfois, il est plus facile de faire semblant. L'aveuglement volontaire, n'est-ce pas le petit nom que vous lui donnez ?

« Il est plus facile de faire semblant. »

Sarah avait raison sur ce point.

— Je ne parlais pas du chômage de votre mari. Je vous demandais si vous aviez parlé à Amanda de ce que vous a dit le comptable au sujet des caisses vides de la fondation.

—Ah, oui… J'allais lui en parler, mais plus tard. Ce soir-là, on venait faire la fête. En plus, Zach était là, la discussion aurait été trop gênante. Maude voulait que je lui en parle quand même, mais elle n'avait pas les idées claires à cause de cette histoire avec Sophia.

—Vous avez parlé à Maude des problèmes financiers de la fondation ?

—Évidemment ! Dès que je suis arrivée chez elle pour la fête. Franchement, le fiasco du projet de Zach et ses fausses prétentions de millionnaire, quel scoop ! Vous allez me traiter de commère, je m'en fous, personne n'est parfait. (Son discours était de moins en moins articulé.) De toute façon, Maude avait la tête ailleurs à cause de l'enquête sur les hackers.

—Les hackers ? demandai-je, bien qu'elle m'en ait déjà parlé.

—Oui, les ordinateurs des parents d'élèves ont été piratés. Tous leurs petits secrets ont été révélés. Comme je l'ai dit à Maude, l'un des enquêteurs a gaffé en me confiant qu'ils soupçonnaient un proche de l'école. Éventuellement un parent. Elle et moi, on se fait des confidences qui commencent toujours par : « Ne le répète à personne, mais il paraît que… » C'est comme ça qu'elle m'a parlé du club de golf. Juste après m'avoir lâché cette bombe, elle s'est exclamée : « Tu le gardes pour toi, hein ? »

—Le club de golf ? répétai-je en me rappelant la façon dont elle m'avait jeté cet argument à la figure lors de notre première rencontre pour me prouver que Zach était un monstre. Je croyais que c'était la police qui vous en avait parlé.

—La police ? Ben voyons ! Ils m'ont essorée comme une éponge pour savoir qui était à cette fête, mais ils n'ont pas lâché la moindre information. Non, c'est Maude qui me l'a dit. Il paraît que ce club a été retrouvé au pied de l'escalier.

Juste à côté du corps d'Amanda. Zach aurait aussi bien pu signer son nom dans le sang.

— Quand vous a-t-elle parlé de ce club de golf ?

— Le lendemain matin de la fête. Elle a dû l'apprendre par la police.

Impossible. Avant la visite de Wendy Wallace aujourd'hui même, Maude n'avait parlé à personne, ni à la police ni aux avocats. Elle ne pouvait pas avoir appris quelle arme avait tué Amanda, encore moins le lendemain matin du crime. J'avais du mal à réfléchir avec cette pulsation assourdissante dans mes tempes. Je levai les yeux vers Sam qui me contemplait depuis l'autre bout de la pièce.

Je me cramponnai au téléphone.

Maude, et pas Sam.

L'espoir renaissait.

Amanda

Le soir de la fête

Une foule de gens armés de verres remplis de punch rose se pressait dans l'entrée de la demeure de Maude et Sebe. Cette ambiance évoquait à Amanda la soirée étudiante à laquelle une saisonnière qui travaillait au même hôtel qu'elle l'avait invitée sur le campus de la fac d'Albany. Il y avait autant de bruit et autant de monde, à ceci près que, ici, les gens paraissaient à la fois jeunes et vieux, c'était étrange.

Elle dut crier « Excusez-moi » plusieurs fois avant qu'on l'entende sur fond d'une chanson de Nirvana beuglée dans les enceintes. Quel soulagement quand elle parvint à s'extraire de cet amas de corps pressés les uns contre les autres pour atteindre le salon spacieux décoré d'œuvres d'art, de souvenirs colorés des nombreux voyages du couple et d'innombrables photos de famille – une pièce plus raffinée que le salon de Sarah, mais pas moins authentique. Dans un coin, une table était recouverte de bols de gâteaux apéritifs, de cartes au trésor, de colliers de fleurs et autres cadeaux pour les convives.

Amanda chercha Zach du regard, mais il s'était déjà éclipsé dans la foule – des grands, des petits, des gros et des maigres, beaux, ordinaires, démodés ou branchés. Un couple échangea des piques acerbes, et se pardonna en l'espace d'un sourire. Ils se mirent alors à rire, les visages tout proches, une main sur la taille, les doigts noués, les hanches qui se frôlaient. Un couple imparfait, certes, mais étroitement lié.

Zach avait tort. Il y avait du bon dans les rapports humains. C'était même la seule chose qui importait.

Amanda n'y avait-elle pas droit, elle aussi ? À un attachement véritable ? À l'amour ? Zach l'avait sauvée, c'est vrai, mais en échange elle lui avait offert onze années de sa vie, elle lui avait donné un fils. Sa dette était épongée.

Il ne lui restait plus qu'une solution : le quitter. Au fond, elle le savait depuis longtemps. Elle n'arrivait même pas à lui parler de son père, comment pourrait-il la protéger ? Comment pourrait-il protéger son petit garçon ? Non seulement leur mariage ne parviendrait jamais à la maintenir à flot, mais aussi il risquait de causer sa perte.

— Excusez-moi, dit quelqu'un derrière elle.

En s'écartant de l'entrée du salon pour laisser passer de nouveaux arrivants, elle repéra Maude qui préparait de la sangria sur l'îlot de marbre dans une sublime cuisine à l'américaine. Elle souriait et savourait l'ambiance festive. En apparence, en tout cas. En s'approchant, Amanda remarqua sa lèvre tremblante.

Le visage de Maude s'éclaira quand elle l'aperçut, mais elle avait la joue mouillée quand elle vint l'embrasser.

— Je suis contente de te voir, dit mécaniquement l'hôtesse de la soirée.

— Zach est venu ! s'exalta Amanda, honteuse de son besoin de souligner une si pitoyable victoire. Je ne sais pas où il est passé, mais on est arrivés ensemble.

— Oh. Super.

Maude semblait ailleurs.

— Oui, c'est un grand jour, renchérit Amanda.

Son amertume était si profonde qu'elle avait besoin d'en parler à quelqu'un.

—Il a même daigné m'expliquer ce qu'il faisait de ses journées au travail, ajouta-t-elle.

—Et qu'est-ce qu'il fait ?

Maude était concentrée sur la découpe de morceaux de fruits, mais son couteau n'était pas approprié, ce qui se solda par une bouillie peu ragoûtante. Fallait-il lui proposer de l'aide avant qu'elle ne se coupe un doigt ?

—Il m'a parlé de liens entre les gens, de réussite grâce à ses idées visionnaires. C'est une entreprise de logistique, je crois. Mais on s'en fiche, abrégea Amanda, prenant conscience que Zach ne lui avait pas révélé grand-chose. Sarah est arrivée ?

—Oui, on a discuté rapidement de la progression de l'enquête sur le piratage. (Maude tenta péniblement de retenir ses larmes.) Excuse-moi. Je… J'ai eu Sophia au téléphone il y a quelques minutes. J'essaie de me ressaisir, mais c'est dur.

—Tu lui as parlé ? Ce soir, au milieu de tout ça ? s'étonna Amanda en regardant le chaos qui les entourait.

—Ne m'en parle pas, c'était l'enfer. Mais ils viennent juste de rentrer de randonnée, leurs téléphones captent enfin.

—Et tu… Comment va-t-elle ?

—Mal, dit-elle sèchement en coupant une autre orange. C'était pire que… Le pirate qui demande des rançons aux parents d'élèves fait également du chantage à ma fille. Ce monstre la contacte directement, il lui a demandé de se filmer en direct dans des postures indécentes. Il suffit de céder une fois…, murmura-t-elle en frissonnant d'horreur.

—Oh, mon Dieu ! Pauvre Sophia…

La mère en détresse avait le regard perdu dans le vide, le couteau fermement serré dans sa main.

—Elle m'a dit qu'elle s'était isolée du groupe pendant leur randonnée pour aller marcher au bord de l'océan.

Elle disait ne plus jamais vouloir s'arrêter de marcher. Ses copains l'ont retrouvée évanouie plus loin dans le sable…

Sa voix resta coincée dans sa gorge. Amanda sut parfaitement quoi faire : elle attira son amie contre elle pour la réconforter. Elle la comprenait, car elles étaient toutes les deux humaines, mamans et amies.

— Elle s'en sortira, chuchota-t-elle dans les cheveux bouclés d'une Maude plus fragile que jamais. Elle a des parents qui l'aiment, quoi qu'il advienne.

Quand elles s'écartèrent, la pauvre mère secoua doucement la tête en disant :

— Ils la rapatrient ici en avion accompagnée d'un animateur. C'était plus rapide que de nous faire voyager jusque là-bas. À l'heure qu'il est, ma fille est désemparée à l'autre bout du monde, et moi je fais la fête à la maison avec des gens bourrés qui montent s'envoyer en l'air dans mes chambres. C'est génial.

— Tu veux que je fasse sortir tout le monde ? murmura Amanda en retirant doucement le couteau de la main de son amie pour le reposer sur le comptoir. Je peux dire aux invités que tu ne te sens pas bien.

— Non, ça va aller. De toute façon, je ne peux rien faire de plus ce soir. Pas tant qu'ils n'auront pas retrouvé le coupable. D'après Sarah, ils soupçonnent un parent d'élève. Il pourrait même être parmi nous ce soir. (Elle scanna la pièce du regard.) L'école de Country Day n'est pas si grande. Bref, je vais laisser les gens profiter de la soirée pour l'instant. Ensuite, je demanderai à Sebe de se rendre utile et de mettre tout le monde dehors.

Amanda posa doucement une main dans son dos et murmura :

— Tout va s'arranger, Maude. Tu sais, moi, quand j'étais plus jeune, j'ai vécu des trucs… Les adolescents sont solides. Elle s'en remettra.

— Mais pourquoi ne m'a-t-elle rien dit ? J'aurais dû être au courant dès le début.

— On commet tous des erreurs. Dans le tiroir du bureau de Zach, j'ai retrouvé des mails de Country Day. L'école demandait à le rencontrer pour parler de Case. Je n'étais pas au courant. On ne leur a jamais répondu pour convenir du rendez-vous.

— Tu as reçu un formulaire de disponibilité ? s'étonna Maude en fronçant les sourcils. De la part de l'école ?

— Oui. Enfin, pas moi, Zach. C'est bizarre, car il m'a juré ne pas avoir communiqué son adresse mail.

— Dans ce cas, comment ont-ils pu le contacter ?

— Je ne sais pas. J'ai trouvé ce mail imprimé dans son tiroir.

— Imprimé ?

En la voyant serrer les dents, Amanda regretta d'avoir abordé le sujet. C'était futile, en comparaison avec les problèmes de Sophia.

— Maude ! appela Sebe par la porte donnant sur le jardin – il était dehors sur les marches. Tu peux venir une minute ? J'ai besoin de ton avis d'experte.

Sa femme lui jeta un regard noir.

— Si notre couple survit à ce drame, c'est un miracle, marmonna-t-elle. Il est toujours si calme, si rationnel. On voit bien que c'est un médecin. Il se fiche de retrouver le coupable. Tout ce qu'il veut, c'est que notre fille aille mieux. C'est aussi ce que je veux, mais j'aurais également besoin que mon mari ait soif de vengeance, comme moi.

— Maude ! insista Sebe sur un ton éploré. Viens, juste une seconde !

— Désolée, je reviens tout de suite, glissa-t-elle à Amanda.

Elle emporta le pichet de sangria et marqua une pause avant d'ajouter :

— Au fait, j'aimerais rencontrer Zach. Il faut que je lui parle.

Amanda chercha son mari du regard. Il contournait le salon bondé et observait les gens.

— Il est là-bas. Je vous présenterai tout à l'heure.

En réalité, elle croisait les doigts pour que les présentations n'aient pas lieu. Cette perspective était loin de la réjouir ; elle trouvait Maude trop fébrile ce soir pour discuter avec lui.

— Parfait, dit cette dernière. Je reviens tout de suite.

Quand Maude eut disparu dans la foule, le téléphone d'Amanda sonna. Elle se figea.

Oh, non. Pas maintenant.

La sonnerie retentissait toujours. Elle s'arma de courage et plongea la main dans son sac. Un appel masqué. Elle pouvait le transférer directement sur son répondeur. Non, il rappellerait dans la foulée.

Il était temps d'arrêter de fuir, une fois pour toutes. Arrêter de fuir la vie, les gens. Elle serra les dents et décrocha.

— Allô ?

Silence.

— Allô !

Toujours rien.

Enfin, elle sentit monter son courage, plus fort et plus puissant qu'elle ne l'aurait soupçonné. Elle finit par lâcher, dans un grognement menaçant :

— Va te faire foutre.

Lizzie

Dimanche 12 juillet

À la première heure, ce matin, je me rendis chez Sebe et Maude en espérant avoir le fin mot de l'histoire. Une histoire qui, avec un peu de chance, confirmerait l'innocence de Sam. Bien sûr, Maude n'avait aucune obligation de me raconter quoi que ce soit, mais elle semblait vouloir se libérer de ce poids, ce qui expliquerait qu'elle ait si souvent croisé ma route. Si elle comptait tout avouer, ce n'était pas moi qui l'en empêcherais.

Par le plus beau des hasards, la bouteille de jus d'orange que je lui avais servie se trouvait toujours sur mon bureau la veille, lorsque j'étais revenue à la hâte au cabinet Young & Crane. Dans la foulée, j'avais demandé à Millie de contacter le laboratoire Halo Diagnostic pour leur réclamer cet ultime test comparatif qu'ils nous avaient proposé. En urgence. Un soir de week-end.

Un laborantin clairement agacé m'avait appelée dans la nuit pour que j'aille chercher les résultats, vers 3 heures du matin. C'était un homme de petite taille qui marchait droit et balançait les bras en cadence comme un militaire en parade. Il m'avait remis l'enveloppe avec raideur.

— Votre échantillon correspond à l'empreinte prélevée dans le sang sur les marches et à celle du sac de golf.

— Vous en êtes certain ?

Il avait levé le menton.

— Évidemment. Ce n'est pas un test ADN, les empreintes correspondent ou ne correspondent pas. Point.

— D'accord. Merci.

— Au fait, vous direz à Millie que c'est un cadeau de la maison. Toute notre équipe l'adore. Il nous tarde qu'elle se remette sur pied pour reprendre du service.

Sebe m'ouvrit la porte. Il n'avait pas l'air content de me voir, ni vraiment surpris, d'ailleurs.

— Elle est dans le salon, dit-il sans demander la raison de ma venue.

Maude était blottie sur le canapé, les bras repliés autour d'elle. Elle leva les yeux vers moi et remarqua le dossier que je tenais, sur lequel figurait l'inscription HALO DIAGNOSTIC en lettres capitales. Je le lui tendis.

— Vos empreintes ont été retrouvées dans le sang d'Amanda sur l'une des marches de son escalier et sur le sac de golf de Zach. Je suppose qu'elles se trouvent également sur le club ?

Elle ne prit pas le dossier que je lui présentais.

— Je suis désolée, murmura-t-elle. Chaque fois qu'on s'est vues, je voulais tout vous raconter.

Les larmes roulaient en silence sur ses joues.

— Je ne suis pas votre avocate, lui rappelai-je en m'asseyant sur le bord du fauteuil en face d'elle. Gardez bien cela à l'esprit. Rien de ce que vous me direz ne sera confidentiel. D'ailleurs, pour bien faire, je devrais avertir la police que vos empreintes ont été retrouvées sur le lieu du crime. Pour aider Zach, car c'est lui, mon client. Mais je… J'ai lu des extraits de journaux intimes d'Amanda. Je sais que vous étiez proches. J'aimerais simplement pouvoir donner une explication à la police.

Ce n'était qu'une partie de la vérité. J'étais surtout là pour une raison égoïste : laver Sam de tout soupçon. Et, pour y arriver, Maude devait m'avouer toute la vérité. J'avais besoin d'entendre de sa bouche qu'elle était coupable. Ainsi, mon mari serait innocent.

— Maude, dit sèchement Sebe. C'est la deuxième fois qu'elle te conseille d'appeler ton propre avocat. Tu devrais le faire. *On* devrait le faire. Avant que tu ne dises quoi que ce soit.

Elle ferma les yeux en secouant doucement la tête et fit signe à son époux de venir s'asseoir à côté d'elle sur le canapé. Quand il l'eut rejointe, elle prit sa main dans la sienne.

— Il essaie toujours de me protéger de moi-même, me dit-elle. Ce soir-là, il est même retourné chez Amanda pour s'assurer que je n'avais rien oublié sur place. Il a failli se faire arrêter, ou pire. Tout ça pour moi.

La petite languette bleue retrouvée dans le bureau de Zach. Ce pouvait être un test de glucose, pas nécessairement d'ovulation. Maude disait être diabétique. L'homme qui s'était enfui par le jardin quand je visitais la maison, c'était Sebe. La porte de la cour devait être couverte de ses empreintes.

— Oui, je veux te protéger, acquiesça-t-il. Voilà pourquoi j'aimerais que tu te taises.

— S'il te plaît, Sebe. (Comme il détournait le regard, elle posa tendrement la main dans son dos.) Comment peut-on inculquer à Sophia des valeurs telles que l'honnêteté si on n'a pas nous-mêmes le courage de reconnaître nos erreurs ? Ce soir-là, j'ai commis une grave erreur. Je n'aurais jamais dû aller chez Zach et Amanda.

Amanda

Le soir de la fête

Quand Amanda raccrocha, elle se sentit légère. Elle n'avait encore jamais dit à personne d'aller se faire foutre, jamais. Encore moins à son père ! Elle s'était enfin affirmée. Elle avait appris à se servir de sa voix. Et le ciel ne lui tombait pas sur la tête. Le monde n'allait pas l'engloutir. Les yeux sur son téléphone, elle sourit.

Zach ne changerait sans doute jamais, mais le monde peut-être que si. Bien sûr, il faudrait plus qu'une simple conversation ou un seul cri de rage. Un monde meilleur se construirait pierre après pierre, un peu à la manière d'un cadenas à combinaison dont chaque chiffre correct la rapprocherait un peu plus de la liberté.

Quand elle leva les yeux, son sang ne fit qu'un tour. Son mari discutait avec Sarah à l'autre bout de la pièce. Il parlait avec les mains, comme chaque fois qu'il s'adressait à une personne qu'il trouvait stupide ; en face, Sarah fronçait les sourcils, comme chaque fois qu'elle s'adressait à une personne qu'elle trouvait détestable. Et voilà, il gâchait tout, une fois de plus.

Elle sentit son portable vibrer.

Va te faire foutre toi-même, sale conne.

La colère de ce message était palpable, presque bouillante dans sa paume. Son téléphone manqua de lui échapper des mains.

Elle chercha Maude du regard. Si elle ne pouvait pas se confier à son mari au sujet de son père, elle pouvait se confier à ses amies. Elles pouvaient l'aider. Mais, avant de trouver Maude, elle reçut un autre message.

Continue de me chercher. Je suis là.

Dans son sursaut d'horreur, elle bouscula une femme à forte poitrine, aux cheveux courts et bouclés, et au verre de vin rouge rempli à ras bord. Le vin éclaboussa la chemise blanche de la femme.

— Oh, mon Dieu, je suis vraiment désolée ! s'exclama Amanda.

Mais l'autre se contenta de rire devant la tache qui s'étalait sur sa poitrine opulente. Elle tenait à peine debout.

— On s'en fout ! déclara-t-elle. Mes gosses sont en vacances, j'ai toute la journée de demain pour laver cette chemise à la con !

Un nouveau texto.

Trouve-moi ! Et essaie de ne rien renverser, cette fois.

Elle fut prise de vertiges et détailla chaque visage dans la foule. Il était là, il la guettait. Il était dans cette maison. Il se démarquait forcément des autres. La surveillait-il de l'extérieur, par une fenêtre ? Comme ces voyeurs dont parlait Sarah ? S'il était dehors, il serait trop risqué de sortir. Elle était prise au piège.

Elle avait besoin d'un endroit calme où réfléchir.

Un couple montait déjà à l'étage, se hissant gauchement dans l'escalier en riant. La femme avait une coupe courte hérissée et lui était chauve. Ils formaient un beau couple. Mais, de toute évidence, ils n'étaient pas mariés, car une sorte de pudeur enjôleuse et polie émanait d'eux, comme s'ils laissaient tout loisir à l'autre de changer d'avis jusqu'au dernier moment.

Amanda attendit qu'ils montent jusqu'en haut avant de vite grimper les marches à son tour. En haut, elle jeta un rapide coup d'œil dans le couloir, passa devant deux portes closes, et trouva une petite pièce ouverte au fond. De l'autre côté du couloir, une grande pancarte scotchée à la porte indiquait « Zone interdite ». La chambre de Sophia, sans doute.

Amanda se faufila dans la chambre d'amis et referma la porte derrière elle. À peine eut-elle fermé le verrou qu'on frappa doucement. Il l'avait suivie. Paniquée, elle chercha une issue. La fenêtre ? Non, c'était trop haut, elle n'aurait aucun moyen de descendre sans sauter. Une sensation de vertige. Le souffle court. Tous les invités étaient-ils si saouls qu'ils avaient laissé son bon à rien de père s'incruster à la fête et monter à l'étage ? Personne n'avait réagi ?

Elle recula, loin de la porte, acculée contre le mur du fond.

— Amanda, c'est moi. Sebe. (Elle reconnut son accent.) Tout va bien ? Je t'ai vue courir dans l'escalier. Tu avais l'air paniquée.

Elle se rua sur la porte pour l'ouvrir à la volée, si brutalement que Sebe fit un bond en arrière.

— Amanda ! Ça va ? Tu es toute pâle.

Quand elle voulut répondre, seuls des pleurs sortirent de sa gorge.

— Je suis désolée, parvint-elle à haleter.

— Ne t'excuse pas, dit-il en la guidant doucement vers le lit.

Puis il jeta un coup d'œil à la porte et la maintint bien ouverte avec un cale-porte à l'effigie de Jeannot Lapin. Assieds-toi. Dis-moi ce qui se passe.

Il prit soin de rester debout et recula même d'un pas. Amanda envisagea de lui faire lire les textos. Ceux de son père… Non, elle avait trop honte pour admettre cette situation.

— Ce n'est rien. Je suis juste… Je n'aime pas les grosses soirées. Ça me met très mal à l'aise.

Sebe fronça les sourcils. Le médecin qui était en lui prenait le relais.

— Il y a autre chose, n'est-ce pas ? Vraiment, ça n'a pas l'air d'aller.

Quand son téléphone vibra encore, elle sursauta. Mais, cette fois, c'était Zach.

> Je suis parti, je dois passer au bureau. On se retrouve à la maison.

— C'est qui ? demanda Sebe d'un air alarmé.

— Zach, dit-elle, la voix éraillée. Il est parti. Sans me dire au revoir ni me proposer de me ramener à la maison. Quel genre de mari abandonne sa femme comme ça ?

— Un mari pas franchement doué, dut-il reconnaître avant de finalement s'asseoir à côté d'elle sur le lit.

— Non, c'est même le plus piteux d'entre tous, murmura-t-elle – c'était la première fois qu'elle admettait une chose pareille à voix haute au sujet de son couple, une vérité laide et désolante. Il a toujours été un mauvais mari. Il ne m'aime pas. Je crois qu'il n'aime personne…

Sebe observa un silence.

— Je suis désolé. Si tu veux, je peux te raccompagner, moi.

Elle dut prendre sur elle pour ne pas éclater en sanglots.

— Peut-être, mais je ne…

Son téléphone vibra.

Putain, lâche Sebe.

Cette fois, Amanda se leva d'un bond et s'enfuit à toutes jambes. Sebe l'appela en vain, elle dévalait déjà l'escalier.

Une foule toujours plus dense se massait dans le salon. Elle n'arriverait jamais à la traverser. Tant pis, elle tenta le tout pour le tout. La peur lui fit jouer des coudes. Mais les gens étaient si alcoolisés qu'ils ne prêtaient aucune attention à elle.

— Sortez par-derrière, lui conseilla un homme ivre coiffé d'un chapeau de bouffon, son doigt tremblant tendu tandis qu'il se dirigeait vers la salle de bains. Au bout du petit chemin, un portillon donne sur la rue. Tous les flemmards passent par là. C'est pour ça que la vieille voisine facho appelle tout le temps les flics. Mais on s'en fout.

Amanda se rua vers la porte indiquée, courut dans l'allée, s'attendant à entendre son nom, à sentir des mains agripper ses épaules, mais non. Seul le claquement frénétique de ses talons hauts rythmait sa fuite jusqu'à Prospect Park, ponctué de sa respiration haletante et des palpitations de son cœur affolé.

Lizzie

Dimanche 12 juillet

— Pendant la fête, j'ai recollé tous les morceaux, poursuivit Maude. Les gens se fichaient complètement de la confidentialité de l'affaire du piratage. On m'a raconté que le hacker était probablement un parent d'élève et qu'il aurait commencé à sévir en avril. Ensuite, Amanda m'a parlé d'un formulaire de disponibilité envoyé par l'école que son mari aurait imprimé et rangé dans le tiroir de son bureau, alors qu'il jurait ne jamais avoir communiqué son adresse mail. Le même formulaire que celui utilisé par le hacker pour nous pirater. Pourquoi l'aurait-il imprimé ? Puis Sarah m'a appris que la boîte de Zach avait fait faillite. Quand on rassemble toutes les pièces du puzzle… (Elle secoua la tête.) Mais il me fallait des preuves. C'est pourquoi j'ai voulu lui parler directement. Je voulais l'interroger, voir sa réaction. Je l'ai cherché partout, mais il était déjà parti.

— Maude, je t'en supplie, murmura Sebe en fermant les yeux. Arrête.

Comme elle serrait sa main plus fort, il rouvrit les paupières.

— Je t'aime, Sebe. Mais on doit dire la vérité, c'est la seule solution. (Maude se tourna vers moi.) Je ne dis pas que Zach a contacté directement Sophia. D'après la société de sécurité informatique, ils étaient probablement plusieurs sur le coup. Et puis, Sophia décrivait plutôt un homme jeune.

Bref, avec tous ces éléments en main, j'en ai déduit que Zach était la tête pensante de l'opération. C'est sa faute. Tout est sa faute. Sophia a quinze ans, et cet homme l'a forcée à se filmer dans des postures obscènes. (Elle blêmit, ferma les yeux.) Et il a probablement sauvegardé la vidéo quelque part.

Zach serait l'auteur de l'attaque informatique qui avait sévi dans le quartier ? Oui, c'était possible. Il en était capable. D'après son portrait publié dans le *New York Times*, il travaillait dans la logistique, un domaine qui donnait accès à de nombreuses données personnelles. Or Zach arrivait à un point où il était capable de tout. La déclaration financière, l'alcoolisme de Sam… Aurait-il piraté notre ordinateur aussi ?

— En voyant qu'il avait quitté la fête, qu'avez-vous fait ? demandai-je.

J'avais toujours besoin de preuves pour innocenter Sam.

— Franchement, j'étais hors de moi. En furie. Une idée m'obsédait : lui faire admettre ce qu'il avait fait subir à ma fille. Quelqu'un m'a dit qu'il était rentré chez lui, alors j'y suis allée pour le retrouver. En arrivant chez eux, je n'ai trouvé personne. Mais je n'étais pas prête à renoncer. Je suis entrée dans la maison pour mettre la main sur ce fameux mail imprimé, bien décidée à l'apporter au commissariat. J'ai pensé que ça suffirait à mettre la police sur la piste de Zach pour l'affaire du piratage. Et je savais où ils cachaient leur clé de secours.

— J'aurais aimé que tu me préviennes avant d'y aller, Maude, intervint son mari à voix basse.

— Tu étais en haut, tu discutais avec elle. On m'a dit qu'elle était montée en courant et que tu l'avais suivie, dit-elle avec une confiance aveugle en la fidélité de son mari.

Tout compte fait, même Sebe et sa femme semblaient avoir certaines limites.

— Je voulais profiter de ce qu'elle était à l'étage pour aller chez elle. Je ne voulais pas m'en prendre à Zach devant elle. Elle s'en serait voulu. Et toi, tu m'en aurais empêchée.

— Vous étiez encore chez Amanda quand elle est arrivée, n'est-ce pas ?

Un accident. Voilà la direction que prenait son explication. Maude l'avait tuée par accident.

— Au début, je n'étais pas sûre que ce soit elle. Comme une idiote, je n'avais pas refermé la porte à clé derrière moi et j'étais en haut quand j'ai entendu quelqu'un arriver. Je venais à peine de trouver le bureau de Zach. Quand j'ai entendu du bruit, je me suis cachée dans le placard. C'est là que j'ai vu le sac de golf.

— Maude, chuchota douloureusement son époux.

— Sophia était sur le point de se suicider, Sebe. (Elle leva les yeux vers moi.) Elle est à l'hôpital, maintenant. Elle devrait s'en sortir. Les ados sont solides. Mais rien n'est encore gagné. Et tout ça pour quoi ? Son harceleur continue de la faire chanter, ce qui prouve que ce n'est pas Zach, puisqu'il est à Rikers. Il paraît également qu'un autre parent a reçu un mail de chantage pour la première fois hier. Votre client est en prison, mais ses soldats poursuivent leur mission. Et s'ils faisaient subir la même chose à d'autres adolescentes ?

« Je refuse la défaite. »

Ses paroles me revenaient, celles qu'il avait prononcées à l'époque où nous étions étudiants. Mais pourquoi faisait-il tout ça ? Certainement pas pour l'argent. Ça ne suffirait jamais à éponger sa dette. Pas non plus par simple plaisir sadique. Depuis toujours, la moindre de ses actions avait pour seul but de le propulser au-dessus des autres. Et je le connaissais assez pour savoir une chose : il se fichait de savoir qui il écrasait sur son passage pourvu qu'il soit le vainqueur.

— Et après avoir trouvé le sac avec les clubs de golf ?

Maude croyait que c'était Zach qui rentrait chez lui, pas Amanda. Je ne voyais pas d'autre explication.

Elle me regarda droit dans les yeux, sans ciller, les poings serrés.

— J'en ai sorti un du sac. J'ai imaginé que je l'abattais sur le crâne de Zach. Je n'avais aucune preuve de sa culpabilité, mais j'étais sûre de moi. Je ne pensais qu'à une chose : je voulais qu'il meure.

Krell Industries
Mémorandum confidentiel

Pièces relatives au dossier du client
dont l'avocat est tenu au secret professionnel

9 juillet

À : Conseil d'administration de l'école Country Day de Brooklyn
De : Krell Industries
Objet : Compromission des données et incident informatique – rapport d'incident critique

Le mémorandum se doit d'informer le conseil que les analyses menées sur l'ordinateur du Sujet famille 0006 sont terminées. De nombreuses images pornographiques étaient stockées dans le disque dur en question. Ces images ont été supprimées et mises sur clé USB à la demande de MEP pour une enquête approfondie au sein du Sujet famille.

En dépit des résultats de l'analyse menée par Krell Industries à la demande de MEP, cette dernière maintient que le contenu pornographique a été placé dans l'ordinateur par les hackers.

L'ESA lui a pourtant expliqué que les résultats étaient formels : MEP se trompe. Le contenu pornographique a été téléchargé depuis cet ordinateur plusieurs mois avant le début de l'attaque informatique.

MEP n'en démord pas et menace Krell de poursuites judiciaires et d'alerter les médias pour révéler au public la faille de sécurité informatique.

Au vu des circonstances, il apparaît désormais nécessaire de divulguer au conseil l'identité du Sujet famille 0006 afin de régler cet incident au plus vite. Il s'agit de Sarah et Kerry Tanner.

Amanda

Le soir de la fête

Amanda ne regarda ni son téléphone ni derrière elle tant qu'elle n'eut pas rejoint les marches de sa maison. Arrivée sur le perron, elle fut soulagée de constater que personne ne la suivait et qu'elle n'avait reçu aucun nouveau message. Elle aurait préféré s'apercevoir que tous ces textos n'étaient que le fruit de son imagination. Mais non, après vérification, tous les messages effrayants et écœurants de son père étaient bien là. Elle les supprima tous.

Quand elle tourna la clé dans la serrure, elle n'entendit pas le déclic habituel. Zach était-il déjà rentré ? Ce ne serait pas la première fois que son travail lui servait d'excuse pour fuir.

Elle remarqua aussitôt que la chaise du hall n'était pas à sa place habituelle, comme si quelqu'un s'était pris les pieds dedans. Zach ne buvait pas, et il n'était pas maladroit. Deux lumières étaient allumées, une en haut de l'escalier et l'autre dans le salon, mais il faisait tout de même sombre. Son cœur s'emballa.

— Zach ? appela-t-elle en se dirigeant vers l'escalier.

Quand elle monta les premières marches, elle n'entendit aucun bruit.

— Zach !

À une époque, son père avait le don de crocheter les serrures. Et puis, il n'était pas homme à reculer devant un obstacle.

— Zach ! appela-t-elle encore, prête à redescendre l'escalier.

Il valait mieux partir, aller dans un endroit plus sû…

Une main se plaqua contre sa bouche. Une main gantée de cuir. Ça en avait l'odeur. Et le goût. Sa tête fut tirée si fort en arrière qu'elle crut que son cou allait se briser. Son père sentait le musc. Comme une bête sauvage.

— Calme-toi ! grogna une voix éraillée, comme si son père cherchait à falsifier sa voix. Je ne vais pas te faire de mal.

Elle voulut dégager sa tête, mais il la maintint de plus belle en arrière. Un petit cri de douleur lui échappa.

Voilà, on y était. C'était le moment où tout s'accélérait. Son père ne la laisserait pas s'échapper, cette fois. Ce n'était pas un simple cambrioleur qui prendrait la fuite dès qu'elle se serait laissé dépouiller. Son père était venu terminer ce qu'il avait commencé : la tuer. La haine se sentait jusque dans ses mains. Amanda devait faire du bruit. Crier. Alors elle cria. Aussi fort qu'elle le put. Elle tenta de se débattre, de donner des coups de pied. Mais son cri fut étouffé par cette main puissante. Elle était incapable de bouger.

— Du calme ! Je ne vais rien te faire. Je vais te libérer.

Un mensonge. Elle le savait. Elle connaissait son père. Il lui avait déjà fait du mal, encore et encore. Il s'en était déjà pris à la seule personne au monde qui avait aimé Amanda, à l'exception de sa maman : Carolyn. C'était lui. C'était sa faute. Elle s'en souvenait à présent.

Elle voulut mordre les doigts qui l'étouffaient, mais la main était plaquée si fort contre sa bouche qu'elle n'arrivait plus à l'ouvrir. Un goût, du sang. Ses dents s'enfonçaient à l'intérieur de ses joues. Et, dans sa lutte, elle sentit sa boucle d'oreille arrachée.

Il ne la relâcherait jamais. Elle allait devoir le tuer. Elle en était capable. Elle l'avait déjà fait une fois, pas vrai ? Le souvenir lui revenait à présent. Carolyn, inerte sous le corps énorme de son père dans la salle de bains. Le rasoir dans la main d'Amanda, le sang partout sur sa robe de taffetas couleur écume. Il faisait froid et humide lorsqu'elle avait couru à travers bois pour chercher de l'aide au *Norma's Diner*. Les brindilles et les pierres écorchaient ses pieds nus.

Case. Ce nom la secoua comme un choc électrique. Son fils était plus important que tout au monde. Elle devait survivre pour lui. Elle tuerait son père une seconde fois pour protéger son petit garçon. Elle le tuerait autant de fois qu'il le faudrait. Elle ferait n'importe quoi pour son fils. Elle envoya un grand coup de coude dans une bedaine ramollie par les années.

— Putain ! (Il toussa, relâchant un peu sa prise. Elle le frappa de toutes ses forces dans le genou.) Putain !

Il la relâcha de nouveau une seconde, Amanda en profita pour monter quelques marches de plus. Sa seule option : monter.

— Qu'est-ce que tu fous, putain ! gronda-t-il. Tu n'avais qu'à m'obéir, c'est tout.

Des pas lourds derrière elle. L'odeur aigre de sa transpiration. Elle était presque arrivée en haut de l'escalier. Elle pourrait courir dans le couloir, s'enfermer dans la chambre, appeler la police, s'échapper par une fenêtre. Ce grand arbre devant la maison, peut-être pourrait-elle l'atteindre pour descendre.

Un mouvement brusque dans son dos, suivi d'une vive douleur. Il venait d'attraper sa queue-de-cheval. Elle tenta de se dégager. À présent, il venait de se placer au-dessus d'elle dans l'escalier. Elle se rua de côté, hurla :

— Lâche-moi, gros porc !

Puis, d'une légère poussée de ses mains, dans son dos, elle glissa. Juste un peu. Juste assez. Et, du haut de son escalier, elle se sentit libre.

En chute libre. Elle gagnait de la vitesse. Elle tendit les bras pour ralentir et regretta aussitôt son réflexe. Son bras craqua contre la rambarde métallique sans ralentir sa chute. Puis le choc, le souffle coupé. Amanda était au sol. Une explosion d'étoiles dans sa tête. Puis le noir absolu.

Lumière. Elle était par terre, au pied de l'escalier. Transie de douleur, en vie. Une chance. Elle voyait trouble. Quelque chose – quelqu'un – était là, en haut des marches. Habillé tout en noir, il portait des lunettes de ski. Si grand, si large. Sa carrure éclipsait toute la lumière, comme toujours. Il fallait se relever. Courir. C'était encore possible. Elle avait survécu toutes ces années. Elle survivrait encore. Elle y arriverait. Pour Case.

Elle se remit sur pied, mais dérapa. Sur quoi ? Pourquoi était-ce mouillé comme ça ? Elle se cogna contre la rambarde en métal. Le sol était trempé, chaud, glissant. Sa vision troublée. Elle vit rouge. Du rouge partout par terre. Et lui, là-haut.

Amanda tenta de nouveau de se relever. Il était toujours au sommet de l'escalier, elle distinguait ses contours malgré ses yeux mouillés. Le goût du fer dans la bouche.

De nouveau, elle se retrouva à terre. Sa tête frappa la rambarde de métal, très fort cette fois. Vraiment, il fallait qu'elle arrête de se cogner comme ça. Ou était-ce… Des étoiles. Case. Il adorait les étoiles. Il y en avait tellement. Comme cette fameuse nuit où elle avait couru loin de Saint Colomb Falls, à toutes jambes, le vent dans les cheveux. Vivante. Libre. Les étoiles. Ensuite, l'obscurité totale.

Et puis…

Lizzie

Dimanche 12 juillet

— Amanda venait de rentrer chez elle ? Vous l'avez entendue quand vous étiez dans le placard ?

— Non, ce n'était pas elle, me répondit Maude. Parce que j'ai entendu une deuxième personne entrer, et, cette fois, c'était Amanda. Elle a tout de suite appelé Zach depuis le hall. J'ai pensé qu'il avait pu en effet rentrer le premier. Je n'avais plus qu'à attendre qu'ils se soient couchés pour sortir de ma cachette. Pour être honnête, j'envisageais même de poursuivre mes recherches pour trouver le formulaire ou une quelconque preuve contre Zach. Ma colère continuait de me consumer.

Sa voix resta un instant coincée dans sa gorge. Je voulus me montrer patiente pour lui laisser le temps de poursuivre son histoire, mais le silence fut trop pénible. Le visage de Sam me hantait. J'avais besoin que Maude me dise : « C'est moi qui l'ai fait. »

— Et ensuite ? insistai-je alors.

Amanda avait-elle été frappée par une nouvelle crise de démence, serait-elle tombée toute seule dans l'escalier ? Un tragique accident qui, à mon sens, restait imputable à Zach.

— Elle a hurlé. C'était un cri fou, affreux. Je n'avais jamais entendu ça. Et puis, d'autres bruits, des grognements, des bruits de lutte. Comme un animal. Ensuite, j'ai entendu un grand fracas. Je voulais aider, j'étais armée de mon club de golf, mais, quand j'ai voulu ouvrir le placard, il était coincé. Je ne pouvais plus sortir. J'ai cru qu'on m'avait enfermée... (Sa voix se brisa.) J'ai encore entendu un bruit de chute, un cri. Quand j'ai enfin réussi à ouvrir la porte et emprunté l'escalier, je l'ai retrouvée... par terre. J'ai vu un homme s'enfuir.

—Attendez, il y avait vraiment un homme ?

Merde.

—Oui, j'en suis sûre. Encore une fois, je l'ai à peine aperçu, mais il portait des vêtements noirs et d'affreuses lunettes de ski. Je n'ai pas vu son visage. Mais je suis certaine que ce n'était pas Zach. J'ai beau le détester, je sais que ce n'était pas lui. Je l'avais aperçu dans mon salon, à la fête. Il était petit. Plus petit que moi. Cet homme-là était bien plus grand.

Sam était grand. Mais l'assassin portait des lunettes de ski. Cette bête sauvage tapie au fond de mon mari était-elle aussi violente ?

—Il n'était pas seulement grand, il était énorme, précisa Maude en mimant le gabarit. Enfin, je crois. Je ne sais plus. Il avait le dos tourné et sortait de la maison.

Non, Sam n'était pas si imposant. Mais Xavier Lynch, oui.

Oh, non.

Puisqu'il m'avait raconté la vérité sur son frère, je l'avais trop vite rayé de ma liste de suspects. Pourtant, rien ne prouvait qu'il n'était pas impliqué dans cette affaire. Théoriquement, en tout cas.

—Il ne portait aucun signe distinctif sur lui ? la pressai-je en m'efforçant de rester calme.

—J'étais trop choquée par Amanda, murmura Maude, le teint blême. Il y avait du sang partout. Sur les marches, par terre, partout. Je me suis précipitée vers elle, son cœur ne battait plus. J'ai tout de suite fait un massage cardiaque. Je sais comment on fait. Et puis j'ai appelé Sebe. J'allais appeler les secours, mais je me suis rendu compte que j'étais couverte de sang. Sur mes mains, mes bras, ma chemise. Je devais en avoir sur la figure aussi. Et mes empreintes étaient sur le club de golf. Je l'avais laissé par terre, dans le sang d'Amanda. Comment expliquer cela à la police ? Comment leur expliquer ce que je faisais dans la maison à ce moment-là, cachée dans le placard, où ils trouveraient également mes empreintes ? Je suis désolée, je sais que j'aurais dû les appeler quand même. Mais j'ai pensé à Sophia qui avait besoin de moi et j'ai paniqué.

— Je suis arrivé sur les lieux plus vite que n'importe quelle ambulance, intervint Sebe. Et je peux t'assurer qu'Amanda était déjà morte. Les coups qu'elle avait reçus à la tête étaient brutaux. On avait dû la frapper plusieurs fois. L'homme avait dû s'en prendre à elle, à moins qu'elle ne se soit cognée en tombant plusieurs fois. Ses blessures pouvaient aussi bien avoir été causées par un long manche de club de golf que par le bord métallique des marches. Il y avait des traces de glissades dans le sang, c'était peut-être Amanda.

— Tout ce sang, bredouilla son épouse. Sebe a dû me porter pour qu'on ne me suive pas à la trace. Et je n'ai pas fait exprès de laisser le club par terre pour brouiller les pistes. Je voulais que vous le sachiez. Je l'ai fait tomber quand j'ai voulu sauver Amanda. J'étais certaine qu'on viendrait m'arrêter, mes empreintes étaient partout sur le manche. Mais la police n'est jamais venue me chercher. Pas même après que j'ai parlé du club à Sarah sans le vouloir. Pour tout vous dire, j'ai même pensé que si Zach était accusé du meurtre, ce serait bien fait pour lui après ce qu'il avait infligé à Sophia. (Elle secoua la tête.) Mais quand j'ai appris qu'il se faisait battre en prison, toute ma cruauté s'est envolée, je ne voulais plus sa mort. Case ne mérite pas ça. Et puis, j'ai pensé au véritable assassin d'Amanda. Comme les soupçons pèsent sur Zach, ça signifie qu'il y a un meurtrier en liberté. D'où l'alibi que j'essayais de lui trouver. (Elle leva vers moi ses yeux brillants.) Je ne sous-entendais pas qu'on avait couché ensemble. Mais, étant donné le contexte de la soirée, je comprends que vous soyez parvenue à cette conclusion… (Maude grimaça.) Après ce qui est arrivé à Sophia, cette soirée me dégoûtait. Bref, mon alibi ne sert plus à rien, de toute façon.

— Vous n'avez vraiment aucune idée de l'identité de l'assassin ?

— Tout ce que je sais, c'est qu'il était énorme et habillé en noir. J'étais en haut de l'escalier quand il a filé. Je n'ai pas vu grand-chose. Ah, si. Il portait des baskets rouges.

L'air me manqua.

Les baskets de Sam sont blanches. Les baskets de Sam sont blanches.

— Des baskets rouges, vous en êtes sûre ?

— Oui, on ne pouvait pas les rater. Elles étaient rouges et montantes.

Je retins mon souffle dans l'ascenseur et attendis étage après étage d'atteindre le palier du cabinet Young & Crane. J'avais misé tous mes espoirs sur les empreintes de Maude. Je m'étais convaincue qu'elles allaient me permettre de résoudre toute l'affaire : elles prouveraient que Maude avait – accidentellement – tué Amanda et me permettraient d'innocenter Zach par la même occasion. Ainsi que Sam. Alors que, en réalité, ces empreintes m'avaient seulement offert un témoin du crime et une vague description du tueur : un homme imposant qui portait des baskets montantes rouges.

Xavier Lynch. C'était un suspect parfaitement légitime, ou, en tout cas, j'allais de nouveau l'envisager. En aurait-il eu après l'argent d'Amanda, ou avait-il un autre mobile tordu ? Il avait évoqué un passé de criminel. J'appellerais la police de Saint Colomb Falls pour en savoir plus. C'était une petite ville, on pourrait sans doute me renseigner.

J'eus envie d'écrire à Sam. Mais pour lui dire quoi ?

« Bonne nouvelle ! J'ai presque la preuve que tu n'es pas un assassin ! »

Sam lui-même avait eu l'air de douter de son innocence.

La réception était déserte quand je passai mon badge et me dirigeai prestement vers mon bureau. Plusieurs portes étaient ouvertes et des lumières allumées au bout du couloir. J'entendis des voix, et repérai deux ou trois secrétaires venues travailler le week-end dans l'open space.

Tout au fond, la porte de Paul était également ouverte. Il m'avait envoyé un mail la veille, tard dans la soirée, me réclamant trois choses différentes pour trois dossiers sans aucun lien avec celui de Zach. Visiblement, il était passé à autre chose. Je tournai pour entrer dans mon bureau en espérant ne pas le croiser.

— Oh ! s'exclama une femme.

Je venais de heurter Gloria de plein fouet, envoyant valser tous ses dossiers.

— Excusez-moi, dis-je en me baissant pour rassembler ses papiers.

— C'est pas vrai ! grommela-t-elle. Maintenant, tout est mélangé.

C'était bien ma veine, de commettre ce genre de maladresse tout près du bureau de Paul.

— Je suis vraiment navrée, m'excusai-je encore. Je n'ai pas fait attention.

— Non, c'est évident.

Je serrai les dents pour me retenir de lui arracher la tête et ramassai les feuilles que je lui tendis en un paquet complètement désordonné.

— Vous voulez que je vous aide ?

— Non, c'est bon, répondit-elle sèchement.

J'entendis la voix de Paul. Il était temps de déguerpir de ce couloir pour m'enfermer derrière la porte de mon bureau.

— Encore toutes mes excuses.

J'allais me glisser derrière elle quand elle me demanda d'un ton accusateur :

— D'où connaissez-vous Maude, d'abord ? J'ai été surprise qu'elle vous reconnaisse en vous voyant arriver au cabinet. Elle m'a dit qu'elle n'était pas votre cliente. Je n'ai pas osé lui poser plus de questions.

— Oh, vous la connaissez ? Elle est impliquée dans l'un des dossiers dont je m'occupe. Mais non, ce n'est pas ma cliente.

Je n'avais pas l'intention d'en dire plus, ce que Gloria n'eut pas l'air d'apprécier.

— Hum..., fit-elle. Maude est adorable, n'est-ce pas ? En plus d'être très belle. Je ne l'ai rencontrée qu'une fois, lors d'une soirée où je ne connaissais presque personne. Elle a eu la gentillesse de passer la moitié de la fête à discuter avec moi.

Une fête ? Sûrement pas la fameuse soirée de Maude.

— Ah, c'est bien, répondis-je. Bon, encore désolée. Je dois vraiment...

— C'était la soirée de mon ancien patron, poursuivit-elle. Il avait une sacrée carrière derrière lui. Vous le saviez ? J'ai été sa secrétaire pendant des années. Et puis, quelle fête, ce soir-là ! Elle avait lieu tous les ans à Park Slope, mais je n'ai pu y aller que cette année-là. Il y a deux ans. Une soirée très glamour. Mais c'est fini, à cause de lui, là-bas. (Elle désigna du menton le bureau de Paul.) Votre hypocrite de collègue a fait virer mon patron. Les secrétaires qui l'ont accusé à tort cherchaient seulement à se faire de l'argent. Il a bon dos, le hashtag MeToo ! Elles cherchent le fric là où il se trouve, c'est tout.

« Vous travaillez ici, vous aussi ? Quel hasard ! »

N'était-ce pas ce que m'avait dit Maude ? Je fus prise de vertiges, mes mains étaient glacées. Je m'approchai de Gloria.

— Qui était votre ancien patron ?

— Kerry Tanner, dit-elle avec un sourire nostalgique et arrogant.

Puis son expression s'assombrit.

— Il s'est fait rouler dans la farine, reprit-elle, purement et simplement. J'ai travaillé pour lui pendant dix-huit ans et il n'a jamais eu un seul geste déplacé. Demandez à Maude. Quand je lui ai appris qu'il s'était fait licencier, elle n'en croyait pas ses oreilles. J'ai cru qu'elle allait tourner de l'œil. Et je ne lui ai même pas expliqué pourquoi il s'était fait mettre à la porte.

Dans mon bureau, je mis à peine une seconde à trouver une photo de Kerry Tanner sur Internet : un portrait d'avocat qui figurait sans doute sur le site de Young & Crane avant son licenciement.

Oui, je le reconnaissais, c'était bien lui que j'avais croisé devant la maison de Sarah, avec son carton de pizza et son pack de bières sous le bras. Kerry Tanner était l'époux de Sarah Novak et l'ami de Maude. Il connaissait forcément Amanda. En outre, il m'avait reconnue ce jour-là, sans doute très intéressé par l'affaire. Il avait tout intérêt à ce que Zach reste en prison.

Je retournai vers le bureau de Paul, la photo de Kerry Tanner sur mon téléphone. Quand je glissai un regard dans la pièce, Paul grommelait devant son écran d'ordinateur, les yeux plissés derrière ses lunettes de lecture. Je pris une brève inspiration.

— Pardon de vous déranger, lui dis-je, mais j'ai une question à vous poser.

— Si vous arrivez à m'expliquer pourquoi je ne peux pas revenir sur le dossier que j'étais en train de consulter sur ce foutu logiciel de Westlaw, je suis tout ouïe, ronchonna-t-il sans quitter son écran du regard. La page était ouverte il y a une seconde, et je me retrouve sur une affaire dont je me fiche royalement.

Le vieil avocat était réfractaire aux nouvelles technologies, y compris aux échanges par mail. S'il surfait sur la base de données de Westlaw, c'était forcément pour réparer l'erreur d'un collègue incompétent. Je m'approchai derrière lui, appuyai sur quelques touches et retrouvai la page qui l'intéressait.

— Évitez de cliquer sur les liens des affaires citées, lui dis-je. Sinon, de nouvelles fenêtres vont s'ouvrir.

— Je n'ai cliqué sur rien du tout, rétorqua-t-il. Si ce bon à rien avait rédigé un rapport de procès correct, je n'aurais pas à perdre mon temps dans cette satanée base de données.

— Paul, connaîtriez-vous cet homme, par hasard ? demandai-je du ton le plus neutre possible pour ne pas le provoquer sans raison, et je lui tendis mon téléphone.

Il regarda la photo, circonspect.

— Oui, bien sûr. C'est Kerry Tanner, l'associé dont je vous parlais, ce connard narcissique. (Il leva un regard agacé.) Vous n'avez rien de mieux à faire ? Il me semble vous avoir demandé de…

— Il connaissait personnellement la femme de Zach Grayson. Ils faisaient partie du même cercle d'amis à Park Slope.

Il marqua un moment de réflexion, puis inclina la tête.

— Vraiment ?

— Oui.

— Maintenant que j'y pense, il habitait à Brooklyn. (Un silence.) Vous pensez qu'il…

— Je n'en sais rien. Mais un homme suivait Amanda partout, or Kerry Tanner n'a-t-il pas un passif de harceleur ? La coïncidence me paraît un peu trop grosse. Mais, d'abord, j'aurai deux ou trois choses à vérifier.

— Avec ce type, plus rien ne m'étonne, dit-il. J'ai monté tout un dossier contre lui. Il suivait nos secrétaires chez elles et débarquait à l'improviste sur leur trajet. Il les harcelait par textos avec des messages tordus du genre : « Tu n'avais qu'à m'obéir, c'est tout. » Sans parler des photos qu'il prenait et des images pornos retrouvées sur son ordinateur professionnel. (Il fit la grimace.) Si ça se trouve, il faisait ça depuis des années. Cinq ans, peut-être dix, allez savoir. Sans ces photos, les autres associés auraient probablement lâché l'affaire. Mais, avec des images pareilles, personne ne peut fermer les yeux.

Je pris une nouvelle inspiration. J'avais autre chose à lui dire. Il était temps de cesser de fuir. De ne plus faire semblant. Millie avait raison, le mensonge ne m'apportait rien de bon.

— Je venais également pour autre chose. C'est au sujet de ma déclaration de situation financière, elle contient certaines lacunes… volontaires.

Il serra la mâchoire presque imperceptiblement, à l'exception de quoi il resta impassible.

— Mon mari est alcoolique, ajoutai-je. Il a eu un accident de voiture qui nous a valu un procès. Le dossier a été classé, nous avons été condamnés à payer une amende colossale. Il va de soi que nous allons nous en acquitter, mais j'aurais dû la mentionner dans le formulaire.

Cette fois, l'avocat ne prit pas la peine de dissimuler sa moue boudeuse. Il retira ses lunettes et me lança un long regard que je m'efforçai de soutenir. Je ne pouvais rien faire de plus. Maude avait raison : la seule solution, c'était de dire la vérité.

— Vous auriez dû la mentionner, confirma-t-il enfin avant de remettre ses lunettes pour retourner à son ordinateur. Vous appellerez la RH pour rectifier le tir lundi sans faute.

La fleuriste du *Bourgeon de Park Slope* était en train de fermer boutique quand je frappai à la porte ce soir-là. Ses cheveux étaient toujours noués sur le sommet de son crâne, elle portait une blouse jaune vif et affichait le même sourire rayonnant. Sur un signe de tête, elle pointa du doigt les horaires de la boutique affichés sur la porte. Elle n'avait pas l'air de me reconnaître.

Je montrai mon téléphone avec une photo de Kerry Tanner.

— Pour Matthew, fis-je en espérant qu'elle accepterait de m'ouvrir. Je crois que c'est lui, le rond.

Elle observa l'image à travers la vitre et parut se souvenir. Elle vint déverrouiller la porte.

— Entrez, entrez, m'invita-t-elle avant de refermer derrière moi. Je vais voir si Matthew est là, il doit être dans la réserve.

Un instant plus tard, Matthew apparut, un skateboard sous le bras et un casque sur les oreilles.

— Le reconnaissez-vous ? L'homme pour qui vous avez écrit la carte du bouquet ? demandai-je en lui montrant la photo.

L'adolescent sourit.

— Bingo. (Il me tendit la main pour que je tape notre victoire.) Vous voyez, ce type est un rond parfait. Des lilas, je me souviens. Il voulait des lilas. Ceux que sa femme avait plantés dans leur jardin avaient tous fané.

Je m'éloignai de la boutique sur St John, puis tournai à droite dans la rue Plaza, passai devant les immeubles à portiers et rejoignis Prospect Park. Je remontai toute la place Montgomery et m'arrêtai près d'un banc le long d'un mur de pierre qui entourait le parc. Et s'il s'agissait de ce banc, celui sur lequel Sam s'était évanoui ? Le soleil d'été disparaissait lentement dans son aura dorée quand je m'assis.

Le dernier coup de fil de ma liste. Celui que je redoutais le plus. Je retrouvai le numéro de Sarah dans mon historique et appelai. Elle mit quelques secondes à décrocher.

— Bonjour, Sarah, dis-je, mal assurée. C'est Lizzie Kitsakis, l'avocate de Zach Grayson.

— Oui ? Que puis-je faire pour vous ?

Serait-ce de l'appréhension dans sa voix ? Maude lui avait peut-être appris ce que Gloria lui avait annoncé hier : Kerry s'était fait licencier plusieurs mois auparavant, mais elle ignorait encore pourquoi, et je doutais que Sarah en sache davantage à ce sujet. Elle n'avait pas l'air du genre à dormir paisiblement aux côtés d'un mari dont elle savait qu'il harcelait ses secrétaires. Et j'étais convaincue qu'elle ne faisait pas le lien entre son époux et la mort d'Amanda. Elle n'aurait jamais répondu à cet appel.

— Je crois que vous aviez raison, lui dis-je.

— Ah bon ? À quel propos ?

— Vous disiez m'avoir déjà vue quelque part. Je crois que nos maris font du basket ensemble, le jeudi soir.

Sam m'avait un jour parlé d'un homme avec qui il avait bu des verres au *Freddy's*, marié et père de famille. Un avocat qui cachait son licenciement à sa femme. Et puis, Sarah m'avait parlé des absences régulières de son mari le jeudi soir, « trop occupé à se casser une hanche ». Comme Sam.

— Ah, fit-elle entre soulagement et surprise – était-ce la seule raison de mon appel ? devait-elle se demander. Oui, il fait du basket. D'ailleurs, je ne sais pas où il trouve le temps de faire du sport, connaissant son appétit chronophage pour le porno. Je viens de découvrir le pot aux roses, cracha-t-elle amèrement – elle semblait furieuse, mais pas bouleversée, elle ne devait pas en savoir beaucoup plus. Bref, oui, il s'entraîne le jeudi. Je suis allée le voir jouer, un soir. J'ai peut-être aperçu votre mari. Laissez-moi deviner, il fait partie des beaux gosses de la bande ?

Derrière sa colère, j'entendais une pointe d'humour noir. Elle l'aimait encore et pouvait lui pardonner son addiction au porno. C'était affreux, j'allais la détruire en lui apprenant la vérité sur l'homme avec qui elle avait fait sa vie. Moi aussi, je l'avais vécu pendant un instant, j'avais cru mon époux capable du pire, et ça avait ravagé mon cœur meurtri.

— Oh, je ne sais pas, marmonnai-je. Mon mari n'est pas…

— Vous devriez aller les voir jouer, me suggéra-t-elle, la voix frêle. Vous verrez, c'est amusant. Si vous y allez, vous reconnaîtrez facilement mon homme. C'est le crétin avec des baskets montantes rouges.

Lizzie

Mercredi 15 juillet

Quand Zach apparut dans le parloir des avocats, il arborait encore son fichu sourire complaisant. Je serrai les poings en m'efforçant de garder mon calme.

— Je te l'avais dit. Ce n'est pas moi qui l'ai tuée, lança-t-il à la cantonade.

Pas de regard fuyant ni de tressautement de la jambe, aujourd'hui. Il redevenait la version améliorée de Zach, celle qui posait hypocritement sur toutes ses photos de famille.

— Tu es déjà au courant ? demandai-je.

— Un détenu est passé au tribunal pour une audience, il a entendu des bruits de couloir au sujet d'un nouveau suspect arrêté pour le meurtre d'Amanda. Un « grand avocat d'affaires ». Certes, je n'étais pas très assidu en première année de droit, mais je me souviens de l'impossibilité d'inculper deux suspects pour un même meurtre. Ils vont me blanchir, pas vrai ?

Maude s'était rendue d'elle-même au bureau du procureur après ma visite, une idée que j'avais approuvée, en lui demandant simplement d'insister sur le fait que l'homme qu'elle avait aperçu n'était pas Zach Grayson. Si j'avais annoncé moi-même la nouvelle au parquet, l'association de nos deux noms n'aurait pas valu à Maude les faveurs de Wendy Wallace, bien au contraire.

J'avais attendu le lendemain pour appeler à mon tour l'adjointe du procureur. L'histoire de Kerry Tanner ne lui avait pas plu, mais elle avait eu la décence de m'écouter jusqu'au bout – sans doute à la demande expresse de Paul. Après tout, elle disposait d'un nouveau suspect et d'une affaire toujours assez médiatisée pour lui assurer le poste de procureure de district de Brooklyn.

À l'heure où je retournais à Rikers, Kerry était en détention provisoire.

— Ils sont en train d'arranger ta remise en liberté, annonçai-je à Zach. Tu seras bientôt dehors.

Il ferma les yeux et poussa un bref soupir. Il était plus inquiet que ne l'avait laissé paraître son stupide sourire.

— C'est une bonne nouvelle. Merci.

— Je peux te poser une question ?

— Si tu veux.

— C'est bien toi qui as hacké le système informatique de l'école Country Day, pas vrai ? (Voilà la véritable raison de ma présence. Le sujet qui m'intéressait vraiment.) Plutôt malin, le piratage des informations personnelles des parents.

Bien sûr, il pouvait tout nier, rien ne l'en empêchait. Mais quelque chose me disait qu'il était fier de son coup. Zach n'était jamais à court d'orgueil mal placé. Il ne manquerait pas une si belle occasion de se vanter d'avoir arnaqué tout le monde.

— Je te demande pardon ?

Je voyais poindre le sourire qu'il s'efforçait de réprimer.

— Le piratage des données, précisai-je. Tu as accédé aux disques durs des parents d'élèves de Country Day, tu as exposé tous leurs secrets les plus compromettants. C'est plutôt impressionnant. Ce que je ne comprends pas, c'est en quoi cet exploit sauvera ta boîte de la faillite.

Il leva les yeux au ciel.

— Elle ne fait pas faillite, n'exagérons rien. Dans le monde des start-up, ça passe ou ça casse, et, quand ça passe, c'est le jackpot. (Il se tut un instant, mais sa vanité ne demandait qu'à s'exprimer. Il me suffirait d'attendre, Zach ne se contiendrait pas longtemps.) Bref, ma nouvelle boîte va décoller comme jamais. Les gens sont loin d'imaginer à quel point ils sont exposés et pourquoi. Tu veux savoir comment je l'ai compris, moi ? En travaillant dans la logistique. Personne ne s'intéresse à ce domaine à part pour recevoir un colis. Tout le monde ignore que ces boîtes possèdent les informations personnelles de centaines de milliers de gens. On sait qu'ils ont eu un enfant car ils commandent des couches, qu'ils organisent un voyage à l'étranger car ils commandent des adaptateurs de prises électriques, que leur maison est invendable car ils commandent des tonnes de produits contre la moisissure. Ils pensent faire tranquillement leurs courses alors qu'ils vendent leur âme. Dès qu'ils prendront la mesure du danger, ils se précipiteront tous pour payer l'abonnement annuel à cent dollars de mon application de cyber sécurité familiale.

Je hochai la tête pour me donner un air intéressé. Mais je m'en fichais. Pourvu qu'il parle.

Il se pencha vers la vitre de plexiglas.

— L'école Country Day de Brooklyn était la cible parfaite, car c'est le haut du panier. C'est en s'attaquant aux cibles les plus complexes qu'on progresse. Et puis, le piratage d'une école aussi réputée m'assurait une certaine visibilité dans les médias, il me suffisait d'intervenir pile au bon moment avec la sortie de mon application. Par ailleurs, ce piratage nous a permis de régler des problèmes techniques. Ces parents nous ont servi de cobayes pour adapter notre logiciel aux réactions de réelles victimes de piratage.

— Tu as donc embauché des salariés pour hacker à ta place ?

— Si tu veux trouver comment protéger tes clients des hackers, il faut payer des hackers pour qu'ils te montrent de quoi ils sont capables.

— L'un de tes pirates a fait du chantage à une gamine de quinze ans, il lui a demandé de se filmer dans des postures obscènes. Il n'arrête pas de la harceler. Tu étais au courant ?

— Les gens fiables et honnêtes ne courent pas les rues, dit-il nonchalamment. Tu sais, je suis impressionné par l'avancée de ton enquête. J'ai toujours su que tu n'étais pas comme les autres, Lizzie. C'est d'ailleurs la raison pour laquelle j'ai été curieux de savoir ce que tu devenais, quand je t'ai croisée au marché des producteurs. Je ne savais pas encore que j'allais avoir besoin d'un avocat qui travaillerait à l'œil. Amanda était encore vivante, et je n'avais plus repensé à toi depuis une bonne dizaine d'années. Quand je t'ai revue, j'ai compris.

Une pause, le sourire taquin.

— Et toi, Lizzie ? reprit-il. Tu as compris ?

— Compris quoi ?

— Que tu avais fait le mauvais choix.

— Mais de quoi tu parles, bon sang ?

— Tu as choisi Sam au lieu de me choisir moi. Je sais que tu ne le connaissais pas encore quand tu as coupé les ponts avec moi, ce fameux soir au bar. L'histoire de ton copain de l'époque était un mensonge. Je l'ai toujours su. J'étais en colère, c'est vrai, mais surtout déçu. Toi et moi, on est pareils : prêts à tout pour gagner. Enfin, on ne se ressemble peut-être pas autant que le laissaient penser mes histoires de famille « ouvrière ». (Il mima les guillemets.) Ça résonnait mieux avec ton passé que la version des deux drogués originaires de Poughkeepsie. Toi non plus, tu ne m'as pas tout dit. Par exemple, tu t'es bien gardée de me parler de la prison d'Elmira. Tu sais, je pensais qu'on avait vraiment une chance, tous les deux. Mais tu as préféré un mari mou du genou. Tu aurais pu vivre une vie totalement différente.

Je lui lançai un regard noir.

— C'est vrai, j'aurais pu finir morte au pied de ton escalier. Tu sais, Amanda serait peut-être toujours en vie si tu avais été un tant soit peu attentionné avec elle.

— Je t'en prie, Amanda était rongée par ses problèmes bien avant notre rencontre. (Son visage s'assombrit une seconde, mais il retrouva vite le sourire.) J'ai été surpris de te voir cliquer aussi facilement sur le lien du renouvellement d'abonnement à Netflix. Je te croyais plus maligne que ça. Un clic et « bim » ! J'étais dans ton système. Pour toi, je n'ai pas fait appel à mes sous-traitants. Je tenais à te pirater moi-même. En quelques minutes, je connaissais toute votre histoire. Un conseil d'ami : au lieu de passer des semaines à te renseigner sur des cures de désintoxication, tu aurais gagné du temps à choisir la première au hasard pour y envoyer Sam une bonne fois pour toutes. Et tu devrais investir dans des rideaux, toi qui aimes te balader à poil chez toi. (Il secoua doucement la tête avec son air narquois.) En tout cas, je sais précisément ce que tu faisais le soir de la mort d'Amanda. Tu comprendras mieux pourquoi je n'avais pas très envie de te dire où je me trouvais à ce moment-là.

Voilà ce que Zach cherchait depuis le début. Il avait sans doute tout planifié pour en arriver à cet instant précis : celui où il se vengeait enfin de l'humiliation que je lui avais fait subir ce fameux soir, quand on était étudiants. Celui où il remporterait enfin la partie.

Mais Zach ignorait une chose : je savais déjà tout ce qu'il venait d'avouer – à l'exception du fait qu'il venait m'espionner à ma fenêtre. J'avais confié mon ordinateur portable à mes contacts de l'unité de cybercriminalité, au bureau du procureur fédéral. En quelques secondes, ils avaient retrouvé le virus installé par Zach. J'avais honte d'être tombée dans son piège aussi facilement, mais le jeune enquêteur, d'à peine plus de vingt ans, avait insisté :

— Vous savez, tout le monde peut se faire avoir. Ça arrive tout le temps.

J'avais ensuite appelé anonymement la permanence de l'association de l'éthique du barreau de New York pour leur demander comment me sortir de cette situation sans être rayée du barreau. Désormais, je serais juridiquement irréprochable.

— Tu sais, je repense à ce que tu m'as dit.

— C'est-à-dire ? demanda Zach, ravi de me voir entrer dans son jeu.

— Au sujet de l'importance de connaître les qualités et les défauts de son adversaire.

— Ah oui, c'est indispensable.

L'air grave, je posai les mains à plat sur la table et baissai les yeux. Puis je me levai.

— Tu sais quel est ton principal défaut, Zach ?

Il me décocha son sourire d'abruti.

— Non, Lizzie, je ne sais pas. Dis-moi tout, je t'en prie.

— Tu prends les gens pour des trophées à collectionner.

— Ça m'a plutôt réussi jusque-là, tu ne crois pas ?

— Ta femme est morte, lui rappelai-je, mais ça ne lui fit ni chaud ni froid. Et les crimes informatiques sont punis par la loi.

Zach ricana.

— Ne dis pas de bêtises, voyons. Tu n'as pas le droit de répéter tout ce que je viens de te dire, je te rappelle que tu es mon avocate. La violation du secret professionnel te rayerait du barreau, or je sais que tu tiens plus à ton boulot qu'à ta vengeance.

— C'est là que tu te trompes, Zach. Tu aurais dû être plus assidu en première année de droit. Le virus que tu as déployé chez les parents de Country Day est encore présent sur certains de leurs ordinateurs. Ton équipe continue sa campagne de chantage, et le jeune qui harcèle l'adolescente de quinze ans la contacte encore à l'heure actuelle. Ton crime est donc toujours en cours. Les aveux que tu viens de me fournir entrent ainsi dans la case des exceptions au secret professionnel de l'avocat pour fraude. En tant qu'avocate, je ne suis pas tenue au silence pour les crimes que tu es encore en train de commettre. (Je me penchai vers la vitre de plexiglas.) Alors profite bien de ta liberté, Zach. Ça ne va pas durer.

Nom : Kerry W. Tanner
Adresse postale :
571 Deuxième Rue,
Brooklyn 11215
Date de naissance : 28/06/71
Âge : 48
N° de téléphone :
718.555.2615

NYPD, quartier de Brooklyn
Date : 15 juillet
Heure : 15 h 00
Dossier n° 62984415

Je soussigné Kerry W. Tanner atteste la véracité de cette déclaration déposée auprès de l'inspecteur Robert Mendez, agent de la police départementale de New York. J'ai conscience de n'avoir aucune obligation de fournir cette déclaration et que son contenu pourra être retenu contre moi au procès. Avant la rédaction de ce papier, j'atteste avoir eu connaissance des droits Miranda, en avoir compris la portée et avoir signé ma renonciation à ces droits.

Signature : *Kerry W. Tanner*

Déclaration

Je rédige aujourd'hui ce papier pour clarifier la situation à la demande de ma femme, Sarah, que j'aime plus que tout au monde. Ainsi, cette affaire sera peut-être classée avant le procès. Sarah est ce que j'ai de plus précieux, nous sommes ensemble depuis plus de trente ans. Notre mariage est solide. J'aime mes fils également. Ce qui est arrivé est terrible, vraiment affreux. Mais c'était un accident. De toute évidence, je n'ai tué personne.

Amanda était mon amie. Nous étions proches. Elle a d'abord rencontré ma femme, Sarah. Avec le temps, nous avons développé des sentiments l'un pour l'autre. Je n'avais rien prévu de tout cela, et cette histoire ne change rien à mes sentiments pour ma femme. Il y a des choses qu'on ne contrôle pas. Au fil des mois, Amanda et moi avons eu de petites attentions pour nous signifier notre affection. Elle m'offrait des cadeaux et je l'aidais pour certaines corvées car son mari n'était jamais là. Ce crétin. Bref, avec le temps, nous avons bâti cette relation qui m'était précieuse. Grâce à elle, je me sentais bien dans ma peau. Vraiment bien.
Et puis, Sebe s'en est mêlé, un autre ami. Je crois qu'il cherchait à s'immiscer entre nous, je ne pouvais pas le laisser faire. Sa femme et lui sont en union libre.

Ce soir-là, je n'avais pas prévu de voir Amanda ni d'aller à la fête, mais mon entraînement de basket a été annulé. Avec les autres, nous sommes partis boire un verre et, une chose en entraînant une autre, je me suis retrouvé avec ce type et ses problèmes d'alcool. Nous avions décidé de nous rendre chez Sebe et Maude, et, en chemin, le type était tellement saoul qu'il s'est effondré sur un banc, ivre mort. J'ai continué mon chemin. Je voulais rapidement passer à la fête sans que Sarah me voie car elle m'aurait fait parler à des centaines de gens. J'adore ma femme, mais, malheureusement, je ne suis pas le seul. Moi, je voulais juste voir Amanda. Je l'ai aperçue, puis quelqu'un m'a dit plus tard qu'elle était montée à l'étage avec Sebe. Et là, je l'avoue, j'ai disjoncté.

Je savais qu'elle rentrerait chez elle si je lui envoyais des messages. Je voulais seulement qu'elle ait besoin de moi. J'ai pensé qu'en montant une petite scène pour lui faire peur, elle prendrait la fuite et m'appellerait à l'aide. Par chance, j'avais des affaires dans mon sac de sport qui m'ont permis de rester anonyme. De toute évidence, je n'avais pas l'intention de lui faire de mal. Si j'avais eu l'intention de la tuer, pourquoi me serais-je masqué ?

Rien ne s'est déroulé comme prévu. Amanda a complètement paniqué. Elle s'est mise à me frapper. Nous étions dans l'escalier, je devais me défendre. Et elle a perdu l'équilibre. C'était un accident. Elle s'est cogné la tête contre la rambarde. Quand elle a repris connaissance, elle a voulu se lever et a glissé encore une fois. Elle s'est de nouveau cognée contre la rambarde. Et ainsi de suite, plusieurs fois d'affilée. Jusqu'à tomber inerte sur le sol. Il y avait du sang partout.

Pris de panique, je me suis enfui. Je voulais appeler une ambulance, mais j'ai pensé à ma famille. J'aime Sarah plus que tout au monde. Je ne lui ai jamais été infidèle. Contrairement à Sebe et à tous ces types qui s'adonnent à l'échangisme. Moi, je ne coucherais jamais avec une autre.

Après avoir quitté la maison d'Amanda, j'ai couru au parc pour reprendre mes esprits. C'est là que j'ai trouvé la boucle d'oreille d'Amanda accrochée à ma manche et j'ai vu que j'avais du sang sur la main. J'avais pris soin d'enjamber Amanda sans la toucher, mais j'avais dû frôler le mur en descendant. Mon pote était toujours évanoui sur son banc, je le voyais au bout de la rue, sa jambe pendait dans le vide. Alors j'ai fourré la boucle dans sa poche et mis un peu de sang sur sa chaussure. Comme je vous le disais, j'étais paniqué. Ce mec n'a rien fait, la police aurait fini par le savoir. Tout ce qui m'importait, c'était ma famille. Je devais faire mon possible pour la protéger.

Je certifie fournir cette déclaration de mon plein gré. J'ai relu son contenu et atteste sa véracité, dans la limite de ma connaissance.

Signature :	*Kerry Tanner*
Fait le :	*15 juillet 2019*
Témoin :	*Robert Mendez*
Fait le :	*15 juillet 2019*

Lizzie

Mercredi 15 juillet

À mon retour de la prison de Rikers, je découvris Sam qui m'attendait devant le cabinet Young & Crane. Il avait un sac en toile posé à côté de lui sur le banc et des lunettes noires, la figure tournée vers le soleil.

Il me quitte, pensai-je.

Une profonde tristesse. Voilà mon sentiment. J'étais triste que Sam veuille partir. Triste de savoir que ce n'était peut-être pas une mauvaise chose, pour lui comme pour moi. Où pourrions-nous aller, sinon ? Il y avait tant de dégâts à réparer. Sam avait reconnu qu'il avait peut-être été infidèle. Je l'avais cru capable de meurtre. Certes, j'avais remué ciel et terre pour prouver le contraire, mais ce doute ne m'avait jamais quittée. Et mes fautes, à moi ? Toutes ces fois où j'étais restée aveugle à son problème d'alcool sous prétexte que je l'aimais. Sans parler de mes mensonges.

Je m'assis à côté de lui et fermai les yeux en tournant la tête vers le ciel bleu, moi aussi. Nous restâmes un instant ainsi, côte à côte, dans un rayon de soleil radieux. Longtemps silencieux. Et puis Sam me prit la main.

— Tu vas quelque part ? lui demandai-je.

— Oui. Pour les nouveaux arrivants, ils proposent un forfait de 90 jours. C'est le minimum requis.

Je rouvris les yeux et me tournai vers lui.

— Tu es sérieux ?

— Tout est arrangé. J'ai appelé ma mère, elle prend en charge tous les frais. D'ailleurs, elle a été adorable, j'ai été surpris. Adorable mais réservée, comme toujours. Je ne suis pas sûr qu'elle mette mon père au courant, et ce n'est pas plus mal. (Il soupira.) Je suis désolé d'avoir mis autant de temps. Je suis désolé… pour tout.

Je serrai doucement sa main.

— Moi aussi.

— Je vais tout arranger. Je vais commencer par me soigner. Je te le promets. (Hésitant, Sam baissa les yeux.) Je te promets d'essayer.

J'eus la gorge serrée.

— Tu sais, tu n'es pas le seul à avoir commis des erreurs.

— C'est-à-dire ?

Toute l'histoire de mon père était trop longue, ce n'était pas le moment, et je devais d'abord mettre certaines choses au clair – dans quelle mesure étais-je redevable à mon père ou à moi-même ? Mais j'étais désormais sûre d'une chose : un mensonge par omission restait un mensonge. Or ma décision était prise : j'arrêtais de mentir. À quiconque.

— Ça ne concerne pas notre couple, c'est à propos de ma famille. Il y a une chose que tu es en droit de savoir. J'aurais dû t'en parler dès le début, car je vis avec au quotidien. Mais on en reparlera plus tard. Je te le promets. Pour l'instant, il faut que tu te soignes. Concentre-toi là-dessus. Sache simplement que je ne suis pas parfaite non plus. Je ne l'ai jamais été.

On échangea un long regard, en silence.

— Est-ce que tu crois que si j'y arrive, si je guéris, ça suffira ? demanda Sam.

Est-ce que cela suffirait à sauver notre couple ? Je cherchai dans son regard un avenir que ni lui ni moi ne pouvions prévoir. Et puis, je fis la seule chose qu'il me restait à faire, je me penchai pour l'embrasser et lui répondis la vérité :

— Espérons que oui.

Remerciements

Je remercie sincèrement mon éditrice, Jennifer Barth, pour son infinie sagesse. Merci d'avoir compris dès le départ la direction que devait prendre ce roman. Je te serai à jamais reconnaissante pour ton avis littéraire, ta ténacité sans pareille et ton engagement inconditionnel qui ont permis de mener ce projet jusqu'au bout. J'ai beaucoup de chance d'avoir eu le privilège de travailler avec toi.

Merci au brillant Jonathan Burnham et à Doug Jones pour leur générosité et leur soutien sans faille – j'ai le bonheur de me sentir comme chez moi chez Harper. Merci aux commerciaux, aux libraires et aux responsables des ventes pour leurs efforts en mon nom. Je remercie tout particulièrement le duo explosif des responsables marketing Leslie Cohen et Katie O'Callaghan. Les filles, vous êtes des stars. Merci également à Sarah Ried pour son soutien, à Lydia Weaver, responsable éditoriale, à Miranda Ottewell, relectrice-correctrice, et à tout le reste de l'équipe de Harper pour avoir fait de mes idées un roman.

À mon agent, Dorian Karchmar, un génie qui a su comprendre mon travail et s'investir à fond pour que chaque phrase soit parfaite – je parie qu'il peut réciter ce roman par cœur. J'ai beaucoup de chance d'avoir un partenaire aussi créatif. Toute ma gratitude également à mon agent en audiovisuel, Anna DeRoy, pour la finesse de ses remarques et son implication permanente. Je remercie Matilda Forbes Watson et James Munro, ainsi qu'Alex Kane et toute l'équipe de WME : merci d'avoir travaillé si dur.

À ma chère amie, Victoria Cook, la meilleure avocate du monde, que je remercie pour son regard affûté et tout ce qu'elle m'a apporté. Merci à l'extraordinaire Mark Merriman. À Hannah Wood pour ses sages commentaires et sa disponibilité. Et merci à Katherine Faw pour m'avoir sauvé la mise un nombre incalculable de fois.

Toute ma gratitude à Eric Franz, avocat pénaliste bienveillant et obstiné, pour avoir patiemment donné de sa personne tout au long du processus d'écriture, pour avoir répondu à mes milliers de questions, pour m'avoir permis d'assister à des audiences et faire en sorte que je ne me sente jamais de trop – pas même lorsque j'ai égaré ma carte grise à Rikers. Eric, votre implication et vos compétences sont épatantes, et je n'hésiterais pas une seule seconde à vous appeler si je me faisais arrêter. Merci à Aviva Franz pour son accueil sincère et chaleureux, et à Gulnora Tali qui m'a intégrée si rapidement à son équipe.

Je remercie Allyson Meierhans, ancienne assistante au bureau du procureur de district du Bronx, pour avoir passé mon roman au peigne fin et pointé avec délicatesse mes nombreuses erreurs. Votre regard m'a été précieux. À William « Billy » McNeely, qui a eu la gentillesse de lire de longs extraits de ce livre, d'avoir répondu à mes mails et à mes interminables coups de fil, merci de m'avoir aidée à peaufiner les détails. Sans votre expertise, ce roman ne serait pas le même.

À tous les formidables experts qui ont accepté répondre à mes questions parfois idiotes et souvent douteuses, ou m'ont mise en relation avec la bonne personne pour y répondre, je vous suis éternellement reconnaissante : David Fisher, Andrew Gallo, Dr. Tara Galovski, Hallie Levin, Teresa Maloney, docteur Theo Manschreck, Brendan McGuire, Daniel Rodriguez, professeur Linda C. Rourke, David Schumacher et Ron Stanilus.

Merci à Marco Ricci, Jim Hoppin et Beowulf Sheehan d'avoir mis à contribution vos talents créatifs.
Tout mon amour à Megan Crane, Heather Frattone, Nicole Kear, Tara Pometti et Motoko Rich – l'excellence de vos talents de bêta-lecteurs n'a d'égale que votre fabuleuse amitié. J'aimerais vous promettre de ne plus jamais vous faire relire le moindre premier jet, mes chéris, mais ce serait vous mentir. Un merci tout particulier à Elena Evangelo pour son aide précieuse et à Nike Arrowolo – comment faire court, si ce n'est en te disant merci d'avoir travaillé si dur et merci pour ton humanité.
Je remercie sincèrement toute ma famille et mes amis pour leur soutien sans faille : vous n'imaginez pas combien c'est important pour moi. Merci tout particulièrement à Martin et Clare Prentice pour tout ce que vous avez fait pour moi.
Merci à Emerson pour ta patience, merci d'être ainsi l'incarnation parfaite du farouche. Et merci, Harper, toi qui m'éblouis quotidiennement par ton intelligence et ta beauté. Vous éclairez chacun de mes jours.
Et à Tony : merci pour absolument tout le reste.

Achevé d'imprimer en avril 2022
Par CPI Brodard & Taupin à La Flèche
N° d’impression : 3048383
Dépôt légal : mai 2022
Imprimé en France
38122461-1